KB073737

벨과 세바스찬

Belle et Sébastien

벨과 세바스찬

Belle et Sébastien

Nicolas Vanier
니콜라 바니에 장편소설 | 양영란 옮김
(비르지니 주아네와의 협업)

밝은세상

벨과 세바스찬

초판 1쇄 인쇄일 2015년 5월 6일 | **초판 1쇄 발행일** 2015년 5월 11일
지은이 니콜라 바니에 | **옮긴이** 양영란 | **펴낸이** 김석원
펴낸곳 도서출판 밝은세상 | **출판등록** 1990. 10. 5 (제 10 - 427호)
주 소 (413-120) 경기도 파주시 문발로 119, 202호
전 화 031-955-8101 | **팩 스** 031-955-8110
인터넷 홈페이지 www.baleun.co.kr | **전자우편** wsesang@korea.com

ISBN 978-89-8437-264-1 03860 | **값** 13,800원
잘못된 책은 구입한 곳에서 교환해 드립니다.

원작은 쥘리에트 살, 파비앙 쉬아레, 니콜라 바니에가 쓰고,

라다르 필름, 에피테트 필름, 고몽, M6 필름, 론-알프 시네마에서 제작한 영화

《벨과 세바스찬》의 시나리오,

세실 오브리가 극본을 쓰고 연출한 동명의 TV 연재물.

나의 두 세바스찬과

메디, 펠릭스에게 이 소설을 바친다.

Belle et Sébastien
Nicolas Vanier

CONTENTS

제 1 부

1

바람 한 점 없이 파랗기만 한 여름 날 아침의 하늘 속엔 위협이 도사리고 있었다. 가파른 경사면과 목초지 위로 듬성듬성 무리지어 핀 꽃들 사이로 내리쬐는 뜨거운 햇살 때문에 그 위협이 가려져 있을 뿐이었다. 순식간에 햇살이 걷히며 만들어낸 그늘 때문에 경계심이 발동한 늙은 마르모트 한 마리가 몸을 꼿꼿이 세우고 길게 휘파람 소리를 냈다. 먹는 데에 정신이 팔려 있던 마르모트 무리들은 위험을 알리는 소리에 고개를 쳐들고 잽싸게 지하 땅굴 속으로 몸을 숨겼다.

하늘을 배회하던 독수리 한 마리가 마르모트 무리를 향해 수직낙하했다. 독수리는 곧 몸을 숨기지 못한 어린 마르모트를 물고 다시 하늘로 올라갔다. 산꼭대기에서는 배고픈 새끼 독수리들이 고기를 달라고 아우성이었다.

"너도 봤지?"

노인은 입을 벌린 채 우뚝 멈춰 선 손자 쪽으로 몸을 돌리며 말했다.

"고통스럽겠죠?"

"벌써 죽었을 거야. 그게 자연의 법칙이니까."

"자연의 법칙이요?"

"자연의 법칙은 매우 엄격하지. 세바스찬, 사람들이 왜 사냥을 한다고 생각하니?"

세자르는 메고 있던 소총과 손자가 자랑스럽게 둘러메고 있는 나무로 만든 작은 총을 가리키며 물었다. 여덟 살 생일 때 선물해 준 총이었다.

"사람들이 사냥하는 건 다른 문제예요. 총으로 한번에 죽이면 고통을 느낄 수 없잖아요."

세바스찬은 고개를 절레절레 흔들며 항의하듯 대답했다.

"죽는 건 마찬가지란다. 죽음에 변명 같은 건 있을 수 없어."

두 사람은 다시 길을 걷기 시작했다. 세바스찬은 종종걸음으로 세자르를 뒤따랐다.

산은 고요했고 둘은 말없이 계속 걸었다. 소나무와 낙엽송이 우거진 숲을 벗어나 산의 북쪽 사면을 오르기 시작한 지 벌써 한 시간째였다. 경사는 점점 가팔라졌다. 보랏빛을 띤 용담, 엉겅퀴, 앵초가 흐드러지게 피어 있는 경사면은 햇살을 받아 은하수가 흐르는 것처럼 눈이 부셨다. 고지대로 갈수록 바위가 많아졌고, 야생 쑥의 노란 꽃들이 눈에 띄었다. 흑금조 한 무리가 까치밥나무가 우거진 잡목림에서 튀어나와 푸드득, 하늘로 날아올랐다.

산세의 아름다움에 세자르는 잠시 근심을 잊었으나, 오솔길에서 짐승의 흔적을 발견하고 잊었던 걱정이 되살아났다. 세자르는 걸음을 멈추고 세바스찬을 곁으로 바짝 붙어 서게 했다.

"봐라. 이렇게 발가락이 넓게 벌어진 발자국은 절대 늑대가 아니야."

세바스찬은 무슨 말인지 잘 모르겠다는 눈빛을 보냈다.

"분명 그놈이야."

땅바닥에 별 모양으로 찍힌 발자국은 경고 같았다. 세자르는 몸을 굽히고 주변을 살피더니 이내 다른 발자국을 발견했다. 풀이 많이 돋아난 경사면에 찍힌 발자국이었다.

"놈이 능선을 따라 도망쳤어. 서둘러야겠다. 운이 좋으면……."

세자르는 걱정스러운 듯 혼잣말을 내뱉었다.

"놈을 죽이려고요?"

"물론이지. 놈이 양 세 마리를 물어뜯었어. 일주일에 세 마리를! 놈을 내버려 두면 우리가 굶어죽을 거야."

세자르는 굽혔던 허리를 펴며 주머니에서 탄알을 하나 꺼내 재빠른 동작으로 구식 모제르 엽총에 장전했다.

"날이 더워 산꼭대기에 틀어박혀 있을 거다. 세바스찬, 이제부터 할아버지 옆에 조용히 붙어 있어야 한다."

세바스찬은 말없이 고개를 끄덕였다. 두려움과 막연한 흥분감이 더해진 묘한 기운이 온몸을 훑고 지나갔다. 이제 놈은 죽은 목숨이었다.

두 사람은 한 시간쯤 더 걸어 능선으로 이어지는 고개에 도착했다. 해가 쨍쨍했지만, 바위 그늘이나 시원한 동굴 속에서 낮잠을 자고 있을 놈을 끌어내기엔 좋은 기회였다. 사방은 온통 눈 덮인 봉우리들과 현기증이 날 정도로 깊은 골짜기들뿐이었다. 침식작용에 의해 뾰족이 깎인 채 중력을 비웃듯 하늘을 향해 치솟은 잿빛 바위 덩어리. 정상에는 바람 한 점 불지 않았고, 독수리들은 정오의 하늘에 자취를 감춘 지 오래였다.

세자르와 세바스찬은 화강암 조각들이 쌓여 만들어진 돌 무리 뒤로 생긴 그늘로 가 멈춰 섰다. 세자르는 손자에게 마실 것을 주었다. 정상 쪽엔 약수터가 없었다. 세자르는 제네피(야생 쑥으로 빚은 술:옮긴이) 한 모금을 마셨다. 제네피가 들어가자 회초리로 세차게 얻어맞은 듯 몸 속 피가 맹렬히 끓어오르는 것 같았다. 두 사람은 잠시 숨을 고른 뒤 다시 걷기 시작했다. 세바스찬은 아장아장 걷기 시작할 때부터 고산 지대를 놀이터 삼아 뛰어다닌 덕분에 염소만큼이나 동작이 날랬다.

세바스찬은 다시금 타는 듯한 갈증을 느꼈다. 잠깐 축인 물이 오히려 갈증을 일으킨 모양이었다. 세바스찬은 세자르의 배낭 옆구리에 매달린 물병을 보자 더한 갈증이 느껴졌지만 차마 할아버지를 불러 세울 수 없었다. 할아버지는 천천히 걷는 듯 보였지만 일정한 속도를 유지하고 있었다. 세바스찬은 할아버지에게 거추장스러운 존재가 되지 않기 위해 갈증을 참고 두 주먹을 꽉 쥔 채 베트를 생각하며 걸음을 옮겼다.

그때 갑자기 폭발음 소리가 들렸다. 소리가 워낙 커서 탄알의 연기 냄새까지 맡아졌다. 50미터도 채 안 되는 곳에서 가슴이 온통 피투성이가 된 샤무아 한 마리가 나타났다. 샤무아는 곧 경사면에서 휘청거리더니 아래로 추락했다. 바위에 부딪히며 절벽을 따라 골짜기로 아래로 떨어졌다. 세바스찬은 신음 소리를 내지 않기 위해 이를 악물었다. 할아버지는 사냥꾼을 찾으려는 듯 아래를 살피며 거침없이 욕설을 퍼부었다.

"비열한 놈들 같으니라고! 한여름에 암놈을 죽이다니!"

바위 그늘에서 평온하게 되새김질을 하던 샤무아 무리들이 바위 틈 사이를 요리조리 피해 도망쳤다. 그중 미처 도망가지 못하고 벼랑가에서 바들바들 떨고 있는 새끼 샤무아가 눈에 띄었다. 어찌나 심하게 몸을 떠는지 녀석의 떨림이 고스란히 전해졌다.

"할아버지! 저기 좀 보세요."

고아가 된 새끼 샤무아는 태어난 지 두 달 정도밖에 되어 보이지 않았다. 녀석의 울음소리가 점점 더 날카로워졌다.

세자르는 벼랑 아래 바위 위에서 떨고 있는 새끼 샤무아에게로 향했다. 벼랑 끝에 다다른 세자르는 메고 있던 보따리를 내려 내용물을 비운 뒤 다시 보따리를 둘러멨다. 도시락, 칼, 피켈, 로프 등이 먼지를 내며 바닥에 떨어졌다. 따로 메고 있던 물병까지 내려놓은 세자르는 로프를 가리키며 세바스찬에게 가까이 오라는 신호를 보냈다.

"세바스찬, 저 녀석을 혼자 죽게 내버려 둘 수 없구나. 이 밧줄로 널 묶어 내려줄 테니 가방 안에 녀석을 담아 올라오는 거야. 할 수 있겠니?"

세자르는 걱정으로 주름이 깊어졌지만 시선만큼은 차분했다. 세바스찬은 긴장해 목이 메면서도 할 수 있다고 고개를 끄덕였다.

세자르는 손자의 가슴 높이에 배낭을 놓고 최대한 줄을 팽팽하게 잡아당긴 다음 줄을 양 겨드랑이 사이로 넣어 몸의 움직임이 불편하지 않을 정도의 공간을 두고 단단히 묶었다. 다시 한 번 새끼 샤무아와의 거리를 가늠한 세자르는 축 역할을 해줄 만큼 봉긋 솟은 흙더미 뒤로 가서 자리를 잡았다. 세자르는 로프를 허리띠에 묶고 여분의 밧줄로 팔꿈치 양쪽에 둘둘 감았다. 모든 준비는 끝났다. 세자르는 양 손바닥에 퉤 침을 뱉어 문지른 뒤 양발을 바닥에 단단히 고정시키고 줄을 꽉 잡았다. 한 차례 호흡을 내뱉은 세자르는 세바스찬에게 신호를 보냈다.

세바스찬은 천천히 앞으로 나갔다. 겁이 나 숨이 가빠왔다. 최대한 아래를 보지 않고 오직 혼자 떨고 있는 새끼 샤무아에게만 신경을 집중했다. 벼랑 끝 낭떠러지를 생각하니 세상이 빙빙 도는 것 같았다. 벼랑 끝에 다다르자 녀석이 보였다. 어찌나 심하게 몸을 떠는지 한순간에라도 떨어져 버릴 것만 같았다.

세바스찬은 로프를 단단히 움켜쥐고 온 힘을 다해 아래로 내려갔다. 발에 채인 돌멩이들이 비탈을 따라 떨어졌다. 경사면이 끝나면서 몸이 허공에 매달리자 줄이 한층 더 팽팽해졌다. 몸이 허공에 붕 뜨자 세바스찬은 순간 숨이 멎어버릴 것 같았다.

"세바스찬, 바닥에 도착하면 새끼를 가방에 넣고 줄을 잡아당겨라. 겁먹지 말고. 할아버지만 믿어."

세바스찬은 천천히 아래로 내려갔다. 잠시 몸이 휘청거리며 허공에서 한 바퀴 돌았지만 침착하려 애썼다. 새끼 샤무아가 있는 곳으로부터 2미터쯤 떨어진 곳까지 내려간 세바스찬은 착지 준비를 했다. 마침내 두 발이 바위에 닿았다. 양팔을 앞으로 내밀어 마른 산수유 가지를 붙잡아 균형을 잡았다. 새끼 샤무아가 놀라지 않도록 안정된 자세로 녀석에게 다가가 줄을 잡지 않은 한 손으로 녀석의 몸을 쓰다듬었다.

"이리 와, 꼬마야. 널 해치려는 게 아니라 도와주려는 거야."

세차게 쿵쾅대는 녀석의 심장박동이 손가락 끝에 고스란히 전해졌다. 세바스찬은 새끼 샤무아를 조심히 잡아 가방을 열어 집어넣었다. 녀석은 얌전했다. 가방끈을 단단히 여민 다음 줄을 흔들며 할아버지에게 신호를 보냈다.

"걱정 마. 우린 곧 하늘을 날게 될 거야. 할아버지는 거인처럼 힘이 세니까 우릴 구해주실 수 있을 거야."

몸이 천천히 공중으로 떠올랐다. 긴장 탓에 몸에 힘이 바짝 들어갔지만 이내 두려움을 모두 떨쳐 냈다. 세바스찬은 새끼 샤무아의 짧은 털 속으로 얼굴을 파묻었다. 녀석에게서 사향과 마른 풀 냄새가 났다.

2

세바스찬이 샤무아의 이마를 쓰다듬는 동안 세자르는 술병을 꺼내 제네피 두 모금을 연거푸 들이켰다. 술이 혈관 속으로 퍼지자 심란했던 마음이 가라앉았다.

"양을 잡아먹는 괴물을 잡으러 왔다가 새끼 샤무아를 데려가게 생겼구나."

"바로 집으로 가는 거예요?"

"일단 양 우리로 가자. 그전에 간식이라도 먹어야지."

"이 녀석은요? 이름을 지어줘야죠."

"베나르(veinard. 프랑스어로 행운아를 뜻함:옮긴이). 베나르라고 부르자."

"이름이 별로 안 예뻐요."

"포르튀네, 데지레, 미라클……. 에클레르? 아니면 푸드르(foudre. 프랑스어로 벼락을 뜻함:옮긴이)?"

세바스찬은 이름 짓기에 골몰하느라 할아버지의 말이 귀에 들리지 않는 듯했다.

양 우리는 걸어서 한 시간쯤 되는 거리에 있었다. 두 사람은 가파른 지름길을 통해 목초지 쪽으로 내려갔다. 피로감이 몰려오자 세자르는 여느 때보다 지팡이를 잡은 손에 힘을 주었다. 세자르는 부쩍 기운이 떨어진 뼈마디들 때문에 걱정이 앞섰다. 손자 녀석이 늠름한 성인이 될 때까지 몇 해는 더 살아야 할 텐데. 물론 앙젤리나가 세바스찬을 보살펴 주긴 하겠지만 앙젤리나에게 희생을 강요할 수는 없었다. 앙젤리나 역시 어렸을 때 데려다 기른 아이였다. 앙젤리나가 세바스찬을 친동생처럼 아끼긴 했지만 곧 결혼할 나이가 된 앙젤리나에게 엄마의 역할을 떠맡길 수는 없는 노릇이었다.

이런 걱정을 아는지 모르는지 세바스찬은 천진하게 폴짝거리며 산길을 걷고 있었다. 세자르는 곧 녀석에게 그동안 숨겨온 진실을 말하리라 다짐했다.

'전쟁이 끝나면, 그땐 말을 해야겠지.'

양 우리는 석회암 판석으로 지붕을 얹은 언덕에 자리 잡고 있었다. 작지만 야무지고 좁다란 두 개의 출입구를 지닌 회색 우리는 견고함이 느껴졌다. 완만한 경사지, 무성하게 자라난 풀들은 여름 한철 진행되는 산중 방목 시기에 가축들을 먹이기에 이상적인 환경을 조성하고 있었다. 세자르는 멀리 양들을 어림으로 세어보곤 안도의 숨을 내쉬었다.

세자르는 옆구리에 새끼 양들을 끼고 있는 암양의 무리 곁으로 다가가 배낭에서 조심스레 새끼 샤무아를 꺼냈다.

"새엄마를 찾아줄 테니 조금만 기다려라."

세자르는 외따로 떨어져 있는 암양에게 가 새끼 샤무아를 암양 쪽으로 밀었다.

"할아버지, 왜 하필 저 녀석이야? 저 양은 병든 것 같단 말이에요."

"저 녀석은 얼마 전에 새끼를 사산했단다. 자기 새끼를 잃은 암컷은 최고의 어미가 될 수도 있고 반대가 될 수도 있겠지. 베나르에게 또 한 번의 행운이 오는지 한번 지켜보자꾸나."

"베나르가 아니라니까요!"

"그래그래. 이름이야 아무려면 어떠냐."

새끼는 멈칫멈칫 주저하며 희미한 젖 냄새에 이끌린 듯 암양에게 다가갔다. 젖이 퉁퉁 분 암양은 매우 힘들어 보였다. 새끼가 젖을 빨기 위해 옆구리에 찰싹 달라붙자 뒷발질을 하려는 듯했으나 이내 마음을 바꾸었는지 코를 벌름거리며 새끼의 냄새를 맡았다. 새끼는 암양이 하는 대로 가만히 몸을 맡겼다. 암양은 이내 새끼 샤무아를 핥기 시작했다.

"봐라, 녀석이 새끼를 받아들인 것 같구나."

배가 고팠는지 새끼 샤무아는 젖을 찾아 킁킁거렸다. 마침내 퉁퉁 분 젖을 발견한 녀석은 게걸스럽게 젖을 빨기 시작했다.

세바스찬은 풀밭에 털썩 주저앉아 놀라운 광경을 넋을 잃고 바라보았다. 세자르는 그런 손자의 모습을 바라보며 가슴 한편이 아려왔다. 세자르는 쭈그렸던 몸을 일으켜 기지개를 켜며 말했다.

"시간이 너무 늦었구나. 빨리 양 떼를 우리로 들여보내야겠다. 앙젤리나에게 좀 늦을 거라고 전해라."

"네."

세바스찬은 마지막으로 새끼 샤무아와 암양을 바라본 뒤 대번에 일어나 종종걸음으로 마을로 가는 오솔길로 향했다.

"클랑티에르 오솔길로 곧장 가야 한다. 다른 데로 돌아가지 말고. 알겠지?"

세바스찬은 고개도 돌리지 않고 손짓으로 알겠다고 대답했다.

손자 녀석이 멀어지자 세자르는 무거운 걸음을 뗐다. 양 떼 무리의 우두머리를 부르자 나머지 양 떼들이 얌전히 녀석을 뒤따라 이동하기 시작했다. 세자르는 이번 기회에 꼭 양치기 개 한 마리를 구해야겠다고 다짐했다. 점점 양을 모는 일이 힘에 부쳤다.

3

양을 몰고 세자르는 축사의 거실로 들어갔다. 뜨겁게 작렬하는 햇볕에 익숙해져서 그런지 천장이 낮고 시원한 실내에 들어서자 어둠이 한층 짙게 드리운 것 같았다. 세자르는 어둠에 익숙해질 때까지 잠시 꼼짝 않고 서 있었다. 곧 그의 시선은 방 한구석 보이지 않게 감춰진 나무 문에 고정되었다. 기운을 내기 위해서라도 한 잔쯤 들이켜도 무방할 것 같았다. 그다음 양젖을 짜고 일찌감치 집으로 돌아가면 되었다. 유혹을 뿌리치지 못하는 스스로가 못마땅했지만 이 모든 건 망할 전쟁 때문이라고 생각하기로 했다. 마음속에 꽁꽁 숨긴 채 겉으로 드러내지 못하는 고통들 역시.

좁은 다용도실에서 풍기는 냄새가 그의 목을 자극했다. 어둠 속이었지만 세자르는 두 눈 감고도 증류기의 윤곽을 또렷이 구분할 수 있었다. 빈 병 한 개를 집어 든 세자르는 구리로 만든 대형 증류기 주둥이 아래 빈 병을 놓았다. 제네피가 졸졸 소리를 내며 흘러내리는 동안 쌉쌀한 알코올 냄새가 목구멍을 타고 넘어갔다. 가득 찬 병을 입술로 가져간 세자르는 갈증을 없애줄 만큼 크게 한 모금 들이켰다.

"좋구만."

한 모금 더 마시려 할 때, 밖에서 누군가 다급하게 그를 부르는 소리가 들렸다. 세자르는 문을 쾅쾅 두드리며 자신을 부르는 사람이 마을 면장임을 알아차렸다.

세자르는 재빨리 술병을 증류기 아래로 치웠다. 서두르는 바람에 술이 흘러넘쳐 바닥에 쏟아졌다. 터져 나오려는 욕설을 가까스로 참으며 거실 쪽으로 발걸음을 옮겼다. 범죄를 저지르다 들킨 사람처럼 가슴이 마구 뛰었다. 술 냄새가 나지 않기를 바라며 다용도실 문을 닫았다. 혹여 면장 마르셀에게 증류기의 존재를 들킨다면 그땐 정말 끝이었다. 망할 독일 놈들이 들이닥친 후로는 벌금으로 해결될 가벼운 일도 심각한 상황으로 번지기도 했었다. 면장조차도 상황이 상황이니만큼 범법자 색출에 앞장서며 독일 놈들보다 한술 더 떴다. 세자르는 심기가 불편하다는 듯 공연히 언성을 높였다. 그래야 자연스러워 보일 터였다.

"나가! 나간다니까!"

문을 열자 민망해하는 마르셀의 표정에 세자르는 괜히 웃음이 나올 뻔했다.

곧 마르셀의 뒤로 늘어선 무리들이 보였다. 친구 두 명의 부축을 받은 이웃집 양치기 앙드레가 창백한 얼굴로 끙끙대며 신음을 흘리고 있었다. 온통 피로 물든 앙드레의 바지를 보며 세자르는 혹시 유탄에 맞은 건 아닌가 생각했다.

"무슨 일이야?"

"베트야. 놈이 앙드레를 공격한 거 같아."

마르셀이 말했다.

"베트라고?"

세자르가 되물었다.

그때 남들이 자신을 두고 이러쿵저러쿵하는 것이 불쾌했는지 앙드레가 말했다.

"예고도 없이 그냥 덤벼들더라고. 총을 들어 올리려는 찰나 놈이 나한테 덤벼들었어. 손쓸 새도 없이 말이야. 파울로가 놈을 달아나게 했기에 망정이지."

파울로는 고개를 끄덕였다. 총을 들자마자 달아난 걸로 보아 총의 위력을 아는 놈 같다고 덧붙였다.

"자네도 직접 봤어야 했어! 덩치가 거대하고 두 눈은 지옥불처럼 번쩍이는 것이 진짜 괴물 같더라고. 그 어마어마한 턱은 또……."

앙드레는 겁에 질린 듯 크게 뜬 눈을 이리저리 굴리며 요란스럽게 말했다. 온 마을을 공포로 몰아넣고 있는 괴물과의 대적에서 극적으로 살아남았다는 묘한 자부심이 이는 모양이었다.

"이야기는 나중에 하고. 우선 상처를 소독하는 게 급선무 같네."

면장이 말했다.

세자르는 집 안으로 사람들을 안내하며 참나무 탁자를 가리켰다. 앙드레를 원목 탁자 위에 눕히고 상처를 자세히 살필 수 있도록 기름등잔에 불을 붙였다. 세자르는 한 치의 망설임 없이 앙드레의 바지를 찢었다. 상처가 꽤 깊었다. 종아리 위쪽에 난 끔찍한 상처는 놈이 날카로운 턱을 가지고 있음을 증명했다. 세자르는 반창고, 연고, 바늘, 실,

핀셋이 담긴 양철통을 가지러 갔다. 우선 지혈을 한 다음 상처를 소독해야 했다. 세자르는 늘 차고 다니는 술병에 제네피가 남아 있길 바라며 주머니를 뒤졌다. 다행히 술이 조금 남아 있었다. 세자르는 얼굴에서 핏기가 싹 가신 앙드레를 꽉 잡도록 한 뒤 상처에 술을 부었다. 살을 파고드는 통증에 앙드레가 고함을 질렀다.

"귀청 떨어지겠네, 앙드레."

앙드레의 고함 소리에 짜증이 난 세자르가 말했다.

"다치지만 않았어도 놈을 대번에 잡았을 텐데!"

앙드레가 말했다.

"그러게 말이야. 무방비 상태의 샤무아를 잡는 거라면 자네가 최고지."

"그게 무슨 뜻이지?"

"세 시간쯤 전 암놈 샤무아를 쏜 게 자네 아닌가?"

"그게 암놈인지 아닌지 자네가 어찌 안다고 그래. 게다가 샤무아는 골짜기로 떨어졌는데……."

앙드레가 볼멘소리를 했다.

"새끼 샤무아를 나와 내 손자가 구했으니까 알지. 그뿐인가. 난 사냥감을 쏠 때 가까이 가서 젖꼭지가 몇 개 달렸는지 세어보지 않고도 놈이 암놈인지 수놈인지 알 수 있어. 더 이상 베트와 관련해 괜한 허풍은 말게. 안 그러면 계집과 사내도 구별 못한다고 동네방네 소문 낼 테니."

세자르가 껄껄 웃으며 말했다.

세자르는 출혈이 멈춘 상처에 다시 온 신경을 집중했다. 상처 가장자리는 선명한 붉은빛으로 깨끗한 편이었지만 놈에게 물린 상처가 살을 깊이 파고들어 봉합이 필요했다. 앙드레가 고통으로 얼굴을 찌그러트리든 말든 세자르는 종아리를 세게 압박해 가며 깨끗한 붕대를 감았다. 급한 대로 처치를 마쳤으니 봉합은 기욤이 알아서 잘해줄 것이었다.

"자네들, 구르종 능선에 갔었나?"

호기심보단 어색한 침묵을 깰 요량으로 세자르가 물었다.

"아니. 베트가 대범해졌어. 글랑티에르 오솔길에서 놈을 만났거든. 돌아오는 길이었는데…… 어디선가 놈이 갑자기 나타나 우릴 덮쳤어."

"어, 어디라고?"

세자르의 얼굴이 부상당한 앙드레만큼이나 창백해졌다.

깡충거리며 뛰어갔을 세바스찬이 떠올랐다. 두려움이 급습하며 가슴이 산산조각 나는 것 같았다. 술 한 잔 걸치자고 아이를 홀로 보냈다. 세자르가 중심을 잃고 비틀거리자 면장이 다가와 그를 부축했다.

"왜 그러나. 어디 불편한가?"

"세바스찬이, 그 아이가 글랑티에르 오솔길로 갔어."

"세상에나!"

당황한 사냥꾼들은 서로를 쳐다볼 뿐이었다.

모두 베트가 저지른 만행을 직접 목격한 터였다. 배를 드러낸 채 죽어 있는 양의 시체, 풀밭에 흐트러진 김이 모락모락 나는 내장, 목덜미를 물어 뜯겨 떨어져 나간 머리통. 세바스찬이 놈과 맞닥뜨렸다면 아이는 살아남지 못했을 것이었다.

4

새끼 샤무아를 구했다는 행복감에 취한 세바스찬은 단숨에 산을 내려왔다. 오솔길에 대해서라면 나무 한 그루, 바위 하나, 울퉁불퉁 튀어나온 돌부리 하나까지도 훤히 꿰고 있었다. 여름이면 양 떼 모는 할아버지를 돕기 위해 매일 다니다시피 하는 길이었다.

세바스찬은 마르모트들이 사는 호숫가를 따라 걷다 수백 년 묵은 소나무들이 바람결에 흔들리며 신비한 소리를 내는 숲을 가로질렀다. 개울을 건널 때는 바위 부근에서 미끄러질 뻔했다. 세바스찬은 잠시 바위에 엉덩이를 붙이고 걸터앉았다. 서두를 이유는 없었다. 앙젤리나 누나에게 새끼 샤무아를 구했다는 이야기를 하면 입을 동그랗게 벌리고 깜짝 놀랄 것이었다. 기분 좋은 하루였다. 오늘 같은 날 그분이 오신다면 아주 근사한 선물이 될 텐데. 세바스찬은 공상에서 빠져나와 자리를 털고 일어났다.

개울을 따라 난 글랑티에르 오솔길로 접어들었다. 보기보다 경사가 급한 곳이었다. 세바스찬은 이상한 소리가 들려 걸음을 멈추었다. 눈 깜짝할 사이에 길 한가운데로 토끼가 지나갔다. 뭔가 불길한 예감이 든 세바스찬은 숨을 죽이고 모든 감각을 동원했다. 그때 경사면을 따라 길쭉한 돌멩이 같은 것이 굴러오는 것이 보였다.

그제야 길 한가운데 베트가 몸을 반쯤 웅크린 채 길을 가로막고 있는 모습이 보였다. 녀석의 양 다리 사이에 목덜미를 물린 산토끼가 누워 있었다. 녀석은 콧구멍을 벌름거리며 으르렁거렸다. 주둥이 주변은 온통 피투성이였다. 세바스찬은 공포와 충격으로 놀랐지만 이내 정신을 바짝 차렸다. 세바스찬은 놈이 늑대도, 지옥에서 도망친 괴물도 아니라는 사실을 확인했다. 단지 덩치가 크고 진한 빛깔의 털이 북슬북슬하며 성질 사나운 개일 뿐이었다. 녀석은 감시당하고 있다고 느꼈는지 점점 더 사납게 울부짖었다. 공격이 임박했음을 알리는 경고 같았다.

세바스찬은 멈춰 선 자리에서 녀석의 검은 눈동자를 뚫어지게 응시했다. 녀석이 마음만 먹는다면 한 걸음에 달려들어 세바스찬을 단숨에 집어삼킬 수도 있었다. 죽어 있는 산토끼처럼.

세바스찬과 녀석은 한동안 서로를 쳐다보고 있었다. 시간이 멈춘 듯 주변은 메아리 소리만 간간이 울렸다. 녀석이 사냥한 토끼를 빼앗기지 않으려 신경을 쓰며 한 걸음 앞으로 내딛자 둘 사이의 균형이 깨졌다. 둘 사이의 거리가 3미터가 채 안 될 정도로 좁혀졌다. 대기는 전기를 품은 듯 팽팽한 긴장감이 돌았고 아이는 겁에 질려 몸을 떨었다. 이대로 있을 수만은 없었다. 세바스찬은 이내 무언가 떠오른 듯 입을 뗐다.

"걱정 마. 토끼를 빼앗으려는 건 아니니까."

녀석이 아무 반응이 없자 세바스찬은 천천히 한 걸음 뒤로 물러섰다. 토끼를 훔칠 마음이 없다는 걸 보여주기 위해서였다. 곧 녀석이 한 걸음 앞으로 나오더니 그 자리에 우뚝 섰다. 기다리는 눈치였다. 두 귀가 활짝 펼쳐졌다.

"세자르 할아버지는 널 베트라고 불러. 마치 네가 괴물이라도 되는 것처럼 말이야. 이제 보니 그냥 개일 뿐이잖아. 너 기분 나쁘라고 한 말은 아닌 거 알지?"

세바스찬은 침을 한번 삼킨 다음 다시 말을 이었다.

"세자르 할아버지는 산에서 제일가는 양치기야."

으르렁 하고 대답을 한 개는 슬슬 몸을 움직이기 시작했다.

두려움에 잔뜩 긴장했는지 온몸의 근육이 바짝 조여드는 것 같았다. 세바스찬은 곧 다가올 충격을 기다리면서 두 눈을 내리깔았다. 녀석은 주둥이로 산토끼를 덥석 물더니 세바스찬을 향해 똑바로 뛰어올랐다. 세바스찬은 팔을 쳐들어 얼굴을 가리곤 녀석의 몸이 덮쳐 오는 순간을 기다렸다. 세바스찬을 뛰어넘은 녀석은 아이 따위 관심 없다는 듯 금세 잡목 숲 뒤로 자취를 감추었다.

어리둥절해진 세바스찬은 녀석이 무엇 때문에 도망쳤는지 이해하기까지 시간이 조금 걸렸다. 저 멀리 흥분한 사람들의 웅성거리는 소리가 들려왔기 때문이었다. 몸을 돌리자 경사면 쪽에서 엽총을 하늘 위로 향한 채 무리 지어 다가오는 어른들의 모습이 보였다.

"녀석, 살아 있었구나!"

세자르가 사람들을 밀치며 세바스찬을 향해 달려왔다.

"세바스찬, 여기서 이러고 있으면 어떡하니. 벌써 집에 가고도 남을 시간인데. 대체 어딜 어슬렁거리고 돌아다닌 거야!"

세자르가 엄하게 다그쳤다.

"꼬마야, 너 아무것도 못 봤니?"

마르셀이 미심쩍은 표정으로 세바스찬을 살폈다.

세바스찬은 왠지 사실대로 말하면 안 될 것 같아 천진한 미소를 지어 보이며 거짓말을 했다.

"뭘요?"

"베트 말이다. 분명 멀리 가지 못했을 텐데. 놈이 아침에 우릴 공격했다."

뒤늦게 도착한 앙드레의 모습이 보였다. 다리를 절뚝거리는데다 바지는 온통 말라붙은 핏자국 천지였다.

세바스찬은 거짓말이 들통날까 봐 덜컥 겁이 났다.

"아저씨들 따라 집에 내려가 있으렴. 이번엔 곧장 빵집으로 가야 한다. 할아버지는 마저 젖을 짜고 내려가마. 알겠지, 세바스찬."

세바스찬은 대답 대신 몸을 돌려 마을로 향했다.

세자르는 한숨을 내쉬었다.

"딴 길로 새지 말고 곧장 가야 된다!"

무사한 손자 녀석을 보며 느낀 안도감을 애써 감추고 세자르는 괜히 퉁명한 투로 한마디 덧붙였다. 세자르는 왔던 길을 되돌아 목초지로 향했다. 세자르는 세바스찬이 잔뜩 화가 났음을 모르지 않았다. 자신을 꼬마 취급하고 다른 사람에게 맡겨 불만이 가득한 표정이었으니까.

사냥꾼 무리는 다시 걷기 시작했다. 세바스찬은 뾰로통한 표정으로 내키지 않는 발걸음을 옮겼다. 마을이 가까워지자 앙드레는 신음 소리를 내기 시작했다. 주변의 관심을 끌려는 수작이었다.

마을에 도착하자 그제야 안심이 된 사냥꾼들은 걸쭉한 농담을 주고받았다. 사냥 몰이는 실패했지만 분위기는 한껏 격양된 상태였다. 좌절감이 오히려 도전 정신을 부추긴 모양이었다. 특히 부상을 입은 앙드레는 복수심을 불태우며 큰소리로 떠들어댔다.

"오늘은 웬일인지 그 작자가 취하지 않고 멀쩡했어. 세자르 말이야."

"세 시간 후에 다시 가보라고. 내가 보기엔 그땐 아마 지금보다 더 멀쩡할 테니까."

마르셀은 한쪽 눈을 찡그리며 장담한다는 듯 말했다.

마르셀은 양치기 세자르의 설교를 듣는 거라면 질색을 했다. 자신의 통치를 받는 면 주민들 앞에서라면 더더욱. 앙드레가 샤무아를 쏜 건 자신과는 아무 상관 없는 일이었다. 자신은 아무것도 보지 못했으니까.

껄껄거리며 동료들과 함께 웃고 있던 마르셀은 길 한가운데 우뚝 서서 자신들을 뚫어지게 쳐다보고 있는 세바스찬의 일그러진 얼굴을 발견했다.

"우리 할아버지는 아저씨들보다 술을 더 많이 먹지 않거든요!"

사냥꾼들은 더 크게 웃어댔다. 잔뜩 화가 나 볼이 빨개진 아이의 모습이 우스꽝스러웠기 때문이었다. 세자르의 까칠한 성격이 어린 세바스찬에게 고스란히 전염되었다고 믿을 정도였다.

"하하, 녀석이 늙다리 술주정뱅이의 역성을 들고 있네. 저 녀석 우릴 상대로 얼마든지 싸울 수 있을 거 같은데!"

파울로가 박장대소하며 말했다.

"할아버지는 사냥도 잘해요! 어미 샤무아를 죽이는 실수 같은 건 절대 안 하죠."

세바스찬은 최대한의 경멸을 담아 말했다.

아이의 독기 어린 외침에 사냥꾼들의 빈정거림이 멈췄다.

"그러는 넌? 넌 네가 누구라고 생각하냐, 꼬맹아."

빈정 상한 앙드레가 물었다. 앙드레는 버릇없는 꼬마에게 본때를 보여주겠다는 듯 한 손을 위로 올리며 세바스찬에게 다가갔다.

세바스찬은 몇 발자국 뒤로 물러나며 악을 쓰며 외쳤다.

"난 베트가 왜 아저씨를 물었는지 알아요. 그건 아저씨한테서 양 냄새가 나기 때문이라고요!"

앙드레는 절뚝거리며 달려가 세바스찬을 잡으려 했지만 마르셀이 말렸다.

"놔두게. 그래 봤자 꼬맹이 녀석 아닌가. 이미 시간이 많이 늦었으니 돌아가자고."

마르셀은 자신이 한 말에 무게를 더하려는 듯 주머니에서 회중시계를 꺼냈다. 돌아가신 삼촌으로부터 물려받은 회중시계는 마르셀에게 있어서 비천한 농부가 아닌 행세깨나 하는 신사임을 상징하는 물건이었다. 순금으로 된 시계 몸체엔 동으로 만든 굵은 체인이 연결돼 있었다. 아랫부분 회색으로 그려진 자판은 나침반처럼 북쪽 방향을 확인할 수 있었다. 시침 역할을 하는 바늘이 섬세하게 새겨진 태양에서 멈추기 때문이었다.

세바스찬도 시계에 홀려 잠시 넋을 놓고 쳐다볼 정도였다. 세바스찬은 앙드레, 파울로가 쏟아낸 모욕적인 언사 따위 깡그리 잊어버렸다. 그 정도로 마르셀의 회중시계는 마을 사람들 모두의 화젯거리였다.

5

마을 입구에 다다랐을 때 엔진 소리가 들렸다. 골짜기로 이어지는 꼬부랑길에서 새 차 냄새를 풀풀 풍기는 전륜 구동차 한 대가 모습을 드러내며 마을을 향해 전속력으로 오르막길을 오르고 있었다. 뭔가 성가신 일이 벌어질 조짐이었다. 마르셀은 터져 나오려는 욕설을 꾹 참았다.

"오늘 오는 날도 아닌데. 썩을 독일 놈들 같으니라고."

"분명 독일 놈들이야?"

"확실해. 이탈리아인들을 대신해 이 지역을 야금야금 장악하는 중이라니까. 우리한테는 좋을 게 없지."

어른들의 걱정스런 말에 세바스찬은 재빨리 뛰었다. 앙젤리나 누나에게 빨리 이 사실을 알려야 했다. 세바스찬은 꼬불꼬불 굽이진 좁은 길을 통과해 정원을 가로질렀다. 교회 뒤쪽으로 난 돌계단을 잰걸음으로 올라간 다음 후다닥 광장에 있는 빵집으로 향했다.

빵집 문을 열자마자 울리는 종소리는 요란스러운 사이렌 소리에 묻혀 버렸다. 계산대 앞에 있던 앙젤리나는 얼굴을 찡그리며 두 손을 들어 귀를 틀어막았다.

"독일 놈들이야, 누나. 그놈들이 왔어."

"그래. 놈들이 경고음을 울리는 건 필시 나쁜 신호임이 분명해."

순간 앙젤리나는 세바스찬을 보며 주저했다.

"세바스찬, 내 말 잘 들어. 너한테 이런 부탁하는 게 마음에 걸리지만 그래도 네가 가서 기욤에게 알려줘야겠어."

"진찰실로 가라고? 기욤 아저씨도 사이렌 소리를 들었을 텐데?"

"기욤은 지금 진찰실에 없어. 분명 에크랭 가는 길에 있을 거야. 세바스찬, 거기까지 뛰어갈 수 있지?"

"응. 달리기라면 날 따라올 사람이 없어."

"조심해야 해. 독일 사람들 요즘 약이 바짝 올랐거든."

"왜?"

"전쟁이 길어져서 그래. 벌써 삼 년이나……."

"그 사람들이 기욤 아저씨를 잡아가는 거야?"

"아니. 세바스찬, 지금 무슨 상상을 하는 거니? 넌 그냥 빨리 가서 알려주기만 하면 돼."

"응, 누나."

세바스찬이 밖으로 나가려는 순간 앙젤리나가 손을 잡아 말렸다.

그때 빵집 문이 열리면서 검정색 제복을 입은 사내 한 명이 들어왔다. 몸집이 커다란 남자의 얼굴 표정은 화강암 덩어리만큼이나 단호했다. 남자의 뒤로 두 사람이 서 있었다. 위협적인 태도로 두 다리를 벌린 채 부동자세를 취하고 있었다. 앞에 서 있던 장교는 주저하는 듯 세바스찬을 흘끔 쳐다보곤 고개를 돌려 독일어로 무언가 지시를 내렸다. 뒤에 서 있던 두 병사는 말라르네 집 출입문에 대고 큰소리로 외쳤다.

"모두 밖으로 나와!"

장교는 빵집 안으로 한 발짝 더 들어왔다.

앙젤리나를 보자 장교의 눈빛이 순간적으로 변했지만 세바스찬은 그것을 어떻게 설명해야 할지 알 수 없었다. 세바스찬은 문득 화가 치밀었다. 앙젤리나 누나는 세바스찬에게 엄마 같은 존재였다. 그런 누나를 더러운 독일 놈이 야릇한 눈빛으로 바라보다니. 세바스찬이 소리를 지르려 할 때 앙젤리나의 음성이 들렸다.

"세바스찬, 어서 가."

세바스찬은 고집스럽게 버텼으나 누이의 검은 두 눈에 담긴 간절함에 밖으로 나왔다. 독일 남자는 묘한 미소를 지으며 여전히 앙젤리나에게서 눈을 떼지 않았다.

"누구시죠?"

앙젤리나가 말했다.

"페터 브라운 중위입니다. 빵 한 판 주문하려고 왔습니다."

"빵이라고요?"

"네. 이번 주부터 매주 월요일에 둥근 빵을 30킬로그램씩 구워주십시오. 사령부의 명령입니다. 골짜기 일대 빵집에서 빵을 조달받는데 문제가 좀 있어서요."

"30킬로그램이나요? 그건 불가능해요."

좀 더 부드럽게 말해야 한다는 걸 알았지만 앙젤리나는 분노 때문에 볼이 화끈 달아올랐다.

앙젤리나는 고된 반죽 일에 지칠 대로 지쳐 있었고, 부엌에서 잠이 든 견습생 제르맹과 밀가루 확보를 위해 날이면 날마다 걱정을 안고 사는 자신의 처지를 떠올렸다. 앙젤리나는 두 주먹을 불끈 쥐었다. 치밀어 오르는 분노가 어디로 튈지 생각할 여유조차 없었다. 앙젤리나는 입술을 깨물며 무언가 말을 하려다 단념하고 잠자코 기다렸다.

"가능합니다. 모리엔 빵집 주인처럼 밀가루 분량을 속일 생각은 하지 않는 게 좋을 겁니다. 그자는 그 일 때문에 빵을 50킬로그램씩 제공하고 있으니까요."

앙젤리나는 장교 앞에 말뚝처럼 버티고 서 있었다. 분함을 이기지 못해 온몸이 바들바들 떨렸다.

"우리처럼 작은 빵집에서 30킬로그램이라뇨. 우린 하루에 20킬로그램도 겨우 하고 있어요. 그나마 두 번을 구워야 만들어낼 수 있죠. 게다가 밀가루 말인데, 그건 당신들이 제공할 건가요? 정식 제빵사도 없어 견습생이 모든 일을 하고 있다고요."

"다시 한 번 말하지만 우리는 지금 전쟁 중입니다. 명령은 명령이죠."

"명령이라고요? 그렇다면 한 말씀드리죠, 장교님. 진정한 군인은 전쟁을 하지 선량한 상인들 등쳐 먹는 일은 하지 않죠."

앙젤리나는 말을 하고 곧 후회했다. 도를 넘는 발언이었다. 앙젤리나는 제멋대로 놀려댄 혀를 질끈 깨물었다.

장교의 얼굴이 창백해지더니 폭발하기 일보 직전이었다. 앙젤리나는 두 눈을 내리깔고 변명을 찾기 위해 골몰했다. 아무 생각도 떠오르지 않았다. 앙젤리나는 전쟁과 점령이 주는 모멸감, 온갖 가혹 행위와 부당한 명령에 치가 떨렸다. 다만 부질없는 일인 줄 알면서도 자신의 이런 심정을 설명하고 싶었을 뿐이었다. 풀이 죽어 스스로의 패배를 인정한 앙젤리나는 들릴 듯 말 듯 중얼거렸다.

"해보겠습니다."

"좋습니다. 그럼 월요일에 뵙죠."

장교는 빵집을 나갔다.

장교의 부하들은 말라르 가족을 집 밖으로 끌어내고 있었다. 정식 가택수색을 나온 것 같았다. 말라르 부부는 양팔을 떨군 채 무기력하게 서 있었다. 병사 중 한 명이 다시 집 안으로 들어가자 남편이 거세게 항의했다. 앙젤리나는 문득 독일군이 자신을 왜 가만 내버려 두었는지 궁금해졌다. 앙젤리나는 어떤 행동을 취해야 하는지 판단이 서지 않았다.

그때 갑자기 가재도구들이 깨지는 요란한 소리가 났다. 앙젤리나는 흠칫 놀라 몸을 떨었다.

"밖으로 나가, 라우스(독일 군사용어로 잡아 총을 뜻함:옮긴이)!"

말라르 씨가 집 안으로 들어가려고 하자 병사 한 명이 제지하며 무기를 들이댔다.

집 안으로 들어갔던 나머지 병사 한 명이 마침내 오르탕스 할머니의 팔을 질질 끌며 밖으로 나왔다. 다행히 병사의 몸짓은 단호했지만 노골적 난폭함은 없었다.

"이제부터 가택수색에 들어갈 테니 모두 브라운 중위 앞에서 차렷 자세를 취한다."

병사가 말했다.

어머니가 끌려 나오자 말라르 씨가 겁먹은 소리로 항의했다.

"연로하신 분이니 어머니는 내버려 두시오."

브라운 중위가 아무 말이 없자 부하 병사가 거만한 투로 말했다.

"당신네들이 유대인을 숨겨주고 있다는 걸 다 알고 있소. 그자를 숨겨두었다 국경을 넘게 해주었지. 우리가 그랑 데필레에서 흔적을 발견했소."

"우린 아무도 숨겨주지 않았습니다. 집 안은 실컷 뒤져도 좋으니 어머니는 편히 계실 수 있게 해주시오."

간간이 들려오던 소문은 사실인 듯했다. 이웃 마을에서 온 청년이 자기 집 지하실부터 지붕 밑 다락까지 수색을 당했다면서 독일 놈들이 심지어 건초 더미까지 샅샅이 뒤지더라고 말했었다.

그때 겁에 질려 모여 있던 주민들을 헤치며 마르셀이 세 명의 남자를 앞세우고 나타났다.

"안녕하십니까. 브라운 중위, 무슨 일인지 저에게 말씀해 주시겠습니까."

마르셀은 장교에게 간단히 인사를 건넨 뒤 팔짱을 낀 두 팔을 배 위에 올려놓으며 말했다.

마르셀의 질문에 대답 대신 브라운 중위는 함께 서 있던 앙드레의 상처를 가리키며 조롱 섞인 투로 말했다.

"그랑 데필레 넘는 일이 상당히 위험한 모양이군요."

"글쎄요. 저희는 글랑티에르에서 오는 길입니다만."

"아, 그래요? 지금 절 놀리고 싶으신가 보군요."

장교의 말투가 칼 같은 단호함으로 바뀌었다.

"우린 베트에게 습격당했죠."

"베트? 늑대 말입니까?"

"늑대라기보다 야생 개라는 편이 더 맞겠죠. 놈이 몇 주 전부터 양들을 잡아먹고 있어 골칫거리죠."

"저와 같은 처지로군요. 당신들도 성가신 놈 사냥에 나섰으니."

장교의 말끝에 비웃음이 섞여 있었다.

마르셀은 자신의 배짱이 먹히지 않아 심란해졌다. 그는 점령군 장교와 기 싸움을 벌일 때 감수해야 하는 위험을 모를 정도로 어리석진 않았다. 문제는 산꼭대기 작은 마을에서 맘 편히 사는 데에만 골몰한 탓에 정치적 상황을 잠시 잊고 있었다는 점이었다.

브라운 중위는 먼젓번 이탈리아 놈들만큼 타협적이지 않았다. 전권을 가지고 있으며 마음 내키는 대로 법을 적용하거나 가택수색을 벌일 수도 있고, 수틀리면 사람들을 잡아다 해코지를 할 수도 있는 인물이었다. 골짜기 쪽 마을에서 이미 몇몇 독일 놈들에 대해 흉흉한 소문이 돌고 있던 참이었다.

주변을 둘러본 마르셀은 동네 사람들이 벌벌 떨며 고개를 숙이고 있는 모습을 확인했다. 독일군 장교 마음에 쏙 들 만한 광경이었다.

"설마 산 정상에서 벌어지는 일을 모른다고 하지는 않으시겠죠?"

브라운 중위가 물었다.

"베트 말입니까?"

"지금 날 바보 취급하는 겁니까? 그걸 묻는 게 아니란 걸 모르지 않을 텐데요."

마르셀이 잠시 생각에 잠겨 있는 사이 파울로가 딸꾹질을 해댔다.

대체 독일 장교가 원하는 게 뭘까? 마을 사람들과 아들이 강제 징용장을 받아 들고 길을 떠난 뒤 소식을 애타게 기다리고 있는 이 사람들을 고발하길 바라는 걸까? 아니면 국경 지역 너머로 눈길을 주는 자들을 고자질하라고? 마르셀은 입안에서 혀만 끌끌 찰 뿐, 입 밖으로 아무 소리도 내뱉지 않았다.

"우리가 가진 무기를 압수하지만 않았어도 벌써 베트를 죽였겠죠."

마르셀이 짐짓 모른다는 투로 말했다.

"면장, 도주자들을 국경으로 안내한 자들의 명단을 넘기시오. 그럼 무기를 돌려주겠소."

그가 원하는 것이 바로 이것이었다.

앙젤리나는 상황을 지켜보며 어서 빨리 세바스찬이 기욤을 찾아 신속하게 데려오게 해달라고 하늘에 기도했다.

6

세바스찬은 전력을 다해 뛰었다. 중간에 에크랭으로 가는 언덕 아래쯤에서 도저히 더 갈 수 없을 것처럼 숨이 가빠왔다. 가슴이 먹먹할 정도로 아팠고 쥐가 나서 근육도 단단히 뭉쳐 왔지만 지체할 시간이 없었다.

마을을 가로지르며 세바스찬은 집 문 앞에 나와 있는 사람들, 자기 방어조차 할 수 없이 무력해진 이웃 사람들의 모습을 보았다. 사람들의 눈에 두려움이 읽혀졌다. 할아버지는 생마르탱은 평온한 곳이었는데 최근 들어 사정이 많이 달라졌다고 말씀하시곤 하셨다.

평소 사람들의 왕래가 잦지 않은 산 위쪽 마을에 외국인, 군사 장비로 무장한 도시 출신 청년 등 다양한 부류의 사람들이 보였는데 이들이 점차 자취를 감추었다. 온갖 소문이 떠돌았다. 어른들끼리 수군대는 금지된 이야기였지만 모두가 알고 있는 소문들. 할아버지는 '아무것도 존중할 줄 모르는 독일 사람들.' 정도로 말했지만, 세바스찬은 독일 사람들은 뭐든 마음대로 하고 명령에 굴복하지 않는 사람들을 마음대로 처벌할 수 있다는 것을 어렴풋이 알고 있었다. 세바스찬은 입 밖으로 내뱉진 않았지만 그들을 '독일 놈.', '곱슬머리.' 라고 불렀다.

세바스찬은 모퉁이에서 잠깐 쉬어가기로 했다. 숨이 턱까지 차올라 토할 것만 같았다. 종아리근육이 벌겋게 달구어진 쇠처럼 화끈거렸다. 고갯마루에서 잠시 숨을 고르고 있는데 확실하진 않으나 희미한 움직임이 느껴졌다. 몸이 거의 반으로 접히다시피 고부라진 상태에서 고개도 들지 못한 채 숨을 고르는 데 정신이 팔려 있었다. 그때 손 하나가 세바스찬의 어깨를 잡아 부드럽게 흔들었다.

"꼬마 친구, 오르막길에서 죽고 싶어?"

"기욤!"

세바스찬은 기욤을 보니 안도감이 밀려왔다.

"독일 놈들이…… 마을…… 온 사방에 쫙 깔렸어요. 집들을 뒤지고 난리예요. 그래서 앙젤리나가……."

순간 기욤의 얼굴에서 장난기가 싹 가셨다.

"알았으니 일단 숨부터 좀 돌려."

기욤이 세바스찬에게 물통을 건넸다.

세바스찬이 목을 축이는 동안 기욤은 메고 있던 가방을 내려 차근차근 뒤지기 시작했다.

기욤은 젊은 의사로 타고난 친절과 배려심 덕분에 주변 사람들로부터 두터운 신망을 받고 있었다. 지금의 차림새만 보자면 진찰실에서 환자에게 청진기를 들이대는 모습을 상상하기 어려웠지만 누구보다 환자들의 말을 경청하는 유능한 의사였다. 세바스찬 역시 기욤을 잘 따랐다. 기욤은 세바스찬을 어린아이 취급하지 않고 마음을 잘 이해해 주었다. 세바스찬은 기욤의 시선을 끌고자 길게 한숨을 내쉬었지만 기욤은 혼자만의 생각에 골똘해 있었다. 참다못한 세바스찬이 기욤의 소매를 잡아당기자 그제야 반응을 보였다.

"이제 어떡하죠?"

당혹스러워하는 기욤을 바라보며 세바스찬은 몸을 일으켜 세웠다. 준비됐으니 뭐든 지시만 내리라는 신호와 다를 바 없었다.

"세바스찬, 혹시 누가 오는지 도로를 좀 살펴줘."

시야가 뻥 뚫려 저 아래 골짜기 마을까지 훤히 내려다보였지만 세바스찬은 기욤이 당부한 대로 따랐다. 도로를 보며 한 눈으로는 힐끔힐끔 기욤의 행동을 살폈다.

기욤은 배낭에서 무언가를 꺼내더니 서둘러 돌멩이 뒤 바위틈에 숨겼다. 그다음 자국을 없애기 위해 손으로 주변 흙먼지를 쓸어냈다. 기욤이 숨기는 것은 권총이었다. 언젠가 마르셀 면장의 집에서 권총을 본 적이 있었다. 기욤이 뭔가를 숨긴다는 것에 실망감이 들었지만 세바스찬은 이내 모른 척하고 경사면만을 응시했다.

"세바스찬, 내려가자. 가다가 누굴 만나게 되면 개울에 갔다 오는 길이라고 말하는 거다? 알겠지?"

"네."

개울이라니. 기욤의 말에 다시 한 번 실망감이 밀려왔지만 세바스찬은 생각은 그저 마음에 담아두는 거라고 배웠다. 왜 어른들은 거짓말을 하고 진실을 각색하는지 의문이 들었다. 그러느니 차라리 입을 다무는 편이 나을 텐데. 물론 '점령당한 나라' 에서라면 진실이 다소 달라질 수는 있었지만.

전속력으로 내려온 덕분에 두 사람은 30분이 채 안 되는 시간에 생마르탱에 도착했다. 거리엔 인적이 없었다. 집집마다 덧문까지 닫아건 걸 보니 모두 집 안에서 숨을 죽이고 있는 모양이었다. 독일 사람들을 피하기 위해 두 사람은 마을 한가운데 광장을 우회해서 마을 끝에 자리 잡은 사제관을 가로질렀다.

기욤의 집은 돌로 지은 3층집으로 헛간 하나와 쓰지 않는 마구간이 딸려 있었다. 1층 전체는 진찰실이었고, 2층은 가정집으로 나머지 공간은 낡은 잡동사니를 보관하는 창고로 쓰였다.

반쯤 열린 문은 두 사람에게 어서 오라고 손짓하는 것 같았다. 세바스찬은 독일 사람들을 따돌렸다는 생각에 승리의 환호성을 지르고 싶은 걸 가까스로 참았다. 두 사람은 가쁜 숨을 몰아쉬며 복도로 들어섰다. 복도에 들어서자 빛을 등지고 선 남자가 보였다. 긴 외투 차림의 남자는 말이 없었다. 세바스찬은 남자를 보자 하늘이 무너지는 것 같았다. 빵집에서 본 그 남자였다.

"아무것도 볼 게 없다고 했잖아요. 당신들 지금 의사 선생님 집무실에 무단으로 들어온 건 알고 있어요? 어서 나가주세요. 선생님이 돌아오실 때까지 여기에 있는 어떤 물건도 손댈 수 없어요."

그때 진찰실로부터 늙은 셀레스틴의 목소리가 들려왔다.

문지방에 모습을 드러낸 사과처럼 동글동글 살이 찐 자그마한 셀레스틴의 두 볼은 화가 나 잔뜩 빨개져 있었다. 늘 단정하게 틀어 올렸던 머리마저도 흐트러져 제멋대로 삐져나와 있었다. 세바스찬은 남자의 지시를 받는 두 명의 부하가 셀레스틴 뒤에 서 있는 걸 확인했다.

기욤이 먼저 인사를 건네려고 한 손을 들어 올렸으나 독일 남자가 고갯짓으로 간단히 인사를 한 뒤 말을 꺼냈다.

"당신이 의사 기욤 맞습니까?"

"네. 제가 기욤입니다."

"페터 브라운 중위입니다. 진작 한번 뵙고 싶었습니다. 놀랍군요."

"뭐가 말이죠?"

"프랑스 의사들은 늘 흰 가운을 입고 있을 거라 생각했거든요. 그런데 등반을 하셨나 보네요? 등산복 차림이신 걸 보니."

브라운 중위의 친근한 말투 속에 위협이 느껴졌다.

기욤이 아무런 반응을 보이지 않자 세바스찬은 더욱 겁을 먹었다. 제복 입은 사나이가 자신을 돌덩어리로 만들어 버린 것만 같았다. 브라운 중위가 기욤 주변을 빙글빙글 돌며 옷차림을 살피고 무게라도 달아보려는 듯 배낭을 들었다 놨다 하는 내내 기욤은 단 한 번도 이의를 제기하지 않았다. 오히려 기욤은 다소 불만스러운 표정으로 상대를 째려볼 뿐이었다.

"그랑 데필레에서 흔적들을 발견했죠. 바로 오늘 아침에 말입니다. 그래서 우리는 지난밤 통행이 있었다고 추측했습니다."

"통행이라고요?"

"네. 물론 샤무아의 통행이라고 말하시겠지만요."

브라운은 기욤이 발끈하도록 약을 올리듯 말했다.

"혹시 곰을 치료하신 적 있나요?"

"무슨 말인지 모르겠군요."

"못 알아들으시겠다면 다시 묻죠. 오늘만 예외적으로 면도할 시간이 없으셨나요? 아니면 늘 면도를 하지 않으시는 건가요? 기욤 씨, 지난밤을 산에서 보내셨죠?"

"그랄루아르 협곡을 등반했습니다. 어쩔 수 없이 대피소에서 잤죠.

그 지역을 알고 있다면 그럴 수밖에 없다는 걸 이해하실 겁니다."

"그러셨군요. 사냥이라도 하셨나요?"

"아뇨. 그저 혼자 있고 싶었을 뿐입니다. 당신도 그럴 때가 있지 않습니까?"

"유감이지만 한가하게 그러고 있을 시간이 없죠. 당신은 아주 근사한 지방에 살고 계시는군요. 국경도 멀지 않고, 이탈리아 스위스가 바로 지척에 있으니까 말이에요. 경치도 매우 아름답더군요. 실례되지 않는다면 가방을 좀 살펴봐도 되겠습니까?"

부하들이 배낭을 빼앗아 내용물을 몽땅 바닥에 쏟았다.

세바스찬은 기욤이 몸수색을 당할 걸 미리 예상하고 권총을 숨겨 다행이라는 생각이 들었다. 그러면서도 의사 선생님이 왜 권총이 필요할까 라는 의문이 들었다.

배낭에서는 로프, 칼, 빵 한 조각, 지도 한 장이 나왔다. 중위는 몸을 굽혀 물건들을 하나하나 찬찬히 살폈다. 세바스찬은 쿵쾅쿵쾅 방망이질해 대는 심장 소리를 아무도 듣지 못하게 해달라고 속으로 기도했다. 브라운 중위는 지도를 집더니 짧게 한숨을 내쉬며 몸을 일으켰다.

"이건 진찰실로 가서 좀 보겠습니다. 거기가 편할 것 같군요."

부하들을 밀치며 셀레스틴이 안내했다. 진찰실의 가구를 모두 뒤졌는지 서랍장은 온통 열려 있고 펜대는 쓰러져 있으며 책상 발치엔 책 한 권이 나뒹굴고 있었다. 나이 든 셀레스틴은 바닥에 떨어진 책을 제자리에 꽂은 뒤 방 한가운데 팔짱을 낀 채 무서운 얼굴로 떡하니 버티고 섰다.

셀레스틴을 무시한 채 브라운 중위가 책상 위에 지도를 펼쳤다. 독일 말로 뭐라고 중얼거리면서 면밀히 지도를 확인했다. 마침내 브라운 중위가 고개를 들더니 당황스럽다는 태도로 물었다.

"그랄루아르라고 하셨죠. 그곳은 아름답습니까?"

"네."

"지도에서 보니 그랑 데필레에서 상당히 먼 곳이군요. 날아다니시지는 않을 테고."

기욤은 대답 대신 어깨를 으쓱했다. 하나부터 열까지 셀 만큼의 시간 동안 침묵이 흘렀다.

세바스찬은 갑자기 배가 아파왔다. 가슴도 아프고 온몸이 다 아팠다. 기욤과 브라운 중위의 팽팽한 긴장감을 견디다 못해 엉엉 울고 싶었다. 독일 장교는 손가락으로 정상으로 가는 길을 짚더니 다시 한 번 지도 쪽으로 몸을 숙였다.

"바로 이곳을 통해 그자들이 지나갔습니다. 전 반드시 그자들을 잡을 겁니다. 아시겠습니까? 그자들을 체포하는 날 당신이 우연이라도 그 자리에서 마르모트를 감상하는 그런 불상사가 생기지 않기를 바랍니다. 지금 제가 한 말 무슨 말인지 잘 아시겠죠?"

기욤이 대답이 없자 그가 다시 한 번 재촉했다.

"분명히 알아들었죠?"

"네. 브라운 중위님."

"알겠습니다. 전 복종을 좋아합니다. 우둔한 사람보다 똑똑하고 지적인 사람들의 복종을 더 좋아하죠. 당신은 물론 우둔한 사람이 아니니까……."

브라운 중위는 뭐라 덧붙이려다 단념하고 셀레스틴 쪽으로 몸을 돌려 정중히 인사를 했다.

"아주 훌륭한 지원군을 두셨군요. 셀레스틴 부인, 다시 볼 일 없길 바랍니다. 당신과 나의 건강을 위해서라도 그게 좋겠죠."
"저도 동감입니다. 전 그럼 할 일이 많아서."
셀레스틴은 세바스찬을 끌고는 턱을 꼿꼿이 세우고 진찰실을 나왔다. 세바스찬은 셀레스틴이 이끄는 대로 밖으로 나왔다. 독일 놈의 손아귀에서 빠져 나온 것만으로도 마음이 놓였다. 셀레스틴는 세바스찬을 부엌으로 데리고 가 따뜻한 수프와 커다란 빵 한 덩어리, 치즈 한 조각을 주었다. 셀레스틴이 세바스찬의 머리를 쓰다듬으며 허공을 향해 중얼거렸다.
"이발 좀 해야겠구나, 세바스찬. 네 할아버지도 너무하지. 어린애를 이렇게 마구 싸돌아다니게 놔두다니. 너도 봤지? 저 애송이 병사들 말이야. 무슨 짓이든 할 아주 무서운 사람들이야."

7

앙젤리나는 밀가루 확보 문제를 해결해 볼까 하는 기대에서 물품 공급업자를 만나고 집으로 돌아오는 참이었다. 다행히 수프는 아침부터 냄비에서 서서히 끓고 있었다. 여러 가지 채소와 콩에 돼지비계를 약간 섞은 수프였다.

냄비를 들고 오는 앙젤리나를 돕기 위해 기욤이 자리에서 일어났다. 앙젤리나는 그저 말없이 식탁 한가운데 냄비를 내려놓은 뒤 행주로 싸두었던 빵을 가지러 갔다. 그녀는 세바스찬을 집에 데려다준 기욤에게 저녁을 먹고 가라고 청했고, 기욤은 망설이지 않고 초대를 받아들였다.

앙젤리나는 전쟁이라면 지긋지긋했다. 밀가루며 식사 걱정 따위 하고 싶지 않았다. 앙젤리나 역시 고아였다. 앞으로 얼마나 힘든 시간을 겪어야 할지 모르지 않았다. 독일 사람들뿐 아니라 세자르 역시 그녀에게 걱정을 안겨주었다. 앙젤리나는 할아버지가 무엇 때문에 심란한 줄 알고 있지만 아무것도 할 수 없다는 사실 때문에 미칠 것 같았다. 이제 시간도 충분히 흘렀으니 세바스찬에게 진실을 말할 때가 되었다고 생각했다. 그렇지 않으면 두고두고 오해만 쌓여갈 것이 뻔했으니까.

앙젤리나는 기욤의 배려 어린 눈길, 살짝 닿는 손길, 이따금씩 두 사람을 사로잡는 마음의 동요까지 사랑했다. 그렇지만 어찌 된 일인지 오늘 저녁은 그와 함께 있어도 불안감이 가시지 않았다. 즐거운 척, 명랑한 척해보지만 모든 게 억지스러워 스스로도 얼굴이 찌푸려질 정도였다.

"수프가 맛있게 됐네요. 접시 이리 주세요."

수프에서 올라오는 따뜻한 김에 둘러싸인 앙젤리나는 마치 천사 같았다. 두 눈 가득 거무죽죽 다크서클이 어린 피곤한 천사.

세바스찬은 어른들이 입을 열지 않는 것이 자신 때문임을 알았다. 어른들은 독일 사람에 대해서도 전쟁에 대해서도 늘 말을 아꼈다. 어른들은 자신을 나약하고 어리게만 생각했다. 어른들의 침울함을 견디지 못한 세바스찬이 먼저 입을 열었다.

"누나, 그거 알아? 새끼 샤무아 말이야. 할아버지와 내가 구해주지 않았다면 벌써 죽었을 거야. 떨어지지 않았다고 해도 엄마 젖 없이는 살 수 없었을 테니까. 그렇죠? 할아버지."

세자르의 낯빛이 벽돌처럼 붉어지는 동안 앙젤리나는 불만 가득한 눈으로 세바스찬을 바라보았다.

"우리가 녀석을 구했잖아요. 할아버지, 엄마 없이는 녀석은 벌써 죽었을 게 뻔해요. 그렇죠?"

"그래. 녀석에게 엄마가 생겼으니 모든 게 다 잘될 거야. 네가 녀석을 보살펴 준다면 더 좋겠지."
앙젤리나가 맞장구를 치며 말했다.
앙젤리나는 마치 이의가 있으면 말해보라는 듯 세자르를 향해 몸을 돌렸다. 세자르는 들릴 듯 말 듯 '그럼.' 이라고 중얼거리고는 단숨에 잔을 비웠다. 잔을 비운 세자르는 기욤에게 한 잔씩 더 하자고 눈짓을 보냈지만 기욤은 앙젤리나를 쳐다보며 눈치를 살피더니 당황한 듯 얼른 대답했다.
"맑은 정신을 유지하는 편이 좋을 것 같네요."
"어쩔 수 없지. 난 마셔야 정신이 맑아질 것 같네. 한잔 따르게."
"어련하시겠어요."
앙젤리나가 빈정거리며 말했다.
세자르는 양 미간을 찌푸린 채 술병을 응시하며 혼자라도 따라 마셔야 하나 망설였다. 세바스찬은 할아버지가 정신 나간 사람처럼 그런 표정을 지을 때가 제일 싫었다. 다른 화젯거리를 찾기 위해 골몰하던 세바스찬은 산에서부터 줄곧 머릿속을 맴돌던 해서는 안 될 질문을 하고 말았다.
"성탄절엔 오시겠지?"
"누가 온다고?"
세자르가 되물었다.
"엄마 말이야. 엄마가 올 거라고 할아버지가 그랬잖아. 아메리카에서 여기까지 얼마나 걸려?"
세자르의 표정이 굳어졌다. 대답 대신 세자르는 도움을 청하는 듯 다른 사람들 쪽으로 눈길을 돌렸다.
할아버지는 엄마에 대해 말을 꺼내면 늘 질색하는 표정을 지으셨다. 마치 엄마가 존재하지 않는 사람이라도 되는 것처럼. 세바스찬은 이번에야말로 대답을 듣고 말겠다는 듯 마음을 굳게 먹고 숟가락을 탁 내려놓았다. 세자르 역시 손자의 결심을 알아차렸는지 한참 만에 입을 열어 우물쭈물 몇 마디를 던졌다.

"사실은 나도 아메리카가 어딘지 잘 모른단다. 한 번도 가본 적이 없으니까. 그래서 얼마나 걸리는지 말해줄 수가 없……."

앙젤리나는 세자르의 말을 딱 잘랐다.

"덮어놓고 아무 약속이나 하시려거든 차라리 아무 말 말고 가만히 계세요. 세바스찬, 늦었어. 어서 씻고 자야지."

세자르는 아무 말이 없었다. 기욤 역시 벽만 바라보았다.

세바스찬은 다른 질문을 더 하고 싶었지만 그러지 못했다. 평소 앙젤리나는 세바스찬이 음식을 남길 때마다 잔소리를 했지만 오늘은 서둘러 잠자리로 보내려는 마음이 앞섰는지 음식을 다 먹었는지조차 확인하지 않았다. 세바스찬은 더 이상 배가 고프지 않았다. 분명 자신을 침대로 보내고 전쟁 이야기를 할 테지.

기욤은 다리를 장의자 위로 올리며 식탁에서 물러나는 세바스찬에게 한쪽 눈을 찡끗해 보였다. 세바스찬은 희미한 미소로 답했다. 앙젤리나가 엄격한 표정을 지은 채 계단 아래에서 기다리고 있었다. 화가 난 게 분명하지만 세바스찬은 그것이 자신 때문인지, 아니면 할아버지 때문인지 도무지 감이 오지 않았다. 할아버지가 건네는 인사를 무시한 채 누나를 따라 계단을 올랐다. 나비가 날갯짓을 하듯 누나 손에 들린 촛불이 일렁거렸다.

세바스찬의 방은 집 제일 꼭대기 층 지붕 바로 아래로 다락으로 사용하던 곳이었다. 세숫대야에는 차가운 물이 가득했다. 세바스찬은 물을 적시는 둥 마는 둥 건성으로 세수를 했다. 앙젤리나는 천장에 이마를 향한 채 생각에 골몰해 있었다.

세바스찬은 잠옷으로 갈아입고 누나가 좋아하는 대로 벗어놓은 옷을 차곡차곡 개어놓았다. 이불 속으로 들어가며 누나를 불렀다. 침대 한가운데 누운 세바스찬은 한기 때문에 몸을 동그랗게 웅크렸다. 노곤함 대문에 눈꺼풀이 무겁게 내려앉았다. 잠들지 않기 위해 기를 쓰면서 눈을 깜빡거렸다.

"누나, 누나도 엄마가 오실 거라고 생각해?"

앙젤리나는 아무 말도 하지 않고 이불을 턱 바로 아래까지 끌어 올려주고 미소를 지으며 이마와 코, 양 볼에 차례로 입을 맞춰주었다. 누나에게서 수프와 갓 구운 빵 냄새가 맡아졌다. 세바스찬은 새끼 사무아가 생각났다. 녀석을 끌어 올렸을 때를 생각하자 흐뭇한 미소가 지어졌다.

"세바스찬, 앞으로는 혼자 글랑티에르에 가지 마. 무서운 괴물이 돌아다닌다잖아. 혼자 있다 놈을 만나 다치기라도 하면 어쩌려고 그래. 네가 다치면 누나가 너무 슬플 것 같아. 알겠지?"

세바스찬은 그러겠다고 약속했다.

"누나, 베트 말인데, 베트가 양을 죽이는 걸 본 사람이 있어?"

"세자르 할아버지가 안 보여줬어? 목이 물어 뜯겨 죽은 양들 말이야."

"봤어. 아주 멀리서. 나도 알아야 한다면서 보여주셨는데, 내가 알고 싶은 건 양을 공격하는 장면을 직접 본 사람들이 있냐는 거야."

"없지. 봤다면 할아버지가 놈을 놓쳤을 리 있겠어."

"아무도 직접 보진 않았다는 말이네."

"세바스찬, 그건 그만 생각해. 무서운 꿈이라도 꾸면 어쩌려고."

앙젤리나가 촛불을 들어 올리자 불꽃이 얼굴을 환하게 비추었다. 순간적으로 꿀처럼 누나의 피부에서 광채가 나는 것 같았다. 세바스찬은 누나에게 독일군 장교를 조심해야 한다고 말해주고 싶었지만 피로가 걷잡을 수 없이 밀려왔다.

피로는 곧 새끼 샤무아를 구한 기쁨, 베트와의 만남, 전쟁에 대한 두려움, 엄마에 대한 수수께끼 등 모든 것이 한데 뒤섞인 소용돌이 속으로 세바스찬을 데려갔다. 부드러운 손길이 뺨을 어루만지고 점점 멀어져 가는 가벼운 발걸음 소리를 들은 세바스찬은 깊은 잠 속으로 빠져들었다.

"할아버지, 세바스찬에게 진실을 말해주셔야 하는 거 아니에요."

앙젤리나의 목소리에서는 부드러움이라고는 조금도 찾아볼 수 없었다.

앙젤리나는 치밀어 오르는 화를 억제할 수 없다는 듯 불끈 쥔 두 주먹을 허리춤에 바짝 붙이고서 세자르와 맞섰다. 기욤이 집을 비운 사이 갑자기 들이닥친 독일군, 양을 잡아먹는다는 사나운 개로 인한 공포까지 겪은 터라 앙젤리나는 소리라도 지르고 싶은 심정이었다. 물건을 때려 부수거나 고집불통에 술주정뱅이 노인을 마구 흔들기라도 해야 할 것 같았다.

기욤이 앙젤리나의 손을 잡고 진정시키려 했지만 소용없었다. 앙젤리나는 기욤의 친절을 무시한 채 그를 뿌리쳤다.

"물론 말하지 않으셨겠죠. 오늘은 때가 아니다, 내일은 또 다른 일이 생겨서라고 자꾸 핑계를 대셨겠죠."

세자르가 아무 말이 없자 앙젤리나는 기욤의 동의를 구했다.

기욤은 고개를 끄덕이며 세자르가 멍하니 앉아 있는 화덕 곁으로 다가갔다. 의자 근처 바닥에 놓인 술병에 담긴 제네피는 벌써 반쯤이나 줄어든 상태였다.

"앙젤리나 말이 맞아요. 세바스찬은 세 살짜리 아기가 아니에요. 에크랭에서만 해도 전 세바스찬 때문에 깜짝 놀랐어요. 주변에서 무슨 일이 일어나는지 정확히 알진 못하지만 세바스찬은 어른들마저도 부러워할 만한 용기를 보여줬어요. 브라운 중위와 맞닥뜨렸을 때 두려움을 느꼈을 텐데도 잘 견뎌냈고요. 세바스찬은 우리가 생각하는 것보다 훨씬 많은 걸 짐작하고 있어요."

기욤의 진심 어린 지원이 앙젤리나의 화를 누그러뜨렸다. 앙젤리나는 벌써 몇 달째 아이에게 사실을 말해줘야 한다고 설득했지만 아무 소용이 없었다. 세자르는 고집스럽게 아이와의 대면을 거부했으며 그에겐 오직 저주스러운 증류기만이 위안이 되는 듯했다. 다행이라면 세자르에게 기욤의 의견은 상당히 존중되었다. 나이 차이는 많았지만 세자르는 기욤의 의사로서의 경험과 용기를 높이 평가했다. 기회다 싶은 앙젤리나는 조금 전보다 부드러운 어조로 세자르에게 다시 말했다.

"할아버지, 세바스찬이 진실을 알 자격이 충분히 있다고 생각하지 않으세요?"

"문제는 자격이 있고 없고가 아니야."

세자르가 못마땅하다는 투로 중얼거렸다.

"그럼 뭐가 문제죠?"

"내가 그렇게 할 수 없어서 그래. 언젠가 그 아이에게 말할 거야. 지금은 적절한 시기를 기다리고 있을 뿐이지."

"대체 그 적절한 시기가 언제죠? 지금 할아버지는 세바스찬에게 말도 안 되는 말만 하고 계세요. 산 너머가 아메리카라고 하지 않나. 세바스찬이 학교에 다니지 않는 걸 다행으로 여기세요. 할아버지가 원하는 게 이런 거예요? 세바스찬이 학교에도 가지 못한 채 산골짜기에서 고립된 채 바보가 되어가는 거요."

"말이 심하구나. 그래, 다 내 잘못이다. 사람들이 세바스찬을 그렇게……"

앙젤리나가 세자르의 뒷말을 잘랐다.

감정이 격해진 세자르는 손을 더듬어 술병을 찾았지만 앙젤리나가 먼저 술병을 잡아챘다.

"제발 부탁이에요, 할아버지. 이런다고 달라지는 건 아무것도 없어요."

세자르는 대꾸하지 않았다. 묵묵히 화덕 속에서 타오르는 불길만 응시했다.

기욤은 자리에서 일어나 재킷을 입었다. 앙젤리나가 기욤의 뒤를 따랐다. 두 사람은 세자르를 벽난로 앞에 홀로 앉혀두고 밖으로 나갔다.

서늘한 밤공기가 두 사람을 에워쌌다. 앙젤리나는 남은 화를 털어버리려는 듯 으스스 몸을 떨며 신선한 공기를 들이마셨다. 짙은 파란 빛깔의 하늘에 떠 있는 달이 엄청 커 보였다. 창백한 달빛이 우뚝 솟은 산언저리, 잡목 숲들, 저 멀리 길가에 서 있는 생마르탱 마을 입구를 알려주는 해묵은 돌십자가를 비추었다. 순간 앙젤리나는 불안감이 사라지며 마지막 남은 분노의 찌꺼기가 사라지는 것을 느꼈다. 거대한 자연 안에서 모든 것이 사소하고 시시해 보였다. 앙젤리나는 기욤 쪽으로 몸을 돌려 나지막하게 한숨을 쉬며 조롱과 당혹감이 반반씩 뒤섞인 어조로 물었다.

"내가 할아버지께 너무 심했다고 생각해요?"

"글쎄. 워낙 맷집이 좋으신 분이니까."

"산과 관련된 일이라면 그렇겠지만 세바스찬 일은……."

"세바스찬이라면 당신도……."

"무슨 소리예요?"

"당신과 세자르가 그 아이를 젖먹이 취급하긴 마찬가지라고. 세바스찬의 과거나 엄마와 관련된 일만 가지고 하는 말이 아니야."

"그렇지만 세바스찬은 아직 어려요."

"알아. 그렇지만 난 세바스찬을 다른 관점으로 보거든."

"물론 그렇겠죠. 당신은 세바스찬과 함께 사는 게 아니니까요."

세자르와 같은 취급을 받은 데 마음이 상한 앙젤리나는 매몰차게 쏘아붙였다 이내 후회했다. 기욤은 당황한 눈빛으로 앙젤리나를 쳐다보았다. 앙젤리나가 조용히 기욤의 손을 잡은 다음 부드럽게 힘을 주었다.

"방금 한 말 진심이 아니었어요. 미안해요. 세바스찬을 과잉보호하고 있다는 걸 나도 잘 알지만 우리가 겪은 일이 평범하지만은 않잖아요. 그건 자기가 이해해 줬으면 좋겠어요. 게다가 오늘은 너무 많은 일을 겪었고요. 날 좀 이해해 줘요."

말을 마치기도 전에 기욤은 앙젤리나를 돌벽에 밀친 뒤 그녀를 안았다. 목에 키스를 한 뒤 기욤의 입술이 그녀의 입술 쪽으로 올라오자 앙젤리나는 현기증이 났다. 깜짝 놀란 앙젤리나는 계속해서 기욤을 느끼고 싶은 욕망을 억누르며 그를 밀쳐 냈다. 당황한 기욤은 앙젤리나를 뚫어지게 바라보았다.

잠시 후 앙젤리나는 까치발을 들어 기욤의 입술에 살짝 키스했다.

순결하게 입을 맞추는 그녀의 온몸이 떨려왔다. 앙젤리나는 혼란스러웠다. 이렇게 갑작스럽게 사랑을 나누고 싶진 않았다. 값싼 위로 따위는 원치 않았다. 앙젤리나는 복잡한 심경을 표현할 말을 찾지 못해 가만히 있었다.

기욤은 몇 발자국 뒤로 물러섰다.

"그만 가볼게. 저녁 고마웠어."

"기욤, 지금은 모든 게 두려워요. 알죠? 내가 당신한테 많이 의지하고 있다는 걸."

내리막길을 따라 집으로 가는 동안 기욤은 앙젤리나가 자신을 밀쳐낸 이유를 생각했다. 자신은 앙젤리나를 사랑하고 있으며 전쟁 중이라고 해서 그 사실이 달라지진 않았다. 세상에 극복할 수 없는 장애물은 없었다. 앙젤리나는 왜 그토록 이성적이기만 한 걸까? 기욤은 한참을 생각했지만 답을 찾을 수는 없었다.

제 2 부

1

아침 해는 산등성이 위로 솟아올라 깎아지를 듯한 산 정상을 넘었다. 세바스찬은 결연한 걸음걸이로 비탈길을 빠르게 올라갔다. 한참 전에 양 우리에 도착해 양젖 짜는 일을 도와드렸어야 했지만 늑장을 부린 틈에 할아버지는 먼저 산을 올랐다.

마침내 글랑티에르 고개가 머리 너머로 보이자 세바스찬은 발걸음을 재촉했다. 앙드레가 습격받은 지 벌써 한 달이 지났지만 세바스찬에겐 그 길로 다니지 말라는 금족령이 내려져 있었다. 세바스찬은 베트를 만나야겠다는 마음에 금족령을 무시했다. 어린아이다운 논리로 세바스찬은 처음 베트를 만났던 장소를 찾았다. 좁은 암석 통로에 도착하자 할아버지가 가르쳐 준 대로 몸을 굽혀 땅바닥을 살폈다. 짐승들이 남긴 자취는 아침녘 태양과 바람이 모든 흔적을 지워 버리기 전 새벽이슬 속에서 잘 찾을 수 있었다. 베트는 죽은 산토끼를 양 발 사이에 끼고 서 있었다. 사람들이 오가며 흔적이 사라졌을 테지만 세바스찬은 부근의 작은 돌멩이 하나까지도 샅샅이 알고 있었다. 베트가 다시 지나갔다면 분명 그 흔적을 찾을 수 있을 터였다.

세바스찬은 새로운 자국이나 짙은 빛깔 털을 찾아 왔던 길을 거슬러 올라갔다. 전날 녀석이 도망가던 비탈길 한가운데 돼지비계 한 조각을 놓아두었었다. 비곗덩어리는 사라져 있었다. 여우나 설치류에 속하는 녀석이 기름 냄새를 맡고 냉큼 물어갔을 수도 있었다. 세바스찬은 바닥에 깔린 풀을 살폈다. 순간 이 거대한 산속에서 녀석을 찾는 일이 쉽지만은 않겠다는 생각에 풀이 확 죽었다. 세바스찬은 다시 한 번 마음을 가다듬고 두 주먹을 불끈 쥔 채 외쳤다.

"베트! 무서워할 것 없어. 난 널 해치지 않을 거야. 난 총도 없어. 숨어 있지 말고 나와봐!"

침묵만이 흐르는 중에 맹금류 한 마리가 날카롭게 울부짖었다. 세바스찬은 두 귀를 쫑긋 세웠다. 풀잎이 스치는 소리, 곤충들이 바스락거리는 소리, 조금 멀리 떨어진 곳에서 나는 가축 떼들의 방울 소리가 바람에 실려왔다.

세바스찬은 베트가 자기 냄새에 익숙해지도록 낡은 손수건 한 장을 떨어뜨려 두었다. 짐승들은 냄새로 서로를 알아본다고 할아버지가 말한 적이 있었다. 이렇게 하다 보면 세바스찬이 자기 편임을 알게 될 수도 있을 거라 생각했다. 할아버지 말에 따르면 개들은 두려움이나 분노의 냄새까지도 맡을 수 있다고 하니, 우정의 냄새를 맡지 못할 이유가 없었다.

세바스찬은 생각에 잠긴 채 개울을 따라 올라갔다. 할아버지를 도우러 가야 했지만 왠지 이곳을 떠나고 싶지 않았다. 세바스찬은 개울

바로 위쪽에 있는 바위로 갔다. 양 우리로 가는 시간이 조금 늦어져도 크게 문제되지는 않을 것이었다.

햇빛을 받은 바위는 번쩍거렸다. 손바닥을 바위에 대자 불에 덴 듯 뜨거웠다. 그 순간 개울이 뱀처럼 굽어지는 곳에 쌓인 모래 위에 찍힌 자국 하나가 세바스찬의 눈에 띄었다. 심장이 마구 방망이질을 해댔다. 두 개의 또렷한 발자국은 발바닥과 발톱 자국까지 선명하게 찍혀 있었다. 전날만 해도 아무 자국도 없었는데! 그렇다면 베트는 자신과 똑같은 경로를 거쳐 갔다는 뜻이었다. 세바스찬은 베트와의 사이에 무언가 연결고리가 생겼다고 굳게 믿고 싶었다. 녀석이 돼지비계를 먹고 자신이 제일 좋아하는 바위가 있는 이곳까지 와서 목을 축였다면 세바스찬의 냄새를 맡았을지도 몰랐다.

세바스찬은 혹시나 다른 사람이 녀석의 자취를 발견할지 몰라 모래를 쓸어 흔적을 꼼꼼히 지웠다. 세바스찬은 흔적을 지우고 곧장 할아버지에게로 달려갔다. 더 지체했다가는 할아버지가 걱정이 되어 찾아 나설 것이 분명했다.

숲에 이르자 세바스찬은 지름길 대신 멀리 돌아가는 길을 택했다. 글랑티에르에서 왔다는 사실을 짐작할 수 없는 곳에서 짠 하고 나타났다고 믿게 하기 위해서였다.

몸무게가 제법 늘어난 새끼 샤무아는 처음과 달리 다른 양처럼 고분고분 행동했다. 세바스찬은 엄마가 바뀌면 성격도 달라지는 건가 하고 생각했다. 그렇다면 자신도 진짜 엄마가 돌아오면 달라지게 되는 걸까? 만에 하나 엄마가 날 알아보지 못한다면 어쩌지? 하긴 8년이나 되었으니 오래전 일이었다. 세바스찬이 팔을 뻗자 새끼 샤무아가 손바닥을 핥았다. 녀석의 혀는 따뜻하면서 껄끄러웠다.

가끔 세바스찬은 엄마가 그리울 때면 혼자서 추억을 꾸며내곤 했다. 아주 예쁜 여자가 있고 흑단처럼 검고 긴 머리카락에서는 윤기가 반들반들 흘렀다. 여자가 미소를 지으며 말없이 자신 쪽으로 몸을 굽혔다. 세바스찬은 여자의 향기, 살갗 냄새를 기억해 내려 애썼다. 자신은 모든 것을 잊어버렸지만 여자만큼은 금세 알아볼 수 있을 거라 확신했다. 여자가 다가와 자신에게 입을 맞췄지만 어찌 된 일인지 여자의 얼굴은 흐릿하기만 했다. 곧 여자의 얼굴은 앙젤리나 누나의 얼굴로 바뀌었다. 앙젤리나 누나를 좋아하지만 누나는 엄마가 아니었다. 엄마는 산 반대편 아메리카로 떠났고, 여행이 끝나면 돌아올 것이었다. 세자르 할아버지가 반드시 그럴 거라고 얘기했으니까.

"세바스찬, 이리 오렴!"

할아버지가 부르는 소리에 세바스찬은 몽상에서 빠져나왔다. 몸을 일으킨 세바스찬은 새끼 샤무아를 한 번 더 쓰다듬은 뒤 곧장 목초지로 달려갔다.

할아버지는 몸을 구부린 채 무언가를 숨겨놓고 계셨다. 덫이었다. 갈색으로 녹이 슨 커다랗게 벌어진 아가리는 방금 기름칠을 했는지 반질반질 윤이 났다. 보기에도 무시무시했다.

"이건 뭐 하려고요?"

세바스찬은 답을 미리 알고 있었지만 예상했던 단어가 나오자 북받치는 감정을 드러내지 않으려 혀를 질끈 깨물어야 했다.

"늑대 덫이란다. 베트 녀석이 쉽게 빠져나가진 못할 거다. 눈 깜짝할 사이에 녀석의 발을 콱 물 테니까. 목초지 주변에 덫을 세 개나 놓았지."

"우리 양 떼는 습격당하지 않았잖아요."

"이웃 골짜기 양치기 한 명이 놈이 반쯤 먹다 남긴 암양을 발견했다고 하더라. 바로 어제 일어난 일이야."

"그 녀석이 양을 죽인 게 아닐 수도 있어요."

"녀석이 아니면? 독일 놈들이? 세바스찬, 할아버지 말을 믿으렴. 놈이 분명해. 들은 말이 있는데 베르베유 골짜기 양치기 한 명이 양 떼를 보살피고 늑대로부터 보호하기 위해 파투 개(그레이트 피레네 종을 가리키는 남프랑스 방언:옮긴이)를 한 마리 데리고 다녔단다. 근데 양치기가 개를 어떻게 다뤄야 하는지 잘 몰랐다는구나."

"그래서요?"

"사람들 말로는 양치기가 막대기로 개를 때렸다는구나. 개는 도망쳤고, 그 후 사납고 미친 야생 개가 되었다고. 그래서 녀석이 양들을 물어뜯는 거란다."

"그 이야기는 누구한테 들었어요?"

"앙드레. 앙드레가 베르베유 골짜기 양치기를 잘 안다는구나."

"앙드레 아저씨는 거짓말쟁이야."

"세바스찬, 그런 소리 하면 못 써. 앙드레가 사냥엔 서툴지만 실없는 소리를 하고 다니진 않아."

세바스찬이 뒤돌아가려 하자 세자르가 말했다.

"세바스찬, 할애비가 덫 놓는 것도 안 도와줄 거냐? 덫 놓는 방법을 알려주마."

세바스찬은 주저하는 기색을 보이더니 다시 방향을 틀었다.

세자르는 평소대로 덫의 작동 기재, 숨겨놓는 방법, 이상적인 장소 등을 차근차근 설명했다. 두 사람은 커다란 원을 그려 그 원을 따라가며 세 개의 강철 아가리를 놓았다. 최대한 넓은 면적을 망라하려는 의도에서였다.

"녀석이 영리하고 운이 따라준다면 빠져나갈 테지만 웬만해서는 반드시 걸려들 거다."

"덫은 너무 잔인해요. 전에 할아버지도 그렇게 말했잖아요."

"덫은 잔인하지만 가끔은 평소엔 하지 않던 일을 해서 스스로를 보호해야 할 필요가 생기기도 하는 법이지."

"전쟁 때처럼요?"

"갑자기 왜 그런 말을 하는 거지?"

"그냥요. 베트는 그냥 개일 뿐인데 할아버지가 녀석을 적군 취급을 하니까요."

"녀석은 양을 물어뜯는 개일 뿐이야."

두 사람은 덫을 설치하고 양 우리로 돌아왔다.

세바스찬이 마을로 가겠다고 하자 세자르는 특별히 놀라진 않았다. 언제부턴가 점점 멀어져 가는 손자 녀석을 예전처럼 옛날이야기를 들려준다며 잡아둘 수도 없는 노릇이었다.

"오늘 저녁에 젖 짜는 거 도와주지 않으련?"

"저녁에 앙젤리나 누나가 빵 배달 좀 해달라고 했어요. 제르맹과 누나는 일이 너무 많다고요."

"놀러 가고 싶어서 그러는 건 아니고?"

"할아버지는 참, 나무 십자가에 걸고 맹세……."

"녀석, 맹세는. 어서 가라."

세바스찬이 시야에서 사라져 가는 광경을 물끄러미 지켜보던 세자르는 어깨를 으쓱했다. 녀석이 혼자 생각이 많은 모양이었다. 그래 봤자 세바스찬은 이제 겨우 여덟 살이었다.

숲을 우회하는 길로 접어든 세바스찬은 글랑티에르 쪽으로 달려가 베트가 다녀간 모래톱까지 가서야 멈춰 섰다. 두려움과 흥분이 마구 뒤섞인 상태였다. 무슨 수를 써서라도 덫이 있다는 것을 알려야 했다. 세바스찬은 베트가 바위로 다시 와주기를 바랐으나 그 희망은 곧 물거품이 되고 말았다. 세바스찬은 툭 튀어나온 바위에 기어 올라가 산을 향해 외쳤다.

“네가 근처에 있다는 거 다 알아. 난 나쁜 사람이 아니야. 그러니까 제발 이쪽으로 와.”

세바스찬은 허공에 혼자 떠드는 자신의 꼴이 바보처럼 느껴졌다. 아니, 녀석을 위해 아무것도 해줄 수 있는 게 없어 원통했다.

“세자르 할아버지가 우리 근처에 덫을 놓았어. 절대 그쪽으로 가면 안 돼. 알았지?”

또다시 침묵. 오후의 햇볕이 뒷목덜미에 사정없이 내리꽂혔다. 세바스찬은 두 손을 무릎에 올려놓은 채 바위에 가만히 걸터앉았다. 무슨 일이 있어도 녀석을 보고 가야겠다는 의지였다.

“네가 올 때까지 난 여기 있을 거야. 네가 죽는 건 원하지 않으니까.”

세바스찬은 눈을 감고 천천히 스물까지 셌다. 그다음은 셀 줄 몰랐다. 다른 아이들처럼 학교에 가게 되면 백, 아니, 천까지도 셀 수 있을 테니 걱정은 하지 않았다. 세바스찬은 스물까지 세고 또 세었다.

“겁먹을 필요 없어. 어서 오라니까!”

이따금씩 숫자 세기를 멈추고 외쳤다. 녀석은 귀가 먹었는지 부름에도 묵묵부답이었다.

결국 세바스찬은 개울 바닥으로 내려가 목을 축였다. 물은 차가웠다. 주머니에서 축축하게 물기가 배어 나오는 치즈 한 조각을 꺼냈다. 점심때 먹었어야 하는 걸 덫을 놓기 전에 몰래 주머니에 챙겨두었었다. 세바스찬은 모래톱 위 정확하게 베트가 서 있던 자리에 치즈를 내려놓았다.

덩치 큰 잿빛 개는 30미터쯤 위, 오리나무 군락 뒤에 몸을 숨기고 나뭇가지 사이로 세바스찬의 동작 하나하나를 지켜보고 있었다. 퀴퀴한 냄새가 코를 간질이자 군침이 돌았다. 개는 몸을 떨지도 않고 세바스찬이 사라진 뒤에도 오래도록 웅크리고 앉아 있었다.

해가 서서히 하강을 시작할 무렵, 개는 낮은 포복 자세로 개울까지 기어가 모래톱으로 훌쩍 건너뛰었다. 세바스찬이 놓고 간 치즈는 녀석에게 고작 한입거리였다.

2

다섯 번째 맞이하는 월요일이었다. 앙젤리나는 빵집 문을 닫은 직후 독일군 장교와 말없는 대결을 벌이는 중이었다. 앙젤리나는 조심성 있게 행동했지만 도전적인 시선으로 독일군 장교를 대했다. 빵 30킬로그램은 엄청난 양이었다. 제르맹은 일을 두 배로 해야 했지만 짧은 시간 동안 다행스럽게도 진정한 제빵업자로서의 기술을 습득했다.

앙젤리나는 처음부터 이 일을 했던 건 아니었다. 전쟁이 직업을 결정해 준 것이나 마찬가지였다. 1940년 생마르탱 마을의 제빵업자는 아르덴 전선에서 돌아올 수 없게 되었고 전사 소식을 전해 들은 그의 부인은 마을을 떠나 친정으로 돌아갔다. 서둘러 제빵사와 판매와 원료 조달을 책임질 담당자를 구해야 했다. 그때 앙젤리나가 나섰고, 몇 번의 견습생이 바뀌고 나서 지금의 제르맹까지 오게 되었다.

브라운 중위의 두 번째 방문 때 앙젤리나가 보리와 호밀 대용품을 섞은 밀가루밖에 구할 수 없다고 호소하자 브라운 중위는 추가 배급표를 슬쩍 건넸다. 앙젤리나는 무심결에 고맙다는 인사를 하려다 정신을 차렸다.

앙젤리나는 브라운 중위가 자신을 시험하고 있음을 느꼈다. 다른 제빵업자들은 배급표는커녕 이런 너그러운 호의를 누린 적이 없다는 사실을 잘 알았다. 일종의 두 사람만의 합법적인 암거래라고나 할까. 어쨌든 매주 월요일 앙젤리나는 모든 준비를 끝냈다.

3시를 알리는 종소리가 울렸을 때 앙젤리나는 판매와 주문 내역을 낱낱이 기록한 장부를 검토하고 있었다. 브라운 중위가 조용히 가게로 들어와 한가운데로 와서 섰다. 두 사람 중 어느 한 명도 입을 열지 않는 상태로 1분쯤 지났다. 앙젤리나는 이내 장부를 정리하고 브라운 중위를 향해 몸을 숙여 인사를 건넸다.

"빵은 준비되었습니다. 30킬로그램 틀림없습니다."

"이번 주엔 별다른 문제는 없었습니까?"

"네."

"특별한 불만사항도 없었습니까?"

"네."

"그 외 다른……."

"전 전쟁이 불만이에요. 제가 불만을 말씀드린다고 해도 중위님 혼자 힘으로 전쟁을 끝낼 수는 없을 테죠."

"전쟁을 끝낼 순 없지만 난 당신을 기쁘게 해드리고 싶습니다."

앙젤리나는 속으로 자신의 순진함을 저주하며 얼굴을 붉혔다.

"빵은 저기 있어요. 빵 가지고 얼른 가세요. 전 다른 할 일이 많거든요."

브라운 중위는 당황한 눈치였지만 이내 부하 한스와 에리히를 들였다.

브라운 중위는 빵집의 젊고 예쁜 프랑스 아가씨를 만날 때마다 마음이 요동쳤다. 아름다움 때문만이 아니라 여자가 자신을 바라보는 눈길, 여자로부터 뿜어져 나오는 광채가 마음을 뒤흔드는 데 한몫했기 때문이었다. 브라운 중위는 여자의 순수한 얼굴에 진심 어린 미소가 피어나면 어떨까를 상상하면서 언젠가 그 마음을 얻으리라 결심했다.

빵집을 나선 브라운 중위는 빵집으로 올라오는 계단 제일 아래 칸에 쭈그리고 앉아 있는 어린아이와 부딪히며 아이의 머리를 살짝 건드렸다. 아이는 얼굴을 찡그렸지만 브라운 중위는 아이의 존재조차 알지 못한 듯 서둘러 자리를 옮겼다.

세바스찬은 앙젤리나를 기다리는 중이었다. 광장에서 공놀이를 하는 아이들을 힐끔거리며 앉아 있은 지 꽤 오래되었다. 계단에 쭈그리고 앉기 전 혹시 같이 놀자고 불러주는 친구가 있을까 하는 기대를 안고 광장을 두어 바퀴 돌았다. 세바스찬은 마치 자신이 투명인간이 된 것 같은 기분에 애꿎은 가방을 발로 툭 찼다. 아이들의 무관심 때문에 화가 나는 건지, 아니면 절망감이 드는 건지 종잡을 수 없었다. 그렇지만 세바스찬은 언젠가 기적이 일어나 호기심이든 우정이든 자신에게 신호를 보내줄 사람이 나타날 것이라는 희망을 버리지 않았다. 단 한 명이라도 친구가 생긴다면 엄마와 베트의 이야기, 마음속 비밀과 전쟁에 대한 이야기를 하며 자신이 가진 보물 모두를 줄 수 있었다. 세바스찬은 왜 친구들이 자기를 따돌리는지 남들과 조금 다르다는 이유로 같이 놀려고 하지 않는지 이해할 수 없었다.

세바스찬 쪽으로 굴러오던 공이 발치에서 멈췄다. 공을 집어 들자 장-장이 다가왔다. 공을 주워 들고 세바스찬은 장-장이 말을 걸어주길 기다렸다. 곧 세바스찬이 슬쩍 미소를 지어 보였지만 상대의 심술궂은 눈길은 애써 미소를 피했다. 세바스찬은 차가운 시선에 어깨에 힘이 빠져 공을 툭 떨어트렸다. 손을 벗어난 공은 저만치 멀리 굴러갔다. 장-장은 욕설을 퍼붓고는 공을 잡으러 달려갔다. 아이는 세바스찬 쪽으로 몸을 돌려 쏘아붙였다.

"더러운 집시 자식!"

학교 종이 울리자 아이들은 앞다투어 달리며 나무 아래 쌓아둔 책가방을 집어 들고는 고함을 지르며 즐거워했다.

세바스찬은 자리에 못 박힌 듯 꼼짝도 할 수 없었다. 숨도 쉴 수 없었다. 머릿속은 온통 개울가로 달려가 베트 앞에 서 있었다. 베트를 다시 보고 싶은 마음이 세차게 치밀어 심장이 터져 버릴 것만 같았다. 베트와 세바스찬은 같은 처지였다. 타인의 미움을 받는 대상. 세바스찬은 눈물이 흘러내리지 못하도록 힘주어 두 눈을 꽉 감았다.

다음날 평소처럼 늘 가던 바위에 앉아 있던 세바스찬은 마침내 베트를 다시 만났다. 시월의 첫째 날 아침이었다. 세바스찬은 마을에서 있었던 일 때문에 몹시 괴로웠다. 마을 아이들과 친구가 되고 싶었지만 어떻게 해야 친구가 될 수 있는지 알지 못해 답답했다.

세바스찬은 앙젤리나에게 이런 사실을 한마디도 하지 않았다. 누나가 자기만큼이나 힘들어하게 될까 봐 걱정이 되었기 때문이었다. 세바스찬은 마음을 다독이며 반드시 좋은 일이 생길 거라고 다짐하며 우울한 기분을 떨쳐 냈다.

그날 아침 세바스찬은 할아버지가 집을 나서기를 기다렸다 부엌에서 바삐 움직이는 누나에게로 갔다. 식탁 위에 놓인 귀리가 담긴 접시에서 풍겨 나오는 냄새 때문에 얼굴을 찡그렸다. 우유와 귀리 섞인 아무 맛 없는 오트밀 죽 때문에 속이 약간 메슥거렸다. 죽은 한 숟가락도 남김없이 다 먹어야 했다. 전쟁통에 먹을 것이 없어 죽는 사람들이 수두룩했으니까. 얼른 그릇을 비운 세바스찬은 누나와 함께 집을 나서기 위해 서둘렀다.

세바스찬은 재킷을 걸치지 않고 나온 것을 곧 후회했다. 햇살이 골짜기에 여러 층을 이루고 있는 새벽안개를 뚫고 나오기까지는 아직 이른 시간이었다. 안개는 마치 거인이 파이프 담배를 피우고 있는 모습을 하고 있었다. 높은 산허리에 드문드문 구름이 걸려 있고, 산 정상 위로 잉크 빛깔 어둠이 차츰 걷히고 있었다. 아주 쾌청한 날을 예고했다. 세바스찬은 날씨 변화를 예측하는 데 있어 할아버지만큼 뛰어나진 못했지만 구름의 형태, 안개 가능성, 바람의 방향이나 세기, 소나기가 오기 전 낮게 나는 곤충들의 습성, 습기가 많을 때면 나타나는 돋보기 효과 등 아주 확실한 몇몇 징조는 구분할 줄 알았다.

고도가 높아질수록 현기증이 나는 것처럼 몸이 허공으로 붕 뜨는 느낌이 들었다. 곧 산봉우리들이 아침 햇살을 받아 붉게 타오르기 시작했다. 소나무 가지 사이로 불어오는 바람이 귀에 익은 소리를 실어 왔고 멀리서 양 떼 목에 걸린 방울이 쩔렁거리는 소리가 들렸다. 가을이 오면서 온통 황금빛과 자줏빛 양탄자를 깔아놓은 듯 산은 부드럽고 나른하게까지 느껴졌다. 세바스찬은 마을에서, 그리고 산에서 느껴지는 모순된 감정 속에서 멀지 않은 날 엄마를 다시 만날 수 있을 거라는 희망을 품었다.

세바스찬은 탱자 열매를 따느라 걸음을 멈추면서 한껏 여유를 부린 끝에 개울에 도착했다. 누나에게 탱자를 가능한 한 많이 따오라는 부탁을 받은 터였다. 마을 주변 나무들은 벌써부터 열매가 남아나지 않았다. 물자가 부족하다 보니 아주 작은 수확도 소중했고 마을 사람들은 저마다의 방법으로 수확물 저장에 나섰다. 설탕이 귀한 탓에 과일 잼 맛이 시큼 떨떠름해지자 사카린이나 사과 몇 알을 첨가해서 단맛을 조금 더하는 형편이었다. 잼을 굳히기 위해 과일 씨앗이나 아몬드를 조금 넣기도 했다.

가방은 탱자 열매로 가득 찼다. 누나가 흡족해할 만한 양이었다. 앙젤리나는 가족들 몫으로는 조금만 남기고 나머지는 모두 빵집으로 가져갔다. 배급제한이 지속될수록 주문은 늘었으며 마을엔 치즈나 고기를 구하려고 농장을 찾는 타지 사람들이 점점 늘어났다. 들판이나 대도시 지역 상황은 훨씬 심각하다는 반증이었다. 과일 젤리는 상태가 좋지 않았지만 며칠 만에 날개 돋친 듯 팔려 나갔다.

세바스찬은 우뚝 솟은 바위가 보이는 곳에 다다랐다. 쌀쌀한 날씨였지만 뛰어온 탓에 땀이 날 지경이었다. 덩치 큰 개가 서 있던 곳에 멈춰 섰다. 흔적을 살폈지만 아무것도 발견할 수 없었다. 이런 방법이 통할 거라는 생각은 하지 않았지만 실망감을 감출 순 없었다. 모래밭에 하염없이 앉아 있었다. 세바스찬은 맥이 풀려 푹 하고 한숨을 내쉬었다. 어떻게 해야 그 녀석을 유인해서 적이 아니란 사실을 알릴 수 있을까? 선물은 소용없었다. 저녁마다 침대에서 기도를 해보았지만 헛된 일이었다. 그렇지만 세바스찬은 희망을 버리지 않았다.

'오늘은 다를 거야. 오늘은 베트를 꼭 만날 수 있을 거야.'

세바스찬은 양 우리 쪽으로 가는 대신 개울을 따라갔다. 산을 바라볼 때 마음을 채워주었던 기쁨과 평온함을 다시 느끼고 싶었다. 백 미터쯤 앞에서 개울은 물길이 넓어지면서 거대한 바윗덩어리들 사이에 끼어 뱀처럼 몸을 구불거리며 흘러갔다. 세바스찬은 개울 근처 자갈밭으로 가 동그랗고 납작한 조약돌을 주웠다. 조약돌로 물수제비를 뜨는 것만이 허탈한 마음을 조금이나마 위로해 주었다.

개울가 근처에 자리를 잡은 세바스찬은 물길이 매끈하게 흘러가는 평온한 지대를 노렸다. 돌멩이가 휘익 소리를 내며 날아가고 나면 어느새 고요함이 찾아왔다. 세바스찬은 새로운 활력을 얻은 팔을 기세 좋게 치켜 올렸다. 손에 들린 조약돌이 대기를 가르고 수면을 때렸다. 한 번, 두 번, 세 번, 완벽하게 던졌을 경우 네 번까지도 가능했다.

두 번째로 돌멩이를 던지기 위해 정신을 집중했다. 조약돌은 두 번을 튕기더니 거품을 일으키며 포물선 궤도 너머 물속으로 사라졌다. 그 순간 수풀 속에서 바스락거리는 소리가 났다. 덤불숲에서 불쑥 솟아오른 베트는 반쯤 몸을 웅크린 채 세바스찬을 향해 시선을 고정하고 콧구멍을 벌름거리고 있었다. 녀석은 추운지 몸을 떨고 있었다. 세바스찬과는 서너 번 껑충 뛰어오르면 금세 닿을 거리에 있었다. 으르렁대지는 않았지만 웅크린 자세만으로도 경계를 하고 있음을 느낄 수 있었다. 털은 지난번보다 한층 더 수북해지고 엉겨 붙은 것 같았다.

세바스찬은 심호흡을 한 뒤 침을 꼴깍 삼켰다. 손을 천천히 펼치자 안에 있던 돌멩이가 손가락 사이로 빠져나갔다. 무기가 아니라는 것을 알게 해야 했다. 조약돌이 모래 위로 떨어지는 소리가 마치 커다란 폭발음처럼 요란하게 들렸다. 세바스찬의 심장은 북처럼 둥둥거렸고, 베트는 여전히 꼼짝도 하지 않았다. 세바스찬은 눈길을 아래로 떨군 다음 가볍게 두 어깨를 숙여 순종을 표시했다.

베트가 마침내 움직이기 시작했다. 녀석은 한 걸음 움직이고 멈춰 서기를 반복하며 아주 천천히 개울가로 다가왔다. 세바스찬은 무엇에 홀린 사람마냥 녀석의 행동 하나하나를 찬찬히 살폈다. 물가에 다다른 녀석은 세바스찬의 위치를 확인하고는 목을 축였다. 개울물 흐르는 소리와 녀석이 물을 먹는 소리를 제외하고는 사방이 온통 고요했다. 몸을 일으킨 베트는 자신을 위협하는 위험이 없는지 확인하려는 듯 연신 공기를 들이마시며 상황 판단에 분주했다.

세바스찬은 지난번처럼 사냥꾼들이 나타나지 않기를 바랐다. 숨소리까지 죽인 채 가만히 서 있었다. 개는 조심스럽게 세바스찬 쪽으로 한 걸음 다가왔다. 매우 조심스러웠다. 서투른 몸짓 하나, 불필요한 말 한마디로 개가 도망쳐 버릴 수도 있었다. 세바스찬은 '난 네 친구야. 널 보호해 주고 싶어.' 라고 말하고 싶었지만 입안에만 담고 있었다.

짙은 빛깔의 깊은 두 눈이 아이를 뚫어지게 응시했다. 세바스찬은 더 이상 참지 못하고 손을 내밀었다. 그 순간 개가 털을 곧추세우며 뒤로 물러섰다. 녀석의 목에서는 둔탁하지만 분노의 으르렁 소리가 새어 나왔다. 둘 사이의 호의적인 분위기는 한순간 산산조각이 나버렸다.

세바스찬은 가까스로 절망적인 외침을 토해냈다. 녀석은 벌써 몸을 돌려 덤불숲 사이로 자취를 감췄다.

"돌아와! 널 해치지 않아. 약속해."

세바스찬은 실망감에 울음을 터뜨렸다.

'왜 움직였을까. 게다가 치즈 놓아주는 것도 잊었어. 치즈 먼저 두는 것도 잊은 채 멍청하게 물수제비 뜨기나 하다니. 바보, 멍청이.'

세바스찬은 몸을 돌려 산 쪽을 바라보았다. 녀석이 남긴 발자국과 흔적을 따라가는 게 가능하다 해도 상당히 오랜 시간이 걸릴 터였다. 설사 흔적을 따라간다 해도 할아버지는 양 우리에 오지 않는 자신을 찾아 나설 테고 그렇게 된다면 베트에게 상황이 백배 천배는 더 고약해질 것이 분명했다.

세바스찬은 녀석을 기다리며 보낸 날들, 아무짝에도 쓸모없던 선물들, 서툰 몸짓으로 물거품이 된 노력을 곰곰이 되새겨 보았다. 늦어지는 손자를 기다리고 계실 할아버지도 생각했다. 할아버지가 본격적으로 질문을 해대면 더 이상 거짓말을 할 수는 없을 것 같았다. 다시금 울음이 터져 나올 것 같았다. 그때 갑자기 좋은 생각이 떠올랐다. 당장 녀석을 다시 만날 수 없지만 녀석에 대한 정보를 수집하는 것이라면 가능할 것 같았다. 베트에 대해 많은 걸 알고 있는 사람이라면…….

세바스찬은 1분 1초도 지체하지 않고 열매가 잔뜩 든 가방을 야생동물이 건들지 못하도록 가문비나무 가지에 걸었다. 마르모트 동굴을 통과한 다음 이웃 목초지로 이어지는 숲길로 갈 예정이었다. 오고 가고 걸어서 두 시간이면 점심 먹기 전에 양 우리에 도착할 수 있을 것이었다. 할아버지가 분명 호통을 치시겠지만 여기서 징징 울고 있는 것보단 나을 것 같았다.

'앙드레 아저씨가 날 문전박대할지도 몰라. 아니, 어쩌면 술 마시느라 우리가 맞섰던 일 따윈 깡그리 다 잊어버렸을 거야.'

세바스찬은 걱정이 앞섰지만 이제부터 할 일은 결정되었으니 앞으로 밀고 나가야 했다.

출발하기 전 세바스찬은 누나가 준비해 준 간식을 꺼내 돌멩이 위에 마늘과 기름으로 간을 한 큼지막한 빵 조각을 얹어놓았다.

개는 오리나무 군락지에 숨어 쏜살같이 달려가는 꼬마를 조심스레 관찰했다. 아이의 모습이 사라지자 녀석은 낑낑대기 시작했다. 그 소리가 마치 신음 소리처럼 들렸다. 산 쪽에서 가벼운 바람을 타고 짐승 체취가 실려왔다. 녀석은 배가 고픈지 몸을 일으켜 오랜 습관으로 익숙해진 몸짓으로 경사면을 따라 올라가기 시작했다. 꼬마는 잊은 지 오래였다.

앙드레는 끙끙대며 앓고 있었다. 그 소리가 멀리에서도 들렸다. 앙드레는 짐 무게 때문에 앞으로 몸을 숙인 채 경사면 아래로 구르지 않기 위해 조심하며 걸음을 내딛었다. 문제라면 이제 막 나은 상처 때문에 기운이 하나도 없다는 것이었다. 게다가 낡은 수레는 그렇다 쳐도 밑창까지 너덜너덜한 신발은 발부리가 걸리기라도 하는 날에 아예 거덜이 날 판이었다.

앙드레는 투덜거리며 숨을 돌릴 겸 잠시 쉬어가기로 했다. 수레에는 조심스레 끈으로 묶은 통나무 기둥 여섯 개가 전부였지만 앙드레가 운반하기에는 벅찼다. 앙드레는 휴식을 취한 뒤 제동장치를 한층 더 단단히 쥐고 다시 내려오기 시작했다. 반쯤은 미끄러지고 반쯤은 걷는 식이었다. 그때 갑자기 앞으로 장애물이 나타나 앙드레는 급제동을 걸었다. 어린 꼬마가 마치 지옥에서 솟아난 난쟁이 요정처럼 길 한가운데 떡하니 버티고 서 있었다.

"야 이 녀석아, 너 땜에 비탈길에서 구를 뻔했잖아."

아이는 기죽은 기색이라곤 찾아볼 수 없을 만큼 앙드레의 화난 눈길을 고스란히 받으며 미소까지 지어 보이더니 예의 바르게 물었다.

"상처는 좀 괜찮으세요?"

"괜찮냐고? 나도 너처럼 여기서 이렇게 빈둥거릴 수 있다면 좀 괜찮을 것 같다."

"제가 아저씨처럼 일을 하면 대번에 녹초가 될 거예요."

세바스찬이 진지하게 말하자 앙드레는 자기도 모르게 마음이 누그러졌다.

"넌 여기서 뭐 하고 있니? 이렇게 쏘다닐 시간에 글을 읽는 게 좋을 텐데 말이다."

세바스찬은 얼굴을 붉히며 두 눈을 내리깔았다.

"아저씨, 어디까지 가세요?"

"카브레트 길까지. 5백 미터 정도는 더 가야 하지."

"아저씨는 정말 힘이 세신가 봐요."

어린아이의 입에 발린 말이었지만 앙드레는 칭찬이라면 어떤 말이라도 달게 삼켰다. 찌푸렸던 얼굴이 활짝 펴지면서 입이 헤 벌어지자 시커먼 치아가 드러났다.

"일이 힘들다고 도망친 적은 한 번도 없지."

세바스찬은 더 이상 물어볼 말이 없었지만 이것저것 생각나는 대로 물었다.

"이건 무슨 나무예요?"

"너도밤나무."

"아저씨는 왜 산 아래쪽에서 전나무를 베지 않아요? 그러면 먼 길을 오가지 않아도 될 텐데요."

"전나무는 잘 타지 않으니까 그렇지. 너도밤나무가 더 단단해서 오래 타거든. 그러니 값도 더 잘 받을 수 있고 말이야. 머리를 좀 써라, 꼬마야."

앙드레는 자기 자랑에 빠져 무아지경이었다. 지금이었다. 세바스찬은 마음에 담고 있던 질문을 건넸다.

"베트를 때린 양치기를 아저씨가 알고 있다던데 사실이에요? 그것 때문에 녀석이 도망쳤다면서요?"

"그게 무슨 말이냐?"

"베트 말이에요. 아저씨를 물었다던 그 녀석……. 할아버지가 그러는데 녀석은 도망친 개래요."

앙드레는 상처를 떠올리자 다시 얼굴이 어두워졌다. 그때 느꼈던 수치심도 상처 못지않게 새삼 부글부글 끓어올랐다. 주머니를 뒤져 술병을 꺼낸 그는 마개를 따고 단숨에 두 모금을 벌컥벌컥 들이켰다.

"꼬마야, 그런데 그게 너랑 무슨 상관이지?"

"그냥 궁금해서요. 아저씨는 개가 아무 이유 없이 양치기를 때렸다고 생각하세요?"

"꼬마야, 사람이든 동물이든 처음부터 악하게 태어나지는 않아. 살면서 그렇게 되는 거지. 개도 마찬가지고."

세바스찬은 앙드레 아저씨가 조금 멍청할 뿐 나쁜 사람은 아닌 것 같았다.

"그건 왜 그런 거예요?"

"그것까지 내가 어떻게 알겠니! 그러는 넌 사람들이 왜 전쟁을 하는지 나한테 설명해 줄 수 있냐?"

앙드레는 꼬마가 계속 물어오자 귀찮아졌는지 화를 벌컥 냈다.

세바스찬은 너무 놀라 앙드레의 얼굴만 멀뚱멀뚱 쳐다보았다.

"그놈은 길이가 2미터도 채 안 되는 사슬로 베트를 묶어 종종 때리곤 했지. 게다가 며칠씩 밥도 주지 않았지. 그러면서 여러 날 굶기면 어떻게 되는지 보기 위해 그랬다고 했나? 그런 면을 빼면 정상적인 사람이었어. 거래를 한 적도 있는데 일도 제법 잘했고. 부인도 있고 자식이 넷이나 돼. 술도 남들 먹는 만큼 마시고. 이상하게도 개를 때리긴 했지만 말이다. 이왕 말이 나온 김에 독일 놈들 말이다. 그놈들도 마찬가지야. 놈들이 떠받드는 총통이 나타나기 전만 해도 조금 거칠고 무뚝뚝하던 사람들이 이젠 완전히 미쳤잖아. 이젠 피 맛까지 보게 되었으니……."

앙드레는 기운차게 침을 퉤 뱉고는 세바스찬의 대답을 기다리지도 않고 비탈길을 내려갔다.

벌써 젖 짜기를 마친 암양들은 우리 안에 들어가 있었다. 세자르는 울타리를 닫아 건 다음 휘파람 소리를 냈다. 세바스찬에게 보내는 신호였다. 밤이 되기 전 집에 도착하려면 서둘러 내려가야 했다. 세바스찬은 늦게 온 데 대해 용서도 구할 겸 덫을 살펴보겠다며 돌아다니는 중이었다.

베트는 덫을 놓고 난 이후 한 번도 주변에 얼씬거리지 않았다. 모르는 사람들이라면 마법이라도 부린 것 아니냐고 할 테지만 세자르는 인간이 벌이는 술책에 익숙해져서 경계심이 많아진 짐승들의 특성일 뿐이라고 생각했다.

덫에는 흰 담비 한 마리와 검은 담비 한 마리가 걸렸다. 강철 턱으로 인해 머리가 바스러진 상태였다. 털가죽으로 세바스찬이 신지 못하는 낡은 장화 안감을 덧댈 수 있을 것 같았다. 구두는 이제 희귀 물품이 되어버린 지 오래였다. 가죽은 더 말할 나위도 없었다. 있다 해도 징발되기 일쑤였으니까. 귀한 털가죽을 얻었지만 베트를 생각하니 화가 누그러지지 않았다. 세바스찬을 생각하니 더더욱 베트를 가만두어서는 안 되었다. 세바스찬은 아무리 야단을 쳐도 이젠 말을 잘 듣지 않고 이리저리 나돌아 다니는 걸 너무 좋아했다. 그런 밝은 성격이 좋기도 했지 위험한 건 위험한 거였다. 경계심을 풀면 놈이 언제고 공격해 올 거라는 예감을 떨쳐 버릴 수가 없었다.

"할아버지, 왜 그렇게 얼굴을 찡그리고 있어요?"

세바스찬의 말에 세자르가 현실로 돌아왔다.

두 사람은 집을 가기 위해 길을 나섰다. 공기는 습하고 소나기라도 오려는지 하늘은 시커먼 잿빛으로 변해가고 있었다. 비탈길은 어느새 드리워진 그늘 탓에 노면의 굴곡이 도드라져 보였고 대지 또한 축축해 보였다. 최대한 발걸음을 재촉한 두 사람은 마침내 고개가 보이는 곳에 도착했다. 이 속도로 가면 깜깜해지기 전에 집에 돌아갈 수 있을 터였다. 글랑티에르 협곡 쪽으로 접어들자 세자르는 걸음을 멈춰 손을 번쩍 들었다.

"세바스찬, 들어봐라."

골짜기에서 사슴 울음소리가 들렸다.

"사슴이죠?"

"그래. 가을을 알리는 소리지. 놈이 암컷에게 구애하는 울음소리란다. 녀석은 '날 거부하면 넌 참 불행할 거야.' 라고 외치고 있구나."

"그럼 암사슴은 뭐라고 대답해요?"

"그야 '난 풀 뜯는 게 제일 좋아.' 지. 그런데도 수컷이 계속해서 구애를 보내면 암놈도 새끼를 낳고 싶다는 욕망이 생긴단다. 녀석들이 자기를 뽐내려고 어떻게 하는지 아니?"

"아뇨."

"진흙과 오줌이 뒤섞인 곳에서 뒹군단다. 힘이 세 보이려고 말이다."

"그건 너무 더러워요!"

세바스찬은 여자 아이들에게 관심을 끌기 위해 몸에 똥을 잔뜩 달고 나타나면 어떤 반응을 보일지 상상하며 호들갑을 떨었다.

사슴은 조금 전보다 훨씬 짧지만 대신 더 크게 울었다.

"저 녀석이 계속 우는 건 암컷에게 구애를 하는 동시에 다른 수컷들에게 겁을 주기 위해서란다."

"그럼 서로 싸우기도 해요?"

"그럼."

"그럼 싸우다 죽기도 해요?"

"그렇진 않아. 녀석들은 서로에게 겁만 주다가 아무도 포기하지 않으면 그때 비로소 대결에 나서거든."

두 사람이 개울 근처에 다다르자 세바스찬은 저도 모르게 발걸음이 빨라졌다. 혹시라도 지워지지 않고 남아 있는 흔적이 있을까 봐 마음이 조마조마했다. 할아버지는 다행히 눈치채지 못한 듯했다.

"네 나이 때쯤 사슴이 싸우는 장면을 목격했지. 아버지와 사냥에 나섰는데 나이 든 우두머리 수컷 두 마리가 싸우고 있었단다. 그날 놈들이 싸우는 걸 보며 모든 것을 압도하는 굉장한 힘을 느꼈지."

"그게 무슨 말이에요?"

"본능을 말하는 거란다."

"그래서 누가 이겼는데요?"

"제일 투지력이 강한 놈이 이겼지."

"저도 보고 싶어요."

"그래, 그전에 녀석을 먼저 잡아야 하는데."

"베트요?"

"그래. 그놈 말이다."

덜컥 겁이 난 세바스찬은 골짜기 쪽으로 몸을 돌렸다. 사슴 울음소리는 더 짧아졌고 뚝뚝 끊어졌다.

"꼭 감기에 걸린 거 같아요. 할아버지도 들었어요?"

"감기에 걸린 게 아니라 놈이 경쟁자를 만난 것 같구나."

"그럼 이제 곧 싸우는 거예요?"

"아마도."

"만일 둘 중 하나가 죽으면 사랑 때문에 죽는 거네요."

세바스찬의 말에 세자르는 피식 웃더니 다시 진지한 표정을 지었다.

"이런 건 사랑이 아니라 본능이라고 하는 거란다. 늙은 수컷들은 가을에만 암컷들에게 관심을 보이거든. 가을이 지나 발정기가 끝나면 사슴들은 저마다 각자 지내지. 사랑을 이야기한다면 사슴보다는 늑대 쪽이 낫지."

"그건 왜 그래요?"

"왜라니?"

"그럼 사랑하지도 않으면서 서로 죽인단 말이에요? 그냥 새끼를 낳기 위해서요?"

"생의 충동이 모든 것보다 우선이니까. 죽음의 두려움까지 이긴단다."

"생의 충동이 서로 싸우는 거예요?"

"그게 야생의 본능이란다. 상대방을 제압하고 지배하려는 것이 수컷의 본능이고, 암컷의 본능은 새끼를 낳는 거지. 이곳보다 산이 적은 지역에선 암컷을 수십 마리 거느린 수컷들도 있지. 장담컨대 놈들은 겨울이 되면 상당히 기운이 빠질 거야."

세자르는 큰 소리로 껄껄 웃었다. 생각만 해도 재미난 모양이었다.

"그 녀석들은 나눠 가질 생각은 안 해요?"

"물론. 암사슴을 한 부대씩 거느려도 그렇게 안 하지."

"그것도 사랑이 아니에요?"

세자르는 세바스찬의 집요한 질문에 잠시 주춤했다. 손자 녀석이 분명 다른 것을 궁금해하고 있는 것 같았다. 세자르는 앙젤리나가 퍼부을 비난을 상상했다. 딴에는 정확하게 가르쳐 주려고 한 것이 앙젤리나가 보기에는 어린아이에게 해서는 안 될 말을 한다고 생각했으니까.

"그야 네가 어떻게 보느냐에 따라 다르지."

세자르는 서둘러 말을 맺었다.

두 사람은 마을에 들어섰다. 내리막길로 들어서기 직전 세자르는 세바스찬의 손을 잡았다. 아이의 손이 너무 작고 보드라워 세자르는 마음 한구석이 찡했다. 세자르는 세바스찬에게 진실을 말해줄 순간을 자꾸 늦추다 보니 이제 거짓말에 파묻혀 사는 꼴이 된 것 같아 후회가 되었다.

'그래도 아직은 때가 아니야. 조금만 더, 돌아오는 봄에는……'

갑자기 자신의 손을 잡는 바람에 세바스찬은 놀라 할아버지를 쳐다보았다. 세자르는 잡았던 손을 놓으며 심드렁한 몸짓으로 백 미터쯤 떨어진 곳에 있는 지붕을 가리켰다.

"세바스찬, 뛰어가서 앙젤리나에게 배가 고프다고 알리렴."

3

아무것도 없었다. 모래톱, 바위로 이어지는 회랑, 경사진 골짜기, 웃자란 풀들로 덮인 고갯마루 능선. 세바스찬은 치즈 만드는 일을 돕기 위해 일찍 양 우리로 가겠다고 말했지만 기어코 녀석의 흔적을 찾아 헤맸다. 허탕이었다. 간식까지 포기해 가며 녀석을 위해 놓아주었던 빵은 지나가던 까마귀가 먹었나 보다.

세바스찬은 주저앉아 실컷 울고 싶었지만 시간이 없었다. 할아버지가 화를 내시는 모습을 상상만 해도 두 뺨이 확확 달아올랐다. 어제 할아버지는 앙젤리나 누나에게 화를 냈다. 할아버지는 앙젤리나가 세바스찬에게 심부름을 많이 시키기 때문에 매번 양 우리에 늦게 온다고 생각하신 듯했다. 억울한 앙젤리나 누나는 분을 참지 못하고 반격에 나섰고 세바스찬은 산에서 빈둥빈둥 시간을 보내다가 늦어진 것이라고 고백할 수밖에 없었다. 꾸지람을 듣고서야 세바스찬은 절대 글랑티에르 근처에는 얼씬하지 않겠다고 맹세하고 또 맹세했다. 앙젤리나는 거짓말을 한 벌로 세바스찬에게 후식을 주지 않았다. 누나는 화가 많이 난 듯했다.

지금 이런 생각을 하고 있을 때가 아니었다. 시간이 촉박했다. 주저앉아 울 시간도, 물수제비 뜨기 할 시간도 없었다. 세바스찬은 걸음을 재촉하며 부지런히 두 눈으로 주변을 살폈다.

가파른 오르막길 하나만 넘으면 갈림길 아래쪽을 지키고 있는 나무 등걸이 나오고 거기서 작은 숲 하나만 건너가면 거의 다 간 셈이었다. 노래를 세 번쯤 흥얼거리자 나무가 울창하게 들어선 숲에 다다랐다. 습한 기운이 마치 젖은 이불보처럼 온몸을 감쌌다. 간밤에 비가 와서 대지에서는 이끼 냄새와 달달한 기운이 느껴지는 수지 냄새가 올라왔다. 한편에 있는 작은 공터에서 버섯이 눈에 띄었다. 순간 그물버섯을 따다가 늦었다고 둘러댈까 하는 유혹의 소리가 들려왔으나 노발대발 화를 내던 할아버지의 얼굴이 떠올라 얼른 발걸음을 옮겼다.

다시 빠른 걸음으로 길을 재촉하던 순간 세바스찬은 솔잎이 잔뜩 쌓여 있는 곳으로 미끄러져 넘어졌다. 그때 도저히 기적이라고는 말할 수 없는 일이 벌어졌다. 베트가 바로 앞, 세바스찬이 지나가려던 길목에 떡하니 버티고 서 있는 것이었다. 베트를 가까이에서 보니 녀석은 훨씬 더 컸다. 세바스찬이 몸을 일으키자 녀석은 경고의 뜻으로 짧게 으르렁거렸다. 쫑긋 세워진 두 귀는 녀석이 경계심을 늦추지 않고 있다는 표시였다.

이번만큼은 망설일 여지가 없었다. 끝없는 기다림에 지쳐 있던 세바스찬은 앞뒤 생각할 틈도 없이 단숨에 말을 늘어놓았다.

"널 건드리지 않을 거야. 약속해. 누가 널 만지는 게 싫은 거지? 나도 그래. 할아버지가 내 머리카락에 손가락을 넣어 까치집을 만들어 놓는 건 정말 싫거든. 너도 그렇지? 근데 보통 개들은 쓰다듬어 주는 걸 좋아하는데. 넌 안 그러니?"

세바스찬은 자신의 말을 증명하듯 손가락으로 머리카락을 빗어 뒤로 넘겼다. 베트는 더 이상 으르렁거리지 않고 입을 반쯤 벌린 채 긴 혀를 밖으로 내밀었다.

"너한테 보여줄 게 있어. 아주 근사한 거야. 날 따라와."

세바스찬은 베트 옆으로 비스듬하게 앞장서면서 녀석의 반응을 살폈다. 베트는 여전히 아무 반응도 보이지 않았다.

"따라와도 돼. 널 건드리지 않겠다고 약속했잖아. 날 믿어도 돼. 날 믿지 않으면 우린 절대 친구가 될 수 없어. 너도 언제까지 외톨박이로 지낼 순 없잖아."

녀석이 움찔했다. 그러다 곧 한 발을 들더니 그 자리에 멈춰 섰다. 설득당하려면 좀 더 그럴듯한 이유가 필요하다고 말하는 것 같았다. 세바스찬은 녀석이 이토록 경계심을 늦추지 않는 것을 이해할 수 있을 것 같았다.

세바스찬은 조용하고 낮은 목소리로 말을 걸면서 앞으로 나아갔다. 경계심을 푼 베트는 조용히 따라왔다. 5미터, 10미터……. 세바스찬이 걸음을 멈출 때마다 베트 역시 안전거리를 확보하려는 듯 똑같이 멈춰 섰다. 마치 둘은 아주 가느다란 실로 연결돼 있는 것 같았다. 조금만 흔들어도 끊어질 듯 위태위태한. 줄타기 곡예사가 떠올랐다. 작년 골짜기 마을에 장이 섰을 때였다. 해마다 한 번씩 열리는 큰 장이었다. 세바스찬은 할아버지와 누나와 함께 장을 구경하곤 했다. 사람들 말로는 전쟁이 터지기 전에는 무도회, 각종 경주 등 훨씬 더 신명나는 볼

거리가 많았다고 했다. 그때 세바스찬은 양팔을 벌려 균형을 잡아가면서 공중에서 묘기 부리는 것을 처음 보았었다. 지금도 같은 상황이었다. 모든 것이 한순간 와르르 무너져 버릴 수도 있지만 서로에게 연결되어 잠정적 균형 상태를 유지한 채 밧줄 위를 걷는 것 같았다. 세바스찬은 개가 멈칫거릴 때마다 차분히 말을 걸었다.

"잘했어. 계속 날 따라와야 해. 너한테 보여줄 게 있다고 했잖아. 아주 중요한 거야. 내가 널 얼마나 오랫동안 찾아다녔는지 아니? 여름이 끝나갈 때부터였어."

세바스찬은 지금 이 순간 할아버지, 전쟁, 엄마에 대한 고통스러운 기억은 모두 잊었다. 개와의 만남. 한 발자국을 내딛을 때마다 둘 사이에 조금씩 엮여지는 관계만이 중요할 뿐이었다.

늘 가던 길을 우회해 숲 언저리로 나왔다. 목초지 바로 위쪽이었다. 세바스찬은 태양의 위치로 가늠해 시간을 짐작했다. 병든 양 때문에 걱정거리가 생기지 않는다면 할아버지는 양젖 보관 창고에 있을 시간이었다. 창고에서 성숙 과정에 있는 치즈를 저어주고 짠 젖을 교유기 속에서 돌려주고 나면 할아버지는 술 한 잔을 걸치고 낮잠을 즐겼다. 어찌 되었든 지금 시간이라면 할아버지한테 들킬 가능성은 희박했다.

예상대로 양 열댓 마리가 무리 지어 숲 언저리, 볕이 잘 들지 않고 축축한 곳에서 어슬렁대고 있었다. 세바스찬은 주변이 조용한 것을 확인하고 나서야 양들에게로 갔다. 심장이 마구 뛰었다. 평소 양들은 누군가 다가오면 경계부터 했을 텐데 이상하게도 잠잠했다. 세바스찬이 꽁무니에 베트까지 달고 나타났는데도 잠잠했다. 무리를 이끄는 대장 암양에게 다가가며 세바스찬은 바짝 긴장했다.

'내가 잘못을 저지르고 있는 건 아니겠지? 개가 발작을 일으켜 양들

을 물어뜯는다면.'

세바스찬은 천천히 앞으로 나아갔다. 개울물 속으로 걸어 들어가는 기분이었다.

양들이 조용히 옆쪽으로 비키며 길을 터주었다. 녀석들의 복슬복슬한 옆구리 털이 아래로 떨군 세바스찬의 두 팔을 스쳤다. 암양 한 마리는 냄새를 맡고 또 한 마리는 손에 얼핏 콧방울을 문질렀다. 간식이라도 내놓으라는 몸짓이었다. 양들 목에 걸린 방울에서 나는 딸랑딸랑 소리가 허공으로 퍼졌다. 가볍게 고개를 돌린 세바스찬의 시야로 지극히 평온해 보이는 베트의 모습이 들어왔다. 녀석은 파투 개답게 처신하고 있었다. 예전 양 떼와 함께했던 습관 때문일 것이었다.

세바스찬은 눈물을 참아야 할 만큼 기뻐서 어쩔 줄 몰랐다. 마음의 짐이 덜어지면서 느껴지는 안도감이 거센 파도처럼 세바스찬을 집어삼켰다.

'녀석이 절대 양을 죽였을 리 없어.'

세바스찬은 목초지에 주저앉고 말았다. 감정이 북받쳐 두 다리가 절로 꺾였다.

"난 네가 양들을 죽이지 않았다는 걸 알고 있었어."

개는 반짝이는 두 눈으로 세바스찬을 빤히 바라볼 뿐이었다.

베트는 세바스찬이 일어나길 기다렸다 잠자코 그 뒤를 따랐다.

세바스찬은 사람들 눈에 띄지 않기 위해 전나무 숲으로 돌아가 나무들 틈으로 십여 분 정도 거닐었다. 할아버지가 놓아둔 세 개의 덫 가운데 하나가 그곳에서 멀지 않은 곳에 숨겨져 있었다. 베트가 덫에 걸리지 않도록 하기 위해 틈나는 대로 살폈던 터라 눈 감고도 찾을 수 있었다. 확실한 증거를 확보한 지금, 세바스찬은 할아버지의 진노도 전혀 무섭지 않았다. 일단 개를 안전한 곳에 데려다 놓은 다음 생각할 문제였다. 지금은 그보다 더 중요한 일이 있었다.

세바스찬은 만일의 경우 신호를 보내기 위해 한 손을 들고 속도를 늦추었다. 이곳에서는 편암 판석으로 만든 기와를 얹은 양 우리를 살펴볼 수 있었다. 짧은 굴뚝에서 연기가 한 줄기 솟아오르고 있었다. 개가 놀라지 않도록 몸을 숙여 돌멩이 하나를 집은 다음 활짝 편 손바닥 위에 올려놓고는 개에게 보여주었다.

"조약돌이야. 너한테 던지려는 게 아니니 걱정 마. 너한테 보여줄 게 있는데 그러려면 이게 필요하거든."

세바스찬은 몸을 돌려 두 잡목 덤불 사이, 낙엽과 소나무 가지들이 수북하게 쌓인 곳에 숨겨놓은 덫을 찾았다. 날쌘 동작으로 세바스찬은 덫의 중앙을 향해 돌멩이를 던졌다. 덫이 요란한 소리를 내며 닫히자 놀란 개는 두어 걸음 뒤로 물러섰다. 기름 냄새 뒤에 밴 인간의 냄새를 맡았는지 털을 곧추세우고 으르렁거리기 시작했다. 녀석은 설명을 기다리는 듯 신음 소리를 냈다.

"저쪽은 위험하니까 가면 안 돼. 알았지? 이 냄새 잘 기억해 둬. 할아버지가 주변에 덫을 숨겨두셨어. 할아버지가 나쁜 게 아니라 아직 사정을 잘 모르셔서 그런 거야. 네가 양들을 죽였다고 생각하고 계시거든."

녀석이 곧 안심했는지 더 이상 으르렁거리는 소리는 내지 않았다. 녀석은 숨을 할딱거리는가 싶더니 아무 예고도 없이 입을 크게 벌리고 하품을 했다.

"할아버지가 나타나기 전에 어서 가자. 널 보면 할아버지가 무슨 짓을 하실지 모르거든."

세바스찬은 발을 이용해 덫을 벌린 다음 제자리에 다시 설치하고는 베트가 따라오는지 살펴가며 걸음을 재촉했다. 허기가 져 배가 뒤틀리는 것 같았지만 그런 건 아무래도 상관 없었다. 할아버지가 누나에게 알아서 먹일 테니 간식을 싸주지 말라고 하셨다. 세바스찬은 배고픔쯤은 참을 수 있었지만 베트가 걱정이었다. 제멋대로 엉키고 떡이진 녀석의 긴 털 아래로 홀쭉한 옆구리가 드러났다. 양 우리로 가 치즈와 베이컨 한 덩어리를 슬쩍 집어올 수도 있었지만 할아버지한테 한참 붙잡혀 있어야 했기에 그러지 않았다.

'배부르게 잘 먹은 개는 주인을 물지 않지.'

문득 할아버지가 했던 말이 떠올랐다.

세바스찬은 양 우리에 가는 대신 이웃 골짜기에 있는 도르쉐 농장으로 가야겠다고 생각했다. 거리상으로 앙드레의 양 우리가 더 가까웠지만 두 번이나 앙드레를 연거푸 찾으면 의심을 살 수도 있었다. 반면 도르쉐 아저씨네라면 분명 먹을 게 있을 터였다. 도르쉐 농장은 그 지역에서 가장 번성한 곳 중 하나인데다 해마다 농사 관련 상을 모조리 휩쓸기 때문이었다. 운만 조금 따른다면 창고에 몰래 숨어들어 가 베이컨 한 조각쯤을 슬쩍할 수도 있을 것이었다. 그런 생각을 하던 순간 세바스찬은 혹시 들키기라도 한다면 하는 생각에 몸을 떨었다. 전쟁 중이니만큼 음식물 절도는 중범죄에 해당되었다.

'안 돼. 다른 방법을 찾아야겠어.'

세바스찬과 베트는 능선을 따라 걸었다. 세바스찬이 알고 있는 지름길로 가면 적어도 1킬로미터 정도는 시간을 벌 수 있었다. 경사가 급해지자 세바스찬은 덤불과 나무뿌리를 꽉 잡으며 올랐다. 베트는 크게 힘들어하는 기색 없이 곁을 따랐다. 녀석이 곁에 있다는 것만으로도 세바스찬은 기운이 솟았다. 마침내 오르막길 끝에 이르자 오솔길은 노새들이 다닐 수 있을 정도로 넓어졌다. 조금 더 오르자 크레트 고개의 늠름한 자태가 시야에 들어왔다. 숨 돌릴 새도 없이 둘은 다시 걷기 시작했다. 세바스찬이 앞장서고 베트가 한 발짝쯤 뒤떨어져 따랐다.

능선길에 다다른 세바스찬은 샐비어 향이 솔솔 풍기는 공기를 마음껏 들이마셨다. 입이 건조하자 목이 마르다는 사실을 깨달았다. 세바스찬은 이웃 골짜기로 내려가는 길의 출발점을 알려주는 거대한 돌더미가 어디 있는지 찾으려고 주변을 살폈다. 세바스찬은 번식용 숫양 문제 때문에 할아버지를 따라 농장에 와본 적이 있었다. 따라서 골짜기의 물줄기 역할을 하는 개울의 위치를 정확히 기억하고 있었다.

시선이 닿을 수 있는 곳은 온통 공터와 암석뿐이었다. 가을이 오면서 양 떼들은 양 우리로 내려온 상태지만 세바스찬은 혹시라도 노새를 부리는 사람에게 들킬까 봐 노심초사 주변을 살폈다.

날카로운 울음소리가 정적을 깼다. 왕 독수리 한 마리가 머리 위로 큼지막한 원을 그리며 빙빙 돌고 있었다. 베트가 배고픔을 호소하는 신음 소리를 내자 세바스찬은 부드러운 목소리로 녀석을 달랬다.

"다 왔으니까 조금만 참아."

다시 걷기 시작한 순간 어지러움을 느낀 세바스찬은 바위에 머리를 기댔다. 돌아가는 길엔 지팡이라도 짚는 것이 좋을 것 같았다. 할아버지는 늘 자연보다 강하다고 믿는 것이 얼마나 위험한 일인지 백번, 천번 강조하시곤 했다. 순간적으로 두려움이 밀려왔지만 세바스찬은 곁에 개가 있어 전혀 겁이 나지 않았다. 산마저도 둘도 없는 원군이 되어 주는 것만 같았다. 세바스찬은 이런 변화를 어떻게 설명해야 할지 알 수 없었지만 몸으로 느끼는 감각부터 달라졌다. 스스로 예전에 비해 강하고 대범해졌다고 느꼈다. 할아버지와 함께 있으면 지시하는 대로 따르기만 하면 되었지만 할아버지는 어른이라 아이의 비밀을 들어줄 수도 이해해 줄 수도 없었다. 더구나 할아버지는 자신만의 비밀을 지니고 계셨다. 이제 더 이상 세바스찬은 혼자가 아니었다. 둘은 서로에게 힘이 되었다.

"조금만 힘내."

흙더미 뒤로 몸을 숨긴 채 세바스찬은 농장을 살폈다. 3백미터라는 거리임에도 농장은 엄청 커 보였다. 석재로 단단하고 널찍하게 터를 잡은 2층 건물은 낙엽송으로 장식한 외벽 옆으로 정남향의 지붕 덮인 발코니까지 갖추고 있었다. 북쪽 측면에 붙어 있는 축사 위에 마련된 다락은 주거용 건물과 하나의 몸체를 구성했다. 워낙 뛰어난 입지 조건 때문인지 시기심 때문인지는 모르지만 사람들은 농장 임자들이 드러내 놓고 암거래를 한다고 수군댔다. 전쟁이 터지기 전에는 밀매업자들과 이후에는 아무나와 수상한 거래를 한다는 것이었다. 어쨌든 그들에겐 많은 암소와 양, 닭과 오리, 토끼가 있었으며 남의 눈을 피해 몰래 기르는 살집 좋은 돼지들도 있다고 말하는 사람들도 더러 있었다.

세바스찬은 묵직한 소스를 뿌린 스테이크 생각을 떨쳐 냈다. 할아버지는 이미 점심을 드셨을 테고 지금쯤 양손을 확성기처럼 만들어 손자를 부르고 계실 것이었다. 세바스찬은 돌아가 할아버지께 꾸중 듣는 일을 상상하자 마음이 불편해졌다.

"조금만 기다려. 먹을거리를 찾아줄 테니까. 이건 피를 교환하는 거나 마찬가지야. 그럼 우린 진정한 친구가 되는 거지."

개는 어리둥절한 표정으로 세바스찬의 말을 들었다.

세바스찬은 베트의 모습에 웃음이 났다. 녀석이 킁킁대며 냄새를 맡자 세바스찬은 손바닥 위를 타고 흐르는 녀석의 따뜻한 입김을 느끼며 기뻐했다.

농장에서 들리는 웅성거리는 소리가 오후의 정적을 깼다. 세바스찬은 빽빽한 덤불 쪽으로 몸을 숨겼다. 3백 미터쯤 아래 도로변에 윤이 반짝반짝 나는 검정 트럭 한 대가 세워져 있었다. 트럭의 후면은 방수포로 덮여 있었다. 동네 사람의 차라고 보기엔 너무 새 차였다. 차를 유심히 보니 독일 놈들이 쳐들어왔을 때 세워져 있던 트럭이 떠올랐다.

군복 입은 남자 두 명이 엉덩이가 펑퍼짐하고 머리에 빨간 모자를 쓴 여자와 이야기를 나누고 있었다. 세바스찬은 여자가 도르쉐 부인 쉬잔임을 알아보았다.

"우리 저 사람들이 거래를 끝낼 때까지만 잠깐 기다리자. 너도 보이니? 쉬잔 부인은 적군에게도 물건을 팔아. 회색 군복 입은 사람들 보이지? 저 사람들이 바로 독일 놈들이야. 다 말하자면 길지만 간단히 말해 저 사람들이 우리나라를 침략했어. 저 두 사람이 그랬다는 게 아니라 다른 사람들도 많이 있어. 저 바구니에 병들 보이지? 저건 분명 제네피일 거야. 독일 놈들이 쉬잔 부인에게 뭘 줄 것 같아? 소시지? 너도 소시지 좋아해? 소시지 먹어본 지가 1년쯤 된 것 같아. 아니, 2년인가. 하도 오래돼서 기억도 안 난다. 독일 놈들은 자기들 맘에 들면 뭐든 다 훔쳐가. 그러니까 너도 내 옆에 조용히 있어야 해."

생각나는 대로 떠든 세바스찬은 정말로 녀석이 옆에 와서 앉자 너무 기뻐 박수를 칠 뻔했다.

그때 까마귀가 그들 너머로 날아가자 개는 새를 잡기 위해 공중으로 껑충 뛰어올랐다. 세바스찬이 낮은 목소리로 녀석을 말렸지만 녀석은 들리지 않는 모양이었다. 단단히 고정되어 있지 않았는지 트럭 후면을 덮은 방수포가 바람에 펄럭거리자 맛 좋은 기름 냄새가 솔솔 풍겨왔다. 비행 중이던 까마귀가 냄새를 맡았는지 방향을 틀어 방수포 쪽으로 돌진했다.

세바스찬이 말릴 틈도 없이 개는 이미 트럭 후미를 향해 돌진했다. 경련을 일으킨 듯 방수포가 출렁였다. 독일군들은 갑작스레 나타난 개의 출현에 놀라 총탄을 장전하며 달려왔다. 세바스찬은 그때 할아버지가 하신 말씀이 생각났다.

'세바스찬, 절대 회색 군복 입은 자들과 말을 섞어선 안 된다. 무서운 사람들이야. 알겠지?'

세바스찬은 몸이 굳은 듯 꼼짝도 할 수 없었다. 할 수 있는 일이라곤 온 힘을 다해 친구를 구해달라고 하나님께 기도하는 일뿐이었다.

방수포를 향해 총을 쏘려는 한스를 에리히가 말렸다. 공연히 총기를 사용해 자신들의 상사 몰래 벌이는 암거래가 들통나서는 안 되었다. 트럭에 총알구멍을 낸 채 부대로 돌아간다면 사실을 설명해야 할 테고 그러면 문제가 커졌다.

조용히 하라는 몸짓으로 동료에게 겁을 준 에리히는 동료 한스에게 준비하라고 이른 다음 총구를 앞으로 들이댄 채 트럭 뒤를 덮고 있던 방수포를 확 잡아당겼다. 엎어진 바구니들 한가운데 놓인 빵 위에 올라앉아 있던 까마귀 한 마리가 병사를 노려보았다. 방수포가 벗겨지면서 까마귀는 에리히의 뺨을 슬쩍 스친 채 공중으로 날아올랐다. 한스는 동료가 공격당한 것으로 착각한 나머지 날아오른 대상을 향해 기어이 총을 발사했다.

"멈추라고! 미쳤어? 그냥 새라고. 새."

쉬잔 부인이 상기된 얼굴로 달려왔다. 화가 단단히 난 표정이었다. 에리히는 한스가 더 이상 어리석은 짓을 하지 못하도록 총이 발사된 쪽으로 갔다.

"총을 쏘면 어쩌자는 거예요. 동네방네 다 떠들어댈 일 있어요!"

쉬잔 부인이 화가 나 말했다.

"지금 그게 중요해! 보라고. 까마귀가 한 짓을. 음식이 엉망이 되었잖아!"

"차라리 성모마리아 때문이라고 그러시죠. 고작 까마귀 한 마리가 이렇게 만들었다구요? 날 속이려고 괜한 수작 부리는 거 아니에요?"

에리히는 끓어오르는 화를 애써 참으며 생각에 잠긴 척했다. 여자와 말다툼할 시간이 없었다. 문제가 더 커지기 전에 수습해야 했다. 화가 났지만 지금은 여자를 달래며 원하는 걸 들어주는 게 백번 나을 것 같았다.

세바스찬은 온 힘을 다해 베트를 따라 비탈길을 기어올랐다. 더 이상 그들의 목소리는 들리지 않았다. 고갯마루에서 잠시 베트가 보이지 않았지만 걱정하지 않아도 되었다. 베트가 느긋하게 앉아 방금 트럭에서 떨어진 소시지 세 줄을 맛있게 먹고 있었다. 입안 가득 고기를 넣고 씹느라 녀석이 꾸물댄 것이었다. 웃음이 나오려는 것을 가까스로 참고 세바스찬은 엄격하게 말하려고 짐짓 애를 썼다.

"이게 무슨 짓이야. 정말 큰일 나는 줄 알았다고. 다시는 그렇게 멋대로 가면 안 돼."

녀석은 잠시 고개를 드는가 싶더니 다시 식사에 열중했다. 이빨로 몇 번 씹더니만 꿀꺽꿀꺽 소시지를 삼켰다. 배가 부른지 그제야 꼬리를 세차게 흔들었다. 여기서 너무 오래 시간을 끌었다고 말하는 것 같았다.

"이제 보니 아주 뻔뻔하구나. 알았어. 빨리 가자. 대신 내 옆에 꼭 붙어 있어야 해."

둘은 유유히 다시 걷기 시작했다. 둘 사이의 거리는 이제 팔 하나 길이를 넘지 않았다.

세바스찬과 개는 고개에서 걸음을 멈추고 경치를 감상했다. 해가 지기 시작하려는지 그늘이 내려앉고 있었다. 선선한 기운에 으스스 몸을 떨며 세바스찬은 맞은편에 보이는 산 정상을 가리켰다.

"저거 보여? 이빨 모양으로 툭 튀어나온 곳 말이야. 저 뒤쪽이 아메리카야. 저기에 엄마가 계셔. 할아버지가 그러는데 성탄절 무렵에 엄마가 올 거래. 선물을 가져다주실지도 몰라. 넌 내가 무슨 선물을 받고 싶은지 아니?"

개는 고개를 갸우뚱한 채 산 정상 쪽으로 코를 벌름거리며 세바스찬의 말을 듣고 있었다.

"나침반이 있는 회중시계를 갖고 싶어. 마르셀이 가진 시계 같은 거 말이야. 마르셀은 우리 동네 면장 아저씬데 친구는 아니야. 그러니까 너도 조심해야 해. 마르셀은 사냥꾼 대장 노릇을 할 때 빼고는 산에 오지 않으니까 만날 일은 거의 없을 거야. 사냥꾼들은 너도 알지? 네가 종아리를 물어뜯은 앙드레 아저씨 말이야. 널 탓하려는 게 아니야. 앙드레 아저씨가 엄마 영양을 죽이고 새끼까지 죽일 뻔했으니까. 앙드레 아저씨는 보기보다 고약하진 않아. 좀 멍청해서 그렇지. 지금 내가 무슨 말을 하는지 넌 다 알아듣는 거지?"

개는 짧게 컹컹 짖었다. 세바스찬은 감격에 겨워 녀석에게서 눈길을 돌리고 평소처럼 지평선을 바라보며 같은 말을 여러 번 반복했다.

"아메리카는 여기서 멀지 않을 거야. 언젠가 나도 그곳으로 갈 거야. 원한다면 그땐 너도 데리고 갈게."

따뜻한 입김이 세바스찬의 손을 쓰다듬는가 싶더니 녀석의 축축한 코가 그의 손에 와 닿았다. 순간 놀랐지만 감정이 북받친 세바스찬은 소리 없이 흐느꼈다. 굵은 눈물방울이 뺨을 타고 흘러내렸다. 개가 손바닥을 핥으려 하자 세바스찬은 몸을 굽혀 녀석을 끌어안았다. 순간 땅속에서 천둥이 치는 듯한 둔중한 으르렁거림이 개의 옆구리 쪽에서 새어 나왔다. 녀석이 다시 으르렁거리기 시작했다. 세바스찬이 손쓸 틈도 없이 개는 으르렁거리며 뒷걸음질 치더니 눈 깜짝할 새 자취를 감추었다. 세바스찬은 큰 실수를 한 것만 같아 넋이 빠진 채 애원했다.

"기다려. 가지 마. 돌아와."

녀석의 격한 반응에 놀란 세바스찬은 놀라 그 자리에 꼼짝 않고 서 있었다. 정신이 멍해 아무 생각조차 할 수 없었다. 정적이 주변을 휘감자 세바스찬은 온몸을 덜덜 떨었다. 현기증이 날 지경이었다. 바람이 불어오자 몸이 허공 쪽으로 밀려갔다. 멀리 앞쪽 산의 경사면 위에서 무언가가 움직이고 있었다. 사람들이 세바스찬을 향해 전진해 오고 있었다. 누구의 눈에도 띄고 싶지 않아 세바스찬은 바위 뒤로 몸을 숨겼다. 베트가 자신 때문이 아니라 사람들 때문에 도망쳤다는 생각이 들었지만 개가 사라졌다는 실망감은 쉽게 가시지 않았다.

바위 뒤에 홀로 남자 세바스찬은 할아버지가 떠올랐다. 걱정 때문에 피가 잉크처럼 새파랗게 질렸을 게 뻔했다. 세바스찬은 할아버지가 왜 그런 표현을 쓰는지 궁금해졌다. 잉크를 가지고 글을 쓰지도 않는데 말이었다. 집에서 각종 서류나 편지는 앙젤리나 누나 담당이었다. 할아버지는 '그런 부류의 사람들' 과는 상종도 하기 싫다며 누나에게 그 일을 넘겨주었지만 세바스찬은 할아버지가 말하는 '그런 부류의 사람들' 이 과연 누구인지 알지는 못했다. 왜 편지만 보면 할아버지가 투덜거리는지 그 이유 또한 알 수 없었다.

세바스찬은 사람들 눈에 띄지 않기 위해 그들이 빨리 지나가기를 바랐다. 두 시간 후면 해가 질 테고 할아버지가 걱정하리라는 건 불 보듯 뻔했다. 저 사람들이 조금만 서둘러 주면 좋을 텐데. 사람들을 앞질러 가는 건 위험했다. 그들 중 누군가 능선 길에서 얼쩡대는 걸 봤다고 할아버지한테 말한다면 정말 죽은 목숨이었다.

등산객 일행이 앞으로 다가올수록 형상은 또렷해졌다. 한 사람이 앞장서서 길을 안내하고 그 뒤를 부부가 따르고 있었다. 뒤를 따르는 부부는 멀리서 봐도 산에 익숙하지 않은 사람들 같았다. 옷차림 역시 산을 타는 복장이 아니라 일요일 미사에 갈 때 입는 차림새였다. 남자는 트렁크를 끌었고, 상자 하나를 들고 있던 여자는 뾰족 구두를 신고 있었다. 남자는 여자가 발목이 삐끗하지 않도록 부축하며 걷고 있었다. 그들은 걷기만 할 뿐 이렇다 할 대화를 나누지 않았다.

그때 상자 안에서 아기 울음소리가 들렸다. 너무 놀란 세바스찬은 하마터면 소리를 지를 뻔했다. 부부가 갓난아기를 안고 산을 넘고 있었다. 앞서가던 안내인이 걸음을 멈추고는 여자에게 아기를 달래라는 신호를 보냈다. 아기 울음소리가 멎자 안내인은 그랑 데필레 고개, 아메리카 대륙 방향을 가리켰다. 안내인은 장애물을 뛰어넘는 몸짓을 해 보인 뒤 고개를 돌렸다. 세바스찬은 이번에는 정말 소리를 지를 뻔했다. 안내인의 얼굴이 몹시 낯이 익었기 때문이었다. 안내인은 바로 의사 선생님 기욤이었다.

"세바스찬, 네가 잘못 봤겠지. 거리도 멀고 자세히 본 게 아니잖아. 그리고 누구나 등산할 권리는 있잖아. 너만 해도 노상 거기서 산을 왔다 갔다 하니까."

"누난 아무것도 몰라! 난 다 컸잖아. 그렇지만 그 부부는 도시에서 왔고, 더구나 갓난아이를 안고 있었어. 위험한 능선길에 아기를 데리고 가는 사람이 어딨어?"

"다 컸다고? 세바스찬, 이성적으로 독립한 인격체라고 하지 그러니? 그리고 위험에 관해서라면 입도 뻥끗 마. 특히 넌 그럴 자격 없어."

누나는 못마땅한 기색이 역력한지 한숨을 푹 내쉬었다. 말은 하지 않지만 무언가를 숨기고 있는 것 같았다. 분노, 혹은 비밀 따위. 세바스찬은 그게 무엇인지 알고 싶었다. 세바스찬은 누나의 환심을 사기 위해 수프 접시도 들어주고 식탁에 포크와 나이프도 가지런히 놓았다. 냄비에서 김이 무럭무럭 올라오자 갑자기 뱃속이 요동쳤다. 그렇지만 지금 밥을 달라고 떼를 쓸 때가 아니었다.

"위험하다는 말이 나왔으니 말인데 할아버지를 도와드리지 않고 거기서 뭘 했어? 어제저녁 할아버지 일을 도와드리기로 말하지 않았니? 네가 무슨 생각을 하든 이건 어른들 일이고 기욤 역시 자기가 원하는 일을 하는 것뿐이야. 알겠니?"

"그래도……."

"세바스찬, 양 우리에 가긴 했니?"

세자르는 헐레벌떡 뛰어오는 세바스찬을 보고도 반갑게 맞아주지 않았었다. 반쯤 울며 변명을 늘어놓는 손자를 향해 차가운 말투로 혼자 돌아가라는 말을 할 뿐이었다.

세바스찬이 대답 없이 고개를 떨구고 있자 앙젤리나는 세바스찬의 대답을 기다렸다.

"아침엔 안 갔지만 오후에 잠깐 갔었어. 그것 때문에 할아버지가 화나셨을 거야."

"어제 그렇게 혼나고도 그런 거야? 대체 하루 종일 산에서 뭘 한 거야."

앙젤리나는 어린 동생의 대답을 기다리지 않고 냄비 뚜껑을 열어보러 부엌으로 갔다. 세바스찬은 누나가 진짜로 화가 났는지 힐끔거리며 살펴보았다.

"세바스찬, 계속 이런 식이면 곤란해."

앙젤리나는 이마를 잔뜩 찌푸린 채 냄비 속에 든 수프를 젓고 있었다. 딱히 수프를 쳐다보는 것 같진 않았다.

"누나가 보기엔 심각한 거야?"

"다짜고짜 심각하다니? 또래 아이들처럼 학교에 가는 대신 하루 종일 산을 쏘다니는 걸 말하는 거야?"

"아니. 기욤 아저씨 말이야."

세바스찬의 입에서 뜻하지 않은 말이 튀어나오자 너무 놀란 앙젤리나는 쥐고 있던 냄비 뚜껑을 내려놓았다. 뚜껑은 요란한 소리를 내며 냄비 위로 떨어졌다.

"세바스찬, 아까도 말했지만 그건 우리랑 상관없는 일이야."

앙젤리나가 화가나 소리치며 말했다.

"누나, 더 묻지 않을 테니까 화내지 마."

앙젤리나는 몸을 굽혀 세바스찬을 품에 안았다. 상당히 낯선 동작이었다. 갑작스런 행동에 기운이 빠진 세바스찬은 품에 안겨 누나의 냄새를 흠뻑 들이마셨다. 세바스찬은 안간힘을 다해 눈물을 참았다. 개와 마주친 일, 독일 놈들과 트럭, 할아버지의 분노, 알 수 없는 기욤, 어른들이 간직한 비밀들. 오늘 일어난 모든 일들을 감당하기엔 자신은 너무 어렸다. 세바스찬은 몸을 누나에게 맡긴 채 가만히 있었다. 마음이 돌덩이처럼 무거웠다.

"아무 걱정 마, 세바스찬. 오늘 저녁엔 후식을 두 배로 줄게."

앙젤리나가 부드러운 목소리로 귀에다 대고 속삭였다.

"할아버지가 화가 많이 나셨어."

"아니야. 단지 네가 걱정돼서 그러신 거야. 할아버지가 돌아오시면 안아드려. 그럼 금방 다 잊으실걸?"

"정말?"

"그럼. 정말이지. 그러니까 능선길에서 본 건 한마디도 해선 안 돼. 알았지?"

"응."

4

앙젤리나는 '닫혔음'이라 적힌 팻말을 걸고 빠른 걸음으로 빵집을 나섰다. 제르맹은 벌써 낮잠을 자러 갔고 오븐에서 갓 나온 빵들은 마르지 않도록 덮어둔 행주에 싸인 채 천천히 식어가고 있었다.

'한 번만 더 구우면 받은 배급표에 상당하는 양으로는 충분할 거야. 돈이 없어 빵을 사먹지 못하는 사람들에게도 나누어 줄 정도로 여분이 생길지도 몰라.'

확실히 밀가루는 점점 더 거칠어져 갔지만 모두를 먹여 살릴 정도의 양은 확보할 수 있었다. 자루 속에는 일주일 정도 버틸 양은 비축되어 있었다. 반면 장작 배급량은 점점 줄어들고 있었다. 앙젤리나는 물품 공급업자에게도 가야 했다. 손님들이 준 쿠폰도 장부에 기입해야 했다. 비축분 구입 허가를 받으려면 그 쿠폰들을 경찰청에 보내야 했다. 앙젤리나 혼자서 모든 일을 처리하려니 머리가 빙빙 돌 것만 같았다. 앙젤리나는 개인들에게 판매를 하는 제분업자 이야기를 들었다. 그를 만나야 했지만 노선버스 외에 이동수단이 제한적인 앙젤리나가 제분업자를 만나려면 하루 온종일 자리를 비워야 했다. 자전거를 타고 가볼까 생각했지만 밀가루 포대를 싣고 자전거로 언덕길을 오르는 건 힘에 부치는 일이었다.

길을 걸으며 이런저런 생각에 빠져 있던 앙젤리나는 어느새 기욤의 진찰실 앞에 도착했다. 대기실로 들어가기 전 앙젤리나는 복도에서 머리를 매만졌다. 대기실 안은 안색이 창백한 여자 세 명과 어린 소녀 한 명이 침울한 표정으로 진료를 기다리고 있었다. 앙젤리나는 먼저 와 있던 사람들에게 간단히 목례를 하고, 어서 와 앉으라는 소녀의 엄마 자클린의 권유를 못 들은 척하며 그냥 서 있었다. 수다를 떨 시간도 그럴 마음도 없었다. 버릇이 없다며 이러쿵저러쿵 떠들어댈지도 모르지만 평판보다는 신중함에 신경을 써야 할 때였다.

그때 앙드레를 앞세운 셀레스틴이 문을 열고 들어섰다. 앙드레는 다리를 절룩거렸는데 그 모습이 마치 연극을 하는 건 아닐까 하는 의구심을 자아냈다. 사람들이 앙드레에게 자리를 내주려고 분주하게 움직였다. 그가 엉덩이를 의자에 들이밀 새도 없이 양 옆구리에 주먹을 올려놓은 셀레스틴이 그 앞을 가로막으며 말했다.

"앙드레, 순서대로 앉아야죠. 앞에 기다리고 있는 사람 안 보여요."

앙드레는 미소까지 지어 보이며 순순히 셀레스틴이 시키는 대로 따랐다.

"근데 상처가 아직도 다 안 나은 거예요? 지난번에 준 연고를 바르긴 한 거예요?"

"틴, 잔소리는 그만해요."

앙드레는 그제야 잔소리가 귀찮다는 듯 얼굴을 찌푸렸다.

"그만하긴 뭘 그만해요. 아직도 다리를 절룩거리면서."

"좀 과장되게 걷긴 했지만 방금 전에 통나무가 다리를 들이받았다구."

"쯧쯧. 괴저라도 생기면 어쩌려고. 조심 좀 하지."

셀레스틴은 혀를 끌끌 차며 이번엔 앙젤리나에게로 화살을 돌렸다.

"진찰 받으러 온 거면 아가씨도 순서를 기다려야 할 거야."

"아뇨, 전 잠깐이면 돼요."

셀레스틴이 뭐라 더 말을 하지 못하게 그녀를 복도로 데려간 앙젤리나는 칸막이로 쓰이는 나무판자를 밀었다.

"지금 당장 기욤을 만나야 해요. 아주 급해요."

"지금은 너무 바빠서 짬을 낼 수 없을 텐데. 기다리는 사람이 많은 건 아가씨도 두 눈으로 봤잖아."

"아주 중요한 일이라니까요!"

앙젤리나가 다소 격양된 목소리로 말했다.

셀레스틴는 얼굴을 찡그리며 앙젤리나를 도로 대기실 쪽으로 밀며 조용히 속삭였다.

"다음 주 안내 때문이야?"

"다음 주에 예정되어 있나요?"

셀레스틴은 먼저 의중을 드러냈음에 놀라 앙젤리나의 얼굴이 창백해졌다. 이미 엎질러진 물이었다. 다시 주워 담을 수 없었다. 내키지는 않았지만 셀레스틴은 나지막이 속삭였다.

"수요일일 거야. 대체 무슨 미친 짓이람. 아가씨라도 제발 의사 선생님한테 최소한 속도라도 좀 늦추라고 말해봐."

앙젤리나는 셀레스틴의 말을 듣는 둥 마는 둥 하며 서둘러 진찰실

문을 열고 들어갔다. 문을 닫고 기대선 앙젤리나는 책상 뒤에 앉아 멍하니 허공을 응시하고 있는 기욤을 보았다. 기욤은 앙젤리나를 보자 기쁨에 두 눈이 반짝거렸다.

"앙젤리나, 어떻게 여기까지 왔어. 당신을 보니 정말 기뻐. 잘 지냈지?"

"네. 잘 지내요. 기욤, 수요일 날 내가 도와줄게요."

"셀레스틴이 또 나팔을 분 모양이군."

"나만 당신 근황을 모르고 있었던 것 아니구요."

앙젤리나가 다소 비아냥거리며 말했다.

"그런 소리 마, 앙젤리나. 난 당신을 보호해 주려는 것뿐이야."

"보호해 준다고요? 당신 날 뭐로 보는 거죠? 내가 당신에게 도움도 주지 못하는 바보 천치라고 생각해요?"

"앙젤리나, 이 일은 모르면 모를수록 좋아."

"그렇겠죠. 깜빡 잊고 있었네요. 신중함, 비밀 등등. 당신은 아는 게 많아서 좋겠어요. 당신, 지금 투명인간 놀이라도 하고 있는 거예요? 그런 거예요?"

예상하지 못한 날 선 앙젤리나의 공격에 어리둥절해진 기욤은 잠자코 그녀를 바라보았다. 요즘 들어 부쩍 신경질적인 태도를 보이는 그녀였다.

"앙젤리나, 갑자기 찾아와서 대체 무슨 소리야."

"세바스찬이 그랑 데필레 쪽으로 가는 당신을 봤대요."

"젠장."

"기욤, 세바스찬에게 아무 말도 말아요."

"세바스찬이 대체 거기서 뭘 하고 있었던 거지? 그 시간에 말이야."

"세바스찬도 이제 다 컸어요. 혼자서도 멀리까지 갈 수 있죠."

"이제 어쩌지."

"아무에게도 말하지 않겠다고 약속했어요."

"세바스찬은 어린애야. 무심코 툭 튀어나올 수도 있지."

"아뇨. 그럴 일은 절대 없어요."

"당신이 그걸 어떻게 확신하지? 세바스찬을 혼자 돌아다니도록 내버려 둬서는 안 되겠어."

"내버려 둔다고요? 생마르탱 아이들의 기질이 어떤지 알고나 그런 소릴 하는 거예요. 아이들의 부모들은 또 어떻고요."

"앙젤리나, 생마르탱 사람들이 조금 폐쇄적이라는 이유로 사람들을 그런 식으로 단죄하려 들지 마."

"단죄라고요? 당신 역시 내키는 대로 말을 하는군요. 그렇지만 이 동네 사람들이 출신 성분을 중요하게 생각하는 건 확실하죠. 나는 그런 말을 할 자격이 충분하고요."

"그래서 당신은 세바스찬을 방황하도록 내버려 두는 게 상황을 개선할 수 있다고 생각하는 거야?"

"나도 벅차요. 해야 할 일, 하지 말아야 할 일. 해야 할 말, 하면 안 되는 말. 설명해 줘야 할 일, 비밀로 해야 하는 일 등등 이런 걸 생각하면 나도 미칠 것 같다고요."

"이러지 마, 앙젤리나. 지금 무엇보다 당신 역할이 중요해. 세자르와 세바스찬은 당신을 필요로 하고 있어. 우리 마을도 그렇고. 자꾸 나타나는 그 독일 놈들 때문에 상황이 점점 복잡해지고 있잖아. 대체 그 자는 왜 자꾸 여길 나타나는 거지, 젠장."

"그걸 내가 어떻게 알겠어요. 난 그저 빵만 만들어다 바칠 뿐인데."

"바로 그 점이 수상하단 말이야."

"무슨 말이죠?"

"중위나 되는 자가 부하가 할 일을 하고 있잖아. 분명 뭔가 다른 의도가 있을 거라고."

앙젤리나는 대꾸를 하지 않고 바깥을 쳐다보는 척했다. 소 한 마리가 짚을 잔뜩 실은 달구지를 싣고 덜컹거리며 지나갔다. 앙젤리나는 서투른 연기를 하며 양팔을 세차게 문질렀다.

"서두르느라 외투를 입고 오는 걸 깜빡했네요. 가봐야겠어요. 대기실 환자들도 많고."

"앙젤리나, 조금 후에 양 우리에 갈 거야. 세자르에게 세바스찬에 대해 이야기하는 게 어떨까."

"세바스찬을 고자질할 생각은 말아요."

"앙젤리나, 세바스찬에게는 기준이 필요해. 아이가 거짓말을 한다는 건 무슨 일이 생겼다는 거야. 세자르에게 잘 말할 수 있도록 당신이 옆에서 도와줘."

"그래도 세바스찬을 배신하진 말아요. 난 세바스찬과 약속했으니까."

앙젤리나가 진찰실을 나가려 하자 기욤이 자리에서 일어나 손목을 붙잡았다.

"앙젤리나, 빵집 문을 닫고 이리로 와죠."

"알겠어요. 정말 내가 같이 가도 불편하지 않겠어요?"

"무슨 소리야?"

"나처럼 젊고 아름다운 여자한테는 너무 위험한 짓 아닌가 해서요."

앙젤리나는 깔깔대고 웃으며 어리둥절해하는 기욤을 둔 채 방을 나왔다. 드디어 기욤이 그녀의 능력을 제대로 인정해 주어야 할 때가 온 것이었다. 기욤이 앙젤리나에게 다른 임무를 맡길 때가 왔다는 말이었다. 앙젤리나는 이제껏 뒷전에 숨어 편히 지내자니 조바심이 나서 견딜 수가 없었다.

셀레스틴은 노골적으로 못마땅한 표정을 지으며 복도에서 서성이고 있었다. 혹시 문가에서 이야기를 엿들었을까? 그래도 나쁠 건 없었다. 앙젤리나는 사람들 모두가 알기를 바랐으니까.

할아버지가 제네피가 담긴 병을 앞에 놓고 잠이 든 틈을 타 세바스찬은 밖으로 나왔다. 개는 처음 만난 날처럼 글랑티에르 길에서 기다리고 있었다.

"어제 널 다시 만나지 못할까 봐 걱정했어. 치즈 가져왔는데 조금 있다가 줄게. 우선은 너한테 보여줄 곳이 있어."

세바스찬은 바위들 사이로 구불거리며 흘러가는 개울을 가리켰다.

"저기 알지? 매일 저기서 널 기다렸어. 저 바위가 내가 매일 앉는 곳이야. 모래톱 위에 너한테 줄 선물을 뒀었는데 기억나?"

개는 세바스찬을 향해 눈길을 돌렸다. 녀석의 두 눈이 반짝거렸다.

"같이 가볼까?"

세바스찬은 개울을 건너 선물을 두었던 모래밭을 지나고 물수제비뜨기 하던 곳도 지났다. 돌 더미와 작은 모래밭이 번갈아 나타나는 가운데 개울은 군데군데 제법 폭이 넓은 사행 하천의 모습을 보였다. 골짜기 쪽으로 가면서 개울은 그럴듯한 하천이 되었다. 곳에 따라 물놀이를 즐길 수 있을 만큼 널찍한 자연 웅덩이도 형성돼 있었다.

개는 망설이지 않고 기암괴석을 넘고 물웅덩이를 건너뛰었다. 자연스럽게 만들어진 수영장을 보자 세바스찬은 신나서 환호성을 질렀다. 빛의 우물을 연상시키는 수영장에는 하늘과 나무들이 선명하게 비쳤다. 거대한 자갈로 둘러싸인 수영장의 수면은 송어 껍질만큼이나 맨들맨들 하면서 광채가 났다.

"이리 와도 돼. 여긴 전혀 위험하지 않거든."

세바스찬은 앞장서서 납작한 바위 위로 발을 내려놓더니 천천히 물속으로 발을 담갔다. 수심이 깊지 않았지만 물은 얼음장처럼 차가웠다. 찬 기운이 온몸으로 올라오는 것 같았다.

"이리 오라니까. 설마 너 무서운 거야?"

세바스찬의 부름을 들은 척 만 척한 개는 자리에 우뚝 선 채 움직이지 않았다. 찰랑거리는 물결과 세바스찬을 번갈아 보며 서글픈 표정으로 발만 동동 구를 뿐이었다.

"너 겁이 많구나. 그래도 넌 좀 씻어야 해. 어서 들어와. 할아버지도 네 냄새 때문에 화를 내실 게 분명해."

개는 조심스레 물속으로 들어왔다. 기분이 좋은지 이내 마구 물장구를 치며 허우적거렸다. 세바스찬은 터져 나오려는 웃음을 참을 수가 없었다. 세바스찬은 개의 목덜미를 잡고 몸을 일으킨 다음 녀석을 넘어뜨리려고 밀어보았다. 숨이 가빠지고 추위가 느껴지자 세바스찬은 녀석의 털에 몸을 바짝 붙였다. 부르르 몸을 터는 녀석에게서 떨어지는 물방울은 액체로 된 비의 결정체처럼 공중에서 부서졌다. 세바스찬의 티 없는 웃음소리가 개에게도 전염이 됐는지 녀석은 물 밖으로 나올 생각은 하지 않고 아이와 몸을 부딪쳐 가며 기꺼이 물벼락을 맞았다.

세바스찬은 옷 젖을 걱정 따위 완전히 잊은 채 물속에서 뛰어다녔다. 땟국물이 빠진 개의 뒤엉킨 털 가운데 하얀 점 하나가 보였다.

"너 검은 개가 아니었구나."

영문을 모르겠다는 듯 개는 세바스찬의 다음 말을 기다렸다.

세바스찬은 개울물 아래쪽에 가라앉은 조약돌 하나를 집었다. 추위 때문에 손가락이 얼얼했지만 그런 건 아무래도 좋았다. 세바스찬은 조약돌로 개의 털을 열심히 문질렀다. 신기한 일이 벌어졌다. 야생동물의 낡은 옷은 개울물에 떠내려 보내고 하얀 눈처럼 눈부시게 흰 털을 되찾은 파투 개가 눈앞에 서 있었다.

"너 정말 멋진 털을 가지고 있었구나."

세바스찬이 씻겨주는 동안 묵묵히 견디고 있던 개는 이제 더는 못 참겠다는 듯 물가로 훌쩍 몸을 날렸다. 녀석이 어찌나 세게 물을 터는지 떨어지는 물방울들이 거대한 무지개를 만들 정도였다. 녀석은 흡족한 듯 한숨을 내쉬며 햇볕으로 따뜻하게 데워진 돌 위에 벌렁 누웠다. 떠도는 동안 몸에 쌓인 때를 털어내자 녀석의 털은 두 배는 더 풍성해 보였다.

세바스찬은 서둘러 옷을 벗었다. 아랫니 윗니가 캐스터네츠처럼 딱딱 소리를 내며 맞부딪혔다. 재킷, 양말, 바지, 스웨터를 차례로 벗은 다음 셔츠만 그대로 걸치고 있었다. 벗은 옷을 모두 바위에 넌 세바스찬은 덜덜 떨며 개의 곁으로 왔다.

"이 상태로 갔다가는 할아버지한테 엄청 꾸중을 들을 거야. 넌 그런 걱정은 하지 않아도 돼서 좋겠다."

개는 대답 대신 두 눈을 반쯤 감고 네발을 널찍하게 벌린 채 꼬리를 마구 흔들었다. 세바스찬은 무언가 생각난 듯 할아버지께 배운 대로 녀석의 배를 찬찬히 살폈다.

"너 이제 보니 암캐였구나!"

새로운 발견에 세바스찬은 깔깔대며 웃었다.

"사람들이 널 미친개로 알고 있지만 넌 아주 착하고 예쁜 아가씨였어."

녀석이 아무런 반응이 없자 세바스찬은 진지한 자세로 두 손으로 녀석의 머리를 쓰다듬었다.

"너한테 어울리는 이름을 생각해 봐야겠어. 벨(아름답다 또는 아름다운 여인을 뜻함-옮긴이) 어때? 괜찮지 않아?"

개는 세바스찬의 얼굴을 핥는 것으로 대답을 대신했다.

"벨, 네 이름은 이제부터 벨이야."

세바스찬은 벨의 이마에 입을 맞추었다. 축축한 물기와 흙냄새, 털에 밴 고약한 냄새들은 여전했지만, 아이는 녀석의 옆구리에 몸을 웅크렸다. 불안감이 사라지고 행복감이 찾아오자 세바스찬은 뜨거운 햇살 아래에서 스르르 잠이 들었다.

"제가 아저씨를 진심으로 존경하고 있다는 거 잘 아실 거예요. 고집이 약간 센 건 사실이지만 절대 정도에서 벗어나는 법이 없는 정직한 분이시죠."

기욤이 말했다.

"무슨 말을 하려고 비행기를 태우는 거야."

기욤의 입에 발린 말에 세자르가 퉁명스럽게 대꾸했다.

좋은 소리가 나올 리 없음을 간파한 세자르는 거두절미하고 딱 잘라 물었다. 기욤과 앙젤리나에게 등을 보인 채 세자르는 새끼 샤무아 앞에 쭈그리고 앉아 있었다.

"세바스찬을 언제까지고 산속에서 어슬렁거리도록 내버려 둘 수 없어요. 지난번 짐승 건도 그랬고 사방에 독일 놈들이 쫙 깔렸어요. 전에 비해 상황이 훨씬 더 위험해졌다는 말은 구태여 하지 않아도 잘 아시겠죠. 지금 놈들은 모든 걸 의심하고 경계하고 있어요. 뭐든 이 잡듯이 조사하고 있고요."

세자르는 여전히 새끼 샤무아의 발만 만지작거리고 있었다. 기욤의 말을 듣고 있기나 한 건지 샤무아의 꼬리를 잡아당기고 털을 쓰다듬으며 기생충이 있는지 살피더니 입을 벌려 입안을 들여다볼 뿐이었다.

"이 녀석은 젖을 떼는 대로 혼자 떠나겠지. 야생의 부름은 거역할 수 없을 테니까."

"기욤의 말이 맞아요. 세바스찬을 학교에 보내야 해요. 그 아이 엄마도 그걸 바랄 거예요."

앙젤리나가 말했다.

앙젤리나는 세자르의 침묵이 무엇을 의미하는지 누구보다 잘 알았다.

"세바스찬은 여덟 살인데 아직도 글을 읽을 줄 몰라요. 아저씨는 세바스찬이 평생 문맹으로 살길 바라시는 거예요?"

기욤은 집요하게 물었다.

세자르가 갑작스레 몸을 일으켰다. 놀란 새끼 샤무아는 잽싸게 멀리 도망갔다. 세자르는 자신을 몰아세우는 두 젊은이 앞으로 와 보란 듯이 턱을 꼿꼿이 쳐들었다.

"나는 반에서 제일 우수한 학생이었고 열한 살이 채 안 되었을 때 초등교육 수료증을 받았지. 연령제한면제(상급학교로 진학하는데 필요한 나이 제한 적용 면제를 말함:옮긴이)까지 포함해서 말이네. 담임선생님이 그 해 6월까지 내가 학교에 다닐 수 있도록 부모님을 설득했지. 처음엔 아버지가 화를 내셨지만 결국은 허락을 했고 난 시험을 보기 위해 군청 소재지까지 갔어. 그게 내 최초의 여행이었어. 결과가 어땠는지 아나? 난 우리 군에서 최연소 합격자가 되었네. 군이 뭔가, 도 전체를 통틀어 내가 제일 어렸지. 산골짜기 사는 농부의 아들인 내가 말일세. 이보게, 의사 선생. 그런데도 난 결국 손에 총을 들고 진흙탕 참호를 기는 처지를 피할 수 없었네. 1914년에 말이지……."

기욤의 아버지도 세자르와 다르지 않았기에 그 시대 참전용사들의 분노를 누구보다 잘 알고 있었다. 선한 사람이건 악한 사람이건, 많이 배운 사람이건 아무것도 배우지 못한 사람이건 모조리 죽어나가게 만드는 체제가 문제였다. 세자르는 평화지상주의에 대해서는 어떠한 정치적 의견도 입장도 정리한 적이 없었지만 전쟁이라면 온몸으로 증오했다.

세자르와 기욤이 한 치의 물러섬 없이 서로를 뚫어지게 바라보고 있을 때 앙젤리나가 끼어들었다.

"할아버지는 세바스찬이 할아버지처럼 되길 바라시는 거예요? 모두로부터 고립된 은둔 노인이 되길 바라시냐고요."

세자르의 얼굴이 점점 찌푸려졌다.

세자르가 아무 말도 하지 않자 기욤이 팽팽한 긴장을 완화시킬 겸 다소 절제된 어조로 입을 열었다. 기욤은 노인과 싸우고 싶지 않았다. 그저 세바스찬이 제대로 성장하려면 일정한 룰이 있어야 한다는 것을 납득시키고 싶을 따름이었다. 세자르의 입에서 산 전체가 학교나 마찬가지라는 이야기가 나오지 않게 하기 위해서는 세심한 전략이 필요했다.

"세바스찬이 하루 종일 어디에서 뭘 하고 돌아다니는지 아세요? 아이가 산꼭대기에 올라가서 뭘 하는지 아시냐고요."

기욤은 세자르와 눈이 마주치기를 기다렸다가 심각한 투로 마무리 지었다.

"학교를 가든 가지 않든 저는 세바스찬이 그랑 데필레 근처엔 가지 않게끔 해주셨으면 합니다. 그곳은 녹색과 회색 군복을 입고 오가는 사람들이 많죠. 무슨 말인지 아시겠죠. 계속 이렇게 두었다가는 불행한 일이 생길 수도 있어요."

"글랑티에르도 마찬가지예요. 베트가 아직 잡히지 않았으니까요."

앙젤리나가 거들었다.

세자르는 두 사람을 차례로 흘겨보았다. 말은 없었지만 이마가 붉으락푸르락했다. 마음이 심하게 동요하고 있거나 화가 났다는 증거였다. 세자르는 몸을 돌려 앙젤리나에게 암양을 가리키며 말했다.

"오늘 저녁엔 네가 이 녀석 젖을 좀 짜야겠다. 난 볼일이 있으니까."

세자르는 두 젊은이를 내버려 둔 채 무거운 걸음을 옮겨 양 우리에서 멀어져 갔다.

개울을 떠난 벨과 세바스찬은 양 우리에서 한 시간쯤 떨어진 곳, 예전에 대피소로 쓰이던 장소로 향했다. 태양의 위치가 바뀐 덕분에 신선한 공기를 마시며 그늘을 따라 올라가는 길이었다. 청명한 날씨임에도 그늘은 다소 춥게 느껴졌다. 세바스찬은 다가올 겨울을 생각하자 지난해 흰 눈을 다시 볼 생각에 즐거워졌다. 겨울이면 불가에 앉아 밤을 구워 먹고, 어두워지면 할아버지와 앙젤리나가 도란도란 이야기를 나누고 세바스찬은 곁에서 잠이 들었다. 세바스찬은 눈이 오고 폭풍이 몰아치는 날 벨을 보려면 어떻게 해야 할지 생각했다.

지금쯤이면 할아버지가 자신이 사라졌다는 것을 아셨을 터였다. 크게 문제될 건 없었다. 곧 젖 짜는 일을 도우러 돌아갈 테니까. 세바스찬은 이 모든 상황을 염두에 두었기 때문에 옷이 아직 덜 말랐음에도 자리를 털고 일어났었다. 세바스찬은 머릿속으로 많은 생각을 하며 빠른 속도로 걸었다. 손으로는 벨의 존재를 거듭 확인하기 위해 끊임없이 녀석의 옆구리를 어루만졌다. 벨은 이제 손길을 거부하지 않았다. 심지어 세바스찬의 명령에 고분고분 복종했다. 세바스찬은 문득 녀석이 옛 주인의 명령을 받던 시절의 기억을 간직하고 있는지 궁금해졌다. 개의 기억도 사람과 같을까? 지나간 일을 떠올리려 할 때면 모든 것이 희미했다. 마치 엄마가 떠나고 나서 한참 지난 다음에야 세상이 만들어지기 시작하는 느낌이라고나 할까? 세바스찬은 그게 정확히 언제인지 알 수 없었다. 벨 역시 그럴까? 매 맞았던 걸 기억할까? 아니면 사람에게 길들여진 습관 때문에 나에게도 복종하는 걸까?

"벨, 난 절대 너한테 강요하지 않을 거야. 뭐든 다 설명해 줄 거야. 우린 친구니까."

세바스찬이 말을 할 때마다 벨은 꼬리를 흔들거나 두 눈을 치켜떴다. 때로는 대답을 하는 듯 컹컹 짖기도 했다.

가문비나무가 군데군데 심어져 있는 마지막 골짜기를 벗어나자 길은 점점 좁아졌다. 바윗덩어리를 지나 황량한 언덕에 도착했다. 대피소는 언덕 위에 회색 옷을 입은 보초처럼 위태롭게 우뚝 서 있었다.

대피소 내부는 소박하게 꾸며져 있었다. 길을 잃은 등산객, 트레킹을 즐기는 사람들이 이따금 사용했으나 전쟁 이후 찾는 사람은 없었다. 세바스찬을 제외하고는. 세바스찬에게 이곳은 보금자리이자 보물을 숨겨놓는 비밀 아지트였다. 세바스찬은 구멍 난 담요를 가져와 조각을 대어 구멍 난 곳을 일일이 꿰맸다. 그다음 안에 마른 풀을 잔뜩 넣어 방 한구석 어설프게 만든 아궁이 곁에 놓았다. 또 푹신함을 유지하기 위해 해마다 잊지 않고 마른 풀로 갈았다. 담요 위에는 행주로 만들어 열매 씨로 속을 채운 세 개의 쿠션도 있었다. 덕분에 소파 같은 분위기가 났다. 고구마 상자 위에는 조약돌과 반짝거리는 수정 조각, 부싯돌, 조개 모양의 화석을 가지런히 늘어놓았다. 접시에 담긴 반쯤 탄 양초도 한 자루 놓여 있었다.

차곡차곡 쌓아올린 커다란 돌들은 서랍장 같은 분위기를 연출했는데 제일 위에는 양철통이 놓여 있었다. 세바스찬이 가장 소중하게 여기는 것들을 보관하는 통이었다. 통 안에는 엄마의 물건이었을 것으로 보이는 빨간 가죽끈이 달려 있는 복주머니 형태의 낡은 가죽 지갑, 고무줄이 끊어질까 특별한 일이 있을 때만 사용하는 고무 새총, 마을 광장 참나무 근처에서 주은 쇠구슬 세 개가 들어 있었다. 주인을 찾아줄까 하다 결국 아무 말도 하지 못하고 구슬을 보관하는 쪽을 택했었다. 혼자 양 떼를 몬 날 할아버지가 선물로 준 양이 조각된 나무쪼가리 하나, 앙젤리나 누나가 글 읽기를 배우던 시절 보던 교과서 한 권도 있었다.

세바스찬은 언젠가 글자를 읽게 되기를 꿈꾸며 이따금 책을 펼쳐보곤 했다. 성탄절 선물로 받은 장난감 병정 일곱 개, 연필과 오래돼 빛바랜 편지봉투에 붙어 있는 우표 한 장. 연필은 세바스찬의 둘째 손가락 길이 정도밖에 되지 않는 몽당연필이라 특별히 아껴 써야 했다.

세바스찬은 잡동사니 물건들을 벨에게 하나하나 보여주며 어디서 났는지 왜 소중한지를 설명했다. 벨은 잠자코 듣고 있다가 세바스찬이 양철통을 제자리에 놓기를 기다렸다 대피소 안을 돌아다니며 구석구석 냄새를 맡기 시작했다. 만족할 만큼 실컷 탐색이 끝나자 벨은 다시 세바스찬의 곁으로 와 얌전히 앉았다.

"이제 제일 좋은 걸 보여줄 거야."

세바스찬은 거실 구석으로 갔다. 거실 한쪽은 다른 곳보다 어둡고 바닥엔 널찍하고 납작한 판암이 깔려 있었다. 세바스찬이 낑낑대며 돌을 밀어내자 어두운 구멍이 모습을 드러냈다. 구멍에서는 바람이 불어왔다. 경계심이 든 벨은 구멍 입구에 코를 대고 벌름거렸다.

“비밀 통로야. 따라와, 벨.”

구멍은 세바스찬이 쉽게 미끄러져 들어갈 만큼 컸다. 세바스찬이 구멍 안으로 사라지자 벨이 짧게 으르렁거렸다.

“겁먹을 거 없어. 널 잡아먹는 일은 없을 테니까. 이건 그냥 구멍이라고.”

세바스찬이 통로를 전진하며 말을 이었다.

“바깥으로 나갈 수 있게 연결돼 있어. 혹시 사람들한테 쫓기게 되면 여기 와서 숨어. 내가 돌멩이를 옆으로 살짝 치워둘 테니까. 여기 숨어 있으면 아무도 모를 거야.”

벨은 세바스찬의 말을 들으면서도 전혀 움직이지 않았다.

잠시 후 구멍으로 세바스찬의 머리가 다시 나타났다. 머리는 온통 흙투성이였다.

“벨, 이건 놀이가 아니야. 널 잡으려는 사냥꾼들이 얼마나 많은지 알아? 널 잡으려고 눈이 벌게져 있어. 내가 늘 곁에 있을 수는 없잖아. 할아버지랑 같이 해야 할 일들이 있거든. 그러니까 빨리 와.”

다시 구멍 속으로 자취를 감춘 세바스찬은 내친김에 대피소 뒤쪽으로 난 출구까지 기어 올라갔다. 벨이 덫에 대해 알아들었듯 비밀 통로도 반드시 이해시켜야 했다. 벨에게 생각하기란 쉬운 일이 아닐 수도 있었지만.

출구 쪽은 다른 곳보다 약간 높은 테라스에 의해 은폐돼 있었다. 나무판자 아래로 약 50센티미터쯤 되는 공간이 있어 성인 남자 한 명이 몸을 낮추고 기어간다면 어렵지 않게 구멍으로 미끄러져 들어올 수 있었다.

세바스찬은 밖으로 나와 귀를 기울였다. 아무 기척도 들리지 않았다. 발로 긁는 소리조차 없었다. 세바스찬은 벨의 이름을 외치려다가 그만 털썩 주저앉았다. 세자르 할아버지가 두 주먹을 허리 양쪽에 얹은 채 노려보고 있었다.

"세바스찬! 무슨 짓을 꾸미고 있는 거야."

세바스찬이 우물쭈물거리자 세자르는 옷을 가리키며 말했다.

"옷이 그게 뭐냐. 물이라도 짜고 입어야지."

"아까 개울에 잠깐 빠져서 그래요."

"물에 빠졌다고?"

"빠진 게 아니라 조금 미끄러졌어요."

"다리를 건너지 않고?"

"네. 미끄러지지 않는 법을 익히려다 그랬어요."

"알겠다. 근데 여긴 왜 와 있는 거냐."

"몸을 녹이려고 대피소로 왔어요."

"양 우리로 오지 않고 대피소로 왔다고? 세바스찬, 오늘 젖 짜는 일을 돕겠다고 약속하지 않았니?"

"네. 그런데 할아버지……."

"지금 넌 거짓말을 지어내며 이야기를 꾸미는 법을 익히는 중 아니냐?"

"아니에요."

"잔말 말고 따라와."

"네."

세바스찬이 순순히 대답을 하자 세자르는 오히려 의심스러웠다. 구름이 순식간에 하늘을 어둡게 만드는 것처럼 세자르의 안색이 눈에 띄게 달라졌다.

"세바스찬, 너 지금 할애비한테 숨기는 게 있지?"

"아뇨!"

"그래? 그럼 어디 한번 볼까?"

세자르는 세바스찬이 변명도 하기 전 대피소를 빙 돌아 입구로 향했다. 세바스찬은 절망스런 표정을 지은 채 '제 잘못이 아니에요.' 라고 웅얼거리며 달려왔다.

세자르는 방 한가운데서 양팔을 활짝 펼친 채 절망적인 표정으로서 있었다. 표정은 빨리 사실대로 말하라고 재촉하는 얼굴이었다.

다행히 방은 텅 비어 있었다. 벨은 보이지 않았다. 세바스찬은 몸을 배배 꼬며 변명거리를 찾으려고 머리를 쥐어짰다.

"저기, 그게요……."

세바스찬은 할아버지가 비밀 통로 쪽으로 시선을 돌리지 않기만을 기도했다.

"그게 말이죠. 제가 산을 엄청 좋아해서, 그래서 여기 혼자 있을 땐 ……랑 얘기를 나누기도 해요."

"산이랑?"

"아뇨. 엄마랑."

세자르의 얼굴이 빨게졌다.

세바스찬은 아무렇게나 둘러댄 말이었지만 이번만큼은 할아버지가 더 이상 묻지 않을 것임을 알아차렸다. 세바스찬은 죄송한 마음에 고개를 숙이면서도 벨이 무사히 도망쳤다는 사실에 안심이 되었다.

"세바스찬, 가자."

세자르는 문을 닫고 손자의 턱을 들어 올리며 다시 말했다.

"내 말 잘 들어라. 이 순간 이후, 매일 아침 나랑 같이 양 우리에 가는 거다. 침대에서 빈둥거리는 건 절대 안 돼. 알겠지."

"그럼 오후에도 계속 할아버지랑 있어야 해요?"

애원하는 듯한 세바스찬의 얼굴을 마주하자 세자르는 갑자기 회환에 사로잡혔다.

"그건 나중에 생각해 보자꾸나. 그때 가서……."

세자르는 혼잣말처럼 중얼거렸다.

제3부

1

10월 중순이었다. 물이 어찌나 차가운지 신음 소리를 내지 않기 위해 이를 악물었다. 신발을 벗은 채로 개울물에서 오래 버틸 수는 없을 것 같았다. 바지는 무릎 위까지 걷어 올렸고 스웨터 소매도 팔꿈치까지 걷었다.

세바스찬은 벨이 개울가의 약간 튀어나온 근처에서 물 위로 올라오는 모습을 지켜보았다. 한창 활발하게 움직이던 벨이 갑자기 제자리에 우뚝 멈춰 섰다. 벨은 사냥감을 노리는 눈빛으로 개울의 한 지점을 뚫어져라 응시했다. 세바스찬은 조심조심 물길을 거슬러 가며 녀석이 쳐다보고 있는 지점까지 갔다. 출렁거리는 개울물 속에서도 송어는 이끼 낀 바위 그늘을 보호막 삼아 유유자적 헤엄치고 있었다. 세바스찬은 곧바로 차가운 물속에 손을 넣어 잽싸게 물고기를 건져 올렸다. 기쁨의 환호성을 지르며 개울가로 나와 방금 잡은 물고기를 바닥에 던졌다. 송어는 기운차게 팔딱거렸다. 추위도 잊은 채 세바스찬은 할아버지한테 배운 대로 단 두 번을 내려친 끝에 송어를 기절시켰다. 할아버지는 사람의 입으로 들어가게 될 짐승에게 절대 고통을 주어서는 안 된다고 늘 말씀하셨었다. 세바스찬은 바구니에 송어를 넣었다. 그보다 작은 크기의 물고기 두 마리도 함께.

벨은 콧구멍을 벌름거리며 다른 낚시감을 찾아 나섰다. 세바스찬은 바닥에 주저앉아 혈액순환을 도울 겸 꽁꽁 언 두 발을 힘껏 문질렀다.

"벨, 이리 와. 이 정도면 오늘은 충분해."

발에 피가 몰리자 새삼 통증이 느껴졌다. 세바스찬이 끙끙대며 앓는 소리를 내자 벨이 얼른 곁으로 다가왔다. 녀석이 따뜻한 혀로 손과 발을 핥아주자 세바스찬은 간지러움을 참지 못해 까르르까르르 웃어댔다.

"우리 둘은 이 골짜기 전체에서 제일가는 낚시꾼이야."

세바스찬이 구두끈을 다 묶었을 때 두 번의 총성이 들렸다. 두 번 중 한 번은 메아리친 결과였다. 벨이 총알처럼 달리기 시작하자 혼비백산한 새들이 나무들 틈에서 푸드득거리며 솟아올라 이내 허공에서 흩어졌다. 가까이에서 총성이 들린 것으로 보아 개울에서 5백 미터쯤 아래로 내려가면 나오는 아스팔트 포장도로에서 난 듯했다. 골짜기에서 고지대에 위치한 마을을 이어주는 도로였다. 세바스찬은 급히 비탈길을 내려갔다. 날개라도 달린 듯 저절로 발이 움직였다. 사냥꾼들이 벨을 잡으러 나선 것이 아니길 바랐다.

가을 날씨는 청량했다. 정찰 임무를 수행 중이던 한스와 에리히는 돌아가는 길에 곧장 병영으로 가지 않고 잠시 쉬기로 했다.

두 사람은 전쟁이 시작되기 전 노동자로 일을 했었다. 총이라면 사냥총조차 잡아본 적이 없었다. 베어마흐트(독일 국방군:옮긴이) 제복을 입으면서 이들의 삶은 180도 바뀌었다. 무기를 들고 있으니 어디를 가든 사람들은 그들을 보면 두려운 기색을 보였다. 공산주의자입네 하는 구질구질한 무리들과 유대인들은 물론 콧대 높은 프랑스인들도 자신들을 보면 벌벌 떨었다. 반면 여자들은 우상 바라보듯 관심을 보였고, 두 사람은 그럴 때마다 한껏 더 우쭐댔다.

총성의 원인은 한스가 시작한 무모한 도전이 발단이었다. 도시에서 나고 자란 한스에게 겨울이 다가오는 것은 산이 한층 더 준엄해진다는 말과 다르지 않았다. 다시 말해 한스는 불안감을 느끼면서도 애써 그 사실을 인정하려 들지 않았다. 브라운 중위가 어쩌다 지시하는 기습작전 수행으로는 한시도 가만있지 못하는 그의 직성이 풀리지 않았다. 게다가 늘 잘난 척을 하는 에리히의 태도 역시 부쩍 그를 짜증나게 했다. 에리히는 기회만 있으면 '까마귀'라고 부르며 프랑스 농장 여주인과의 사건을 상기시켰다.

한스가 트럭에서 내려 비탈길 쪽으로 걸어갈 때 눈앞으로 휘익 하고 도망치는 뭔가가 시선을 끌었다. 도주자들을 찾아낼 수 있을지도 모른다는 기대로 흥분한 한스는 몸을 납작 엎드리고 바위 뒤로 재빨리 이동했다. 비탈길 한가운데로 한 무리의 암사슴이 지나가는 중이었다. 사정거리 안이었다. 한스는 재빨리 과장된 몸짓으로 에리히에게 신호를 보냈다. 움직이는 표적을 상대로 누가 먼저 사냥에 성공하는지 겨뤄볼 수 있는 절호의 기회였다.

결과는 참담했다. 실수로 너무 빨리 총을 발사한 것이었다. 총성이 울리자 산짐승들은 순식간에 사방으로 흩어졌다. 다행히 표적을 맞추지는 못했다. 막 고함을 지르려는 한스의 눈에 다시 수사슴 한 마리가 눈에 띄었다. 사슴은 방향 감각을 잃었는지 도망치기는커녕 두 사람이 있는 쪽으로 올라왔다. 제 발로 걸어 들어오다니. 총소리와 도망치는 암사슴 무리 때문에 넋이 빠진 놈이 분명했다.

잠시 망설이던 한스는 에리히의 팔꿈치를 툭 치며 수사슴의 출현을 알렸다. 에리히에게 알리지 않고 바로 총을 쏠 수도 있었지만 내기에서 정정당당한 승부를 겨루고 싶었다. 적어도 의도는 그랬다. 에리히에게 알리기 전에 표적을 향해 조준은 했으니까. 덕분에 허풍쟁이 에리히를 이길 확률이 높아진 셈이었다. 승리감에 도취된 나머지 한스는 터져 나오려는 발작적인 웃음을 애써 누르며 목표물을 향해 조준했다. 에리히는 뒤늦게 허둥대며 총구를 겨누었다.

"도망 가!"

고함 소리에 놀란 수사슴은 놀라 펄쩍 뛰는 바람에 하마터면 골짜기로 떨어질 뻔했다.

목표물이 사라지자 한스는 욕설을 내뱉으며 아무 데나 대고 총을 쏘았다. 화가 머리끝까지 치민 한스는 고함 소리가 들린 방향으로 고개를 돌렸다. 높은 지대의 길가에서 숨을 헐떡거리며 서 있는 어린아이가 보였다. 새빨갛게 달아오른 얼굴의 아이는 군복 입은 어른을 무서워하기는커녕 주눅 들지 않고 오히려 분노에 떠는 표정으로 노려보았다.

"사슴을 쏘면 안 돼요. 세자르 할아버지 눈에 띄면 절대 그냥 넘어가지 않을 거예요."

"버르장머리 없는 놈 같으니라고."

한스가 말했다.

에리히는 한스를 거들지 않고 다시금 사냥 자세를 취했다. 정정당당 따위는 아무래도 좋으니 내기에서 그저 이기고 싶을 뿐이었다.

에리히가 다시 사슴을 향해 총을 발사하려는 순간 세바스찬이 고함을 질렀다. 덕분에 사슴은 훌쩍 몸을 날려 비탈길 위로 자취를 감추었다. 다행히 사정거리를 벗어났다.

한스는 에리히가 사슴을 잡지 못해 안도하는 한편 아이의 당돌함에 간담이 서늘해지는 것을 느꼈다.

"조용히 하지 못해!"

세바스찬은 겁을 먹기는커녕 오히려 돌멩이를 하나 주워 들어 마구 흔들어댔다. 사냥놀이가 끝났음을 알아차린 에리히는 그제야 덩달아 한마디 했다.

"애송이 녀석아, 그깟 돌로 우릴 겁줄 생각이냐?"

세바스찬은 에리히의 말에도 겁먹지 않고 여전히 씩씩거렸다.

한스는 화가 머리끝까지 치밀어 단 세 걸음 만에 세바스찬에게 다가갔다. 한스가 아이를 밀치자 세바스찬이 바닥으로 나뒹굴었다. 보기만 해도 숨통을 죄어오는 산과 산만큼이나 고집불통인 이곳 주민들의 증오심 가득한 눈길, 지하 저항세력, 테러 위험으로 가득한 이 망할 놈의 나라. 모든 것이 한데 뒤엉켜 한스의 분노가 폭발한 것이었다. 기껏 어린 꼬마가 자신의 내기를 망쳐 놓은 것도 모자라 대 독일제국의 영예로운 병사들을 위협하는 꼴이라니. 한스가 이를 갈고 있는 그때 에리히의 겁에 질린 비명 소리가 들려오더니 이내 짐승의 무시무시한 포효 소리가 이어졌다.

혈관 속의 피가 얼어붙는 것 같았다. 갑자기 나타난 짐승 한 마리가 한스를 덮쳤다. 거대한 아가리로 침을 질질 흘리고 있는 이 허연 괴물이 하늘에서 떨어졌는지 땅에서 솟았는지 전혀 알 수가 없었다. 한스는 팔을 들어 방어동작을 취하며 얼른 땅에 엎드렸다. 몸에서 떨어져 나간 총은 바위에 가서 부딪혀 나뒹굴었다. 총 따위 신경 쓸 겨를이 없었다. 얼굴을 보호하겠다는 반사 신경 덕분에 겨우 목숨을 구했다. 괴물 녀석은 한스의 목을 노린 것이 분명했다. 한스는 괴물의 아가리가 팔을 물고 있다는 것을 알았지만 순간적으로 아드레날린이 강력하게 분출되었는지 아무런 감각도 느껴지지 않았다. 공포에 질린 한스는 가슴을 짓누르는 괴물을 쫓아내기 위해 바락바락 악을 썼다. 통증은 그 다음 찾아왔다. 고통이 느껴지자 한스는 뼈가 부러졌으리라 생각했다.

에리히는 무릎을 꿇은 채 사격 자세를 취하고 있었지만 방아쇠를 당길 엄두조차 내지 못하고 있었다. 한스처럼 고함을 지르면 안 되겠다고 판단했는지 이만 악물고 있었다. 거대한 개는 계속해서 한스를 물고 있었다. 괴물의 입 밖으로 삐져나온 한스의 팔은 이미 뻘건 피투성이였지만 계속해서 팔을 잡아당기고 흔들어대는 중이었다. 에리히가 겨우겨우 방아쇠를 잡아당겼지만 총알은 얼토당토않은 곳으로 날아갔다. 총성에 놀란 괴물은 그제야 한스를 놓아주고 달아났다. 지옥에서 솟아난 악마만큼이나 빠른 동작이었다.

1분 사이에 일어난 일이라고는 믿어지지 않을 만큼 처참했다. 한스는 팔과 어깨에 심한 통증을 느꼈다. 곧 광견병과 그로 인한 죽음이라는 공포가 엄습했지만 에리히 앞에서 울음을 보이느니 차라리 욕설을 뱉어내는 편을 택했다.

"재수 옴 붙은 개새끼 같으니라고!"

세바스찬은 돌멩이를 내려놓고 몇 발짝 떨어진 곳에서 웅크리고 있는 한스를 노려보았다.

에리히는 개의 공격이 있는 동안에도 아이가 겁먹지 않고 그 자리에 서 있었다는 사실을 캐치했다. 무언가 말을 걸려고 했지만 곧 성난 개가 사라진 방향으로 아이가 날쌔게 달려가고 있었다.

총은 해체된 채 면장 집무실 책상 위에 놓여 있었다. 총은 거의 두 동강이 난 상태였다. 마르셀은 못마땅한지 이마를 잔뜩 찌푸린 채 총을 살피는 시늉을 했다. 속으로는 쾌재를 부르고 있었지만.

망할 독일 놈들 때문에 사냥을 하지 못한 지 벌써 한 달이 넘었다. 점령군에 대해서는 온갖 소문이 난무했다. 독일군들과 접촉 빈도가 좀 더 높은 골짜기 마을 면장들은 신속한 사법처리에 대해서도 주저하지 않고 언성을 높였다. 술에 취해 주사를 부리거나 다소간의 암거래 등 큰일도 아닌 일에 툭 하면 감옥에 보내는 것이 말이 되냐는 것이었다. 감옥이 아니더라도 찍히면 블랙리스트에 이름을 올리게 되는 일도 비일비재했다. 화가 난 마을 주민들 사이에서는 그간 참았던 말들을 모두 털어놓겠다는 위협적인 분위기가 확산되고 있었다.

마르셀은 침을 삼켜 바짝바짝 타들어가는 목을 축였다. 잠시라도 시간을 벌겠다는 심산이었다. 브라운 중위와 그 뒤로 찢어진 군복에 피가 묻은 붕대를 감고 있는 한스와 에리히가 서 있었다. 면장 곁으로는 세자르와 세바스찬이 서 있었다. 브라운 중위는 세자르에게 반쯤 가려 잘 보이지 않는 세바스찬의 요모조모를 뜯어보았다.

"부하들이 산에서 어린아이를 보았다는데, 그게 너니?"

브라운 중위가 물었다.

대답 대신 세바스찬은 고개를 푹 숙였다.

꿀 먹은 벙어리처럼 말이 없는 아이의 태도에 짜증이 난 브라운 중위는 면장 쪽으로 몸을 돌렸다.

"무기가 파손됐고, 부하 한 명이 부상을 당했습니다. 한동안 움직이지 못할 것 같은데 이 문제에 대해 어떻게 생각하십니까, 마르셀 면장."

"저도 방금 전에야 아이로부터 사고 이야기를 들었습니다. 산에 돌아다니는 야생동물을 일일이 감시할 수도 없고, 그 개는 이미 두어 달 전부터 마을을 공포로 몰아넣고 있습니다. 도저히 잡을 수가 없죠. 게다가 당신들이 무기를 모두 압수하지 않았습니까."

"물론 그랬죠. 그렇다고 내가 한가하게 들개나 잡으러 다닐 사람으로 보이십니까?"

브라운 중위가 짐짓 엄격한 말투로 말했다.

마르셀은 아무 반응도 보이지 않았다. 상대는 본보기를 보이려고 이러는 건지 모르겠으나 적어도 이번 소동은 자신과 아무 상관이 없었다.

마르셀이 해결책을 내놓지 못할 것을 알아차린 브라운 중위는 다시 세바스찬에게로 시선을 돌렸다.

"꼬마야, 그 시간에 산에서 대체 뭘 하고 있었는지 말해보렴. 산 채로 녀석에게 잡아먹히고 싶었던 건 아닐 테고."

세바스찬은 모르겠다는 듯 어깨를 으쓱해 보이곤 힐끔힐끔 세자르의 기색을 살폈다.

세자르는 브라운 중위가 이제껏 한 번도 만나본 적이 없는 노인이었다. 건장한 체격과 과묵해 보이는 인상의 노인에게서는 어딘지 모르게 비장하고 침울한 분위기가 느껴졌다. 할아버지를 닮았다면 꼬마 녀석이 저토록 고집스러운 것도 그리 놀랄 일이 아니었다. 아이의 얼굴이 어쩐지 낯이 익었지만 정확히 기억나는 것은 없었다.

"어른이 물었으면 대답을 해야지."

세바스찬이 대답이 없자 세자르가 입을 열었다. 세자르의 목소리에서는 당당하고 자신감이 느껴졌다.

"저 사람이 총을 쐈어요. 사슴들이 놀라 도망쳤고, 베트도 도망쳤어요."

세바스찬은 손으로 한스를 가리키며 말했다.

"내가 산에서 뭘 하고 있었냐고 물은 거 같은데? 다시 한 번 물으마. 산 위에서 뭘 하고 있었지?"

"낚시요."

"낚시라고? 그럼 낚싯대는 어딨지? 부하들이 그런 말은 하지 않았는데 말이다."

"전 낚싯대 같은 건 필요 없어요."

브라운 중위는 세자르를 뚫어지게 쳐다봤다. 세자르는 가벼운 미소를 띠며 동의했다. 손자를 무척 자랑스러워하는 눈치였다.

세바스찬이 얼굴을 찌푸리자 브라운 중위는 부드러운 어조로 다시 물었다.

"지금 몇 살이지?"

"여덟 살이요."

"여덟 살이라……."

브라운 중위는 곤혹스럽다는 표정을 지으며 책상만 바라보고 있는 마르셀을 쳐다보았다. 그는 오로지 두 동강난 총에만 관심이 있는 모양이었다.

"면장님, 이 동네에선 아이들이 학교도 안 갑니까?"

"무슨 말씀을요. 세바스찬을 빼곤는 모두 학교에 갑니다. 세바스찬이 좀 활발한 편이긴 하죠. 안 그런가, 세자르."

마르셀의 물음에 아무도 대답하지 않았다.

납덩이처럼 무겁게 내려앉은 침묵 속에서 젊은 독일 장교의 조롱이 새삼 잔인하게 들려왔다.

"프랑스, 자유의 조국 프랑스가 어리석은 열등생들의 조국이기도 했습니까? 어린아이를 학교에 보내지 않고 방치하다뇨. 독일이 불과 두 달 만에 전쟁에서 이긴 것도 무리가 아닌 것 같습니다."

"당신들은 지난 두 번의 전쟁에서는 패했지."

세자르가 끼어들며 말했다. 브라운 중위의 말 못지않게 가시 돋친 말이었다.

"세자르, 제 발 그 입 다물게나."

마르셀이 얼굴이 벌게져 외쳤으나 이미 엎질러진 물이었다.

세자르의 모욕적인 언사를 듣자 한스는 화가 치밀어 올랐다.

'듣자듣자 하니 너무하는군. 꼬마랑 할아버지가 지금 한번 해보자는 거야 뭐야.'

한스는 팔 하나를 붕대로 묶었으면서도 노인에게 달려들어 한 방 먹이고 싶었다. 한스가 팔을 올리려는 찰나 브라운 중위가 한스를 막아서며 말했다.

"예츠트 라이흐트 아베르, 솔다(됐네, 병사!)!"

브라운 중위가 독일어로 말했다.

마르셀은 이때다 싶어 앞으로 나섰다. 격앙된 분위기를 진정시키려는 절망적인 몸짓이었다. 새파랗게 젊은 장교에게 아첨이나 떤다는 소문이 나도 할 수 없었다.

"신경 쓰지 마십시오. 어떻게든 짐승을 찾아내고 말 테니까요. 몰이

사냥이라도 해서……."

"당신들이 한다는 몰이사냥이 뭔지 알고 있습니다. 한마디로 구멍 숭숭 뚫린 울타리 아닙니까."

마르셀의 아첨에 브라운 중위가 비아냥거렸지만 한 고비는 넘긴 것 같았다. 브라운 중위는 잠시 생각하더니 얼음장처럼 차갑게 한마디 덧붙였다.

"50명을 제 앞으로 데리고 오십시오. 사람이 모자라면 이웃 마을에 가서라도 모자란 인원을 채우도록 하세요."

"오, 오십 명이라뇨."

"한 명도 모자라서는 안 됩니다. 내일 아침 여덟 시. 프랑스 시간이 아니라 독일 시간으로 여덟 시니 명심하세요."

"그건 불가능합니다. 산에서……."

"마르셀, 당신이 이 지방 출신이라 그런 소리를 하는지 모르겠지만 난 당신과 달리 포위 전략을 세우는 데 익숙합니다."

마르셀은 더 이상 반발을 하지 않았다.

"최소한 엽총은 돌려주셔야……."

"그건 내일 결정하겠습니다. 모두 내일 현장에 복장을 갖추고 나오세요. 아시겠습니까."

"네."

"부하 한 명이 놈에게 물렸습니다. 나는 당장에라도 그놈을 처리하고 싶습니다."

"여부가 있겠습니다."

마르셀이 굽실거리며 말했다.

세바스찬은 혼란스러운 가운데 오직 '몰이사냥' 이라는 단어만 귓전에서 맴돌았다.

'몰이사냥…… 50명…….'

세바스찬은 두 주먹을 꽉 쥐었다. 어찌나 세게 쥐었는지 손톱이 손바닥을 파고들었다. 셈을 모르는 세바스찬은 50이라는 숫자가 얼마만큼 큰지 짐작조차 할 수 없었지만 마르셀의 표정만 보아도 대단한 것임은 분명했다.

세바스찬이 아주 어렸을 때 늑대 떼를 잡기 위해 몰이사냥이 벌어진 적 있었다. 사냥꾼이 한 줄로 늘어서서 걸었다. 앙젤리나와 함께 양 우리 목초지에서 작은 골짜기를 향해 걸어가는 광경을 지켜보면서 세바스찬은 거대한 뱀이 꿈틀거리며 움직이는 것 같다고 생각했었다. 그때는 늑대들이 느꼈을 두려움과 몰이사냥의 부당함에 대해서는 단 한 번도 생각해 본 적이 없었다. 개 한 마리를 잡겠다고 남자 어른 50명이 나선다고? 세바스찬은 어떻게 해야 벨이 몰이사냥에서 빠져나갈 수 있을지 고민했다.

세바스찬은 침을 꼴깍 삼켰다. 새삼 침이 짭짤하다고 느끼는 스스로에 대해 몹시 놀랐다.

걱정스러운 얼굴로 줄곧 손자를 지켜보던 세자르는 희미하게 웃어 보였다. 이상하게도 할아버지는 야단을 치지 않았다. 독일 놈들과 무슨 일이 있었는지 듣고 난 할아버지는 얼굴이 백짓장처럼 하얗게 질리셨다. 세자르는 호통도 치지 않고 아무 말도 하지 않았다. 싫다고 반발하는 손자의 항의 따위 아랑곳하지 않고 세바스찬을 곧장 마을 면장 사무실로 데려왔었다. 낮에 있었던 일을 하나도 빠트리지 말고 다 털어놓으라는 것이었다. 세바스찬이 이야기를 다 마치기도 전에 독일 놈들이 면장실에 도착했지만.

다른 사람들이 지방 지도를 둘러싸고 이야기를 나누는 동안 세자르가 세바스찬으 손을 잡아끌고 밖으로 나왔다. 바깥의 찬바람을 쐬니 머리가 시원해지는 것 같았다. 물론 할아버지의 질문이 지금부터 시작이라는 것만 빼면. 세바스찬은 자진해서 입을 열었다. 이 모든 일들이 아무것도 아니라는 투로 말했다.

"할아버지, 몰이사냥 말이에요. 어디서 할 거예요?"

대답 대신 세자르는 세바스찬을 교회로 데려갔다.

교회당 입구 계단에 다다르자 세자르는 세바스찬을 한 계단 위에 앉힌 다음 앉은키에 맞춰 몸을 굽혀 앉았다. 세자르의 마음속까지 꿰뚫어 보는 듯한 날카로운 시선 앞에서 세바스찬은 두 눈을 감지 않으려고 애썼다. 거짓말을 한 것에 대한 막연한 부끄러움이 일었다.

"그게 왜 궁금하지?"

"그냥요."

"베트는 누가 시키지 않았으면 독일 놈을 공격하지 않았을 거야. 세바스찬, 혹시 본 거라도 있는 거니?"

"아니요."

"혹시 베트를 알고 있었니?"

"아, 아니요."

"세바스찬, 예전에 주인이 죽은 지 얼마 안 된 개가 한 마리 있었어. 녀석은 주인에게 몹시 학대를 당했지만 개만 놓고 보면 듬직하게 잘 자란 성견이었지. 사람들은 인내심을 갖고 기다리면 녀석을 새로 길들일 수 있을 거라 믿었단다. 그래서 한 사람이 자기 집으로 개를 데려와서 잘 먹이고 돌봐주었더니 개가 점점 다가오더란다. 그 사람은 이제 녀석을 믿어도 되겠다 싶어서 매일 양들이 있는 곳으로 데려가 양치기 개로 훈련을 시켰지. 개가 빠른 적응력을 보이자 그는 녀석에게 양 떼를 지키게 하고, 대열에서 이탈한 양들을 데려오도록 가르쳤지. 모든 건 순조롭고 천천히 진행됐어. 녀석은 양을 절대 물지 않았고. 그러던 어느 여름날 새 주인이 병이 나고 말았단다. 사흘 동안 꼬박 고열에 시달리면서 양 우리 안에서 꼼짝도 하지 못했지. 병이 낫고 밖으로 나와보니 이미 때는 늦었다더구나. 또다시 버림받았다고 생각한 개는 분노 때문인지 아니면 두려움 때문인지 여러 마리의 양을 죽인 거지. 세바스찬, 할아버지가 무슨 말을 하는지 알겠지? 불가능한 정도가 아니라 아주 끔찍한 결과를 초래할 수도 있단다. 할아버지 말을 믿으렴. 그 개는 가망이 없어."

"저도 알지만……."

"그래, 안다니 다행이구나."

세자르는 몸을 일으키더니 무릎을 털고 마을 어귀 쪽으로 향했다.

세바스찬의 머릿속은 온갖 질문들로 가득했지만 아무 말 없이 할아버지를 뒤따랐다. 마을이 끝나는 곳에 옹기종기 모여 있는 집들을 지나면서 세자르는 다시 대화를 이어갔다.

"몰이사냥 땐 글랑티에르 언덕 쪽으로 갈 거다. 세바스찬, 집에서 꼼짝도 하지 말고 있거라. 약속할 수 있지? 할아버지는 네가 글랑티에르에서 얼쩡대고 있다는 소린 듣고 싶지 않구나."

"약속할게요."

세바스찬은 약속을 할 때 번번이 그랬던 것처럼 땅에 침을 뱉고 하늘을 향해 주먹을 쳐들었다.

"세자르의 약속!"

세바스찬이 말했다.

세자르는 세바스찬의 장난 대꾸하지 않았다. 그는 온통 독일군 장교를 생각하는 중이었다. 어디서부터 잘못된 것인지 자문해 보지 않을 수 없었다. 세자르는 무슨 일이 있어도 가족들을 보호해야만 했다. 갑자기 피로가 몰려오자 세자르는 가빠진 호흡을 가다듬기 위해 세바스찬에게 잠시 기대야 했다. 이번 일의 심각성을 아는지 모르는지 세바스찬의 얼굴엔 어느새 미소가 가득했다.

2

일곱 시가 되기도 전에 마을 광장엔 온 마을 사람들과 이웃 마을 양치기들이 모여들었다. 약속한 대로 무기는 전령들에 의해 운반되어 면장 집무실에 수북하게 쌓여 있었다. 덕분에 사무실은 임시 병영처럼 느껴졌다. 마르셀은 무기를 나눠 주는 일에 어느 누구의 도움도 받지 않으려고 했다. 비서 파비앙조차도 문서 작성에만 열중할 뿐 무기 만질 엄두는 내지 않았다. 몰이사냥에 참가하는 모든 사람들은 빠짐없이 무기를 돌려받았다. 물론 독일 놈들이 작성한 서류에 서명한다는 조건을 충족시킬 경우에 한한다는 제한이 붙었지만.

브라운 중위는 사냥에 성공할 경우 무기 압수 문제에 대해 재고해 보겠다고 약속했다. 반대의 경우 무기는 도로 놈들 손으로 돌아갈 것이었다. 마르셀은 각반까지 찬 사냥꾼들을 다시 세어보았다. 벌써 세 번째였다. 대부분은 사냥용 나팔을 메고 있었고, 몇몇은 가방을 둘러

멘 차림이었다. 이따금씩 가방 밖으로 삐져나온 술병이 눈에 띄기도 했다. 긴 하루가 될지 몰라 저마다 먹을거리를 챙겨온 것이었다. 30분 전만 해도 50명이라는 목표에 도달하지 못해 면장은 여자들에게도 자원하라고 간청하고 나섰었다. 쉬잔 부인, 부인의 조카딸 뤼실, 가장 친한 친구 콜레트가 일행에 합류했다. 청년층 가운데서 기욤만 유일하게 참가하지 않았다. 의사라는 이유를 들어 빠진 그에게 차마 아무도 참가를 강요하진 못했다. 마을에선 기욤의 태도에 대해 이러쿵저러쿵 말이 많은지라 마르셀은 가급적 마찰은 빚지 않는 편을 택했다.

안개만 걷히면 날씨는 쾌청할 것이었다. 아침 공기는 쌀쌀했지만 불평하는 이는 아무도 없었다. 모인 사람들 모두가 반드시 해결해야 할 일이라고 여기는 듯했다. 광장에 모인 사람들이 시린 발을 동동 구르면서도 유쾌하게 서로를 부르는 동안 나이가 많거나 체력이 약해서 참가할 수 없는 사람들은 한구석에 모여 자기들끼리 수다를 떨었다. 겨울을 날 만큼 충분한 먹거리를 마련하지 못한 사람들은 기회만 생긴다면 틈틈이 사냥감을 챙길 계산도 하고 있었다. 지급받은 총 대신 낡아서 사용할 수 없는 고물 총을 반납하겠다고 벼르고 있는 사람들도 더러 있었다.

앙젤리나는 모여 선 사람들 틈을 헤치고 기욤에게 다가가 신호를 보냈다. 지난번 두 사람이 함께 목초지에 돌아오는 것을 목격한 이후 마을 여자들의 눈치가 심상치 않아 스킨십은 최대한 삼갔다. 앙젤리나는 마르셀 면장과 파비앙 쪽을 흘끔 살피며 정작 몰이사냥을 지시한 장본인이 나타나지 않아 막연한 실망감이 들었다. 그녀는 이 묘한 감정이 적을 알아야 하는 필요성에서 비롯된 것이라고 애써 스스로를 납득시켰다. 더불어 빵집이 아닌 탁 트인 공간에서 브라운 중위를 살펴보고 싶었다. 그의 말 한마디 한마디를 되새김질해 보고 몸짓, 얼굴 표정 하나하나를 빠짐없이 살펴보고 싶었다. 앙젤리나는 자꾸만 떠오르는 브라운 중위와 자신을 유난히 뚫어지게 바라보던 그의 파란 두 눈을 잊으려 애썼다.

"기욤, 당신은 사냥에 참가하지 않는 거예요?"

앙젤리나가 현실로 돌아와 기욤에게 물었다.

"난 다른 볼일이 있어. 몰이사냥이라면 딱 질색이야. 세자르가 참가하는 게 놀랍네."

"할아버지는 갚아주어야 할 게 있으시니까."

"그럴지도 모르지만 난 아니야. 게다가 독일 놈들이 시키는 대로 한다는 그 생각 자체가 난 너무 싫어."

"기욤, 목소리가 너무 커요."

"저 사람들 흥분해 있어서 우리 따윈 안중에 없을걸. 참, 세바스찬은 함께 안 온 거야?"

"네. 집에서 얌전히 있겠다고 했어요."

"정말이지……."

기욤이 설명을 덧붙일 틈도 없이 마르셀이 양손을 확성기처럼 입에 대고 질서를 지키라고 소리치기 시작했다. 웅성거리는 소리가 썰물처럼 서서히 물러나는가 싶더니 이내 조용해졌다. 마르셀을 우쭐대는 태도로 시계 겸용 나침반에 눈길을 주었다. 15분 사이에 벌써 세 번째였다. 마르셀은 독일 장교에게 프랑스 사람들이 마음먹기에 따라 시간을 칼같이 지킨다는 걸 보여주고 싶었다. 비록 중위는 현장에 나오지 않았지만 무리 중에 놈들이 심어놓은 첩자가 있을지도 몰랐다.

여덟 시 오 분 전. 대열을 가다듬을 시간이었다. 마르셀은 공격 명령을 내리는 사령관으로 변신했다. 실제 마르셀은 평발이라는 이유로 후방 부대에서 행정업무를 맡아한 것이 군대 경험의 전부였다.

"내 친구이자 주민 여러분, 출발 신호를 내리기에 앞서 우리가 베트를 세 번이나 마주쳤으며 그 세 번의 만남이 모두 글랑티에르 골짜기에서 이루어졌다는 사실을 여러분에게 다시 한 번 강조하고 싶습니다. 그 점으로 미루어 우리는 그 못된 놈의 은신처가 그곳에 있으며 협곡에서 고갯마루까지 사정없이 몰아감으로써 놈을 처치할 수 있을 거라 확신합니다. 개를 가진 분들에게 마지막으로 당부합니다. 시도 때도 없이 시끄럽게 짖는 개들은 안 됩니다. 놈을 보고 짖는 녀석들은 상관없지만 만일을 위해서 개는 이곳에 두고 가는 편이 좋을 것 같습니다. 각 줄의 우두머리는 파울로, 파비앙, 가스파르, 장, 제가 맡겠습니다. 파비앙이 몰이대에 구멍이 생기지 않도록 고지대를 책임질 겁니다. 장은 저지대를 맡고 나머지 사람들은 저와 함께 중간 지대를 담당합니다."

사냥꾼들 가운데 노인들은 이의가 없다는 뜻으로 고개를 끄덕였다. 왈가왈부할 문제가 아니었다. 마르셀이 시키는 대로 따르면 그뿐이었다. 마르셀은 사냥 경험이 부족한 데 비해 사리 판단은 빨랐다. 분명 지난밤 잠을 설쳐 가며 빈틈 없는 계획을 세웠을 것이었다.

"혹시 기회를 봐서 사냥을 하려고 마음먹은 사람들이 있을까 봐 미리 말해둡니다. 우리는 오로지 베트만 쏩니다. 다른 건 안 됩니다. 멧돼지 한 마리도 안 됩니다."

"이보게, 마르셀. 그건 좀 너무하다고 생각하지 않나. 산토끼나 산돼지 한 마리쯤 잡는 게 뭐가 어때서. 요즘 같은 때 나 같으면 얼씨구나 하겠구만."

고깃간 주인 에티엔이 이처럼 격하게 반발하는 데에는 마르셀이 자신을 우두머리로 임명해 주지 않았다는 서운함도 작용했다.

“에티엔, 요즘 같은 때 내 지시에 따르지 않으면 아마 고역을 치르게 될 걸세. 사냥을 하기 위해 제멋대로 총을 쏴대는데 베트가 얌전히 우리를 기다려 줄 것 같은가?”

에티엔은 대답이 없었다.

“우리는 지금 양들을 죽이는 야생 개를 사냥하러 가는 겁니다. 여러분, 모두 제 말에 이의 없으시리라 믿습니다.”

사냥꾼들이 동의를 표하자 마르셀은 설명을 더 이어갔다.

“한 줄로 늘어서서 걸어갈 겁니다. 행렬하며 서로의 위치를 확인하기 위해 나팔을 불면 됩니다. 특히 양 날개 쪽에서 잘해주셔야 합니다. 지형적으로 보아 높은 곳으로 올라갈수록 대열이 흩어질 가능성이 높습니다. 앙드레, 다리가 불편하니 오른쪽 날개에 붙도록 하게. 장이 지휘하는 쪽 말일세. 그쪽이 아무래도 편할 거야. 흙더미 돌더미도 빠짐없이 수색해야 하네. 놈이 큰 돌덩이 사이에 서 있다고 생각해 보게. 못 보고 지나쳐선 절대 안 되네. 녀석은 보기 드물게 교활한 놈이야. 장이 자네를 도와줄 걸세.”

앙드레는 힘차게 고개를 끄덕였다.

“파비앙, 자넨 능선까지의 왼쪽 날개를 맡게. 난 파울로, 가스파르와 함께 중간을 맡을 테니. 세 그룹을 나눠서 하나는 내 왼쪽, 다른 하나는 오른쪽으로 정열하게. 각 대장들이 아홉 명의 인원을 통솔할 겁니다.”

마르셀의 말이 떨어지기 무섭게 사냥꾼들은 친한 사람들 위주로 끼리끼리 한데로 모였다. 몰이사냥이 진행되는 방식을 대략 설명 듣고 사람들은 빨리 출발하고 싶어서 안달이었다. 찬바람이 몰려와 으스스 몸이 떨리자 한층 더 조바심을 보였다. 여자들은 장, 앙드레와 한 그룹이 되었다. 마르셀은 꼼짝도 하지 않고 서 있는 세자르를 보며 눈치를 보더니 말을 걸었다.

"이제 사수들이 남았군. 세자르, 자네도 사수지?"

"난 메이지 고갯마루를 지키겠네."

"메이지? 그게 무슨 말이야. 모두 글랑티에르로 갈 건데 자네 혼자 메이지로 가겠다는 건가?"

"메이지로 놈을 몰아가야 하네."

세자르의 말에 여기저기 항의가 빗발치며 소란스러워졌다. 몇몇은 세자르의 주장을 무시하고 마르셀을 지지함으로써 괴팍한 산 늙은이의 코를 납작하게 만들어 신이 나는 모양이었다. 반대로 나이 든 양치기의 판단을 지지하는 다른 무리는 세자르의 의견을 따르거나 적어도 이유를 들어보자는 입장이었다. 앙드레는 누가 듣든 말든 베트가 글랑티에르에서 자기를 공격했다며 놈을 잡으려면 당연히 글랑티에르로 가야 한다고 떠들었다.

마르셀은 망설였다. 세자르의 의견을 미리 들어두지 않은 자신이 원망스러웠다. 그랬다면 보란 듯 계획의 이의를 제기하는 수모는 면했을 터였다. 무엇보다도 모두가 있는 앞에서 자신을 망신 주는 세자르가 미웠다. 더 이상 지체할 시간이 없었다. 세자르가 메이지로 가겠다고 할 때엔 그만한 이유가 있을 거라는 생각에 이르렀다.

"세자르, 확실한 건가? 글랑티에르에서 거기까지는 제법 거리가 먼데……."

면장이 주저하는 사이 앙드레가 곁으로 잽싸게 다가와 낮은 목소리로 속닥거렸다. 귀 밝은 세자르가 못 들을 정도로 작은 소리는 아니었다.

"마르셀, 지금 저 술주정뱅이 말을 믿는 건 아니겠지. 아마 메이지가 자기 목초지 쪽이니까 그런 소리를 하는 걸 거야. 겨울 동안 식량 걱정 없이 지낼 수 있을 테니까."

앙드레가 말했다.

마르셀은 초초한 기색으로 앙드레를 밀쳤다. 세자르가 술을 많이 마시는 건 사실이지만 그래도 대부분의 마을 주민들보다, 특히 앙드레 같은 자보다 머리에 든 게 많았다. 앙드레의 의심은 어리석기 짝이 없었다.

"개소리 작작하게, 앙드레. 세자르가 놈이 거기 있다고 하는 것엔 다 그럴 만한 이유가 있을 거야. 듣고 보니 요 며칠 베트가 자취를 감춘 까닭이 설명되는 것 같지 않은가. 어쨌든 지금은 한 사람의 경험이라도 필요할 때야. 나야 사냥보다는 정치에 능한 사람이니까. 여러분들, 모두 메이지까지 가봅시다. 가서 놈을 찾지 못하면 글랑티에르 쪽으로 돌아오기로 합시다."

앙드레가 투덜거리는 소리는 광장에 모인 사냥대원들의 잔뜩 들뜬 웅성거림 속에 묻혔다.

몰이사냥 대열은 2킬로미터 넘게 이어졌다. 고요하던 산은 잠에서 깬 듯 사냥꾼들이 고함을 내지를 때마다 신음 소리를 냈다. 깊고 가슴을 에는, 날 것 그대로의 소리였다. 산짐승들은 날랜 걸음으로 도망쳤다. 사슴, 노루, 땅속 피신처를 마련하지 못한 산토끼와 몸집 작은 설치류 동물, 멧돼지와 여우들 모두.

사냥꾼들이 키 큰 나무가 우랑하게 들어선 숲길을 지나자 흑금조

무리가 하늘로 솟아올랐다. 고지대로 좀 더 올라가자 이번엔 뇌조 떼가 무리 지어 날아갔다. 사냥꾼들은 면장의 거듭된 경고를 떠올리며 짐승들을 향해 총구를 겨누고 싶은 욕구를 애써 억눌러야 했다. 시간이 지날수록 체계적으로 몰이가 진행되자 모두의 머릿속은 온통 미친 개를 잡겠다는 한 가지 생각만 들어차게 되었다.

녀석에 대해서면 다들 끔찍한 원한이 있었다. 마을에서 사라진 양은 서른 마리 정도로 추산됐다. 게다가 눈이라도 내리면 놈이 제일 힘없는 어린아이부터 공격할 수도 있었다. 벌써 몇 년 전 종적을 감춘 파우 집안의 어린아이처럼. 그 아이에게 무슨 일이 일어났는지 아무도 몰랐다. 사냥꾼들은 지팡이로 바위와 나무 등걸, 바닥을 끊임없이 후려쳤다.

들판을 지나고 드문드문 이어지는 잡목림을 가로질러 너도밤나무와 낙엽송 숲을 통과한 이들은 아침 이슬을 잔뜩 머금은 비탈길을 올라 제일 먼저 나온 고갯마루에 이른 다음 메이지 골짜기의 시작을 알리는 개울에 도착했다. 뾰족뾰족하게 솟아오른 머리에 반짝거리는 흰 눈을 이고 있는 거대한 바위 장벽들이 아침 햇살 속에서 거의 손에 잡힐 듯 가까워 보였다.

마르셀은 대열을 점검했다. 빙하와 맞닿아 있는 서쪽 경사면부터 치고 들어갈 생각이었다. 어느새 숲이 사라지고 발육이 시원찮은 식물군들이 자라는 곳에 이르렀다. 사냥꾼들은 빙하에서 내려온 물이 흐르는 계곡을 통해 유난히 돌이 많은 초입 고갯길을 넘었다. 모두 힘들어했지만 불평하는 사람은 없었다. 인기척에 놀란 설치류 짐승들은 신속하게 땅굴 속으로 몸을 피했다. 독수리들마저도 서둘러 자리를 옮겼다. 가파르게 경사진 오르막길엔 아무것도 보이지 않았다. 야생 염소조차 보이지 않았다. 건장한 남자들의 단호한 걸음걸이에 겁을 먹었는지 바람조차 잠잠했다.

거인이 앞으로 나아가는 것 같았다. 일정한 박자에 맞춰 흔들림 없이 걷는 거인. 굽이진 곳을 지나고 돌무더기를 통과할 때마다 틈새며 땅이 파이거나 뚫려서 형성된 작은 동굴들을 일일이 살피느라 대열은 조금씩 흐트러졌다. 자연히 선두에 걷던 사람들은 대열이 완전히 무너지는 것을 막기 위해 걸음을 멈추고 의도하지 않았던 휴식을 취해야 했다. 몇몇 사람들은 그 틈에 술을 한 모금씩 입에 대며 서로 용기를 북돋았다. 공동의 목적을 위해 하나로 단결된 이들은 힘든 일을 함께한다는 기쁨으로 충만했다. 전쟁이 터진 이후 참으로 오랜만에 느껴보는 기분이었다. 모두 그들을 막아설 적수가 없으리라는 자부심에 도취되었다.

세 시간쯤 걷다가 수색하기를 반복한 끝에 기진맥진한 그들은 선두 그룹부터 차례로 바닥에 주저앉았다. 세자르는 간단한 손짓 한 번으로 사냥꾼들에게 자신은 조금 더 높은 곳에 진을 치겠다는 뜻을 알렸다. 마르셀은 가쁜 숨을 몰아쉬며 대원들에게 멈추라는 신호를 보냈다. 세자르가 산길을 달리다 쓰러지든 말든 자신은 한 발짝도 더 나아갈 수 없었다. 배라도 채운 뒤에 다시 몰이에 나서야 할 판이었다. 그러지 않고 강행군을 계속하다가는 해질 무렵 두 다리로 버티고 서 있는 대원은 한 명도 없을 터였다.

세자르는 대열이 목적지에 접근함에 따라 근심이 커져감을 느꼈다. 희한하게도 몰이사냥이 시작된 후로 단 한 번도 술병을 꺼내고 싶은 마음이 들지 않았다. 보는 사람이라고는 아무도 없는 혼자일 때도 사정은 마찬가지였다. 고갯마루로 곧장 이어지는 비탈길 발치에 이르렀을 때 세자르는 문득 수치심이 파도처럼 밀려들어 왔던 길을 돌아가고 싶은 마음에 사로잡혔다. 세바스찬이 자신을 절대 용서하지 않을 테지만 모두가 위험에 처해 있다는 한 가지 생각이 사냥을 계속하도록 만들었다. 세바스찬이 그런 마음을 먹은 것은 모두 자신의 탓이었다. 상황이 이렇게 되도록 내버려 두지 말았어야 했다. 세바스찬은 산에 관해서라면 무엇이든 배우려 들었다. 게다가 동물적이라고 할 만큼 직관이 발달한 아이였기 때문에 세자르가 옆에서 한계를 정해주어야 했는데 그 사실을 망각하고 지냈다. 지금이라도, 비록 마음이 썩 내키지 않을지라도 상황을 바로잡아야 마땅했다.

세자르는 문득 자신이 배신을 목격했던 날을 떠올렸다. 오래도록 까마득히 잊고 지냈던 기억이었다. 전쟁이 발발하기 한참 전, 진흙탕 참호니 장군들의 광기니 하는 것들을 알기 전의 일이었다. 그 무렵 어린아이였던 세자르를 남자로 바꾸어놓은 건 사랑이었다.

세자르는 한 소녀를 사랑했다. 지금은 소녀가 예뻤는지, 금발이었는지 갈색머리였는지, 키가 컸는지 몸이 말랐는지도 가물거리지만 소녀와 나누었던 첫 키스의 맛, 심하게 떨렸던 두 사람의 입술, 소녀의 달콤했던 입김만큼은 또렷하게 기억할 수 있었다. 그 해 여름, 소녀의 맑은 눈동자와 부드러운 웃음소리가 끊이지 않았던 길고도 길었던 황홀한 하루를 잊을 수가 없었다. 사랑에 푹 빠져 정신을 차릴 수 없었던 세자르는 그날 이후 다른 사람으로 변했다. 그러던 어느 날 세자르는 다른 남자와 똑같은 연애 행각을 벌이고 있는 소녀를 발견했다. 가슴을 후벼 파는 격렬한 고통으로 벼락을 맞은 기분이었다. 세자르는 순간 그대로 죽어버릴 것 같은 고통을 느꼈다. 살아 있지만 영원히 가시지 않을 상처를 입었다. 그 후 세자르는 강렬한 감정이 세상을 바꾸지는 못하지만 한 사람의 가슴 정도는 얼마든지 산산조각 낼 수 있음을 깊이 깨달았다.

골짜기 전체에 북소리가 울려 퍼지기도 전에 벨과 세바스찬은 사냥꾼들이 점점 가까워지고 있음을 느낄 수 있었다. 산의 깊숙한 내장으로부터 심한 동요가 전해지더니 곧 이어 웅성거리는 소리가 들렸다. 벨은 낑낑대며 목초지 쪽으로 몸을 틀었다.

산짐승들의 모습이 눈에 띄었다. 육안으로 구분조차 쉽지 않은 미물들이 대지를 울리는 메아리 소리를 피해 달아났다. 영양들은 산꼭대기 능선 쪽을 향해 곧장 뛰기 시작하더니 이내 모습을 감추었다. 산토끼 여러 마리가 그 뒤를 따랐다. 깊은 산속에서조차 사냥꾼들이 들이닥쳤다는 사실을 깨닫고 경악한 암사슴도, 노루 가족들도 넋을 놓고 사방으로 달렸다. 웅성거리던 메아리 소리는 이내 규칙적인 망치질 소리로 변했다. 일정한 박자로 뛰는 심장박동처럼. 세바스찬은 그제야 무슨 일이 벌어지고 있는지 확신할 수 있었다. 다만 세바스찬의 온몸과 마음은 이를 거부하려고 기를 쓰는 중이었다.

세바스찬은 벨의 눈동자 속에서 지금 벌어지고 있는 일들이 사실이 아니라는 신호를 읽고 싶어했지만 벨은 초조한 듯 계속 골짜기 쪽을 향해 몸을 돌릴 뿐이었다. 주변 소음이 갑자기 잠잠해지자 사냥꾼들을 피할 수 있는 마지막 기회임을 직감한 세바스찬은 벨의 목덜미를 꽉 부둥켜안았다. 녀석의 주의를 끌기 위해서는 이 방법밖에 없었다.

“도대체 어떻게 된 건지 모르겠어. 분명 글랑티에르 쪽으로 간다고 했었는데. 정말이야. 너한테 맹세할게. 지금은 우선 멈추지 말고 계속 가야 해, 벨. 우린 고개를 넘은 다음 이웃 마을 골짜기 쪽으로 내려갈 거야. 그다음엔 대피소로 가야 해. 너도 알지? 지난번 너한테 보여줬던 곳 말이야. 거긴 산꼭대기에 있는 내 집이야. 능선지대만 무사히 빠져나가면 우린 살 수 있어. 이리 와, 벨. 서둘러야 돼."

벨은 순순히 세바스찬의 말을 따랐다. 둘은 바위가 많은 통행로만 골라서 도망쳤다. 기어오르는 게 여간 힘들었지만 상대에게 진행 경로를 들키지 않을 수 있었다. 서두르면 30분 안에 암벽 사이 수직으로 갈라진 틈까지 갈 수 있을 것이었다. 세바스찬은 녹초가 되었다. 험한 지대를 쉬지 않고 달리다 보니 종아리가 쑤시고 머리가 빙빙 돌 지경이었다. 어쩌면 고도가 높아 공기가 희박하기 때문일지도 몰랐다. 일단 안전한 곳에 도착해 머리도 식히고 빵이라도 한 조각 먹을 생각이었다. 오늘은 벨에게 물고기를 줄 형편이 안 되었다. 대신 녀석에게 치즈를 줄 참이었다. 점심거리를 가져오길 잘했다는 생각이 들었다.

세바스찬은 문득 할아버지의 말이 머릿속에 맴돌았다.

'메이지로 가거라, 그곳은 안전할 테니.'

할아버지의 말과 달리 들리는 북소리에 점점 불안감이 엄습해 왔다. 그러다 곧 그 문제에 대해 더 생각하지 않기로 했다. 사냥꾼들이 이곳까지 수색하러 올 거라고 생각하자 눈앞이 깜깜해지긴 마찬가지였다. 몰이사냥 장소가 왜 글랑티에르가 아닌지도 생각하기 싫었다. 할아버지가 예상하지 못했던 무슨 일이 벌어진 게 분명했다.

세자르는 암석들이 수세기에 걸쳐 쌓여 이루어진 돌무더기가 만들어낸 암벽 사이, 수직으로 갈리진 틈으로 가는 길목에서 세바스찬을 기다렸다. 몇 굽이를 더 돌아 고갯마루에 올라서면 이웃 골짜기로 넘어갈 수 있었다. 세자르는 비탈길을 반쯤 올라온 곳에서 암벽에 등을 기대고 서 있었다.

세자르의 얼굴에서는 아무런 감정도 읽을 수 없었다. 때문에 세바스찬은 순간적이었지만 할아버지를 알아보지 못한 채 세자르를 능선 길을 막아선 암벽 경비원인 줄 착각했다. 줄곧 할아버지 생각을 하다 보니 환영이 나타난 걸 거야, 라고 생각하고 지나치려 했다. 그렇지만 암벽 경비원은 무기를 치켜들더니 세바스찬을 향해 총구를 들이댔다. 세바스찬은 다시 한 번 할아버지가 아닐 거라 생각했다. 그렇지 않고서야 자신에게 총을 들이댈 이유가 없었다. 총은 서서히 오른쪽, 벨을 향해 움직였다. 벨은 우뚝 멈춰 서더니 몸을 잔뜩 웅크렸다. 세바스찬은 무슨 말이라도 하고 싶었지만 목이 메어 그저 가쁜 숨만 몰아쉬었다. 숨을 쉴 수도 없었고, 심장마저 멈춰 버린 듯했다. 오직 고통만이 세바스찬의 가슴을 갈래갈래 찢어놓을 뿐이었다.

"너를 위해서다, 세바스찬."

암벽 경비원의 목소리는 세자르 할아버지의 목소리와 거의 흡사했다. 경비원의 말투는 애원하는 것처럼 들리기도 했으나 그건 사실이 아니었다. 세상에 무기를 들고 상대에게 애원하는 사람은 없었으니까.

세바스찬이 고함을 질렀다.

"안 돼, 쏘지 마. 벨은 내 친구란 말이야."

절벽 앞에 섰다는 절망감이 세바스찬에게 용기를 주었다. 세바스찬은 눈앞에 보이는 나뭇조각을 집어 들었다. 벨 쪽으로 몸을 돌려 방금 집어 든 무기를 흔들며 있는 힘껏 소리를 질렀다.

"벨, 도망가! 어서 도망치라고, 빨리."

벨은 세바스찬의 말을 알아들었는지 이내 지나온 돌 많은 비탈길 쪽으로 쏜살같이 달렸다. 녀석은 절벽 속으로 빨려 들어가기라도 하듯 몇 걸음만에 자취를 감추었다. 총구는 벨이 사라진 방향을 따라 움직였지만 총성은 끝내 울리지 않았다.

세바스찬은 계속 고함을 질러댔다. 세자르는 도망치는 거대한 몸집의 개를 응시하면서도 차마 방아쇠를 당기지 못했다. 자신이 죽이지 않더라도 이미 개는 죽은 목숨이나 마찬가지였다. 산 아래쪽에 다른 사냥꾼들이 대기하고 있었으니까. 세자르는 차마 세바스찬이 보는 앞에서 방아쇠를 당길 수 없었다. 갑자기 옆구리 쪽에 충격이 느껴졌다. 세자르는 넘어지지 않기 위해 바위에 몸을 기댔다. 세바스찬이 두 주먹을 앞으로 내밀고 세자르를 향해 돌진해 온 것이었다. 기진맥진한 작은 두 주먹이었지만 세자르는 순간적으로 균형을 잃고 휘청거렸다. 사실 주먹보다 아이의 애끓는 비명 소리가 세자르를 흔들었다. 세자르는 손자 녀석을 설득할 수 있는 말을 한마디도 건넬 수 없는 무력함에서 벗어나기 위해 몸부림을 쳤다.

세바스찬은 노골적으로 분노와 원망을 쏟아내고 있었다. 아이의 절망 앞에서 세자르가 할 수 있는 일이 아무것도 없음을 깨닫자 세자르는 일단 시작한 일을 끝내야겠다는 생각을 했다. 세자르는 세바스찬의 팔을 잡고 외침을 무시한 채 기를 쓰며 세바스찬을 끌고 갔다.

"할아버지는 거짓말쟁이야. 벨은 내 친구야. 녀석은 절대 사람을 해치지 않아. 할아버지가 벨을 질투해서 녀석을 죽이려는 거야. 벨은 절대 사납지 않아. 다 할아버지 때문이야."

세자르는 아무런 대꾸도 하지 않았다.

세바스찬은 아무리 소리를 질러도 소용이 없다는 걸 깨닫고는 갑자기 입을 꽉 다물었다. 울지도 않고 아무 질문도 하지 않으면서 할아버지 손에 끌려가던 세바스찬은 벨과 같이 가려던 길을 할아버지와 함께 걷고 있음을 깨달았다. 세자르는 앞장서서 걸었다. 돌처럼 딱딱하게 굳은 언짢은 얼굴로 묵묵히 걷고 있는 세자르는 아이에게 얼마나 큰 잘못을 저질렀는지 알지 못했다.

배신감의 무게에 눌려 시간도 공간도 잊어버린 세바스찬은 양 우리 앞에 도착하자 잠시 신기루를 보고 있는 것 같았다. 한 시간 남짓 걸은 것 같은데 벌써 양 우리에 다다른 걸 보니 지름길로 온 모양이었다. 참담한 마음은 그사이 오히려 더 커졌고 전혀 줄어들지 않았다. 세바스찬은 터져 나오려는 눈물을 참기 위해 양 입술을 꽉 깨물었다. 다리가 아팠지만 그런 걸 신경 쓸 여력이 없었다. 서두른다면 지금이라도 벨을 도와줄 수 있을 것 같았다. 그러기 위해서는 할아버지가 자신의 말을 들어주어야 할 테지만.

세자르와 세바스찬은 지하실처럼 냉기가 도는 양 우리로 들어갔다. 전날 땐 불은 이미 한참 전에 꺼졌고 재마저도 차디차게 식어 있었다. 세바스찬은 할아버지가 주전자에서 물을 따라 잔을 앞으로 내밀어줄 때까지 기다렸다가 입을 열었다.

"할아버지, 제발 부탁이야. 벨이 있는 곳으로 가야 해."

"말도 안 되는 소리 마라. 거긴 나 혼자 갈 거니까."

"할아버지는 아무것도 몰라. 벨은 위험하지 않아. 그 녀석은 나를 믿고 따른단 말이에요."

세자르는 겉으로는 내색하지 않았지만 아이의 말이 다른 무엇보다도 그를 부끄럽게 만들고 있었다. 세바스찬은 자신이 지켜주지 못한 감정, 신뢰라는 감정을 걸고 간청하고 있었다. 세자르는 구차한 변명을 늘어놓기보다는 교만한 투로 설명하는 쪽을 택했다.

"그 괴물은 절대 누구의 친구도 될 수 없어. 그런 개는 죽여야 해, 세바스찬."

"안 돼요! 절대 벨을 죽이면 안 돼요. 벨하고 약속했어요. 제발 부탁이야, 할아버지."

세자르는 대답 대신 출입문 쪽으로 걸어가 문밖을 나가더니 문을 닫았다.

세바스찬은 망연자실한 채 닫힌 문을 노려보았다. 문고리를 함부로 두드려 대는 소리에 경악했다. 할아버지는 집 안에서 문을 열지 못하도록 문고리를 망가뜨리고 있는 중이었다.

세바스찬은 몰이사냥꾼이 벨이 있는 쪽으로 다가가고 있을 상황에 시, 발 벗고 나서 벨을 구해줘야 하는 이 중요한 상황에 집 안에 갇혀 있는 것만 아니라면 뭐든 할 수 있을 것 같았다. 평생 매를 맞거나, 후식을 못 먹어도 좋았다. 그것도 아니라면 다른 아이들이 자신을 놀리고 미워하더라도 학교에 다니는 게 차라리 갇혀 있는 것보다 나을 것 같았다.

세바스찬은 굳게 닫힌 문 앞에 서서 엉엉 목 놓아 울었지만 아무것도 달라지지 않았다. 울음을 멈춘 세바스찬은 할아버지 귀에 들리도록 고래고래 소리를 질렀다. 한참을 소리를 질렀지만 밖에서는 아무런 인기척도 들리지 않았다. 냉기와 피로에 지친 세바스찬은 마침내 바닥에 쓰러졌다. 쓰러졌지만 세바스찬은 미칠 것만 같은 상황에 다시 몸을 일으켰다. 벨은 죽음의 위험 앞에 놓여 있었다. 이렇게 울고만 있을 때가 아니었다. 울음은 모든 것이 끝나고 난 뒤에도 늦지 않을 터였다. 기회가 조금이라도 남아 있는 한 싸워야 했다.

다시금 기운이 샘솟은 세바스찬은 양 우리에 쓸 만한 도구가 있는지 이곳저곳을 뒤졌다. 세자르는 벌써 오래전에 세바스찬이 여닫이문을 가지고 장난을 치지 못하도록 걸쇠를 다른 곳으로 옮겨 달았었다. 할아버지는 혼자 조용히 쉬고 싶거나 밀주를 담그실 때 그 걸쇠를 이용하곤 했었다. 세바스찬은 앙젤리나 누나에게 이에 대해 한마디도 하지 않았다. 문에는 따로 열쇠가 없었다. 양치기들끼리는 산에서 집에 문고리를 걸어 잠그는 건 조난당한 사람들을 외면하고 항해를 하는 거나 마찬가지라고 말하곤 했었다. 산에서 길을 잃은 자들은 도와주는 게 마땅한 도리였다. 그건 신성불가침의 법칙. 길손들을 환대하는 관습법이었다.

'길손을 환대하는 관습법 좋아하시네. 거짓말쟁이 법이라면 모를까.'

세바스찬은 속으로 중얼거렸다.

세바스찬은 서랍 속에서 여러 자루의 칼을 찾았지만 나무판자 사이로 집어넣기엔 칼날 부분이 너무 짧거나 두꺼웠다. 세바스찬은 세자르가 열어보지 못하도록 접근을 금지하는 구석방, 증류기를 놓아두었기 때문에 접근을 금지하는 그 방으로 갔다. 방 안에 있는 모든 걸 다 부숴 버리고 싶은 욕망이 끓어올랐지만 참았다.

세바스찬은 속을 메스껍게 만드는 제네피 냄새를 맡지 않기 위해 애써 숨을 참으며 술병들 사이를 살폈다. 저장 용기 밑동을 둘둘 말아놓은 철사 줄을 제외하고는 쓸 만한 것이라고는 전혀 없었다. 잽싸게 철사 줄을 푼 세바스찬은 철사 줄을 들고 문을 향해 뛰어갔다. 줄은 아무 문제 없이 가느다란 홈 사이로 들어갔다. 끝을 갈고리 모양으로 만들기만 하면 걸쇠를 들어 올려 문을 열고 도로 제자리에 놓을 수 있을 것 같았다.

세바스찬은 추위와 피로도 잊은 채 끈질기게 도전했다. 1밀리미터씩 걸쇠를 옆으로 밀면서 이번엔 성공할 수 있어, 라고 마음속으로 주문을 외웠다. 세바스찬의 간절한 소망에도 줄은 번번이 맥없이 툭 떨어져 버렸다. 그와 함께 희망도 물거품이 되어버렸다. 시간이 촉박했다. 세바스찬이 낙담한 나머지 철사 줄을 빼기 위해 확 잡아당긴 순간 너무 세게 당겼는지 걸쇠가 밀려 올라갔다. 문이 열린 것이었다. 드디어 자유의 몸이 되었다. 세바스찬은 터져 나오는 울음을 삼키며 능선 길을 향해 마구 달렸다. 세바스찬은 산길을 달리며 다시금 공포의 그림자가 엄습해 옴을 느꼈다.

'벨, 제발 무사해야 해.'

세바스찬은 큰 소리로 벨의 이름을 부르려 했지만 목소리가 너무 작아 속삭임처럼 들릴 뿐이었다. 세바스찬의 두 눈에서 애써 억누르고 있던 울음이 터져 나왔다. 눈물 줄기 사이로 산이 흔들거렸다.

사냥꾼들은 간식으로 배를 간단히 채우고 낮잠을 한숨 자고 일어난 뒤 세자르 외에 다른 사람들을 능선 쪽으로 보내야 할지를 두고 토론을 벌였다. 숲을 넘었으니 많은 사람들이 한곳에 뭉쳐 있을 필요는 없었다. 사냥꾼들은 더 이상 시간을 지체하지 않고 다시 출발하기로 결정했다.

여태 베트를 본 사람은 아무도 없었고 녀석을 만날 확률이 점점 줄어들자 마르셀은 점점 초조해졌다. 대열을 메이지까지 밀고 나가자는 의견을 낸 사람은 세자르였지만 일이 실패할 경우 책임은 고스란히 자신의 몫이었다. 그러면 자연스레 명성에 흠이 갈 테고 그로 인해 군복 입은 놈들과의 관계도 타격을 입게 될 것은 불 보듯 뻔했다. 남자들은 이미 지쳐 있었고, 여자들 역시 사정은 더 심각했다. 젊은 여자 두 명은 집에 가서 가축을 돌봐야 한다며 더는 계속할 수 없다고 버티는 중이었다. 쉬잔은 압수당한 무기를 되찾겠다는 일념으로 대열에 남아 있었다.

모두들 지쳐 있었지만 마지막 힘을 그러모아 다시 출발했다. 첫 번째 무리는 소나무 숲 쪽으로, 두 무리는 골짜기 쪽, 네 번째 무리는 개울 쪽, 나머지 다섯 번째 무리는 정상으로 올라가는 돌 많은 비탈길 쪽으로 각각 방향을 잡았다. 피곤함 때문에 의기소침해진 이들은 세자르를 향한 불만을 쏟아내기 시작했다. 은둔자의 자부심으로 똘똘 뭉쳐 상대하기 껄끄러운 까칠한 영감탱이가 되었다는 둥, 남의 말을 듣지 않는 고집스러운 노인이라는 둥, 술주정뱅이 염세주의자가 되어간다는 둥.

해가 슬슬 지기 시작하자 사냥꾼들의 짜증은 절정에 달했다. 두 시간째 한곳을 집중 수색했지만 개라곤 꼬리도 보이지 않았다. 이런 식으로 가다가는 깜깜한 밤이 되어서야 돌아갈 테고 하루 종일 허탕만 친 꼴이었다. 게다가 사냥도 못하고 그냥 보내준 산짐승들은 또 어떠한가. 무기를 돌려받기는커녕 다시 반납해야 할 판이었다. 사냥꾼들은 마르셀이 착한 건지 멍청한 건지 그것이 문제라고 쑤군덕댔다.

그때 세자르가 석양빛을 온몸에 받으며 능선에 다시 모습을 드러냈다. 나이 든 양치기는 아무 일도 없다는 듯 움푹 파인 고지대 협곡을 관통하면서 이동 중인 대열 쪽으로 천천히 내려왔다. 마르셀이 잠시 휴식 시간을 갖겠다고 지시하자 대열 끝에 서 있던 에티엔이 다가왔다. 아침부터 분한 마음을 억누르고 있던 고깃간 주인이 기어이 폭발하려는 참이었다.

“세자르는 왜 자기 위치를 지키지 않는 거지? 우린 두 시간이나 세자르를 기다렸어. 세자르가 꼭대기에서 망을 보기 위해 간 줄 알았는데 저 꼴을 좀 봐. 주머니에 손을 찔러 넣고 유유자적 돌아오고 있잖아. 산 경치를 감상하는 거야 뭐야. 분명 어디 숨어서 술 한잔하고 오는 길일 거라고."

에티엔이 화가 나 말했다.

"술에 취했다면 능선길을 저런 자세로 내려올 수는 없겠지."

마르셀이 말했다.

"지금 세자르를 두둔하는 건가."

"세자르가 술주정뱅든 아니든 이 지역 제일가는 사냥꾼임에는 틀림없지. 그건 자네들 모두가 아는 사실 아닌가. 산꼭대기 쪽으로 갔다면 필시 그럴 만한 이유가 있었을 걸세. 그만하고 자네 위치로 돌아가게나."

에티엔은 더 이상 대꾸를 하지 않고 자리로 돌아갔다.

대열에 합류한 세자르는 이들의 마음은 아는지 모르는지 설명은커녕 손가락으로 사냥꾼들이 수색하지 않았던 지역을 가리켜 보이더니 대열에서 조금 벗어나 혼자 절벽 위, 능선과 몰이 대열 사이쯤에 우두커니 섰다. 마르셀은 세자르의 행동에 마음이 상했지만 바닥에 침을 한 번 퉤 뱉고는 다시 출발 명령을 내렸다. 사냥꾼들은 다시 걷기 시작했다.

잡목 덤불 지대로 들어서자 파비앙은 무언가가 휙 스치는 듯한 수상쩍은 소리를 들었다. 털이 북슬북슬한 화살 같은 것이 눈앞에서 달려가자 파비앙은 총을 어깨에 기대고 어림잡아 방아쇠를 당겼다. 너무 순식간에 일어나 제대로 조준할 겨를이 없었다. 파비앙이 화살로 본 것은 다름 아닌 몸집이 엄청 크고 하얀 개였다. 털이 검지 않았으나 그런 건 상관없었다. 몸집이 저리 큰 개라면 분명 놈일 터였다. 세 발을 연달아 쏜 파비앙은 고통으로 낑낑대는 소리가 들리자 놈을 제대로 맞추었음에 속으로 탄성을 내질렀다. 총성만으로도 이미 충분했지만 파비앙은 동료들에게 자신의 위치를 알리기 위해 고함을 질렀다. 화약 냄새와 손가락을 달구는 뜨거운 발사 열기 속에서 파비앙은 자신이 놈을 잡았다는 사실에 희열을 느끼고 있는 중이었다. 늘 궂은 일만 도맡아하던 만년 이인자 파비앙이 드디어 성공한 것이었다.

단숨에 달려온 마르셀은 입이 귀에 걸린 채 얼간이처럼 웃고 있는 파비앙을 발견했다. 다른 사람들도 빠른 속도로 파비앙 곁으로 모여들었다. 호기심과 희망, 막연한 실망감 같은 것이 교차하는 표정들이었다. 마르셀이 파비앙에게 유리한 위치를 지정해 주었다고 생각하는 사람들이 적지 않았다.

"놈을 잡은 건가?"

마르셀이 물었다.

"네. 과연 세자르입니다. 그의 판단이 옳았어요."

파비앙이 한껏 상기된 목소리로 말했다.

세자르는 거의 꼴찌로 도착했다.

파비앙은 세자르의 침울하다 못해 격노한 얼굴 표정을 보자 당황스러움을 감추지 못했다.

"세자르, 분명 놈이었습니다. 위에서 보셨죠?"

"봤네. 골짜기 쪽으로 도망가는 걸 똑똑히 봤지."

세자르가 돌무더기 쪽을 가리키자 파비앙은 흥분해서 날뛰었다. 놈을 잡았다는 흥분감에 젖어 있을 것이 아니라 뒤에서 놈을 따라갔었어야 했다.

"세자르, 놈이 좁은 오솔길로 도망갔을 거라 생각하는 겁니까?"

파비앙이 실망감에 젖은 목소리로 물었다.

"물론일세. 상처를 입었다면 이야기가 달라지겠지만."

사냥꾼들은 반쯤 뛰다시피 다시 앞으로 나아갔다. 모두의 얼굴에는 피곤함이 역력했지만 하루 종일 의기소침해 있던 사냥꾼들은 모처럼의 흥분으로 활기를 되찾았다.

앙드레가 먼저 핏자국을 발견하고 외쳤다.

"자네가 정말로 놈을 맞춘 모양이군."

세자르는 서둘러 일행에 합류했다. 개의 커다란 몸체를 발견하게 되리라는 생각 때문에 구역질이 날 지경이었다. 세자르는 이미 기진맥진한 상태였다. 세 시간째 밀려드는 후회의 감정과 투쟁을 벌이는 중이었다. 스스로에게 변명을 하려 할 때마다 슬픔으로 일그러진 세바스찬의 얼굴이 눈앞을 가로막았다.

'만약 벨이 죽으면 난 할아버지를 절대 용서하지 않을 거예요.'

세바스찬이 마지막으로 던진 그 말이 집을 나서는 내내 귓가에 들려왔다.

세자르는 내장 구석구석을 파고드는 손자 녀석의 말을 떨쳐 내려고 세 시간째 안간힘을 쓰고 있었다.

"놈의 시체는 어디 있지? 저 돌 밑에 있나?"

세자르는 자신도 모르게 나온 냉정한 말투에 놀랐다.

"시체가 있다고는 말하지 않았네. 단지 여기 핏자국이……."

앙드레가 변명하듯 말했다.

"핏자국만으로 놈이 죽었다고 단정 지을 순 없네. 놈이 오솔길에서 배회하고 있을지도 모르니 어서 놈을 잡아야 해. 난 놈이 이 근처에 살고 있다는 걸 알고 있네. 자네들이 열 번도 넘게 이곳을 지나 다녔을 텐데도 놈은 한 번도 들키지 않았어. 영리한 놈이지…….”

세자르는 말을 중간에서 멈추고 신중하게 편암 덩어리 사이로 내려갔다. 세자르가 뒷말을 잇진 않았지만 모두 세자르의 말을 알아들었다. 놈이 완전히 죽지 않았다면 인간에 대한 경계심이 대단한 놈인데 훨씬 더 잡기 어려워질 것은 자명했다. 게다가 한층 더 사납고 위험해질 것이었다.

사냥꾼들은 넓은 길 주변의 어두운 틈새, 돌무더기를 꼼꼼히 살폈다. 바위가 많은 지대는 짧지만 매우 가파른 협곡으로 이어지며 협곡을 지나면 다시 평평한 지대가 나오다가 이내 완만한 경사지 위로 소나무 숲 지대가 펼쳐졌다. 나무들이 바람에 움직일 때마다 그림자들이 무리지어 움직이는 곳이었다. 소나무 숲 지대로 가기 위해서 베트가 목초지를 지나야 했지만 파비앙에게 오느라 사냥꾼들은 이미 소중한 시간을 허비한 꼴이 되었다. 세자르가 베트가 도망치는 광경을 눈으로 본 유일한 목격자였는데 동료들에게 놈을 따라가라고 소리를 치지 않았는지에 대해 의문을 가진 이는 아무도 없었다.

어둠이 군데군데 설치해 놓은 덫 위로 내려앉기 시작하자 사냥꾼들은 지친 가운데 분노하기 시작했다. 마르셀은 더 이상 밀어붙이는 것에 한계가 있음을 판단하고 철수 명령을 내리기로 결심했다. 어쨌거나 절반의 실패, 아니, 절반의 성공을 거둔 셈이었다. 운이 따라준다면 돌아오는 봄에 놈의 시체를 발견할 수도 있을 것이었다.

“젠장, 오늘은 이 정도로 끝내세. 밤도 깊었고 계속하다간 사고가 날 수도 있으니. 모두 철수하고 돌아갑시다.”

마르셀이 말했다.

“제가 놈을 잡았습니다. 그렇게 피를 흘렸으니 오늘 밤은 넘기지 못하겠죠."

파비앙이 의기양양하게 외쳤다.

다른 사냥꾼들도 동의하듯 고개를 끄덕였다.

"근데 독일 놈들한테는 뭐라고 말하지?"

앙드레가 불쑥 말을 꺼냈다.

다리의 통증에도, 아니, 어쩌면 다리의 통증 때문에라도 앙드레는 계속하자는 입장이었다.

"그건 내가 알아서 할 테니 자넨 똑바로 서 있을 걱정이나 하게, 앙드레."

마르셀이 매몰차게 대꾸했다.

"세자르, 자네 집에서 잠깐 쉬어가면 어떻겠나."

마르셀이 물었다.

"쉬었다 가자고?"

마르셀의 청을 차마 거절할 수 없었던 세자르는 양 우리에 갇혀 있을 세바스찬을 떠올리니 썩 마음이 내키지는 않았지만 그러자고 승낙했다.

남자들끼리 뭉친다는 생각에 다시금 기운을 차린 마르셀은 세자르의 양 우리로 가 몇 시간쯤 쉰 다음 새벽에 다시 출발하자고 말했다.

"혹시 젊은이들 중에 집으로 곧장 가고 싶은 사람이 있다면 알아서들 하게. 다만 절뚝거리는 늙은이들하고만 있고 싶진 않네. 우리와 함께할 사람은 손을 들게나."

열두어 개의 팔이 올라왔다. 나머지 사람들은 오늘 있었던 일을 가족들에게 말하고 싶어 급한 마음에 벌써 저만치 멀어져 가고 있었다. 여자 셋은 모두 일행과 함께 남는 쪽을 택했다. 남은 사람들은 이 상황을 예상이라도 했는지 가방에서 준비해 온 횃불을 꺼냈다. 삼으로 꼰 밧줄 끝에 불을 붙인 이들이 대열의 선두에 섰다. 대열의 후미에서 처량한 모습으로 어기적거리는 세자르에게는 아무도 관심을 보이지 않았다. 세자르는 사고라도 나서, 사고가 아니더라도 발이라도 삐어서 손자와 대면하는 일을 피할 수 있기를 바랐다. 세자르의 마음과 달리 휘영청 밝은 달은 길을 환히 비추었고, 사냥꾼 일행은 한 번의 쉼 없이 길을 걸었다.

양 우리에 도착했을 땐 반쯤 열린 문이 바람 때문에 삐걱거리고 있었다. 마르셀은 걸쇠에 달려 있던 철사 줄을 발견하고는 앞뒤 생각 없이 소리부터 질렀다.

"세자르, 집에 악마라도 가둬두었나?"

"세바스찬 이 녀석이……."

세자르가 절망감이 가득한 목소리로 조그맣게 말했다.

"자네 세바스찬을 가두어둔 건가? 그 녀석 겁이 없구만. 세자르, 녀석 버릇 좀 단단히 가르쳐야 할 거야."

마르셀이 말했다.

"그거 나 들으라고 하는 소리인가."

세자르가 마르셀을 째려보며 말했다.

"세자르, 흥분하지 말고 마실 거나 좀 내주게. 목 축일 술 한잔 얻어 마시려면 애원이라도 해야 하나?"

앙드레는 투덜거리는 투로 한마디 던졌다. 너무 피곤해 싸울 기력도 없었지만 언젠가 반드시 복수하겠다고 다짐했던 터였다.

"그래. 아닌 게 아니라 목이 좀 타는구만."

오랜만에 산을 탄 마르셀은 뇌졸중 환자가 되기 일보 직전이었다.

마르셀은 나이 든 양치기에게 간절한 눈길을 보냈다.

"들어들 가게. 개수대에 술이 한 병 있고, 초롱에 빵도 있네. 치즈도 같이 놓아두었고. 먼저 들고들 있게나. 난 울타리 쪽을 좀 살펴보고 오겠네. 녀석이 양들하고 같이 있는 모양이야."

세자르가 아무 일도 아니라는 듯 어깨를 으쓱이며 말했다.

"자네 말대로 겁 없는 꼬마 녀석이 양들에게 자장가라도 불러주고 있는 모양이지. 너무 걱정 말게, 세자르. 아니면 앙젤라가 녀석을 데려갔을 수도 있지 않은가. 자네 대신 양젖을 짜고 있을지도 모르고."

마르셀이 말했다.

세자르는 그렇다면 얼마나 좋을까 라는 생각을 했다. 그렇지만 망할 놈의 문짝이 바람에 삐걱거릴 일은 없었을 터였다. 세자르는 다른 사람들과 괜한 언쟁을 벌이고 싶지 않았다. 갑자기 피로감이 몰려왔다.

머리를 흔들어 정신을 차린 세자르는 발걸음을 다시 돌려 무심한 걸음걸이로 집 안으로 들어갔다. 사냥꾼들이 안도의 한숨을 내쉬며 세자르의 뒤를 따랐다. 집 안의 찬 기운쯤은 전혀 문제가 되지 않았다. 밖에서 부는 찬바람에 비하면 집 안의 온도는 따뜻하다고 느껴질 정도였다.

"저희 신경 안 쓰셔도 됩니다. 알아서 쉬다 가겠습니다."

파비앙이 말했다.

파비앙은 모닥불을 지피기 위해 아궁이 앞에 몸을 쭈그리고 앉았다. 다른 사람들은 가방에서 돼지비계와 톰 치즈, 점심때 남긴 술 등을 꺼냈다. 제네피도 한 병 꺼냈다. 세자르 집에 있던 한 병을 합쳐도 한 사람당 서너 잔씩 돌아가면 끝일 것 같았다.

세자르는 다른 사람의 시선 따위 아랑곳하지 않고 증류기를 놓아둔

방으로 가 술을 세 병 정도 더 가져왔다. 일행은 모두 기쁨의 환호성을 질렀다. 마르셀 역시 아무것도 못 본 척하며 껄껄 웃어댔다. 세자르가 까칠한 영감인 건 사실이지만 분명 뛰어난 사냥꾼임에는 이의가 없었다. 세자르가 메이지로 가야 한다고 말했고, 메이지에서 그놈과 맞닥뜨렸으니까.

일행은 베트에게 총알을 박아 넣은 파비앙을 위해 건배했다. 그때까지 아무도 창문 뒤쪽에 나타난 자그마한 얼굴을 보지 못했다.

양 우리에서 멀어진 세바스찬은 어둠 속으로 걸어갔다. 추위도 어둠에 대한 무서움도 느껴지지 않았다. 세바스찬은 바닥에서 아주 작은 단서라도 놓치지 않으려는 듯 한 번도 고개를 들지 않았다. 세바스찬은 소리 죽여 울고 있었다. 뺨을 타고 흐르는 차디찬 눈물방울의 감촉은 마음을 짓누르는 허탈함에 비하면 아무것도 아니었다.

세바스찬은 양 우리를 나서며 넋이 나간 상태로 집까지 수 킬로미터를 단숨에 주파했다. 조금의 머뭇거림이나 주춤거림은 없었다. 유령의 입김 소리처럼 들리는 낙엽송 숲을 지날 때도 전혀 겁나지 않았다. 세바스찬은 앙젤리나의 다그침에 겨우 넋 나간 상태에서 벗어날 수 있었다.

앙젤리나는 어둑어둑 밤이 내려오기 시작할 무렵부터 줄곧 세바스찬을 기다리고 있었다. 시간이 지날수록 최악의 시나리오를 상상했지만 눈물범벅이 된 작은 얼굴의 세바스찬과 마주하자 자신이 상상했던 것과는 다른 종류의 불행이 아이에게 닥쳤음을 직감했다.

그날 앙젤리나는 밤새 잠을 이룰 수 없었다. 새벽녘 세자르가 집에 돌아왔을 땐 신경이 있는 대로 곤두선 상태였다. 비틀거리며 들어오는 세자르에게서는 역겨운 술 냄새가 진동했다. 거실로 들어와서도 앙젤리나를 못 본 척하며 세자르는 불꽃이 활활 타오르는 아궁이 근처 안락의자에 털썩 주저앉을 뿐이었다.

앙젤리나는 애서 태연한 척하며 화덕으로 가 치커리와 볶은 보리를 섞은 커피 대용품을 대접 한가득 따랐다. 빵 앞에서 잠시 망설이던 그녀는 세자르를 벌주는 심정으로 빵은 집지 않았다. 세자르에게서 풍기는 냄새로 미루어 짐작하건대 할아버지의 뱃속엔 소화시켜야 할 것이 가득할 것이었다. 한 끼쯤 걸러도 상관없을 터였다. 앙젤리나는 거칠게 대접을 내밀었다. 술기운에 절어 있던 세자르가 잠시 정신을 차리고 미소를 지으려는 듯 눈을 껌뻑거렸으나 결과적으로 앙젤리나의 화만 돋울 뿐이었다.

"고맙구나, 앙젤리나. 넌 참 심성이 고운 아이야."

"딴소리하지 마세요. 세바스찬에 대해선 아무것도 묻지 않으실 거예요?"

"세바스찬. 그래, 그 녀석 집에 왔지?"

"궁금해하시니 그렇다고 대답해 드리죠."

앙젤리나가 화가 났다는 투로 차갑게 말했다.

"세바스찬은 괜찮지?"

세자르는 몸을 일으키려 했지만 비틀거리는 바람에 들고 있던 커피가 찰랑거리며 넘쳐흘렀다. 뜨거운 커피가 손목을 타고 흘렀지만 세자르는 그저 툴툴거릴 뿐이었다.

"네. 다친 데도 없고 멀쩡해요. 그저 기진맥진해서 앞으로 꼬꾸라질 지경이더라구요. 세바스찬이 한밤중이 되어서야 집에 왔어요. 병든 토끼처럼 눈이 퉁퉁 부었죠. 게다가 한마디도 하지 않고 방으로 올라갔어요. 제가 아무리 달래도 소용없었어요. 다문 입을 절대 열지 않겠다는 듯이요. 대체 세바스찬에게 무슨 짓을 하신 거예요."

"그걸 내가 어찌 알겠니. 나도 몰라. 모른다고. 앙젤리나, 네가 끓인 커피 냄새가 참 좋구나."

"지금 커피 얘기할 때예요? 아침마다 할아버지가 맛없다고 말하던 그 커피랑 같은 커피라구요. 할아버지 때문이 아니라면 세바스찬이 그런 얼굴로 돌아왔을 리 없어요. 몰이사냥 때문이에요? 세바스찬이 사냥꾼을 따라갔었어요? 대체 무슨 일이 있었던 거예요."

세자르는 무엇이 문제냐는 표정으로 앙젤리나를 흘겨보더니 이내 껄껄대고 웃기 시작했다. 숨이 막힐 정도로 과장된 웃음이었다.

"우리가 양들을 먹어치우고, 독일 놈들도 먹어치우는 그 베트를 잡았지 뭐냐. 하긴 독일 놈들을 먹어치운다면 그건 잘못이라고 할 수 없지."

커피가 또다시 흘러넘치자 세자르는 그제야 정신을 차리는 것 같았다. 덜덜 떨리는 손으로 대접을 입으로 가져간 세자르는 세 번만에 대접을 비웠다. 덕분에 술이 좀 깬 듯했다.

"네 말이 맞아. 이 커피 정말이지 설사약 같구나. 그런데 말이다, 앙젤리나. 그 개가 말이다, 그 베트 녀석이 말이다. 세바스찬과 친구가 되었다지 뭐냐. 그래서 내가 세바스찬을 가두었어."

"누구를 가둬요?"

"세바스찬 말이다. 왜냐면 베트 그놈은…… 탕, 탕…… 쏴버렸거든. 그게, 내가 아니고 파비앙이 그랬어. 난 도저히 쏠 수가 없었다. 안내를 한 건 나였지만 말이야. 세바스찬이 날 도와준 셈이지. 세바스찬 덕분에 좋은 아이디어가 떠올랐으니 말이다. 얼마 전부터 그놈을 감시해 왔다. 물론 겉으로 내색은 하지 않았지만. 사람들이 떠들어댔지. 세자르는 아무것도 모른다, 아무 말이나 떠들어대도 세자르는 다 믿는다고들 말이야. 그렇지만 결정적으로 내 한마디가 큰 역할을 했지. 음, 어디까지 말했더라……. 그래, 세바스찬이 우리를 베트에게 데려다준 셈이지. 그래서 세바스찬이 날 미워하는 거야. 그건 모두 세바스찬을 위한 거였다. 배신은 사랑하지 않는 사람이 하는 짓이지. 앙젤리나, 무슨 말인지 알아듣지? 너라도 알아들어야 하는데."

"아뇨. 대체 무슨 말을 하시는 거예요? 누가 누구랑 친구라는 거죠? 제발 정신 좀 차리세요, 할아버지. 정신을 못 차리겠으면 얼굴에 찬물이라도 한 바가지 끼얹은 다음에 얘기하시던가요."

"세바스찬과 그 미친개 말이다. 내가 그 둘이 함께 있는 걸 봤다니까."

"그 앤 할아버지가 가둬두셨다면서요."

"그건 그다음 얘기고. 그전에 둘이 함께 있었다. 그래서 세바스찬을 가둔 다음 팡! 팡! 파비앙이 총을 쐈다 이거야. 베트 그놈은 쓰러졌고."

세자르가 취기가 오르면서 다리가 풀렸는지 그 자리에 쿵 하고 주저앉고 말았다. 세자르는 어지러움을 이기기 위해 두 눈을 질끈 감았다. 앙젤리나 목소리가 새삼 뾰족한 송곳처럼 머리를 파고들며 콕콕 쑤셔댔다.

"할아버지, 세바스찬에게 부끄럽지도 않으세요? 다른 사람들은 뭐래요? 밤새도록 사냥꾼들하고 같이 있었던 거 아니에요? 사람들이 세바스찬에 대해 별말 없던가요? 세바스찬이 할아버지가 산이 제일 좋은 선생님이다, 학교에 보낼 결심을 하지 못하고 있다는 걸 알면 기분이 어떻겠어요. 그게 정말 할아버지가 원하시는 거예요?"

"앙젤리나, 말이 좀 심하구나."

"심한 게 아니라 할아버지가 듣고 싶지 않아 하는 진실을 이야기했을 뿐이에요. 전 빵집 문 열기 전에 올라가서 양젖이나 짜야겠어요. 술에 취해 계셔서 젖 짜는 건 힘드실 것 같아 보이네요. 휴, 골짜기로 굴러떨어지지 않은 것만도 천만다행이지. 할아버지, 계속 이런 식이면 사람을 구하셔야 할 거예요. 전 두 가지를 모두 해낼 능력이 없으니까요. 이제 사라져 드릴 테니 계속 술에 취해 계시라구요."

앙젤라니나는 쾅 소리가 나게 문을 닫고는 집을 나섰다.

쾅 소리는 오래도록 세자르의 머릿속에서 고통스럽게 울려 퍼졌다. 술에 취해 앙젤리나가 한 말을 모두 알아듣지는 못했지만 예상했던 것보다 한층 더 일이 복잡하게 꼬여 버렸다는 것만큼은 확실하게 알 수 있었다. 세자르가 곧 나른한 잠 속으로 빠져들려는 순간 얼음장처럼 차가운 목소리가 들렸다.

"난 할아버지를 절대 용서하지 않을 거예요. 할아버지가 한 일은 엄마 샤무아를 죽인 일보다 더 잔인해요. 맹세하고 난 다음 약속을 지키지 않는 것보다도 너 나쁘다구요. 정말 나빠요!"

계단을 끝까지 내려온 세바스찬은 화가 난 얼굴로 세자르를 노려보았다. 세바스찬의 안색은 미사에 쓰는 양초만큼이나 창백했다. 두 눈에서는 야성적인 독기가 이글이글 뿜어져 나왔다. 세자르는 피곤함과 부끄러움으로 몸 둘 바를 모르고 당황한 채 그저 알아들을 수 없는 입속말만 웅얼거렸다.

3

세바스찬은 밤새 한숨도 잠을 자지 못했다. 그나마도 악몽 때문에 잠을 설쳤다. 눈을 뜨자 몸 전체가 방망이로 두들겨 맞은 듯 쿡쿡 쑤셔댔지만 세바스찬은 단숨에 마른 돌들로 지은 대피소로 달려갔다.

가파른 오르막길에서는 속도를 늦추기 않기 위해 바윗덩어리나 나무뿌리에 매달려 기다시피 올라갔다. 개처럼, 아니, 미친 짐승처럼. 너무 힘이 들어 입에서 저절로 신음 소리가 새어 나왔다. 세바스찬은 선홍색 피가 벨의 털을 빨갛게 물들이는 불길한 생각을 머리에서 쫓아내느라 여념이 없었다.

'벨, 제발 무사해 줘. 널 죽게 한 건 모두 내 책임이야.'

세바스찬은 오히려 사냥꾼들에게 벨을 데려다준 꼴이 되어버렸다는 자책감에 몸서리를 쳤다.

'할아버지를 절대 용서하지 않을 거야. 할아버지가 미리 알고 있었

든 아니든 그건 중요하지 않아.'

세바스찬은 가는 길마다 작은 조약돌을 던져서 흔적을 남겼던 엄지 왕자 이야기를 생각하고는 씁쓸하게 웃기 시작했다. 그와 동시에 분노가 솟아올랐다. 세바스찬은 달리는 데 정신이 팔려 두 눈을 반짝이며 자신을 따라오는 형체를 미처 발견하지 못했다. 물론 사나운 짐승이 으르렁거리는 소리도 듣지 못했다.

대피소는 아직 어둠에 잠겨 있었다. 하늘에는 띠같이 생긴 먹구름이 솟아오르면서 탁한 빛줄기가 간간이 주변을 밝혔다. 날씨가 흐릴 거라는 징조였다. 세바스찬은 기계적으로 대피소의 문을 닫았다. 할아버지와 한순간도 같이 있고 싶지 않았다. 혼자만의 공간에 있고 싶었다. 세바스찬은 이제 모든 것, 친구, 삶의 목표, 할아버지의 보호 등 모든 것을 잃었다. 세바스찬은 다시금 떠오르는 배신자의 이미지를 떨쳐 냈다. 가슴 깊은 곳에서 증오심에 필적할 만한 분노가 솟구치자 스스로도 잔뜩 겁이 났다.

한쪽으로 옮겨진 편암 판석과 거대한 구멍을 보자 지난주 벨과 함께 대피소에 왔던 기억이 났다. 고통이 서서히 몰려왔다. 밀려드는 고통으로 질식할 것만 같았다. 어쩌면 이대로 죽어버릴 수도 있을 것 같았다. 그렇게 된다면 차라리 자신과 벨을 위해 좋은 일이 될 것만 같았다. 세바스찬은 웅크리고 앉아 얼굴로 두 무릎을 내리찧었다. 눈꺼풀 뒤로 빨간 불꽃이 일 정도로 세게 무릎을 짓이겼다. 크리스마스 캐럴 가사를 기억해 내려고 노력했지만 아무 생각도 나지 않았다.

그때 대피소 밖으로 무언가 다가오는 소리가 들렸다. 문 가까이 귀를 기울이자 으르렁 소리가 들리더니 이내 출입구를 박박 긁어대는 소리로 이어졌다. 누군가 문을 긁어대고 있었다. 세바스찬은 심장이 멎을 만큼 무서워서 슬픔 따위는 어느새 깡그리 잊어버릴 지경이었다.

'늑대가 분명해.'

세바스찬은 두 눈으로 문을 노려보며 생각을 가다듬었다. 문을 잘 닫았었나? 늑대가 문을 긁어대는 걸 보면 잘 닫은 건 확실했다. 그럼 땅굴은? 손 닿을 거리에 돌이 있었지만 세바스찬은 손발이 마비가 된 듯 그 자리에 꼼짝도 할 수가 없었다.

세바스찬은 조용히 두 눈을 감고 기다렸다. 한 번, 두 번 놈이 힘껏 몸무게를 실어 달려들기라도 하는 걸까? 잠시 후 요란한 소리가 나며 문이 열렸다.

위협적인 형체가 문지방에 모습을 드러냈다. 으르렁거리는 소리는 계속 이어졌다. 놈이 한 발 가까이 다가오자 세바스찬의 가슴에서 무언가 팍 하고 찢어지는 것 같았다. 심장이 갑자기 마구 뛰기 시작했다.

"벨, 너니?"

세바스찬은 꿈이 아님을 확인하기 위해 녀석을 만져 보고, 녀석의 풍성한 가슴 털 속에 온몸을 던지고픈 마음에 재빨리 녀석 쪽으로 달려갔다. 벨을 영영 잃었다는 끔찍한 확신 때문에 괴로워했던 세바스찬은 녀석의 온기를 한시라도 빨리 느끼고 싶었다.

"벨?"

세바스찬은 환한 아침 햇빛 속에서 모습을 드러낸 벨을 보자 그 자리에 우뚝 멈춰 섰다. 녀석의 털은 목 언저리부터 앞발까지 온통 피로 얼룩져 있었다. 왼쪽 옆구리 일부엔 갈색으로 변한 핏자국과 핏자국 위로 풀잎과 진흙이 엉겨 붙은 상태였다. 견갑골 바로 아래 위치한 상처에서는 계속해서 피가 흘러나오고 있었다. 몇 센티미터만 빗나갔다면 총알은 벨의 심장 한가운데를 뚫고 지나갔을 것이었다.

세바스찬은 최대한 부드럽게 두 손으로 녀석의 주둥이를 붙잡고 입을 맞추었다. 벨이 으르렁거리는 소리를 멈추고 이내 낑낑거리는 작은 신음을 뱉어냈다. 녀석이 뿜어내는 뜨거운 입김이 세바스찬의 얼굴을 어루만졌다. 세바스찬은 친구를 되찾았다는 기쁨, 상처 때문에 친구를 다시 잃을지도 모른다는 두려움이 밀려오자 펑펑 눈물을 쏟았다.

잠시 동안 세바스찬에게 몸을 기대고 있던 벨은 신음 소리를 내며 바닥에 몸을 눕혔다. 녀석의 옆구리가 짧고 격렬하게 전율했다. 파도처럼 밀려오는 불안감과 싸우며 세바스찬은 다부진 투로 녀석을 안심시켰다.

"벨, 걱정 마. 내가 반드시 널 살려줄 테니까. 넌 절대 죽지 않을 거야. 절대. 내가 널 보살펴 줄 거야. 잠깐만 혼자 있어. 널 살리려면 잠깐 마을에 다녀와야 해. 겁먹을 거 없어. 금방 다녀올 테니 꼼짝 말고 여기 있어야 해. 여긴 안전하니까 널 해치러 오는 사람은 없을 거야. 알겠지?"

벨은 기운이 없어 잠깐 낑낑거렸다. 그 소리가 이내 할딱거리는 가쁜 숨소리로 변하자 세바스찬은 울음을 터트릴 뻔했다. 세바스찬은 우선 벨을 따뜻하게 해주기 위해 불을 지펴야겠다고 생각했다. 대피소는 냉기가 돌 뿐 아니라 돌벽이 품고 있는 습기 때문에 방 안은 온통 축축했다.

시간이 없었다. 시간을 허비해서는 안 되었다. 중요한 순서대로 일을 처리할 필요가 있었다.

'세바스찬, 침착해야 해.'

그때 세바스찬의 귀에 세자르의 차분한 음성이 들렸다.

"세바스찬, 짐승이 상처를 입었을 땐 우선 그 상처를 닦아줘야 한다."

세바스찬은 곧장 깔개로 쓰는 담요를 집어 들었다. 퀴퀴한 냄새가 났지만 그건 지금 중요하지 않았다. 아무것도 없는 것보단 나았으니까. 세바스찬은 상처 부위를 깔끄러운 모포로 조심조심 벨을 덮어주었다. 그다음 낡고 누덕누덕 기운 쿠션들을 가져다 벨 주위에 놓았다. 추위를 막아줄 울타리도 쌓았다. 벨에게 안전한 곳에서 보호받고 있다는 느낌을 주기 위해서였다. 세바스찬은 추운 밤길 속에 홀로 도망치며 벨이 느꼈을 두려움과 죽음의 공포, 버림받았다는 서글픔을 생각하자 눈물이 울컥 차올랐다.

벨은 한결 평온해 보였지만 내려앉은 두 눈꺼풀 뒤로 악몽이라도 꾸는지 눈알이 심하게 움직였다. 입김이 뜨겁고 숨도 가쁘게 쉬고 있었다. 좋은 징조가 아니었다. 세바스찬은 잊은 것이 없는지 다시 한 번 확인한 뒤 밖으로 나왔다. 찬바람이 안으로 새어 들어가지 못하도록 조심스레 문을 닫았다. 대피소 문턱에서 날씨가 험악하게 바뀌었음을 알아차린 세바스찬은 잠시 늑대 생각이 났지만 이내 두려움을 떨쳐냈다. 두려움에 떠는 건 멍청한 겁쟁이들이나 하는 행동이었다. 지금은 두려움에 떨 시간조차 없었으니까.

공중에서 가볍게 소용돌이치며 내려오는 희끗희끗한 눈발이 얇은 솜처럼 산을 수놓았다. 멀리 보이는 산은 우중충한 모습으로 추위에 떠는 것처럼 보였다. 낮게 드리운 하늘 아래로 검은 구름이 묵직하게 걸려 있었다. 잠깐이었지만 세바스찬은 고개를 쳐들었다. 얼굴로 떨어지는 눈송이가 볼을 어루만져 주는 손길처럼 부드럽게 느껴졌다. 앙젤리나는 첫눈은 천사들의 약속이라고 말했었다. 세바스찬은 소원을 빌었다. 좀 더 확실하게 하기 위해 두 눈을 꼭 감았다. 소원을 빈 세바스찬은 불과 몇 초였지만 시간을 지체했다는 생각에 소스라치게 놀라 서둘러 비탈길을 내려갔다. 피곤은 금세 사라졌고, 새로운 희망과 기대로 심장이 두방망이질 치기 시작했다. 열심히 생각하고 하나도 빠짐없이 해야 할 일의 목록을 작성하는 일만이 남아 있었다. 벨을 치료해 줄 방법을 찾을 것, 녀석을 잘 먹일 것, 아무도 눈치채지 못하게 할 것, 벨이 회복될 때까지 철저히 비밀을 지킬 것 등등. 일단 낫기만 한다면 어떻게든 방법이 생길 것이었다.

'지금쯤 할아버지는 분명 양 우리로 가셨을 테고, 앙젤리나 누나는 저녁이 되기 전엔 집에 오지 않겠지.'

눈 깜짝할 사이에 집에 도착한 세바스찬은 집 안에 아무도 없을 거라 생각하고 불쑥 집 안으로 들어갔다.

'이런, 할아버지가 집에 있었잖아.'

할아버지는 불 꺼진 아궁이 앞에 놓인 안락의자에 앉아 졸고 계셨다. 요란한 소리를 내며 세바스찬이 집 안으로 들어오자 깜짝 놀라 할아버지가 깼다. 할아버지는 졸고 있다 들킨 것이 무안한지 쯧쯧 혀만 차셨다.

"어디 갔다 오는 거냐, 세바스찬."

세바스찬은 대답을 하지 않고 계단을 뛰어 올라가 방으로 들어갔다.

하루 전 일을 모두 잊었는지 화를 내며 할아버지가 계속 물었지만 세바스찬은 입 밖으로 튀어나오려는 거친 말을 참느라 입술을 깨물어야 했다.

'배신자, 할아버지는 배신자야!'

"세바스찬, 어디 갔다 오냐고 묻지 않았냐!"

세자르가 다소 격양된 목소리로 말했다.

'그렇게 대답이 듣고 싶다면 대답을 해드려야겠지.'

세바스찬은 이번에도 대답 대신 있는 힘을 다해 힘껏 방문을 쾅 하고 닫았다. 충격으로 나무 문짝이 흔들리더니 곧 통나무집 안엔 무거운 침묵이 내려앉았다. 세바스찬은 귀를 쫑긋 세우고 가만히 서서 상황을 살폈다.

'할아버지 때문에 벨이 죽기라도 한다면 집을 나갈 거야. 아메리카로 가버릴 거라고. 그러면 모두 내가 죽었다고 생각하겠지? 이건 다 배신자, 할아버지 탓이야.'

세바스찬은 속으로 생각했다.

잠시 후 아래층에서 문 닫히는 소리가 들렸다.

세바스찬은 남들 눈에 띄지 않도록 조심하면서 서둘러 창가로 갔다. 빗질도 하지 않은 채 희끗희끗한 머리털을 휘날리며 불안한 자세로 걸어가는 할아버지가 보였다. 머리털 위로 흰 눈송이까지 내려앉으니 할아버지는 완전히 백발노인 같아 보였다. 모자 쓰는 걸 깜빡하신 모양이었다. 세바스찬은 순간적으로 얼른 뒤쫓아가 베레모를 가져다 드리고 싶은 마음이 들었지만 꾹 참았다.

세바스찬은 할아버지의 모습이 사라지자 부엌으로 내려갔다. 할아버지가 술을 저장해 놓는 찬장을 뒤지기 시작했다. 아무것도 없었다. 어찌 된 것인지 술이라고는 한 병도 보이지 않았다. 세바스찬은 할아버지가 앙젤리나 누나에게 절대 술을 먹지 않겠다고 맹세하면서도 몰래 술을 감춰놓곤 하는 조금 더 후미진 구석을 살피기 시작했다. 여분의 이불보를 넣어두는 서랍장에도 술은 없었다. 모자걸이 뒤, 움푹 들어간 공간도 마찬가지였다.

낙담한 세바스찬은 다시 한 번 찬찬히 생각해 보았다. 할아버지가 그 많은 술병을 다 비운다는 건 불가능했다. 할아버지가 산꼭대기 양 우리에서 술을 마시는 걸 더 좋아하긴 하지만 그래도 만일의 경우를 대비해서 분명 집에도 술을 남겨두셨을 것이 분명했다.

세바스찬은 할아버지 방으로 들어갔다. 늘 뭔지 모를 신비스러움을 간직한 공간이었던 할아버지 방은 이제껏 한 번도 들어가 본 적이 없었다. 할아버지가 방에 들어가는 걸 좋아하지 않으셨기 때문이었다. 방 안에는 좁은 침대와 옷장, 침대 옆에 놓인 녹색 대리석 상판을 얹은 소나무 협탁 하나가 전부였다. 서랍 안엔 몇 번이고 읽고 또 읽은 것처럼 보이는 모서리가 접힌 낡은 책 한 권이 들어 있었다.

'이상하네. 할아버지는 오래전에 독서에 취미를 잃었다고 말씀하셨는데.'

세바스찬은 옷장이며 차곡차곡 개어놓은 침대 시트, 셔츠, 털 내의 사이사이까지 뒤져 보았지만 술은 찾을 수 없었다. 침대 밑도 들여다보았지만 할아버지가 '양'이라고 부르는 먼지 뭉치밖에 없었다. 세바스찬은 별생각 없이 매트리스 아래로 손을 넣었다. 술병이 침대 밑판 쪽 나무 사이에 끼워져 있었다.

세바스찬은 서둘러 방을 나섰다. 배낭에 술을 넣고 치즈도 한 조각 챙겨 넣었다. 그다음 앙젤리나 누나가 제발 아무것도 눈치채지 못하기를 기도하며 칼로 햄을 조금 잘랐다. 너무 작지도 기름지지도 않은 조각이었다. 누나는 햄이 부엌에서 가장 귀한 보물이라고 귀에 못이 박히도록 말하곤 했었다. 햄은 앙젤리나 누나만이 얇게 포를 뜨거나 조각으로 잘라 수프에 넣을 수 있는 음식이었다.

'누나한테 혼나도 어쩔 수 없어. 지금은 위급 상황이니까.'

세바스찬은 물병 가득 깨끗한 물을 담았다. 온갖 색실과 모직 천 조각들이 가득 들어 있는 상자에서 바느질 가위도 꺼냈다. 챙긴 모든 것을 최대한 빨리 가져가야 했다.

세바스찬은 집을 나서며 차양 밑에 널어놓은 빨래들 사이에서 이불보 하나를 챙겼다. 침대보가 없어진 걸 누나가 알아차리면 혼자서 침대보를 갈았다고 할 참이었다.

'악몽을 꾸다가 오줌을 싸서 그랬다면 더는 뭐라 하지 않겠지.'

세바스찬은 시트를 배낭에 쑤셔 넣은 다음 대피소 방향으로 발걸음을 옮겼다.

아무 소리도 들리지 않았다. 벨은 잠이 들었는지 계속 눈을 감고 있었다. 자리를 비운 사이 벨이 죽은 건 아닐까 하는 걱정에 세바스찬은 일부러 큰 소리를 냈다. 세바스찬이 천천히 다가가자 벨은 눈을 껌뻑이면서 힘없이 꼬리를 흔들었다. '네가 오기를 기다리고 있었어.' 라고 말하는 것 같았다. 벨은 고개 들 힘조차 없는지 여전히 머리를 바닥에 괴고 있으면서도 아이의 몸짓 하나하나를 놓치지 않으려는 듯 눈을 크게 떴다.

세바스찬은 대접에 물을 붓고 제네피가 든 술병과 가위를 가지런히 놓았다. 손 닿는 곳에 가져온 도구들을 정리하고 깨끗이 빤 침대보를 잘라 붕대를 만들었다. 할아버지가 가축들을 치료할 때 곁에서 보고 배운 것들이었다.

세바스찬은 크게 심호흡을 한 다음 벨의 상처를 살폈다. 상처는 꾸덕꾸덕 말랐고, 주변 털과 피가 엉겨 붙은 상태였다. 침대보를 적셔 닦아준다고 해도 대번에 깨끗해질 것 같지 않았다. 세바스찬은 가위를 들고 큰 소리로 말했다. 세바스찬을 전적으로 믿는지 벨의 표정은 평온했지만 세바스찬은 자신에게 용기를 주기 위해 더 큰 소리를 냈다.

"벨, 이제부터 털을 조금 자를 거야. 그래야 상처를 닦을 수 있어. 전쟁 때, 그러니까 지금 말고 그 이전 전쟁 말이야. 할아버지가 나가 싸우셨다던 그 전쟁 때 병사들이 입고 있던 군복을 가지고 이렇게 했대. 다리를 치료하려면 의사들이 바지를 찢었단 말이야. 가끔 다리를 자르기도 했다고 하지만 넌 아니야. 털만 조금 자르면 되는 거니까 걱정하지 마. 알겠지? 아프지 않을 거야. 상처를 닦아야 곰팡이가 생기지 않아. 내 말 알아듣지? 곰팡이가 생기지 않게 하려면 야생 쑥으로 담근 술이 최고야. 할아버지가 그러셨거든."

벨에게 설명을 하면 할수록 부지런히 움직이는 세바스찬의 두 손엔 자신감이 붙었다. 가위질 몇 번에 제일 큰 피딱지가 제거되자 상처가 드러났다. 털이 없어진 상태에서 보니 상처는 가장자리가 우툴두툴하면서 검정에 가까운 짙은 빛깔을 띤 것이 나무껍질에 생긴 혹처럼 보였다. 분화구 같은 구멍 한가운데서 빨간 피가 조금씩 흘러나오는 광경을 보자 세바스찬은 오히려 안심이 되었다. 구멍이 작은 걸 보아 아주 심각한 정도는 아닌 것 같았다. 다행히 발이 부러지지 않은 듯했다. 총알이 어디로 사라졌을지 궁금해진 세바스찬은 손가락 끝으로 주위를 더듬어보았다.

'총알을 찾아서 뭐 하게? 어차피 자두 씨도 아니잖아.'

세바스찬은 애써 속으로 농담을 하며 안정을 유지하려고 했다.

술병 마개를 열자 제네피의 씁쓸한 냄새가 코끝을 찔렀다. 벨이 조금 불안해하자 세바스찬은 천천히 설명을 시작했다. 고약한 냄새 때문일 가능성이 높았다.

"조금 따끔할 거야. 야생 쑥으로 담근 술이야. 너도 냄새 한번 맡아봐."

세바스찬은 벨을 안심시키기 위해 내키지 않았지만 아주 조금 술을 마셨다. 구역질나는 맛인데다가 몹시 독했다. 술을 삼키자 목구멍에 불이 붙는 것 같았다.

"너도 봤지? 으음, 맛 좋다. 캑캑."

벨은 맥없이 꼬리를 흔들었다.

세바스찬은 단호한 태도로 술을 상처에 부은 다음 깨끗한 침대보에서 잘라낸 조각으로 상처 주변을 꾹꾹 눌렀다. 벨이 낑낑거리다 잠깐 으르렁거리는가 싶더니 이내 세바스찬이 하는 대로 가만히 있었다. 세바스찬은 벨을 어르기 위해, 또 스스로 용기를 내기 위해 쉬지 않고 입을 놀렸다.

"난 절대 할아버지를 용서하지 않을 거야. 세자르가 내 할아버지라는 거, 너도 기억하지? 대체 너한테 무슨 문제가 있는지 잘 모르겠어. 할아버지는 겁이 나나 봐. 그래서 널 죽이려고 하신 걸 거야. 우리가 친구라고 말해도 듣지를 않으셔. 앞으로 할아버지랑은 절대 한마디도 하지 않을 거야. 절대로. 괜찮아? 너무 따갑지 않아?"

세바스찬은 상처를 충분히 닦았다는 판단이 서자 서툰 솜씨로 다치지 않은 발 아래로 붕대를 돌려 목 언저리에서 매듭을 지었다. 벨은 여전히 기운이 없는지 가만히 있었다. 벨은 마지막 남은 힘을 다해 세바스찬의 손을 핥아주고는 가쁜 숨을 몰아쉬며 고개를 푹 떨구었다.

상처 치료는 모두 끝났다. 이제는 불을 지필 차례였다. 벨이 누워 있는 동안 내내 불을 지피려면 많은 장작이 필요할 것이었다. 당장 불꽃을 활활 타오르게 할 장작은 있었지만 그것으로는 턱없이 부족했다.

'내일 숲으로 가서 나뭇가지를 주워와야겠어. 헛간에 쌓아둔 장작도 좀 가져와야지. 그러려면 할아버지가 감자를 넣어두는 마대가 필요해.'

세바스찬은 북받치는 감정과 계획들로 진이 빠졌다. 세바스찬은 벨 옆에 몸을 웅크리고 앉아 낡은 담요를 끌어당겨 벨과 함께 덮었다. 벨이 살아났다는 안도감에 젖어 세바스찬은 그대로 잠이 들었다.

4

이틀째 간간이 내리던 눈은 송이가 제법 굵어지더니 산과 골짜기를 하얗게 뒤덮었다. 눈꽃으로 덮인 외투에서 번져 나오는 새하얀 광채는 우중충한 하늘과 뚜렷한 대조를 이루었다. 앙젤리나는 무거운 걸음으로 한 발 한 발 내딛었지만 추위 때문에 밑창이 두꺼운 신발을 신었음에도 발이 얼어붙는 듯했다. 들고 있는 바구니가 꽤 무거웠는지 속도가 나지 않았다. 목적지에 가려면 아직 3킬로미터는 더 걸어야 했다. 보통 때 같았으면 자전거를 타고 아랫마을 농장으로 갔겠지만 오늘처럼 눈이 쌓인 날에 자전거는 위험했다.

전날 티소 부인이 찾아와 사위가 아무것도 섞지 않은 하얀 밀가루를 가져왔다는 이야기를 전해주었다. 그는 그르노블 인근의 제분업자로 1년에 두세 번 처가에 다니러 올 때면 밀가루를 가져다준다고 했다.

앙젤리나는 독일군이 주는 배급권만으로도 빵집 운영에 필요한 밀가루를 충분히 확보할 수 있었지만 개인적인 용도로 쓸, 아무 증빙자료를 남길 필요가 없는 공급원이 필요했다. 당국에서 조사라도 나오는 날엔 여분의 밀가루뿐만 아니라 사용처에 대해서도 알려져선 안 되었다. 도주자들이 언제 올지, 그들이 무엇을 얼마나 필요로 할지를 미리 예측하는 게 불가능했기에 앙젤리나는 늘 한두 포대 정도는 미리 확보해서 빵집 뒤쪽 낡은 도구들을 보관하는 곳에 비축해 놓는 편을 선호했다. 제르맹조차 앙젤리나의 이러한 행동을 전혀 눈치채지 못했다. 순진한 건지 무관심한 건지는 알 수 없지만 제르맹은 아무것도 묻지 않았다. 앙젤리나는 이런 식으로 여분의 반죽을 준비해서 빵을 구웠고, 그 내용은 빵집 장부에 기록되지 않았다.

뒤에서 자동차가 다가오는 소리가 들리자 앙젤리나느 고개를 골짜기 쪽으로 돌린 채 애써 태연한 척하며 걸었다. 다른 어떤 소리와도 뚜렷하게 구별되는 강력한 엔진 소리였다. 심장이 심하게 쿵쾅거리는 통에 숨이 막힐 것 같았지만 입을 크게 벌리고 심호흡을 했다.

'진정해. 이럴 때일수록 정신 바짝 차려야 한다고.'

앙젤리나는 이런 심정이 불법행위를 하는 데 따르는 위험 때문인지 아니면 정체 모를 흥분감 때문인지 알 수 없었다. 갑자기 추위가 싹 가시는 기분이었다. 자동차는 앙젤리나의 뒤를 따르며 속도를 천천히 늦추었다.

'그자가 날 알아본 게 분명해.'

앙젤리나는 수풀 더미 쪽으로 비켜서며 보란 듯이 발걸음을 재촉했다. 길을 양보할 테니 먼저 지나가라는 몸짓이었다.

잠시 후 엔진이 부릉부릉 소리를 내는가 싶더니 번쩍이는 동체가 앙젤리나를 앞질렀다. 앙젤리나는 그제야 안도의 한숨을 내쉬며 몸을 떨었다. 앙젤리나를 앞질러 간 차는 도로에서 약간 벗어나면서 멈춰 섰다. 차 문이 열리더니 브라운 중위가 고개를 내밀었다. 언제나처럼 말끔하게 빗은 머리가 눈에 들어왔다. 브라운 중위의 새파란 눈은 여느 때보다 훨씬 더 반짝거리는 것 같았다.

"모셔다 드릴까요?"

브라운 중위가 말했다.

"고맙지만 사양할게요."

앙젤리나가 떨림을 감추며 최대한 정중하게 말했다.

"저도 마을로 가는 길입니다. 목적지가 같은데 따로 가는 것도 우습지 않습니까."

앙젤리나는 똑 부러진 거절의 대답을 찾으려고 궁리하며 자동차를 지나쳤다.

그에게 상처를 줄 만한 교묘하고 잔인한 대답, 자동차 하나로 거만하게 구는 걸 뼈저리게 통감하게 해줄 만한 대답, 이 땅의 주인은 우리고, 사람들은 시대의 흐름을 역행할 수 없기에 양보할 뿐임을 깨닫게 해줄 만한 대답.

앙젤리나는 더 이상 팔에 건 바구니가 무겁게 느껴지지 않았다. 앙젤리나는 스스로 강하다고, 이 세상 전체를 상대로 도전장을 내밀 만큼 강하다고 스스로를 다독였다. 앙젤리나는 그를 지나쳤다. 자동차는 그녀 뒤에서 부르릉거리며 요란했지만 브라운 중위는 여전히 느린 속도로 앙젤리나의 뒤를 따랐다. 앙젤리나는 감정을 드러내지 않고 중성적인 표정을 지을 수밖에 없었다. 자신을 바라보는 시선이 느껴질 지경이었다.

"밖이 많이 춥습니다. 고집부리지 마시고……."

"이런 추위는 익숙합니다."

"그러시겠죠. 압니다. 당신들은, 특히 이 지역 사람들은 대단히 '레지스탕적'이더군요. 방금 비밀경찰 사령관으로부터 도주자 안내인 조직을 일망타진하라는 백지수표를 위임받았습니다. 백지수표가 무슨 뜻인지는 아시겠죠?"

브라운 중위의 단도직입적인 기습은 미처 예상하지 못했다. 앙젤리나는 충격 때문에 순간적으로 자제심을 잃고 얼굴을 붉혔다. 그는 기회를 놓치지 않고 다시 한 번 앙젤리나 앞으로 차를 대고는 차 문을 열어 진로를 막아섰다.

앙젤리나에게는 가죽 시트에 털썩 앉는 것 말고는 다른 선택의 여지가 없었다. 앙젤리나는 분노가 치밀었다. 끝장을 보겠다는 마음, 앙갚음을 해주어야겠다는 마음이 한데 뒤섞여 분노는 눈덩이처럼 커져갔다.

'날 건드리면 어떻게 되는지 두고 보라지. 프랑스 여자의 매운 맛을 보여줄 테니까.'

앙젤리나는 애써 속으로 분노를 삭였다.

브라운 중위가 힐끗 곁눈질로 바구니를 살펴보았다.

앙젤리나는 만일을 대비해 밀가루를 감자 밑에 숨겨두길 잘했다고 생각했다.

브라운 중위가 천천히 차를 몰았다. 걷는 것과 맞먹는 속도였다. 브라운 중위는 자신만만하게 차에 타라는 태도와는 달리 어떻게 대화를 이어나가야 할지 몰라 고민하는 모습이 역력했다. 자신의 행동을 후회하고 있음을 직감한 앙젤리나는 적잖이 마음이 놓였다.

긴 침묵을 깨고 브라운 중위가 먼저 말을 걸었다. 그의 목소리에서는 빵집에 두 사람만 있을 때 취하던 조롱 섞인 어투 따위는 느껴지지 않았다.

"당신을 이 추위 속에 혼자 내버려 두고 싶지 않았습니다. 여기, 내 옆에 이렇게 빈자리가 있는데 어떻게 그럴 수가 있겠습니까."

브라운 중위가 잠시 말을 멈추었다. 앙젤리나에게 대답할 시간을 주려는 것 같았지만 앙젤리나는 입을 꾹 다문 채 아무 말도 하지 않았다.

"함부르크도 겨울엔 매우 춥습니다. 부모님이 그곳에 사시죠. 당신은 함부르크가 어떤 곳인지 아십니까?"

'함부르크라고? 차라리 톰북투라고 하지.'

앙젤리나는 이번에도 대답하지 않고 무심한 듯 무표정하게 앉아 있었다.

브라운 중위는 앙젤리나의 대답 따위 아무래도 좋다는 듯 차츰차츰 활기를 띠어갔다. 오직 자신의 이야기를 들어주는 것만으로도 좋다는 듯. 그의 판단은 옳았다. 앙젤리나는 브라운 중위의 말에 주의를 집중하고 있었다. 다음에 어떤 이야기가 어떻게 이어질지 궁금해서 조바심이 날 지경이었다. 뜻하지 않게 두 사람에게 주어진 친밀한 분위기 속에 잠시나마 전쟁을 저만치 밀어낼 수 있었다. 그와 동시에 약육강식으로 상징되는 적군과 점령자의 관계도 멀찌감치 물러섰다.

"도시 전체가 온통 잿빛이죠. 그렇지만 한편으로 바다가 아주 가까이 있어 위안이 되는 곳이기도 하죠. 바다를 본 적 있습니까? 여름이면 아이들이 해변에서 물수제비 뜨기 경기를 합니다. 겨울철 꽁꽁 언 물 위에서도 똑같은 놀이를 하죠. 놀거리가 많은 곳은 아니지만 고향 생각을 할 때마다 향수에 젖곤 합니다. 당신도 어렸을 때 물 위로 조약돌을 던져 봤습니까?"

브라운 중위가 말을 하며 앙젤리나에게 웃어 보였다. 앙젤리나는 애써 심각한 표정을 유지하고 있어야 했다.

어느새 생마르탱 마을 입구의 집들이 보이기 시작했다. 브라운 중위가 갑자기 진지한 표정을 짓더니 어딘지 모를 불안한 목소리로 물었다. 그와는 전혀 어울리지 않는 말투였다.

"이 빌어먹을 전쟁이 끝나면 날 보러 와주시겠습니까?"

앙젤리나는 기겁했다. 생뚱맞은 초대의 말도 그렇거니와 전쟁을 싫어한다면서 전쟁을 묘사하기 위해 선택한 단어도 놀랍기는 마찬가지였다.

"당신은 아무 말도 하지 않는군요."

"전 독일 사람과는 절대 말하지 않아요."

단어 하나하나마다 서로를 때리듯 무뚝뚝한 말이 튀어나오자 앙젤리나 스스로도 말에 담긴 맹렬한 공격성에 놀라지 않을 수 없었다. 다시 사과하며 이를 무마하려 했으나 이미 때는 늦었다.

"물론 그러실 테죠……."

브라운 중위의 어조에서 배어 나오는 씁쓸함 때문에 앙젤리나는 얼굴이 화끈 달아올랐다. 그의 표정이 매우 지쳐 보였다. 그제야 앙젤리나의 시야로 있는 그대로의 그의 모습이 들어왔다. 타국에 배치 명령을 받아 괜한 미움과 공포의 대상이 되고, 좋든 싫든 승리자의 역할을 해야 하는 딱한 사람. 약한 모습을 보여서도, 맡은 역할을 중단해서도 안 되는 사람.

두 사람이 탄 차가 마을로 접어들자 구슬치기를 하던 어린아이 두 명이 자동차가 지나갈 수 있도록 얼른 길을 터주었다. 아이들은 두 눈을 크게 뜨고 두 사람을 뚫어지게 쳐다보았다. 앙젤리나는 마을에서 자신에 대해 이러쿵저러쿵 말이 나오리라는 걸 짐작했지만 차를 멈추기엔 이미 늦어버렸다. 더구나 아이들이 저렇듯 뚫어지게 바라보고 있을 때 차에서 내리는 건 적절치 않아 보였다.

광장에 이르자 브라운 중위는 늘 하던 대로 빵집 근처에 차를 세웠다.

"이제 내리셔도 됩니다."

앙젤리나는 아까보다 두 배는 더 무거워진 듯한 바구니를 꽉 움켜쥐고 차에서 내렸다. 다리가 맥없이 후들거렸다. 브라운 중위에게는 한마디 말도, 눈길도 건네지 않았다. 앙젤리나는 금방이라도 울음이 터질 것만 같아 빵집을 향해 달렸다. 몇 개 안 되는 계단을 서둘러 올라가 빵집 안으로 들어갔다. 그제야 앙젤리나는 안전한 곳에 도착했다는 마음에 바구니를 내려놓고 두 손으로 확 달아오른 얼굴을 감쌌다.

브라운 중위는 지나치다 싶을 정도로 거칠게 시동을 걸더니 마침 지나가고 있던 행인을 칠 듯한 맹렬한 기세로 차를 몰았다. 행인이 무서운 눈길로 중위를 째려보았다. 브라운 중위는 행인이 여름이 끝나갈 무렵 가택수색을 당한 의사임을 알아보았다. 의사는 자신이 교통방해를 하고 있다는 것을 모르고 있다는 듯 길 한가운데 우두커니 서서 빵집을 응시하고 있었다. 브라운 중위는 차창을 내려 인사를 건네야 할지 잠시 망설였지만 온 사방에서 자신을 곱지 않은 시선으로 바라보고 있다는 걸 느꼈다. 게다가 의사는 얼굴을 잔뜩 찌푸린 채 발길을 옮기고 있었다. 브라운 중위는 의사를 보며 공연히 상대를 자극해서 좋을 게 없다는 생각을 하며 차를 돌렸다.

벨의 상태는 점점 심각해졌다. 세바스찬은 어렸지만 죽음이 다가오는 것 정도는 알아차릴 수 있었다. 세바스찬은 독약을 먹은 양이 죽어

가는 것과 더 이상 버티지 못하게 된 양에게서 모든 힘이 다 빠져나가는 순간을 직접 본 적이 있었다.

벨은 하루 종일 잠만 잤다. 그러는 동안 녀석의 옆구리는 쉴 새 없이 전율했다. 녀석의 가쁜 호흡은 세바스찬을 불안하게 만들었다. 더 견디기 힘들었던 것은 벨이 통 아무것도 먹으려 하지 않는다는 것이었다. 베이컨 조각은 입도 대지 않은 채 녀석의 주둥이 앞에 그대로 놓여 있었다. 후각을 잃었거나 식욕이 완전히 사라졌거나 둘 중 하나였다. 벨이 죽어버릴까 봐 세바스찬은 하루에 서너 대접씩 우유를 먹였다. 그마저도 오늘 아침엔 고개를 돌리고 먹기를 거부하고 있었다. 벨은 두 눈을 반쯤 감은 채 간간이 끙끙거리는 신음 소리만 낼 뿐이었다.

세바스찬은 몰이사냥 후 며칠이 지났는지 곰곰이 따져 보았다. 그저께 대피소로 왔었다. 아니, 그보다 하루 먼저였던가? 세바스찬은 기억이 가물가물해서 다시 생각하다가 그만 그까짓 것 하나 제대로 계산하지 못하는 스스로에게 화가 났다.

더 이상 선택의 여지가 없었다. 할아버지가 계시겠지만 양 우리로 가서 방법을 강구해야 했다. 제네피가 더 필요했지만 다시 할아버지의 침실을 몰래 뒤질 수는 없었다. 할아버지와 관계는 여전히 토라진 상태였지만 할아버지는 개가 살아 있다는 걸 알면 아마 더러운 벌레 잡듯 녀석의 목숨을 거두려 하실 게 뻔했다. 세바스찬은 두 주먹을 불끈 쥐었다. 세바스찬은 이 세상 어느 누구보다 존경하는 할아버지가 자신의 신뢰를 저버리는 행동을 하셨다는 사실을 아직도 이해할 수 없었다.

세바스찬은 소나무 숲 언저리, 용수철 덫을 설치해 둔 장소에서 그리 멀지 않은 곳에서 외투 속에 몸을 잔뜩 웅크린 채 나무 등걸에 앉아 기다렸다. 어느 타이밍에 양 우리로 들어가야 할지 고민했다. 할아버지가 점심식사 후 술을 한잔 드셨을 것이 분명한 낮잠 시간이 딱이었다. 세바스찬과 세자르는 슬금슬금 서로를 피하는 중이었다. 그날 이후 할아버지가 평소보다 더 많은 양의 술을 드신다는 걸 세바스찬은 눈치채고 있었다. 아침에 집을 나설 때 납처럼 파리한 안색과 불안한 걸음걸이가 그 증거였다. 앙젤리나 누나는 통 말을 하지 않았다. 통나무집의 분위기는 무아상 신부 교회의 묘지만큼이나 침통했다.

세바스찬은 지금쯤이면 괜찮겠지 싶은 순간 양 우리 뒤편을 통해 할아버지가 풀베기 도구, 젖 짜는데 필요한 양동이들을 비롯하여 농장 일을 하는데 필요한 모든 도구를 보관하는 헛간으로 숨어들었다.

약품을 보관한 양철 상자는 세바스찬의 손에 닿지 않는 나무 선반 위에 놓여 있었다. 그것을 손에 넣기 위해 다른 상자로 기어 올라가야 했다. 조심한다고 했지만 주변이 너무나도 고요해 동작 하나하나의 소리가 매우 크게 들렸다. 세바스찬은 떨리는 손으로 양철 상자의 뚜껑을 들어 올렸다. 상자 안에는 여러 개의 연고와 반창고, 알약이 든 통 하나가 들어 있었다.

'도대체 뭐라고 적혀 있는 거야.'

글을 읽을 줄 모르는 세바스찬은 약통들을 보며 난감한 표정을 지었다.

세바스찬은 잠시 머뭇거리다가 연고 한 개를 집어 들었다. 분홍색 상표가 붙은 것이었다. 다른 연고에는 노란색 상표가 붙어 있었다. 우연히 손에 잡힌 약을 선택하는 건 위험한 짓일까? 세바스찬은 한참의 망설임 끝에 노란 상표가 붙은 연고를 선택했다. 분홍색 상표가 붙은 것은 오래되어 딱딱하게 굳은 것 같았다. 옆에 있는 붕대도 집어 들었다. 피가 말라붙은 곳에 빳빳한 침대보를 잘라 만든 임시 붕대보다야 이쪽이 훨씬 나을 것 같아서였다.

'빨래도 해야 하니 누나가 쓰는 비누도 조금 가져와야겠어.'

세바스찬은 무거운 책임감과 생각할 거리가 많아 벅찼다. 할아버지에게 도움을 요청하고 싶었지만 이미 할아버지와는 말을 섞지 않기로 다짐했다. 세바스찬은 도저히 어른들의 세계를 이해할 수 없었다. 어른들은 아이들을 보며 미소 짓고, 규칙이나 용기 같은 것에 대해 이야기하며 절대 거짓말을 해선 안 된다고 가르쳤다. 어른들은 언제나 그들의 질문에 대답하기를 원하지만 절대 어른들의 비밀을 아이들에게 이야기하지 않았었다. 어른들은 온갖 객쩍은 소리를 늘어놓으면서 진실이 들통나서 불편해지면 그걸 설명하겠다고 또 온갖 그럴듯한 변명을 꾸며댔다. 이를테면 '그건 예외였어, 모두 너희들을 위해서 한 거짓말이었단다.' 라고 둘러대기 바빴다.

세바스찬은 양철 상자를 다시 선반 위에 얹어놓은 다음 그보다 아래쪽에 놓여 있는 암염을 집어 들었다. 할아버지가 암염은 만병통치약이라고 말하곤 했었다. 세바스찬이 소금 덩어리를 주머니에 넣으려고 할 때 문이 열리며 할아버지가 모습을 드러냈다. 순간 할아버지의 구릿빛 얼굴에 한 줄기 희망의 빛이 감돌았다. 잠시 세바스찬과의 현재 관계를 망각하고 계신 것 같았다.

"이 녀석, 여기 있었구나."

"네."

세바스찬은 퉁명스럽게 대답하고 할아버지를 밀친 뒤 헛간 밖으로 나왔다. 새끼 샤무아가 유쾌하게 매에- 거리며 세바스찬을 반겼다. 세바스찬은 이 장면이 너무 웃겨 하마터면 저도 모르게 미소를 지을

뻔하다가 이내 손만 뻗어 녀석을 어루만져 주었다.

새끼 샤무아는 세자르 할아버지를 무척이나 따랐다. 그랬기에 자신을 입양해 준 엄마 양의 다리 사이를 파고들지 않을 때면 늘 그림자처럼 할아버지를 졸졸 따라다녔다. 할아버지는 녀석이 자신의 냄새에 익숙해져서 그러는 모양이라고 하셨다. 목에 줄을 걸어 끌고 오기엔 녀석이 너무 떨고 있었던지라 양 우리까지 안고 온 날 그렇게 되었다는 것이었다.

뜻밖에도 녀석은 오늘따라 할아버지를 무시한 채 세바스찬의 손을 핥으러 달려왔다. 새끼 샤무아는 손바닥에 묻은 소금을 열심히 핥았다. 몰래 소금을 주머니에 넣은 사실을 들키지 않기 위해 세바스찬은 단호하게 녀석을 발로 밀어낸 뒤 서둘러 두 손을 호주머니에 집어넣었다.

"이 녀석은 컸는데도 다른 녀석들과 어울리려 들지 않는구나. 친구들과 어울리는 것이 녀석한테 더 좋을 텐데. 내일은 이 녀석을 구해준 곳으로 다시 데려갈까 한다. 그러면 녀석의 친구나 가족들을 찾을 수 있을지도 모르지."

세바스찬은 모진 말로 대꾸하지 않기 위해 이를 악물었다.

"녀석을 언제까지 이곳에 데리고 있을 순 없다. 그건 녀석을 감금하는 거나 다를 바 없으니까. 염소들은 그렇게 살 수 없어. 게다가 아직 눈도 많이 쌓이지 않았으니 겨울이 오기 전에 잘 적응할 수 있을 거야."

세바스찬은 도저히 참을 수 없어 도끼눈으로 할아버지를 노려보았다.

"그러면 녀석도 죽여 버리면 되잖아요. 그럼 훨씬 간단하지 않겠어요!"

세바스찬은 잘잘못을 조목조목 따지는 대신 소리를 꽥 질러 버렸다. 그래 봐야 아무 소용 없었지만 소리라도 지르지 않으면 자신이 너무 외롭고 무기력하게 느껴졌기 때문이었다.

할아버지는 아무 말도 없었다. 미안하다는 사과조차 하지 않았다. 그저 마치 자물쇠라도 달린 듯 입을 꾹 다물고 있을 뿐이었다.

'벨은 할아버지 때문에 죽어가고 있다고요.'

세바스찬은 차마 밖으로 내뱉지 못한 말을 속으로 삼켰다.

멀어져 가는 세바스찬의 귀에 반쯤 애원하는 듯 할아버지의 목소리가 들려왔다.

"세바스찬, 언제까지 할아버지를 미워할 거냐. 그러지 말고 돌아오너라."

대피소로 돌아온 세바스찬은 분을 참지 못해 씩씩거렸다. 할아버지 때문에 야생 쑥으로 담근 술을 가져올 틈도 없었다. 고름이 나오는 상처를 닦아줘야 하는데 말이었다.

'술 대신 끓인 물을 헝겊에 적셔서 닦아주면 괜찮을지도 몰라.'

세바스찬은 대피소 문을 열 때마다 벨이 죽어 있을까 봐 마음이 조마조마했다. 문을 열고 들어서면 코를 찌르는 물약 같은 냄새가 맡아졌다. 세바스찬은 벨이 잠에서 깨어나길 바라는 마음에 얼른 입을 열었다.

"벨, 오늘 뭘 가져왔는지 좀 봐. 이거 엄청 좋은 거야. 소금인데 이걸 양들에게 주면 기운이 펄펄 나. 네가 양이 아닌 건 알지만 지금 너한테 뭘 줘야 나을지 나도 모르겠어. 봐, 나도 이렇게 핥아먹을 수 있어."

세바티앙은 암염 조각을 벨의 주둥이로 가져간 다음 얼른 혓바닥 위에 놓아주었다. 짭짤하고 물기라고는 없으며 전혀 약 같지 않은 맛. 게다가 세바스찬이 암염 조각을 보여주자 벨은 신음 소리를 내며 몸을 세차게 부르르 떨었다. 싫다는 표시였다.

"나도 알아. 이건 별맛이 없어. 그래도 어떡해. 너한테 줄 거라곤 이거밖에는 없는데. 내일은 앙젤리나 누나가 대구 간유를 어디에 보관했는지 알아낼게. 어쩌면 다 떨어졌을지도 몰라. 그걸 먹지 않은 지 꽤 오래됐거든. 너한테만 말해주는 건데 솔직히 독일군들이 쳐들어와서 좋은 점이 바로 이거야. 대구 간유는 정말이지, 마치 염소 오줌 같거든. 아니, 그보다 훨씬 더 고약해."

세바스찬이 웃으려고 했으나 그 순간 벨이 흐릿한 눈을 껌뻑이며 더 심하게 가쁜 숨을 몰아쉬었다. 세바스찬은 조용히 벨의 콧잔등을 부드럽게 쓰다듬었다. 눈물이 두 뺨을 타고 흘러내렸지만 정작 자신이 울고 있다는 사실은 알아채지 못했다.

"벨, 빨리 나아서 우리 같이 개울이 얼기 전에 낚시하러 가자. 나 혼자선 송어들이 어디 있는지 찾아낼 수 없거든. 너랑 가면 이상하게 꼭꼭 숨어 있던 큰 놈들도 잡을 수 있어. 너랑 나랑 정말 멋진 팀이잖아. 우리 진짜 친구 맞지? 난 너를 치료해 주고, 넌 나를 독일 놈에게서 구해줬잖아. 우린 서로 목숨을 바꾸었단 말이야. 서로 피를 교환하는 것보다 훨씬 괜찮지 않아?"

냄비에서 물이 끓기 시작하자 세바스찬은 냄비를 내려 따뜻한 물로 깨끗한 침대보 조각을 적셨다. 천천히, 아주 조심스럽게 벨의 주둥이와 콧구멍 근처를 닦아주었다. 벨은 고맙다는 표시로 꼬리를 흔들 기운조차 없는 듯했다.

"벨, 몸이 불덩이처럼 뜨거워. 많이 덥니? 내가 불을 끄면 네가 나을 수 있을까?"

벨은 가만히 있었지만 세바스찬은 녀석의 대답을 들었단 투로 혼잣

말을 계속했다.

"그래. 네 말대로 불은 켜두는 게 좋겠어. 저기 쌓아놓은 장작 봤어? 적어도 일주일은 끄떡없을 거야. 벨, 그런데 말이야. 세자르 할아버지는 배신자일지는 몰라도 이래 봬도 대전에 참가하셨던 분이야. 게다가 전쟁에서 살아 돌아오셨잖아. 너도 꼭 살 수 있으니까 걱정 마."

세바스찬은 벨을 안심시키기 위해 무슨 말을 더 해야 할지 고민했다. 정작 머릿속은 아무 말도 떠오르지 않았다. 오직 텅 빈 공허감과 두려움만이 가득했다.

세바스찬은 상처를 덮고 있는 붕대 위로 손을 가져가 붕대를 벗기려고 했으나 붕대가 꽉 달라붙어 있어 힘껏 잡아당겨야 했다. 붕대가 벗겨지자 역한 냄새가 코를 찔렀다. 벨이 킁킁거리기 시작했다. 상처 주변의 너덜너덜하게 찢겨진 살갗은 여전히 잔뜩 부풀어 오른 상태였다. 차마 눈 뜨고 볼 수 없는 상황이었다. 구역질나는 악취와 검지도 붉지도 않은 거무튀튀한 색깔. 경악한 세바스찬은 이제 남은 선택은 단 하나뿐임을 깨달았다. 세바스찬이 아무 조치를 취하지 않는다면, 아니, 그저 닥치는 대로 이런저런 시도만 계속한다면 벨은 죽고 말 것이었다.

벨은 이제 한계에 도달했다. 세바스찬은 망연자실한 이 상황에 쓰러지지 않기 위해 벽에 몸을 기댔다. 지금부터 서두른다고 해도 벨을 구할 수 있을지 확신이 서지 않았다. 혼자서 벨을 구할 수 있을 거라고 믿은 나머지 많은 시간을 허비했다.

'내가 바보 같았어. 전부 내 잘못이야. 너무 겁이 나서, 할아버지도 무섭고, 사람들이 벨을 숨겨놓은 은신처를 알게 되는 것도, 내가 거짓말을 했다는 걸 알게 되는 것도 다 무서웠어.'

두려움에 떨던 세바스찬은 갑자기 좋은 생각이 떠올랐는지 얼굴에 한 가닥 희망이 엿보였다. 어째서 좀 더 빨리 이런 생각을 하지 못했을까 후회가 밀려왔다. 정말 마지막 기회였다. 세바스찬은 재빨리 재킷을 걸쳐 입고 서둘러 대피소 밖으로 뛰어나갔다.

5

"지금 여기서 뭐 하냐, 더러운 놈아. 왜 시커먼 동굴 속으로 기어들어 가지 않고 여기 있냐니까?"

골똘히 생각에 빠져 있는 바람에 세바스찬은 누가 오는 걸 미처 보지 못했다.

쿠아냐르와 몇몇 아이들이 경멸의 표시로 입꼬리를 올리고 얼굴은 잔뜩 찌푸린 채 세바스찬 앞에 서 있었다. 통통하게 살이 오른 녀석의 두 볼은 풀을 뜯어 먹는 양을 연상케 했다. 게다가 이마 바로 위에서부터 나기 시작한 머리와 거의 맞붙은 숱 많은 두 눈썹은 여러모로 보나 양 부류와 비슷한 느낌을 주었다. 하긴 잘생겼든 못생겼든 장-장 쿠아냐르, 이 녀석은 무리의 우두머리였다.

영원한 이인자 가스파르 샤푸이도 함께 있었다. 바짝 마른 체구에 거무튀튀한 얼굴 때문에 앙젤리나 누나는 가끔 바퀴벌레 사단만큼이나 귀엽다면서 웃어대곤 했었다. 샤푸이의 아빠는 고깃간 주인 에티엔이었다. 두 아이 뒤에서 쌍둥이 티소 형제가 벌써 반쯤은 깔깔거리며 웃고 있었다. 둘 다 신기하게도 앞니가 하나씩 빠졌는데 한 명은 오른쪽, 다른 한 명은 왼쪽으로 뻥 뚫린 구멍이 보였다.

"뭐 하냐니까? 벙어리야? 말 못해?"

쿠아냐르가 말했다.

"지나가게 해줘."

"지나가게 해주세요. 제발요. 이렇게 말해야지."

샤푸이가 두 손을 합장한 채 빈정거리며 말했다.

"염소 냄새가 나는 거 같지 않냐?"

쿠아냐르가 코를 킁킁거리며 물었다.

"염소가 아니라 염소 똥 냄새 아냐?"

샤푸이가 말했다.

쿠아냐르의 농담에 쌍둥이 형제들이 웃음을 터트렸다.

"염소 똥이라도 먹은 거냐?"

이에 질세라 샤푸이가 한술 더 뜨며 말했다.

"아니. 적어도 난 순대 냄새는 안 나거든!"

세바스찬이 말했다.

순간 주위에 경악에 가까운 침묵이 감돌았다. 이건 도발이었다. 아니, 항거였다. 평소의 세바스찬이었다면 놀림에도 납작 엎드려 한마디도 하지 않았을 터였다. 심지어 계집애처럼 봐달라는 의미로 억지 미소를 지어 보일 때도 있었다. 그러던 녀석이 산에서 지내다 보니 돌아버렸나? 쿠아냐르는 자신을 겨냥한 말이 아니었지만 녀석이 가한 모욕을 그대로 넘길 수 없었다. 샤푸이는 자신의 직속 똘마니 아니던가!

쿠아냐르는 어깨에 잔뜩 힘을 주고 과장되게 거들먹거리며 한 걸음 앞으로 나섰다. 스스로가 참나무만큼이나 강하다고 느끼고 있었다.

"지금 순대라고 했냐? 어디 다시 한 번 말해볼래?"

"귀가 멀지 않았다면 제대로 잘 들었네."

세바스찬이 기죽지 않고 당당히 대답했다.

세바스찬은 뒤로 물러서지 않기 위해 일부러 더 세게 나갔다. 이번에야말로 진정한 전쟁 선포나 다름없었다. 쿠아냐르와 아이들은 주먹을 불끈 쥐고 떼를 지어 세바스찬을 향해 다가왔다. 세바스찬은 두 눈을 질끈 감았다.

'때릴 테면 때려. 난 절대 도망가지 않을 거야.'

그때 아이들 너머 기욤의 목소리가 들려왔다. 극적으로 세바스찬을 구한 순간이었다.

"꼬마들, 지금 거기서 뭐 하고 있니?"

쿠아냐르는 얼른 동작을 멈추고 세바스찬에게만 들릴 정도로 작은 목소리로 우물거렸다.

"다행인 줄 알아, 이 염소 똥 같은 놈아. 다음번에 만나면 가만두지 않을 테니까. 또다시 그런 소리를 지껄일 수 있는지 그때 보자고."

기욤이 근처까지 다가오자 아이들은 서둘러 도망쳤다.

"세바스찬, 아이들과 무슨 문제라도 있었니?"

"아니요."

"아저씨가 봤을 땐 심각해 보였는데?"

"괜찮다니까요. 고맙습니다."

"그래, 그럼 가봐. 난 오후에 환자들을 봐야 하니까."

"안 돼요."

"뭐가 안 된다는 거야? 저 녀석들과 무슨 문제가 있긴 했구나? 원한다면 빵집까지 같이 가줄까?"

"그게 아니라, 아저씨를 만나러 온 거예요. 환자가 있어서요. 그런데 돈이 없는데……."

진지하면서도 약간은 뾰로통한 표정의 기욤은 대답을 망설이는 듯했다. 잠시의 침묵 후 기욤이 한껏 근엄한 목소리로 대답했다.

"일단 진찰실로 오렴."

"진찰실로 꼭 가야 하나요?"

"그야 진찰을 받으려면……."

"진찰 대신에 몇 가지 질문에 대답만 해주세요. 환자가 열이 날 땐 어떻게 치료해 주면 되죠?"

"음, 일단 학교에 가서 여러 가지 증명서를 따서 의사가 돼야겠지?"

"아저씨! 저 지금 농담하는 거 아니에요. 심각하다구요."

"하하, 알았다. 우선 병에 따라 다른데, 경우에 따라선 열이 좋은 징조일 수가 있단다. 환자의 몸이 병이 접근하는 걸 알고 병에 맞서 싸운다는 증거니까."

"그럼 열이 아주 많이 나면요? 마치 몸에 불이 붙은 것처럼요."

"그건 좀 심각한데. 고열이 난다면 병이 난 걸 수도 있고, 염증 때문일 수도 있어. 예를 들어 네가 높은 데서 떨어져서 상처가 났는데 상처를 제대로 치료하지 않으면 염증이 생기는 것처럼 말이야."

"염증이 생기면 어떻게 해야 하는데요?"

"염증이 생기면 항생제를 주사해야지. 세바스찬, 대체 이런 걸 묻는 이유가 뭐지?"

"아무것도 아니에요. 그다음에는요?"

"소독을 하고, 만일 상처가 깊으면 꿰매야지."

"세자르 할아버지는 제네피로 가축들을 치료하시던데요."

"세자르는 아무 데나 그저 야생 쑥으로 만든 술이 최고라고 하시지. 난 너한테 양털을 어떻게 깎는지 가르쳐 줄 수는 없지만 염증이 생긴 상처라면 내 말이 옳다. 술보다는 항생제가 훨씬 효과적이니까."

"그럴 수 없다면 어떻게 해야 하죠?"

"잘못하면 죽을 수도 있지."

기욤의 말을 들은 세바스찬은 갑자기 안색이 창백해졌다. 애써 눈물을 참는 모습이었다.

"항생제가 필요해요."

절망적인 세바스찬의 목소리가 기욤을 긴장시켰다.

기욤은 아이 혼자 감당하기 벅찬 일이 일어나고 있음을 짐작했다. 비밀을 숨기고 있는 것이 분명했다. 당황스러운 상황에도 기욤은 혹시 세바스찬이 도주자를 만났을 가능성을 점쳐 보았다. 만약이었지만 절대 그럴 일은 없었다. 현재 동굴은 비어 있었으니까. 또한 배신의 가능성을 없애기 위해 연락망은 철저하게 방어벽으로 차단되어 있었고, 행동은 점점 더 조심스러워졌고 암호화되고 있었다. 만약 새로운 잠입이 있었다면 기욤에게 먼저 연락이 왔을 터였다. 기욤은 애써 미소를 지어 보이며 불안한 마음을 감췄다.

"누가 아픈 거지, 세바스찬?"

"그건 말할 수 없어요. 말하면 아저씨가 그 친구를 죽일 테니까요."

"세바스찬, 난 아무도 죽이지 않아. 누가 아프다고 해서 그 사람을 죽일 순 없는 거란다. 아픈 사람은 치료해 줘야지. 난 의사고."

"사람이 아닌데도요?"

"사람이 아니라고?"

절망감에 빠진 세바스찬은 기욤의 눈을 똑바로 쳐다보며 수줍음이 느껴지는 작지만 단호한 목소리로 말했다.

"벨이 아파요."

"벨이 누구지?"

"사람들이 벨을 죽게 만들었어요. 벨은 절대 사람을 해치지 않아요."

"혹시 베트를 말하는 거니? 세바스찬, 베트는 야생동물이야. 야생동물은 언제고 사람을 해칠지 몰라. 예상할 수가 없어서 무서운 거지. 상처를 입었다면 더 그렇고."

"아저씨는 벨을 몰라요. 벨은 제 친구예요. 아저씨도 거짓말쟁이에요. 모든 사람을 다 치료해 준다고 했잖아요. 그래 놓고 이제와 벨은 치료해 주기 싫다는 거잖아요."

"세바스찬, 우선 진정해라. 일단 할아버지께 알려야겠다. 다음은 그 후에 생각해 보자. 베트는 어디 있니?"

세바스찬은 기욤이 더는 자신의 말을 듣지 않고 있다는 사실을 깨달았다. 기욤 역시 다른 사람들과 마찬가지로 벨을 죽이려 하고 있었다. 분노에 사로잡힌 세바스찬은 두 주먹을 꽉 쥐고 노골적으로 위협을 가하며 의사에게 맞섰다.

"만일 벨 이야기를 하신다면 아저씨가 사람들을 산으로 데려간다고 말할 거예요!"

"세바스찬!"

어린아이의 입에서 격한 말이 튀어나오자 기욤은 충격을 받았다. 기욤이 세바스찬의 머리를 쓰다듬으면서 달래려 했지만 아이는 분노의 눈길을 던진 채 이미 저만치 달아나고 있었다. 다른 때 같았으면 그저 웃으면서 넘겼을 일이었지만 이번엔 상황이 조금 심각했다. 세바스찬이 뱉은 말이 그저 아무 악의 없이 던진 말일지도 몰랐지만 정말 사람들에게 말을 전한다면 기욤은 죽은 목숨이나 다름없었다. 연락망 역시 모조리 와해될 것이었다. 이 일에 직접적으로 연루된 사람들, 생 마르탱 주민들로 시작해서 일파만파로 퍼지다 보면 결국 모든 사람들이 노출될 것이 자명했다. 연락망이 방어벽으로 차단되어 있다 한들 결과는 참혹할 것이 분명했다.

"세바스찬, 우선 베트가 있는 곳으로 날 데려가 준다면 거기서 어떻게 할지 결정하는 게 어떻겠니."

"정말이에요? 그럼 벨을 치료해 주는 거예요?"

"그래. 우선 급한 불부터 끄고 다음 일은 차근차근 얘기해 보자. 됐니?"

"네."

"가서 왕진 가방을 가져올게. 셀레스틴한테도 예약된 진료를 연기하라고 말해줘야 하니까. 여기서 꼼짝 말고 기다려라. 아까 그 녀석들한테 얻어맞지 말고."

세바스찬이 힘차게 고개를 끄덕였다.

돌을 쌓아올려 만든 대피소의 좁다란 창문 너머로 아스라이 불빛이 흘러나왔다. 기욤은 몸을 녹이려는 마음에 문을 급히 열어젖혔지만 실내의 온기를 만끽할 새도 없이 악취 때문에 코를 막아야 했다. 기욤은 조각조각 누더기처럼 기운 낡은 양탄자를 덮고 방 한가운데 가만히 누워 있는 거대한 짐승에게 홀리기라도 한 듯 자리에 우두커니 서 있었다. 기욤이 정신을 차리고 발걸음을 떼는 사이 세바스찬이 망설임 없이 녀석 옆으로 가 무릎을 꿇고 앉았다.

"벨, 걱정할 거 없어. 의사 선생님이 널 도와주러 오셨어. 염증이 생겼을지도 모른데. 주사를 맞아야 하는데 참을 수 있지?"

벨이 고개를 들기 위해 노력하고 있다는 건 누가 보아도 확실했다. 고개를 든 벨은 자신을 쓰다듬는 세바스찬의 손을 핥았다. 벨은 힘없이 꼬리를 두어 번 흔들더니 다시 축 늘어졌다. 가쁜 숨을 쉬는 것으로 미루어 녀석이 고열에 시달리고 있음을 알 수 있었다. 세바스찬은 기욤만 애타게 바라보았다.

"아저씨가 고쳐 줄 거죠? 그렇죠?"

"그래, 어디 한번 보자."

기욤은 조심스레 몸을 굽히더니 살며시 덮개를 들어 올렸다. 개는 고열에 시달리느라 맥을 못 쓰고 있었지만 반쯤 의식이 남아 있는 상태는 경계 대상이었다. 언제라도 위협을 가할지 몰랐다. 개가 정상적인 상태였다면 상대를 충분히 겁먹게 할 건장한 개임이 분명했지만 지금 이렇게 죽어가고 있는 모습을 보니 앙드레가 말한 미친 짐승하고는 아무런 공통점이 없는 듯했다. 털은 비교적 깨끗한 편이었다. 세바스찬이 간호한 덕분이리라.

철제 상자 옆에 쌓아둔 붕대 뭉치와 속이 비었을 것으로 보이는 바닥에 쓰러져 있는 술병 하나가 눈에 띄었다. 언제라도 꺼내 쓸 수 있도록 모든 것이 가지런히 정돈되어 있는 것을 보니 녀석을 치료해 주고 싶어하는 세바스찬의 마음이 절실하게 느껴졌다. 대체 이 어린 꼬마가 어떻게 이렇듯 철저한 위생 관념을 터득했지? 하는 생각이 문득 들었다. 기욤은 작지만 아이의 이런 마음 씀씀이에 크게 감동했다.

"많이 다친 거죠?"

세바스찬의 잔뜩 조바심 섞인 목소리가 기욤을 상념에서 끌어냈다.

기욤은 대답 대신 붕대를 풀기 위해 손을 내밀었다. 그때 벨이 갑자기 몸을 벌떡 일으키더니 이빨을 드러내며 으르렁대기 시작했다.

"벨은 누가 자기 몸에 손대는 걸 싫어해요. 사람들이 예전에 벨을 함부로 대했기 때문이래요. 벨은 나만 만질 수 있어요."

"세바스찬, 그럼 붕대를 좀 들춰봐. 그래야 상처를 살필 수 있을 테니까."

세바스찬은 조금의 주저함 없이 붕대를 풀더니 더러워진 헝겊을 옆으로 치웠다. 털을 들쭉날쭉하게라도 잘라놓은 덕분에 비교적 또렷하게 상처를 볼 수 있었다. 상처는 꽤 심각해 보였다. 악취가 심했지만 세바스찬은 개를 살려야 한다는 마음에 아무렇지도 않은 모양이었다.

"어때요?"

"그나마 이만하길 다행이구나. 얼핏 봐선 총알이 중요한 기관은 건드리지 않고 도로 몸 밖으로 빠져나간 것 같아. 문제는 네 말대로 염증인데. 그게 좀 걱정이구나. 냄새가 너무 심하거든."

"보통 땐 나쁜 냄새가 나지 않았어요."

"그건 나도 알아, 이 녀석아."

기욤은 응급환자용 왕진 가방을 열고 기구들을 늘어놓기 시작했다. 소독약, 반창고, 붕대, 가위, 살균제, 주사기, 제일 위중한 환자에게만 사용하는 항생제 앰플 등등. 그러고 보니 마지막으로 항생제 주사를 맞은 사람은 앙드레였다. 앙드레가 자신의 종아리를 물어뜯은 미친개와 같은 항생제를 맞는다는 걸 안다면 이 세상 모든 악마의 이름을 주워대며 발악을 했을 것이 뻔했다.

"벨은 아저씨가 주사 놓는 걸 싫어할 거예요."

"그러니까 네가 해야지."

"제가요?"

"여기 너 말고 누가 있어. 방금 네 입으로 말했잖아. 다른 사람이 만지면 가만있지 않을 거라고. 난 이 녀석한테 물리고 싶진 않단다. 세바스찬, 우린 지금 해선 안 되는 일을 하고 있는 거야. 요즘 같은 시기에 비밀은 굉장히 큰 대가를 지불해야 하지. 각자가 자기 몫에 책임을 져야 한다는 말이야. 내가 사람들을 산으로 데려다주기 위해서 몸을 튼튼하게 유지해야 하는 것처럼. 너도 봤다면서, 아니야?"

세바스찬은 머리를 푹 숙이더니 무안한 듯 말없이 고개만 끄덕였다.

"그러니 용기를 내봐. 내가 도와주는 사람들도 죽음의 위험에 처해 있기 때문에 돌봐줘야 하거든."

"실수하면 어떡하죠?"

"다른 방법이 없잖아."

기욤은 주사기를 높이 치켜들더니 피스톤을 가볍게 눌러 공기를 빼냈다. 주사약이 조금 흘러나왔다. 기욤이 흡족한 표정으로 세바스찬에게 주사기를 내밀었다. 세바스찬은 손가락 사이에 주사기를 끼고는 애가 타는지 침을 한 모금 꼴깍 삼켰다.

"이제 어떻게 하죠?"

세바스찬이 걱정스러움이 가득한 투로 물었다.

"엉덩이에 주사를 놓으면 돼. 손가락으로 녀석의 살을 집은 다음 망설이지 말고 한번에, 침착하게 똑바로 바늘을 꽂아."

"벨이 아파할까요?"

"지금 상태를 보면 주사 때문에 아파하진 않을 것 같은데."

세바스찬은 고개를 끄덕이며 기욤의 말에 동의했다.

세바스찬은 벨의 엉덩이의 살이 제일 많은 곳을 찾기 위해 녀석의 몸을 더듬었다. 살갗이 무두질한 가죽처럼 단단했다. 쓰다듬는 것이 아니라 치료를 하기 위해 벨을 만지니 기분이 이상했다. 세바스찬은 나지막한 목소리로 속삭였다.

"이건 약이야. 하나도 아프지 않으니까 걱정 마. 솔직히 말해서 난 주사를 무서워하지만 갓난아기나 우는 거야. 기욤 아저씨가 주사를 놔주는 것보단 내가 놔주는 게 더 낫지? 아무것도 아니니까 겁먹지 마. 여기를 손가락으로 꼭 집어서 바늘을 꽂을 거야, 벨."

벨은 항의의 표시로 잠깐 몸을 튕기며 낑낑거리는 신음 소리를 냈다. 주사기 피스톤을 누르면서도 세바스찬은 벨은 안심시키기 위해 우물우물 말을 내뱉었다.

기욤은 아궁이 곁에서 대형 부지깽이 크기의 막대기 하나를 발견했다. 혹시라도 불상사가 생긴다면 막대기로 녀석을 제압하면 될 것 같았다.

"조금만 참아, 이제 거의 끝났어. 자, 다 됐다. 너도 봤지? 우리가 해냈어, 벨."

세바스찬은 침착하게 주삿바늘을 빼 기욤에게 건네고는 벨에게 머리를 기댔다. 벨은 기관차처럼 요란하게 숨을 몰아쉬었다.

"벨, 이제 다 나을 거야. 걱정 마."

기욤은 세바스찬에게 짐승을 경계해야 한다고 일장연설을 미리 준비해 두었지만 쓸데없는 짓이었다. 개는 위험해 보이지 않았고 사람에게 잘 길들여져 있었다. 기욤은 주사기를 집어 들고 유리 부분이 말짱한지 살핀 다음 바늘을 소독했다.

"세바스찬, 지금부터 다시 내가 시키는 대로 붕대를 매줘야 해."

"붕대를 맬 줄 알아요."

"네, 네. 선생님. 그럼 선생님 환자의 몸에서 죽은 족제비만큼이나 고약한 냄새가 나니 소독약으로 좀 닦아주셔야겠습니다. 그다음 거즈에 연고를 발라 상처 부위에 대주시고요. 마음 같아선 더 박박 문질러 주셨으면 좋겠지만 이 녀석 오늘은 이미 고생을 많이 했으니까……."

기욤이 장난치듯 말했다.

"아저씨, 벨은 여자예요."

"알아. 암놈이건 수놈이건 개라고 할 수는 있잖니."

"그럼 앙젤리나 누나도 일반적으로 남자(프랑스어에서 'homme' 라는 단어는 인간 일반을 뜻하기도 하고 여자와 상대 개념으로의 남자를 가리키기도 한다:옮긴이)라고 할 수 있어요?"

세바스찬의 말에 기욤이 껄껄 웃었다. 양복을 입고 콧수염을 기른 앙젤리나를 생각하니 절로 웃음이 터졌다.

"듣고 보니 네 말이 맞을지도 모르겠다. 앙젤리나는 아주 나쁜 남자가 될 것 같구나."

기욤은 불 위에서 물을 끓이며 세바스찬이 벨의 상처를 닦아주는 모습을 지켜보았다. 세바스찬은 지나치게 상처 부위를 압박하지도 서두르지도 않았다. 세바스찬이 붕대를 다 감고 난 다음에야 기욤은 치료 부위를 확인하고 아이의 정확한 손놀림에 감탄하며 고개를 끄덕였다. 실제로 아무 일 없이 상황이 마무리된 것에 안도감을 느꼈다.

"세바스찬, 앞으로 붕대를 늘 깨끗하고 보송보송하게 유지해 줘야 해. 이틀에 한 번씩 바꿔주고 상처의 상태와 냄새도 확인해야 해. 오늘 같은 지독한 냄새는 나지 않겠지만. 나도 와서 다시 확인할 거야. 어쩌면 주사를 한 대 더 맞아야 할지도 모르니까. 제일 힘들고 중요한 일은 네가 다 한 거야. 이제부터 녀석을 제대로 먹이는 것도 중요해. 지금은 몸이 많이 약해져 있는 상태니까. 특히 물을 많이 마시도록 해야 하고."
"벨이 싫다고 하면요? 그저께부터 아무것도 먹지 않았어요. 아니, 그전부터였나? 저도 잘 모르겠어요."
"상처가 나아가면 조금씩 입을 댈 거야. 지금 제일 중요한 건 물을 마시는 거야."
"우유도 괜찮아요?"
"녀석에게 우유를 줬니? 아주 잘했다. 우유라면 수분도 공급되고 힘도 날 테니까."
"수분이 공급된다는 게 무슨 말이에요?"
"뭔가를 마신다는 거지. 사람은 며칠 동안 음식을 먹지 않아도 살 수 있지만 물을 마시지 않으면 죽어. 우리가 사는 지구는 흙보다 훨씬 많은 물로 이루어져 있거든. 사람들 몸도 마찬가지란다. 그러니 살기 위해서는 몸에 물을 충분히 공급해 주어야 하는 거야. 무슨 말인지 알아들었니?"
"네. 조금은요."
기욤이 의료기구들을 정리하는 동안 세바스찬이 걱정스러운 듯 물었다.
"아저씨, 벨 이야기는 아무한테도 하지 않으실 거죠?"
"그래."
"저도 아무한테도 말 안 할게요."
"반드시 그럴 거라 믿는다, 요 녀석아. 이건 정말 중요한 비밀이야. 만약 네가 저 위, 능선 길에서 본 걸 이야기하면 사람들이 죽을 수도 있어. 알겠니?"
"네. 적어도 몸속의 수분이 어쩌고저쩌고 하는 이야기보다는 훨씬 잘 알아들었어요. 아무 말도 안 할게요. 약속해요, 아저씨."

동의가 이루어졌음을 확인하기 위해 기욤은 세바스찬을 향해 손바닥을 쫙 펼쳐 보였다. 둘은 엄숙하게 악수를 나눴다. 이제 집으로 돌아갈 시간이었다. 기욤은 마지막으로 한 번 더 개의 상태를 확인했다. 편안히 깊이 잠든 모습이었다. 약이 벌써 효과를 발휘하고 있는 모양이었다. 기욤이 문을 열고 나서려 하자 조그만 목소리가 그를 붙잡았다.

"근데 아저씨하고 같이 산에 올라가던 사람들은 누구예요?"

기욤은 대답 대신 어깨만 으쓱한 다음 서둘러 문을 닫았다.

대피소 밖은 세찬 바람이 몰려오면서 몹시 추웠다. 모든 게 무사히 끝났다. 최선을 다했고 세바스찬이 개를 대하는 태도로 미루어 녀석이 약속을 지킬 것임을 믿어도 좋을 것 같았다. 이젠 병원으로 돌아가 셀레스틴에게 둘러댈 그럴듯한 변명거리를 궁리해야 했다. 늙은 능구렁이 같은 하녀는 환자들을 제쳐 두고 어딜 갔다 왔느냐고 꼬치꼬치 캐물을 것이 뻔했으니까. 기욤은 진찰실을 나서면서 급한 왕진이 있다고 둘러대긴 했지만 셀레스틴이 호락호락 넘어갈 위인이 아니었다. 그녀의 호기심을 충족시켜 줄 만한 답을 얻지 못하면 답을 얻을 때까지 지옥의 악마에게라도 달려가 물어볼 사람이었다. 기욤은 앙젤리나 핑계를 대는 수밖에 없다고 생각했다. 쏟아지는 대답에 얼굴만 붉히면 그만이었다.

나이 든 하녀는 의사가 '모임'에 갔다기보다는 연애질을 하고 다닌다고 믿고 싶어했다. 기욤은 이번만큼은 비밀스러운 행동이 또 다른 비밀을 감추는 역할을 했다고 생각했다. 기욤은 다시 개를 떠올렸다. 마을 양치기들이 만에 하나 미친 베트가 벨이라는 예쁜 이름으로 불린다는 걸 알면 어떻게 될까? 악마라도 그놈보다 영악하거나 고약하지 않다고 맹세까지 하던 앙드레는 또 어떻고.

솜으로 뒤덮인 듯한 침묵 속으로 기욤의 웃음소리가 퍼져 나갔다. 먹잇감을 찾아 매복 중이던 여우 한 마리가 놀라서 쏜살같이 가까운 숲 방향으로 달아나더니 이내 눈 덮인 덤불 속으로 모습을 감추었다.

6

세자르는 자신의 결정을 저울질해 보며, 아니, 사방이 꽉 막힌 좁은 공간에서 이제까지 이루어온 모든 것을 회상하며 어둠 속에서 꼼짝도 하지 않고 서 있었다. 성공적으로 끝마친 일에 경의를 표하는 자부심과 동시에 자신이 저지른 방황에 대한 낯 뜨거운 수치심이 밀려왔다. 과음을 일삼다 보니 상식마저 잊어버린 듯했다. 상식의 부재는 목구멍을 타고 흘러내리는 술의 뜨거운 기운만큼이나 세자르를 폐인으로 만들었다. 세자르는 힘들게 침 한 모금을 삼켰다.

다용도실에 우뚝 서 있는 증류기는 잠든 짐승 같았다. 세자르는 증류기의 곡선 하나하나 우툴두툴한 표면의 촉감, 대롱 각각을 눈감고도 훤히 알고 있었다. 비등점에 도달한 다음 사이폰 속으로 방울져 떨어지는 수증기가 내는 소리까지도 빠짐없이 기억했다. 세자르는 결정을 내리기에 앞서 심호흡을 했다. 사실 선택의 여지가 없었다. 지금 당장 마무리를 지어야 할 형편이었다.

밖에서는 에티엔이 초조하게 세자르를 기다리고 있었다. 늙다리 세자르는 '곧 갈게.' 라고 말해놓고 감감무소식이었다. 특히나 오늘처럼 살이 얼어붙을 것 같은 추위 속에 자신을 세워두고 말이었다. 에티엔은 증류기를 보호할 요량으로 쌓아놓은 짚 더미와 장작들을 다시 한 번 확인했다. 하늘 상태를 점검한 후 마침내 우렁찬 목소리로 세자르를 불렀다.

"어이, 낮잠이라도 자는 거야 뭐야. 좀 도와줘?"

"다 됐어. 불이 없어서……."

문이 움찔하더니 나무 상자의 무게에 눌려 비틀거리며 걸어나오는 세자르의 모습이 보였다.

"맙소사, 이리 주게."

"됐다니까."

에티엔은 세자르의 만류에도 옆으로 다가가 무거운 짐을 받아 내렸다. 소 한 짝씩 운반하는데 이골이 난 에티엔은 대번에 어떻게 증류기를 들어야 할지 판단할 수 있었다. 에티엔은 어깻짓 한 번으로 증류기를 짚 더미 위에 내려놓았다. 그다음 도로의 움푹 파인 곳을 지나기라도 하는 듯 기우뚱하지 않도록 주변에 장작 몇 개를 쌓았다.

세자르는 두 팔을 내려놓고 에티엔이 하는 양을 지켜보았다. 기대했던 안도감 대신 허탈감이 밀려왔다. 자신의 일부가 잘려 나가는 것만 같았다. 세자르의 속마음이 바깥으로까지 드러났는지 아둔한 고깃간 주인마저도 걱정과 핀잔이 반반쯤 섞인 투로 물었다.

"자네 정말 괜찮겠어? 후회하지 않을 자신 있냐고."

“이리 내기나 해.”

세자르가 말했다.

“가방 안에 들었어.”

에티엔은 세워둔 말로 가 가방을 뒤져 르벨 엽총용 새 실탄 다섯 통을 꺼냈다.

“자네가 말한 양이야. 궁금한 게 있는데 몰이사냥 말이야. 자네도 그 사냥에 참가했잖아. 자네 총도 다른 사람들과 마찬가지로 반환했고. 근데 총탄을 달라니? 자네 무기를 얼마나 가지고 있던 거야?”

“자네가 신경 쓸 일 아니니 상관 말게.”

“내 말은 터놓고 이야기 좀 해보자는 거지. 한 달 전부터 사냥 금지 이야기도 잠잠하니 자네 정도면 금세 비용 다 뽑을 것 아닌가. 그러면 제네피도 얼마든지 살 수 있을 테고.”

에티엔은 자신의 농담이 마음에 들었는지 껄껄대며 웃었다.

세자르는 에티엔의 농담에도 여전히 닭 똥구멍만큼이나 뿌루퉁한 상태였다. 벌써 후회를 하고 있는 건 아닌지 의심이 들 정도였다.

“이만 가보겠네. 사람들이 많아지기 전에 출발해야지.”

세자르는 목초지 남쪽 경사면에 옹기종기 모여 있는 양 떼에게로 갔다. 양들은 아직 많이 쌓이지 않은 눈을 긁어가며 마지막 남은 풀을 뜯어 먹느라 여념이 없었다. 세자르는 걱정 근심이라곤 없어 보이는 녀석들의 평화로운 움직임을 물끄러미 지켜보았다. 머릿속도 배만큼이나 텅텅 빈 녀석들. 세자르는 술이 없다는 결핍감 때문에 벌써부터 목 줄기가 배배 꼬이는 것만 같았다. 늙은 양치기는 자신에게 다가오는 양 한 마리의 촉촉하면서 따뜻한 주둥이가 느껴지자 몸을 부르르 떨었다. 새끼 샤무아 베나르가 쓰다듬어 달라고 세자르를 재촉하고 있었다.

"너는 늘 내 곁에 있어주는구나."

베나르는 제법 근육도 붙고 살이 올랐다. 통통한 몸집과 달리 아직 서툴기만 한 다른 양들과 비교할 때 녀석은 뛰어난 민첩함을 지니고 있었다. 그 같은 강인함에도 일단 야생 상태에 놓이면 살아남기 위해 무진 애를 써야 하겠지만.

세자르는 베나르를 구할 때 세바스찬과 함께 맛보았던 기쁨을 떠올렸다. 모든 건 바로 그날로부터 시작되었다. 오늘 저녁 베나르가 떠나간 걸 알면 세바스찬이 슬퍼할 것이 분명했다. 오히려 잘된 일이었다. 베나르가 떠났다는 소식을 들으면 손자 녀석이 무슨 반응이든 보일 테니까.

세바스찬이 아무 불평도 하지 않고 말도 걸지 않고, 심지어 눈길조차 주지 않기 시작한 후로 세자르는 자신이 악질 대독 협력분자보다도 더 나쁜 놈이 된 것처럼 참담했다. 마치 자신을 격리 수용자 취급하는 손자의 토라짐에 세자르는 가슴이 미어지는 것 같았다.

급기야 에티엔을 불러 물물교환을 하기에 이르렀다. 손해 보는 거래는 아니었다. 어차피 총탄이 없던데다 후회를 하든 하지 않든 마음을 돌리기엔 너무 늦어버렸으니까.

세자르는 몸을 숙여 기생충이 있는지, 어디 다른 아픈 곳은 없는지 살피기 위해 베나르의 몸을 여기저기 만져 보았다. 녀석은 건강했다. 시간을 지체할 이유가 없었다. 세자르는 녀석의 무게와 따뜻한 체온을 느껴볼 겸 베나르를 번쩍 들어 올리고는 속삭였다.

"이제 갈 시간이 됐구나, 베나르. 집으로 돌아가야지."

세자르는 베나르를 다시 내려놓고 걷기 시작했다.

베나르는 신나는지 깡충깡충 뛰면서 세자르의 뒤를 따랐다. 세바스찬이 함께였다면 베나르를 돌려보내야 하는 이유를 설명하고 있었을 것이었다. 세자르는 손자에게 이야기를 들려주는 걸 좋아했다. 삶에서 필요한 경험들에 대해 설명해 줌으로써 세자르는 보다 자신의 삶이 깊은 의미를 지니게 된다고 느꼈다. 고독조차도 손자에게 설명할 때 더 잘 이해할 수 있었고 뿐만 아니라 고독의 아름다움까지 꿰뚫어 볼 수 있을 것만 같았다. 세자르에게 이야기를 전달하는 것은 혼자가 아님을 의미했다. 말이란 관계, 펄펄 살아 숨 쉬는 관계를 지속시켜 주는 촉매제였다. 그런 소중한 걸 세자르 본인이 모두 망쳐 버렸다.

세자르는 베나르와 함께 오래도록 고원지대를 향해 걸었다. 높이 오를수록 눈발이 거세졌지만 녀석은 울퉁불퉁한 바닥이나 눈 따위 전혀 상관 없다는 듯 날랜 걸음으로 폴짝폴짝 뛰었다. 베나르는 이따금 걸음을 멈춰 세자르 쪽으로 고개를 돌렸다. 좀 더 빨리 가자고 조르는 것 같았다. 세자르는 베나르를 보내고 나면 한층 더 쓸쓸해질 것임을 직감했다. 이제 곧 해가 질 터였다. 세자르는 순간 다시 돌아갈까 주저했지만 다시 똑같은 행동을 반복할 용기가 없었다.

운 좋게도 목표 지점에서 그리 멀지 않은 지맥 자락 근처에서 샤무아 떼를 만났다. 기나긴 겨울이 오기 전 녀석들은 가을 늦게까지 풀이 남아 있는 높은 지대를 모조리 훑고 있는 모양이었다. 겨울엔 덤불숲이 제공하는 보잘것없는 먹이로 견뎌야 할 테니까.

겨울이 오기 전 녀석들은 바람 때문에 눈이 다 날아가 버린 경사면을 뒤지는 중이었다. 그곳엔 백리향의 마지막 순, 말라비틀어졌지만 여전히 달콤한 월귤 열매, 꽃이 덩어리져서 피어 있는 히드 등이 남아 있었다.

어림잡아 열두 마리쯤 되는 샤무아들은 살집이 통통하고 털에서 윤기가 잘잘 흐르는 건강한 녀석들이었다. 다 큰 수놈이 한 마리, 암놈이 다섯 마리, 그리고 새끼들 가운데에서 세 마리는 암놈, 두 마리는 수놈이었다. 새끼 세 마리는 딱 보기에도 베나르와 나이가 같아 보였다. 털빛이 회색에 가까운 새끼 수놈은 베나르보다 조금 더 나이를 먹은 것 같았는데, 그 녀석이 날카로운 소리로 무리에게 침입자가 있음을 알렸다.

샤무아 떼는 풀을 뜯다 말고 당장이라도 달아날 태세를 취했다. 세자르는 녀석들이 도망가지 않도록 천천히 몸을 숙였다. 베나르가 옆구리에 주둥이를 비벼대며 쓰다듬어 달라고 보챘다. 세자르는 주머니에서 암염 덩어리를 꺼내 녀석의 털을 문질러 주었다. 목과 옆구리, 뿔 뒤쪽을 특히 공들여 문질렀다. 녀석의 체취를 약화시키려는 목적도 있었지만, 그보다도 우선 야생 샤무아들의 관심을 끌기 위해서였다. 녀석들이 베나르의 몸에 묻은 소금을 핥으면서 새로 온 녀석을 좀 더 빨리 받아들여 주기를 바라는 마음에서였다. 만족할 만큼 소금을 비벼댄 다음 세자르는 녀석을 무리 쪽으로 밀었다.

“베나르, 이젠 저기가 네가 살 곳이야. 얼른 가. 가족들이 있는 곳으로 가라니까.”

베나르는 잠시 주저하더니 가파른 돌 더미 쪽으로 걸어갔다. 녀석도 익숙한 냄새를 맡은 모양이었다. 냄새에 이끌린 베나르는 주춤주춤 비탈길을 따라 올라가더니 마침내 위쪽 경사면에 서 있던 샤무아들을 발견했다. 샤무아 무리도 녀석이 다가오기를 은근히 기다리는 눈치였다. 소금 덕분이었다.

아주 짧은 순간, 모든 것이 정지했다. 비탈길 아래 웅크리고 있는 노인, 낯선 짐승들 앞에 서게 돼 겁에 질린 새끼 샤무아, 낯선 침입자의 출현에 잔뜩 긴장한 샤무아 떼. 얼음장처럼 차가운 돌풍이 불어오자 베나르는 당황한 나머지 가슴이 찢어질 듯한 울음을 터뜨렸다.

그때 샤무아 무리 중 다 자란 암놈이 대범하게 베나르 곁으로 다가와 냄새를 맡기 시작했다. 처음엔 조심스럽던 암놈의 태도가 이내 맛있는 음식을 앞에 둔 것처럼 게걸스러워졌다. 세자르는 그 모습을 지켜보며 쿡 하고 웃음을 터뜨렸다. 예상이 기가 막히게 딱 들어맞은 것이었다. 그제야 마음을 놓은 샤무아 떼는 호기심을 참지 못하고 베나르 주위로 모여들며 냄새를 맡고 소금 먹인 털을 핥기 시작했다. 녀석들은 무리지어 깡충거리며 골짜기 쪽으로 몰려가는가 싶더니 이내 시야에서 사라졌다. 집으로 내려오던 세자르는 무거운 슬픔에 사로잡혔다.

세바스찬과 함께였다면 좋았을 텐데 라는 생각이 들었다. 손자 녀석이 눈을 크게 뜨고 샤무아들을 지켜보며 할애비의 계획이 척척 들어맞는 걸 보면 기뻐해 주었을 텐데. 세자르는 몰이사냥 이후 두 주일이 넘도록 세바스찬의 토라짐이 계속되고 있음을 한탄했다. 저녁 무렵 집으로 돌아가 세바스찬의 마음을 풀어주고 싶었지만 그러지 못했다. 물론 손자에게 거짓말을 한 건 잘못이었다. 그것이 자꾸 마음에 걸려 세자르는 술을 끊기로 결심했다. 세자르는 어떻게 해야 세바스찬에게 배신이 아니라 녀석을 위험하지 않은 곳으로 피신시키려고 그랬다는 것을 이해시킬 수 있을까 생각했지만 뾰족한 방법은 떠오르지 않았다.

오늘 저녁 세자르는 새끼 샤무아가 떠났음을 세바스찬에게 알려줄 작정이었다. 이야기하는 과정에서 베나르가 처했던 위험과 녀석의 망설임을 다소 과장할지도 모를 노릇이었다. 세바스찬은 베나르를 무척 아꼈다. 최근 들어 녀석을 돌보지 않은 것은 망할 놈의 그 개 때문이었다.

베나르를 보며 세자르는 마음속 깊이 간직하고 있는 슬픔과 세바스찬도 언젠가 자기의 길을 향해 떠나갈 것이라는 생각을 하곤 했다. 그럴 때마다 가슴 깊은 곳에서 올라오는 허전함과 서글픔을 자각하곤 했다. 비록 요즘 세바스찬과의 사이가 데면데면해졌지만 아직도 자신에게 의지하고 있는 손자 녀석이 새끼 샤무아처럼 스스로 날아야 할 시간이 오면 어떻게 될까? 세자르는 거스를 수 없는 시간의 움직임을 뼈저리게 느껴야만 했다. 속절없이 흐르는 시간 때문이라도 빠른 시일 내에 세바스찬과의 관계를 회복해야 할 것이었다. 한시라도 손자와 함께하는 시간, 아이 곁에서 함께 지내는 소중한 시간을 허비해서는 안 될 것이었다.

벨의 상처는 서서히 회복되어 갔다. 더 이상 고름도 흐르지 않았고, 기욤이 준 연고 덕분에 상처도 아물어가는 중이었다. 벨에게는 충분한 휴식이 필요했기에 세바스찬은 자신이 곁에 있을 때에만 외출을 허락했다. 세바스찬은 누구에게도 벨과 함께 있는 모습을 들키고 싶지 않았으며 상처가 다 낫기 전에 사람들이 벨을 보게 되는 건 더더욱 원치 않았다.

'사냥꾼들이 벨을 보면 죽일 게 뻔해.'

세바스찬은 신중하기 위해 돌로 대충 가려두었던 구멍을 아예 막아버렸다. 벨이 다행히 갇혀 지내는 생활을 그다지 괴로워하지 않는 것 같아 다행이었다. 벨은 아이가 오기를 기다렸다가 늘 똑같은 모습으로 세바스찬을 기쁘게 맞아주었다.

세바스찬은 날마다 물과 우유, 치즈 등을 가져다주었다. 이따금 돼지비계도 가져왔다. 빵을 우유에 적셔 벨에게 먹이기도 했다. 어쩌다 한 번씩 살코기 조각을 가져올 때도 있었다. 벨은 세바스찬이 주는 거라면 싫은 내색 없이 다 잘 받아먹었다. 녀석의 유순함에 마음이 놓인 세바스찬은 어른들에게서 들은 말을 몇 번이고 벨에게 들려주곤 했다.

"벨, 전쟁 땐 전쟁 때처럼 살아야 하는 거래."

어감상으로도 나쁘지 않은데다가 요즘 상황하고 딱 들어맞는 말이었다. 벨 역시 꼬리를 마구 흔들며 동의의 뜻을 표했다.

어느 날은 세바스찬이 개울을 지나며 잡은 송어 한 마리를 가져왔다. 물고기는 바위 그늘에서 헤엄을 치고 있었는데 추위 때문에 몸놀림이 둔한 상태였다. 덕분에 세바스찬은 옷도 적실 것도 없이 손쉽게 물고기를 잡을 수 있었다.

또 한 번은 찬장에서 달걀 두 개를 몰래 꺼내오는 데 성공했다. 상황을 모르는 앙젤리나 누나는 내내 달걀 두 개가 날개라도 달린 것처럼 감쪽같이 사라졌다면서 고개를 갸우뚱거렸다. 처음 세바스찬은 날개가 달린 달걀을 상상하면서 재미있어 했지만 시간이 지나자 자신이 문제의 도둑임을 깨닫고 부끄러워졌다.

세바스찬은 매일 몇 시간 동안 대피소에 머물렀다. 할아버지와 말을 하지 않아 좋은 점도 있었다. 애써 거짓말을 할 필요가 없었다. 세바스찬은 목초지 근처는 아예 가지도 않았다. 다만 아무리 애를 써도 분노가 오래 지속되지 않는다는 게 문제였다. 분노라는 것이 난로에 장작을 집어넣어 살려내는 불길과도 같았다. 결심이 무너지는 것 같다고 느껴질 때면 할아버지가 무기를 손에 들고 나타난 순간이 떠올랐다. 또 할아버지가 자신의 말은 믿으려고 하지도 않고 양 우리에 가두었던 일이 생각났다. 세바스찬은 할아버지가 한 모든 거짓말과 배신에 대해 곱씹었지만 아무 소용이 없었다. 어느 순간 자신이 한없이 부끄러워지기 시작했다.

할아버지는 요즘 들어 통 웃질 않으셨다. 세바스찬은 할아버지가 눈이나 병든 양, 트레킹 이야기를 하며 환심을 사려들 때면 왠지 부끄러움에 몸 둘 바를 몰랐다. 그 뒤로 길게 이어지는 무거운 침묵. 할아버지는 더 이상 자신에게 지시를 하지 않았다. 한 번은 크리스마스트리로 쓸 전나무를 고르러 가자고 제안하셨는데 못 들은 척 가만히 있기도 했었다.

세바스찬은 멀어진 할아버지와의 관계를 어떻게 회복해야 할지 도무지 알 수가 없었다. 처음에 세바스찬의 입장을 이해해 주던 앙젤리나 누나 역시 지나치게 오래 지속되는 불화를 이해하지 못했다. 이제는 누나가 세바스찬을 향해 눈을 부라리기 시작했다.

하루는 할아버지가 양 우리로 출발한 다음 누나에게 오래도록 훈계를 듣기도 했다. 앙젤리나 누나의 계속되는 질문에 답하느라 짜증이 나기도 했다. 누나가 당나귀 고집이라고 나무랐다. 세바스찬 입장에서는 쓸데없는 고집이 아니라 기욤 아저씨와 한 약속을 지키기 위해서였는데 말이었다. 그저 누나에게조차 사실대로 설명할 수 없다는 것이 안타까울 따름이었다.

이런 상황에서 세바스찬은 벨도 보호해야 했다. 할아버지의 감이 뛰어나서 조금만 실수를 해도 모든 것을 금세 짐작하실 게 분명했다.

할아버지가 벨을 죽이기로 마음만 먹는다면 멍청한 앙드레와 파비앙 처럼 실패하지는 않을 테니까.

제4부

1

"그자들이 어떻게 망을 빠져나갈 수 있었지?"

화가 난 브라운 중위가 눈 더미를 세차게 걷어차차 얼어붙은 눈 위에 군화 자국이 선명하게 찍혔다. 겁에 질린데다 영문을 몰라 당황한 그의 두 부하는 실눈을 뜨고 상사를 응시했다.

"감시망 말이다. 능선을 감시하고 주변 농장들을 방문해서 주민들을 취조하는 게 너희 임무 아니었나?"

"저희는 지시하신 대로 따랐습니다."

한스가 말했다.

"그럼 저건 뭐지?"

브라운 중위는 고갯마루 방향을 향해 거의 직선으로 멀어지는 일련의 자국을 가리키며 말했다. 흰 눈밭 위에 점점이 찍힌 상처 자국 같았다. 바닥을 살피던 한스와 에리히는 눈 위에 찍힌 두꺼운 신발창(의심할 여지없이 탄탄한 장화였다.) 자국들 중 좀 더 가늘고 섬세한 자국들을 찾아냈다. 높은 산에서 신고 걷기에 적당하지 않은 신발 자국이었다. 새로운 추리를 하기에 보다 확실한 증거였지만 어리바리한 두 부하는 멍청한 얼굴로 브라운 중위와 발자국을 번갈아 쳐다보기만 할 뿐이었다. 이에 참다못한 브라운 중위가 버럭 소리를 질렀다.

"이 자국들이 안 보이나!"

한스는 힘차게 고개를 끄덕이며 동의를 표했다.

"이 흔적들이 무얼 말하고 있지?"

"무얼 말하다뇨?"

에리히가 되물었다.

"아마, 그게, 사람들이 이곳을 지나간 것 같습니다. 언제 지나갔는지는 모르겠지만 눈이 조금 내린 직후인 것 같습니다."

한스가 눈치껏 의견을 내놓았다.

"그래. 그럴듯한 추론이야. 이자들이 토요일에 능선 길을 지나갔다면 간밤에 분 바람 때문에 눈이 모두 날아가 모든 흔적들이 다시 드러났다고 생각해 볼 수 있지. 그다음은?"

"다음이라고요? 무슨 말씀이신지."

얼떨결에 브라운 중위가 원하는 대답을 내놓은 한스가 이내 당황해하며 물었다.

"그다음에 어떤 추론을 할 수 있냔 말일세."

"그러니까, 그게, 저……."

"모르겠지. 너희들은 이 눈 위에서도 코끼리 엉덩이 위에서도 아무것도 보지 못하겠지. 현미경과 망원경을 갖다 줘도 마찬가지일 거야. 힌트를 주지. 이 자국을 보면 적어도 여섯 명의 사람이 지나갔고, 그중 몇몇은 불편한 신발 때문에 이곳을 걷는데 고생을 좀 했을 것으로 보인다. 자, 그럼 어떤 결론을 내릴 수 있지? 에리히, 자네가 한번 말해 보게."

"도주자들일 거라 생각합니다."

"도주자라고? 그럼 그자들이 왜 이곳으로 지나갔을까?"

"그건, 저희가 체포를 하지 않았기 때문 아닐까요?"

"맞아. 그 말은 바로 너희들이 무능했단 말이지."

에리히는 자초지종을 설명하려고 했지만 브라운 중위의 화살을 피할 길은 없었다. 에리히는 긴장감으로 달아오른 분위기를 가라앉히기 위해 최대한 합리적인 어조로 자신들의 입장을 변명하기 시작했다.

"브라운 중위님, 지시하신 대로 일주일에 세 번씩, 낮이고 밤이고 순찰을 돌았습니다. 아무도 지켜보지 않았는데도 순찰을 돌았다고요."

에리히가 말했다.

"자네 말대로라면 도주자를 놓칠 일이 없어야 하지 않나. 난 자네들이 순찰을 얼마나 자주했는지, 어디까지 순찰을 돌았는지 따위 상관없어. 내가 원하는 건 도주자를 잡아들이고 체포가 불가능하다면 현장에서 총살해 버리는 것을 원할 뿐이다. 이제 알아들었나?"

두 병사는 초점 잃은 눈을 반쯤 감은 채 차려 자세에서 최대한 고개를 푹 숙이고 서 있었다. 금방이라도 단단한 등껍질 속으로 고개를 집어넣을 태세를 갖춘 거북이들 같았다. 절제심을 잃어가고 있음을 깨달은 브라운 중위는 침착함을 되찾으며 좀 전보다 낮은 목소리로 다시 말을 이었다.

"모두 잘 듣게. 순찰이 끝난 다음 도주 행각이 발견된 게 이번이 처음이 아닐세. 바꿔 말하면 이자들은 순찰과 순찰 사이의 빈 시간을 이용해서 그랑 데필레는 넘는다는 말이지. 그 확률이 얼마나 되는지 알고 있나? 이자들의 통행은 우연의 소산이 아니라 자네들의 무능함이 낳은 결과일세."

에리히는 잠시 머뭇거렸다. 이 순간 동의를 구한다면 자신들은 벌을 받을 테고, 다시 한 번 변명을 늘어놓았다간 무능력한데가 뻔뻔하기까지 하다고 낙인찍힐 것 같았다. 양자 사이에서 어떤 선택도 할 수 없었던 에리히는 브라운 중위가 산 쪽으로 몸을 돌려 생각에 잠겨 있는 사이 그저 잠자코 서 있기만 할 뿐이었다. 침묵이 감도는 이곳에서 찬 기운까지 합세하자 전혀 새로운 밀도가 느껴졌다.

상황 파악이 되자 한스의 머릿속에서 이것저것 잡생각들이 떠오르기 시작했다. 한스는 평소 두통에 시달리곤 했는데 추위와 두려움까지 더해지자 불안감은 한층 더 증폭되었다. 기름도 총도 없이 이 광대한 곳에 있으면 얼어 죽기에 딱이었다. 프랑스 산악지대에 영 익숙해질 수 없었던 한스는 국경을 넘어간 도주자들 역시 분명 한계에 도달했을 것이라 생각됐다. 아무리 정신 나간 사람이라도 3천 미터가 넘는 고지대에서 버틴다는 건 쉬운 일이 아니었다.

방금 전보다 갑절이나 거세진 바람이 채찍만큼이나 따끔하게 한스의 두 볼을 강타했다. 두 눈에서 눈물이 쏙 빠질 지경이었다. 두 배쯤 커진 코에서는 콧물이 떨어지기 시작했지만 코를 닦기 위해 몸을 움직일 수 없었다. 귀는 이미 감각이 없어진 지 오래였다. 한사코 귀마개 달린 모자는 쓰지 않겠다고 고집부린 것이 후회가 되었다. 이제 와서 말이지만 멍청해 보이는 게 얼어 죽는 것보다 백번 나았다.

오늘따라 브라운 중위가 이상했다. 평소 같으면 월요일이면 늘 기분이 좋았던 브라운 중위였다. 점심을 먹고 빵을 가지러 생마르탱에

가 운전병에게 근처 술집에 가서 한잔하라고 말하기도 했었다. 빵집 아가씨를 만나는 날이면 어쨌든 좀 루즈해지는 건 사실이었다.

브라운 중위는 평소에 부하 사병 한 명과 동행했는데 갑자기 오늘 아침, 한스와 에리히 두 사람에게 대기하라고 명령을 했을 때 눈치를 챘었어야 했다. 한스는 그저 성탄절이 다가오니 주문을 좀 더 많이 했나 하고 생각했다. 브리오슈 같은 맛난 빵을 부대원들에게 나누어 주는 깜짝 선물이 있나 하고.

마침내 브라운 중위가 자리를 옮기려 몸을 움직이는 순간 한스는 하마터면 차려 자세를 흐트러뜨릴 뻔했다. 브라운 중위는 도주자들이 남긴 발자국을 따라 앞으로 나아가고 있었다. 만에 하나 고갯마루까지 올라갈 작정이라면 두 사람은 몇 시간 동안 부동자세로 기다려야 했다. 불안감이 한층 더해지자 한스는 구토가 나올 것만 같았다. 브라운 중위가 눈치채지 않도록 살살 몸을 비비 꼰 한스는 정상 쪽을 응시하고 있는 에리히를 향해 눈짓을 했다.

"브라운 중위가 지금 뭐 하는 거 같아?"

"나도 모르지. 뭐라도 발견한 건가?"

브라운 중위는 스무 발짝쯤 걷다 갑자기 쭈그려 앉았다.

"지도 있어?"

한스가 물었다.

"지도는 왜?"

"왜긴. 놈들을 잡아야지. 브라운 중위가 하는 말 들었지? 이런 식으로 계속하면 브라운 중위가 우리를 악마에게 보내 버릴지도 몰라. 난 동부전선으로는 가고 싶지 않다고. 여기 있는 것도 미쳐 버릴 것 같은데 말이야. 그전에 놈들을 반드시 잡아야 해."

"한스, 그게 말처럼 쉬운 줄 알아? 산모퉁이 하나만 돌면 잡을 수 있을 거라 생각해? 더구나 우리처럼 도시에서만 살던 놈들이 산에서 산사나이들을 잡겠다고?"

"도주자들 역시 도시에서 왔어. 공장 같은 데서 한번도 일해본 적 없는 돈 많은 유대인들이라고."

"한스, 도주자들이 문제가 아니라, 그놈들을 인도하는 안내인이 있다면 힘들다는 말이야."

"그렇게 안 된다고만 할 거면 진작 브라운 중위한테 말하지 그랬어?"

한스가 비꼬는 투로 말했다.

에리히가 미처 대답할 틈도 없이 브라운 중위가 그들에게로 다가왔다. 신의 가호 덕분인지 브라운 중위는 조금 전보다 훨씬 기분이 나아 보였다. 브라운 중위는 손으로 눈 덩어리를 꽉 눌러 부수더니 골짜기를 향해 던졌다.

"다시 생마르탱으로 간다. 면장을 만나야겠군. 무섭게 다그친다고 사람의 마음을 얻을 수는 없을 테니까. 한 걸음 물러나서 도움을 받는 편이 낫겠어."

브라운 중위는 혼잣말을 하더니 한스를 쳐다보며 다시 툭 한마디 던졌다.

"콧물은 닦게. 콧물이나 질질 흘리고 다닐 나이는 지난 걸로 아는데."

2

벨은 항생제 주사를 한 대 더 맞고서야 완전히 고열에서 벗어났다. 녀석을 위해 세 번의 왕진을 와줬던 기욤은 이제 안심해도 된다고 말했다. 마지막 왕진 때는 먹고 남은 감자와 돼지감자 찜을 가져왔는데 벨은 기욤이 내미는 음식을 군말 없이 받아먹었다. 벨은 기욤에게 익숙해졌는지 으르렁거리지 않았다. 기욤이 옆구리를 만져도 가만히 내버려 둘 정도였다.

죽음의 문턱까지 갔다 온 후로 벨의 야생동물적인 모습은 부분적으로 자취를 감추었다. 세바스찬이 없을 때에도 녀석은 대피소 안에 얌전히 머물며 산으로 내뺄 궁리 같은 건 하지 않았다. 세바스찬은 혹시라도 있을지 모를 위험에 대비해 무거운 돌을 옮겨 땅굴 입구를 다시 열었다. 다시 한 번 어떻게 도망쳐야 하는지 알려주기 위해 굴을 통해 벨을 밖으로 데리고 나왔다. 벨에겐 이미 땅속 굴을 이용했던 경험이 있었지만 세바스찬은 만에 하나 길 잃은 양치기가 무턱대고 대피소 문을 여는 일이 일어날까 걱정이 태산이었다. 세바스찬은 벨에게 양 방향으로 땅속 굴을 왕복하도록 한 다음 골짜기 쪽을 가리키며 그곳으로 뛰어야 한다고 거듭 설명했다.

"사냥꾼한테 쫓기면 이 땅굴을 통해 도망쳐. 사냥꾼이 널 쫓으러 내려가고 난 뒤에 다시 대피소로 돌아오고 싶으면 눈이 내려서 발자국이 덮일 때까지 기다려야 해. 그래야 다시 네가 여기에 숨어 있다는 걸 모를 테니까 말이야. 알겠지, 벨?"

벨은 커다란 혀를 한 번 놀려 세바스찬의 얼굴을 핥아주고는 불 앞에 가 앉았다. 기욤이 말하길 벨의 절름거리는 다리를 고치려면 달리는 훈련을 꼬박꼬박 해야 한다고 했다. 세바스찬은 시간이 날 때마다 조금씩 더 멀리까지 달렸다. 벨 역시 세바스찬과 함께하는 이 평온한 삶을 즐기고 있는 것 같았다.

세바스찬은 아침에 대피소에 와서 벨과 함께 점심을 먹었다. 그다음 그때그때 필요에 따라 빵집 일을 도왔지만 양 우리에는 발길조차 하지 않았다. 세바스찬은 날이 어두워지기 직전에야 집으로 돌아갔다.

세바스찬은 대피소에 도착해 벨의 다친 발을 살폈다. 그다음 녀석에게 슬쩍 빼돌린 먹을거리를 주었다. 저녁식사 때 일부러 밥을 남겨 놓았는데 앙젤리나 누나의 예리한 눈을 벗어나기는 쉽지 않은 듯했다. 며칠 전부터는 할아버지도 자신을 감시하는 것 같았다. 할아버지는 예전과 달라졌다. 정확히 뭐가 달라진 건지는 알 수 없었지만 뭔가를 엿보고 있다는 기색만큼은 확실했다. 할아버지는 안락의자에 앉아 조는 대신 식탁에 둘러앉아 앙젤리나 누나와 늦도록 이야기를 나누는

가 하면 아무렇지도 않은 듯 이것저것 묻기도 하셨다.

세바스찬은 이를 악물고 침묵을 고수했다.

'산으로 돌아간 베나르 따위 알게 뭐야. 그깟 치즈? 나 없이도 얼마든지 만들라지?'

할아버지가 이것저것 이야기하실 때 보낸 부드러운 눈빛을 더욱 조심해야 할 필요가 있었다. 물론 할아버지는 손사가 대피소에서 자유롭게 시간을 보내고 있다는 걸 짐작하고 계신 듯했다. 직접적으로 양우리 일을 도우라는 말은 절대 하지 않으셨지만. 할아버지는 여전히 자존심으로 똘똘 뭉쳐 꼬장꼬장하셨고, 자신의 부끄러움에 대해 사과조차 하지 않은 채 아무런 금지령도 내리지 않았다.

덕분에 세바스찬은 비교적 편한 마음으로 느긋하게 지낼 수 있었다. 물론 짐승들을 고통받지 않게 죽이는 가장 좋은 방법이나 산토끼를 잡을 수 있는 확률이 가장 높게 덫을 놓는 방법 같은 걸 물어볼 수 없어 후회스러울 때도 있었다. 실제로 그런 질문들 때문에 입이 근질거리기도 했다. 그럴 때면 세바스찬은 할아버지가 자신을 속인 사실을 다시 한 번 떠올리며 허겁지겁 입을 닫았다. 그런 노력에도 시간이 지남에 따라, 성탄절이 다가옴에 따라 침묵을 고수하기란 점점 더 어려워졌다.

어느 날 아침, 세바스찬은 침대에서 내려오자마자 천장 아래로 달려가 하늘을 봤다. 전날 세바스찬은 아무 이유도 없이 다음날을 바로 '그날' 이라고 혼자 결정했다. 벨이 완전히 완치한 날.

'벨과 함께 사람들이 잘 다니지 않는 비탈길로 가서 처음 만났을 때처럼 놀아야지.'

하늘 저쪽에서는 끈질긴 바람에 떠밀린 양털 같은 뭉게구름들이 둥둥 떠다니고 있었다. 새벽녘의 수증기를 뚫고 내려오는 햇살 아래로 수정처럼 반짝거리는 생마르탱 마을의 지붕들이 보였다. 머리에 눈을 잔뜩 이고 선 전나무들도 보였다. 고갯길 쪽에서는 서리 방울들이 반짝거렸다. 이 정도 거리에서 떨어져 보니 꼭 금가루처럼 보였다.

벨과 함께할 시간을 생각하자 마음이 설렌 세바스찬은 손에 잡히는 대로 옷을 걸치고 쏜살같이 계단을 뛰어 내려갔다. 앙젤리나 누나는 그릇들을 치우고 있었다. 대접에는 잼을 듬뿍 바른 커다란 빵 조각이 놓여 있었다.

"누나, 배고파! 한 조각 더 먹어도 돼?"

"그럼. 빵은 누나가 잘라줄 테니까 나머지는 네가 알아서 해. 누나는 이따 경찰서에 가봐야 해. 그놈들이 우리 모두를 우습게 보는 모양이야. 허구한 날 이유를 대라, 사유서를 제출해라. 눈 때문에 경찰서에 못 가면 자기들이 내 장부에 도장 찍으러 올 것도 아니면서 맨날 오라 가라야."

"그자들이 시키는 대로 안 하면 되잖아."

앙젤리나는 어이없다는 듯 생끗 웃고는 설거지를 계속했다.

"참, 깜빡했네. 시키는 대로 하지 말라는 말이 나왔으니 말인데."

"뭔데?"

"아냐, 괜한 소리 같네. 근데 넌 내가 잔소리를 안 해서 그런가, 할아버지 도와드리러 안 갈 거야?"

"안 가."

"왜 안 가는데."

"그냥."

"세바스찬, 네 고집도 한 고집 하는구나."

앙젤리나는 별생각 없이 세바스찬의 머리를 쓰다듬었다.

앙젤리나는 외투를 입고 손가락 없는 장갑을 낀 다음 핸드백과 보조가방을 집어 들고 외출 준비를 서둘렀다. 잊어버린 건 없는지 두 번이나 확인한 후 마침내 작정한 듯 입을 열었다.

"누나 다녀올 테니까 얌전히 있어. 너무 늦게 오지 말고. 오면 깜짝 놀랄 일이 기다리고 있을 테니까."

"정말이야? 뭔데?"

"그걸 미리 말해주면 깜짝 놀랄 일이 아니지."

"먹는 거야? 아니면 장난감?"

"눈과 코를 위한 거."

앙젤리나는 모처럼 깔깔대고 웃더니 기분 좋은 듯 덧붙였다.

"눈과 코를 위한 거야. 입과 귀를 위한 게 아니라."

"무슨 말인지 모르겠어, 누나."

"먹을 수 없고 들을 수 없는 거라니까. 누나, 간다. 늦었어."

"누나!"

세바스찬이 서둘러 앙젤리나를 불렀지만 이미 문은 쾅 하고 닫혀 버렸다.

세바스찬은 그 자리에 우뚝 서서 누나가 말한 수수께끼의 답이 무엇일지 곰곰 생각했다. 먹을 수 없고 들을 수 없는 것. 그게 무엇일지 도통 감이 오지 않았다. 세바스찬은 정말 궁금했지만 대피소에서 자신을 기다리고 있을 벨을 생각하니 마음이 급해졌다. 얼른 빵을 가방에 챙겨 넣고 치즈도 넣었다. 누나가 미리 준비해 놓는 간식거리였다. 세바스찬은 전날 짠 양젖을 퍼서 할아버지가 두고 간 빈 병에 옮겨 담았다. 양동이의 4분의 1가량이 남아 있었다. 요새 양들이 거의 젖을 주지 않았다. 젖이 말라붙는 시기가 가까워졌기 때문이었다. 다행히 벨이 다 나아서 양젖이 많고 적음은 세바스찬에게 그다지 중요한 일이 아니었다. 세바스찬은 양동이에 물을 한 컵 부었다. 이렇게 하면 아무도 젖이 줄어든 걸 모를 터였다.

세바스찬은 해가 질 무렵 집으로 돌아왔다. 이 세상의 빛을 삼키는 밤은 매일 조금씩 자신을 뒤쫓는 늑대 같았다. 세바스찬은 특별히 어둠을 무서워하는 편은 아니었지만 횃불을 가져오지 않은데다 앙젤리나 누나에게 야단을 듣기 싫어 서둘렀다. 오늘처럼 멋진 하루를 보낸 다음엔 더더구나.

벨과 함께 능선 길까지 올라갔다가 도르쉐 농장 쪽으로 내려왔다. 소시지를 슬쩍 하러 간 것은 아니었고 그저 그쪽이 인적이 드문 조용한 곳이었기 때문이었다. 벨과 세바스찬은 눈 속에서 함께 달리고 뒹굴고 빵과 치즈를 나누어 먹었다. 송어를 잡으러 개울로 갔지만 송어는 한 마리도 잡지 못했다. 소나무 사이를 누비며 키 큰 나무의 가지들에 긁히기도 하고 땅바닥까지 늘어진 가지들이 태우는 간지럼을 느끼며 앞서거니 뒤서거니 달리고 또 달렸다. 벨은 세바스찬이 눈사람을 만들어 솔방울로 눈과 코를 박는 동안 아이의 행동을 주의 깊게 관찰했다. 아이의 유쾌함을 느끼는 것만으로도 벨은 평온해 보였다.

미끄럼 타기에 적합한 비탈길을 발견한 세바스찬은 썰매 대신 빈 배낭 위에 올라앉아 언덕을 내려왔다. 벨도 기쁨에 겨워 컹컹 짖으며 세바스찬의 뒤를 따랐다. 둘이 신나게 미끄럼 타기에 열중하던 그때 독수리 한 마리가 날카로운 비명 소리를 내자 소스라치게 놀랐다. 흠뻑 젖고 녹초가 된 채 벨과 세바스찬은 재빨리 돌로 지은 대피소로 돌아왔다. 불을 지피자자마 세바스찬은 행복해하는 벨에 기대 잠이 들었다. 잠에 곯아떨어졌던 세바스찬은 다행히 돌아갈 시간에 잠에서 깼다.

유리창을 통해 집 안에서 활활 타오르는 기분 좋은 불길을 보며 세바스찬은 아침에 누나가 한 말이 생각났다.

'깜짝 놀랄 거라고? 눈과 코를 위한 거라고 했는데.'

세바스찬은 서둘러 문을 열었다. 문을 열자마자 쌉쌀하면서도 달콤한 냄새가 세바스찬을 반겼다.

"전나무! 전나무야!"

거실 한가운데 나무가 세워져 있었다. 나무 끝은 판자로 된 천장에 닿았다. 발치에 놓인 장식품 상자 속엔 색색의 인형들과 짚을 꼬아 만든 줄 장식, 반짝거리는 빨간 종이로 만든 줄 장식, 흙으로 빚어 두꺼운 판지를 잘라 만든 각양각색의 형상들, 낡은 자투리 천 조각으로 조심스럽게 싼 유리 방울들, 솜 날개를 단 천사, 광택 나는 천으로 만든 리본을 머리에 얹은 솔방울, 앙젤리나 누나가 초콜릿 포장지로 만든 금색 별 등이 빼곡하게 들어 있었다. 식탁 위에는 반짝거리도록 잘 문질러 닦은 다음 꼭지에 털실 뭉치를 연결한 빨간 사과가 놓여 있었다. 12월이 오기를 기다리며 저장실에 보관하는 성탄절용 사과였다.

"세바스찬, 트리 꾸미는 거 도와줄 거지?"

"그럼, 누나. 유리 방울, 천사, 모두 다 내가 달아도 돼?"

"그럼. 물론이지. 어때? 내 수수께끼 마음에 들었어? 눈을 즐겁게 해주고 좋은 냄새를 풍기는 것. 누나 말이 맞았지?"

"응! 이 세상에 누나만큼 똑똑한 사람은 없을 거야!"

세바스찬은 피곤함을 싹 잊었다. 외투 벗을 생각도 하지 않고 등받이 없는 의자로 가더니 누가 따라올세라 얼른 그 위로 올라갔다.

"내가 이 줄 장식을 걸 테니까 누나가 반대쪽을 맡아."

"알겠습니다, 대장님."

앙젤리나는 세바스찬의 지시대로 따르며 기분 좋은 웃음을 흘렸다.

"여기저기 빠짐없이 매달아야 해, 누나. 별은 제일 나중에 달자. 참, 누나. 근데 엄마는 그걸 어떻게 알지?"

"그거라니?"

"내가 무슨 선물을 받고 싶어하는지 말이야."

문득 찬바람이 뺨을 간질거리자 세바스찬은 할아버지가 돌아오셨음을 알아차렸다. 얼굴이 빨개진 앙젤리나는 턱으로 할아버지를 가리키며 말했다.

"그건 할아버지께 여쭤보렴."

"나한테 뭘 물어보란 거냐?"

세자르가 갈증 나는 목소리로 물었다.

세자르는 양손을 비비며 불 곁으로 다가왔다. 애써 태연한 척하는 모습이 역력했다.

"아무것도 아니야."

세바스찬은 할아버지를 애써 모른 척하며 유리 방울을 매달았다. 당황한 탓인지 방울은 사슴 인형과 너무 딱 달라붙는 위치에 단 것 같았다. 할아버지가 작년 겨울에 별 모양으로 생긴 나무를 깎아 만든 사슴이었다.

"그래? 정말 알고 싶지 않니, 세바스찬?"

세자르는 거듭 물었지만 영 대답이 없자 길게 한숨을 내쉬며 목재 안락의자에 털썩 주저앉았다.

세바스찬은 그때 술에 취해 정신이 몽롱한 상태의 할아버지를 본 지 꽤 오래되었다는 생각을 했다. 술을 마시면 할아버지는 자주 고집을 피우곤 하셨는데 같은 질문을 파고드는 태도는 분명 술이 아닌 다른 어떤 것에서 비롯된 것이었다. 세바스찬은 일부러 보란 듯이 누나 쪽으로 몸을 돌려 장식품을 건네받으며 물었다.

"누나, 회중시계를 갖고 싶어한다는 걸 엄마가 어떻게 알 수 있었냐니까?"

앙젤리나가 뭐라 말하기도 전에 세자르가 아무렇지도 않은 표정으로 다시 입을 열었다.

"중요한 건 네 엄마가 어디 있든 그곳에서 널 생각한다는 거야. 알겠니, 세바스찬?"

세바스찬은 당황한 나머지 고개를 저었다.

다른 때 같았으면 할아버지는 엄마가 크리스마스 때 올 거니 그런 생각을 할 필요도 없다고 말했어야 했다. 선물에 대해서도 아메리카에서는 분명 엄청나게 많은 시계가 생산될 거라고 말했어야 했다. 그곳엔 금광이 무지 많다고 언젠가 할아버지가 말한 적이 있었다. 문제라면 할아버지의 말과 다르게 엄마가 오지 않는 것이었다. 할아버지가 엄마가 올 거라는 말은 하지 않았지만 이건 약속이 깨져 버린 것과 다를 바 없었다. 지켜지지 않는 또 하나의 약속. 이번만큼은 할아버지가 그 문제를 회피하려 들지 않는다는 것이 차이라면 차이였다.

세바스찬에게 이 차이는 좋은 징조였다. 세바스찬은 크나큰 슬픔 대신 낙관적인 희망이 용솟음치는 것을 느꼈다. 세바스찬은 등받이 없는 의자로 폴짝 뛰어올랐다. 그다음 잠시 동안 두 눈을 크게 뜨고 자신의 작품을 감상했다. 크리스마스트리는 한쪽에만 장식이 쏠린 상태라 한쪽 가슴에만 훈장을 잔뜩 단 늙은 장군 같은 모습이었다.

"전부 다시 해야겠어. 누나는 왜 미리 말해주지 않은 거야?"

"네가 즐거워하면서 만든 거니까, 티누."

"티누라고 부르지 마, 누나. 그러면 내가 애기 같잖아."

"알겠어, 이 배추 꼬랭이 녀석아. 우리 세바스찬 정말 많이 컸네."

"배추 꼬랭이도 싫어. 왠지 수프 생각이 나잖아."

"말 잘했네, 세바스찬. 수프 다 됐으니 먹고 나서 마저 하자."

그날 저녁의 식사 시간은 모처럼 화기애애했다. 세바스찬은 벨과 신나게 달렸고, 크리스마스트리를 장식하고, 할아버지의 약속도 들었다. 이런 즐거움이 언제까지고 계속되기를 간절히 바랐다. 그럴 수 없다면 완벽했던 오늘 하루의 매 시간을 밤이 새도록 다시 시작하고 싶었다. 세바스찬은 정확히 엄마가 언제 오실지 알지 못했다. 아기 예수님이 탄생하신 자정에 오시려나, 아니면 성탄절 아침에 오시려나.

3

기욤은 도주자들을 이끌며 천천히 앞으로 나아갔다. 이번에도 일행 중에 아이가 한 명 있었다. 이런 일이 종종 잦아지고 있었다. 기욤은 정치인, 패전국의 군인, 강제 징용을 피하려는 청년들이라면 이해할 만했다. 여자와 어린아이, 심지어 노인에 이르기까지 가족 구성원 전체가 나설 때는 기욤으로서도 난감했다. 불길한 예감을 확인시켜 주는 확실한 증거와도 같았다.

기욤이 이 같은 현상을 분석해 보려고 애를 써도 소용없었다. 상황은 점점 더 나빠지고 있었다. 한 집안의 가장이나 엄마라면 한겨울 아이를 데리고 그랑 데필레를 넘을 생각은 하지 않는 게 정상이었다. 그보다 더 큰 위험을 피하기 위해서라면 예외겠지만. 반유대인법이 강경해짐에 따라 요청은 점점 늘어가는 형편이었다.

기욤은 생마르탱에서 몇 킬로미터쯤 떨어진 지점에 위치한 한 헛간에 숨어 있던 그들과 만났다. 기욤은 말하자면 자유세계로 인도해 주는 사슬의 마지막에서 두 번째 연결고리였다. 물론 도주자들은 그 사실을 알지 못했다. 기욤 역시 도주자들의 신상에 관해서는 파리에서 온다는 사실 외에는 아무것도 알지 못했다. 반면 이들을 헛간에 숨겨준 자라면 기욤 역시 잘 알았다. 기욤이 잡힌다면 숨겨준 자는 산속으로 도망치도록 정해져 있었다. 물론 역도 성립했다. 아무 말도 하지 않겠다고 맹세해도 소용없었다. 심문이 진행되는 동안 정말로 입을 다물 수 있는지 아무도 확신하지 못했으며 자신은 절대 그러지 않을 거라고 쉽게 맹세하는 사람들이 오히려 제일 먼저 털어놓았으니까.

궂은 날씨를 이용해서 이른 오후에 출발한 일행은 한 줄로 서서 걸었다. 기욤이 선두에 서고 가족의 아버지가 아이의 손을 꼭 잡고 뒤를 따랐다. 어머니가 제일 뒤에 섰다. 진눈깨비 같은 가는 비가 쉬지 않고 내리면서 주변은 물에 잠긴 듯했다. 육안으로 그들의 모습을 확인하기 어려웠다. 자욱한 안개가 언제까지고 걷히지 않기를 바랄 뿐이었다. 그들은 길을 걷는 내내 아무도 입을 열지 않았다. 발소리와 숨소리, 이따금씩 발밑에서 돌이 구르거나 발목을 삐끗했을 때 내지르는 작은 비명 소리가 전부였다.

비극으로 끝날 뻔했던 지난번 산행 이후 기욤은 아무도 눈치채지 못하도록 아이젠을 준비했다. 자신을 찾는 환자들에게 아이젠을 잃어버렸다고 둘러대고 얻은 아이젠을 도주자들에게 제공했다. 산악 등산화를 빌려줄 수 없는 형편이라 아쉬운 대로 아이젠이라도 빌려주자는 마음에서였다. 가죽 끈으로 구두 밑창과 연결하기만 되니 매우 간단했다. 덕분에 고갯마루 주변을 이동할 때 훨씬 수월했다. 일단 국경을 넘어서면 기욤은 아이젠을 도로 회수했다. 국경을 넘을 수 있도록 안내해 달라는 요청이 꾸준히 늘어나면서 아이젠 공장이라도 차려야 그 수요를 다 감당할 수 있을 지경이었다.

움푹 파인 지대가 가까워오자 기욤은 팔을 들어 올렸다.

"미끄러지지 않도록 조심하세요. 이 능선이 끝나면 협곡에 도착할 겁니다. 거기서부터 목적지까지 그다지 멀지 않습니다."

솔직히 가까운 거리는 아니었지만 일행의 기운을 북돋아줄 필요가 있었다. 아버지는 그저 한숨을 한번 내쉬고, 그의 부인은 노골적으로 고개를 끄덕여 다행이라는 표시를 했다. 여자는 잔뜩 겁을 먹고 있었다. 불안에 떠는 눈동자만 봐도 느껴졌다. 기욤은 여자를 안심시켜 보려고 시도하다 이내 단념했다. 시간이 촉박했고 한자리에서 오래 지체할 수 없었다. 기욤은 여자아이가 전혀 무서워하는 기색 없이 낭떠러지 쪽으로 몸을 굽히는 걸 보았다. 비에 흠뻑 젖은 트위드 천 외투를 걸친 아이는 추워서 오들오들 떨고 있었다.

두 시간째 걷고 있었다. 정상적인 날씨였다면 한 시간이면 주파할 수 있는 거리였다. 상황을 고려할 때 그리 나쁘지 않은 기록이었다. 기욤은 불안한 기색을 숨기기 위해 산책 나온 사람처럼 편안한 걸음걸이로 절벽을 따라 이어지는 오솔길로 접어들었다. 일행은 어떻게 해서든 기욤에게서 멀리 떨어지지 않으려고 분주하게 걷기 시작했다. 움푹 파인 곳이나 미끄러운 통로를 발견할 때면 기욤은 손짓으로 아이 아버지에게 알렸다. 그러면 남편은 부인에게 전달했다.

염소 언덕을 지나자 길은 골짜기를 벗어나 돌들이 잔뜩 쌓인 깎아지른 듯한 가파른 오르막으로 이어졌다. 곳곳에 눈이 쌓여 돌들의 들쭉날쭉한 형상은 드러나지 않았다. 목적지인 고지대에 위치한 골짜기가 가까워지면서 좁던 길은 한결 넓어졌다. 이 부근은 날이면 날마다 쉴 새 없이 몰아치는 바람 때문에 경사로가 몹시 미끄러웠다. 비 때문에 얼음 층이 얇아져 여느 때보다 약간 덜 위험하다는 것이 다행이라면 다행이었다. 일행은 여전히 말이 없었다.

다시 30분이 지났다. 끝없이 이어지는 오르막길은 끝날 줄을 몰랐다. 얼음 같은 비, 강요된 침묵은 이들을 각자 상념 속으로 고립시켰으며 늘 반복되는 질문의 늪에서 허우적거리는 것 같았다.

도망치는 게 옳은 길일까? 괜찮은 선택인가? 이게 최선이었나? 혹시 지금 당장 잡히기라도 한다면? 당장은 아니더라도 내일 체포된다면? 안내인은 믿을 만한 사람일까? 얼마를 더 가야 하지?

바람을 덜 받고자 몸을 있는 대로 웅크린 채 온 신경을 집중해 한 걸음씩 내딛으며 남편과 아내는 반복되는 악몽을 꾸는 기분이었다. 안내인이 어떤 길로 갈지 망설이는 잠깐의 순간마다 눈을 들어 올리는 두 사람은 비의 장막 속으로 보이는 광활한 야생이 밑도 끝도 없는 심연 같다고 생각했다.

목적지에 닿을 수 있다는 희망마저 깡그리 잃어버릴 때쯤 동굴이 나타났다. 커다랗게 뻥 뚫린 시커멓고 음울한 입구는 눈 속에 박힌 흉측한 상처 같았다. 아이의 엄마는 너무 놀랐는지 조용히 하라는 지시도 잊고 고함을 질렀다. 여자아이는 잡고 있던 아버지의 손을 놓더니 호기심에 두 눈을 동그랗게 뜨고는 기욤 옆에 바짝 달라붙었다. 여자아이는 얌전히 있으려고 무진 애를 썼다. 그것만이 부모의 불안감을 덜어주기 위해 아이가 찾아낸 유일한 방법이었다. 부모가 많은 것을 숨기고 있었지만 아이는 본능적으로 위험을 감지했다. 아이는 저항과 불평을 하지 않고 어른들이 하자는 대로 따랐다.

기욤은 손전등을 켜고 어둠 속으로 들어갔다. 동굴은 밖에서는 짐작도 할 수 없을 정도로 훨씬 깊었고 비가 내리고 있는 바깥 공기와는 대조적으로 내부 공기는 놀라우리만큼 건조했다. 불빛 아래로 여러 장의 담요와 부싯돌, 수북한 장작과 나뭇가지 더미, 양동이, 산악 등반용 로프 두 뭉치가 보였다. 아이 아버지는 그제야 안심이 되는지 큰 소리로 환호성을 질렀다.

"여긴 제대로 살림이 갖춰져 있군요."

"완벽히는 아니지만 두어 밤 지낼 정도는 될 겁니다. 땔감도 충분하고요."

기욤은 메고 있던 배낭을 내려 커다란 장작 세 조각을 꺼냈다. 산행 때마다 매번 비축해 놓지 않으면 한꺼번에 두 배를 날라야 해서 기욤은 매번 장작을 챙겼었다. 놀란 아이의 아버지는 벌어진 입을 다물지 못했다. 기욤은 남편의 심란한 마음을 짐짓 모르는 척하며 말을 이었다.

"쉬어가기 안성맞춤인 곳이죠. 몸 좀 녹이세요. 먹을 것도 조금 있어요. 배 많이 고프실 텐데."

기욤은 불을 지피기 위해 나뭇 더미 앞에 웅크리고 앉았다. 나뭇가지에 불이 붙자 원추형으로 쌓아올린 작은 장작더미에 금세 불이 옮겨 붙었다. 기욤 곁에 쪼그리고 앉아 있던 여자아이는 기쁜 탄식을 내뱉었다.

"아저씨는 인디언이야?"

"내가 인디언처럼 보이니?"

"인디언에 관한 책이 있는데 거기 보면 인디언은 돌멩이만 가지고도 불을 피울 수 있대요."

"이거 어쩌나. 너도 보다시피 난 성냥이 있어야 불을 피우거든."

"그래도 멋있어요. 아빠는 이런 걸 한 번도 한 적이 없거든요."

"아빠는 대신 다른 많은 걸 하실 수 있으실 거야."

"아빠는 다리를 잘 만들어요."

기욤은 아이의 말을 중단시키고 싶었다. 그는 이들에 대해서는 아무것도 알고 싶지가 않았다.

여자아이는 누가 뭐라 하지도 않았는데 제 풀에 입을 닫고는 생각에 잠긴 얼굴로 불길을 뚫어지게 바라보았다. 어찌나 신기해하며 쳐다보는지 기욤은 가슴이 찢어지는 것 같았다. 아이의 아버지는 부인에게 여러 장의 담요를 덮어준 다음 주머니를 뒤져 지갑을 꺼냈다. 뭔가 거북스러워하는 표정이었다.

"3천 프랑이라고 하는데 맞습니까?"

"3천 프랑이라뇨?"

"국경을 넘게 해주시는 비용 말입니다. 다들 그렇게 받는다고 하던데."

"사람들이 잘못된 정보를 드렸나 보네요. 그 돈은 넣어두세요. 국경 넘어가면 필요하실 테니까요."

"저, 정말입니까? 고맙습니다. 어떻게 감사를 드려야 할지."

"감사는 스위스에 가신 다음에 하셔도 늦지 않습니다."

"언제 다시 출발하나요? 내일?"

"내일 당장은 아닐 겁니다. 우선 길이 열리는 대로 가야죠."

"그럼 확실한 건 없는 건가요? 당신은…… 아, 아니, 선생께서는…… 어떻게 해서 저희를……."

"조용히 하세요. 전 안내만 도울 뿐입니다. 물론 불안해하신다는 건 짐작합니다. 그렇지만 선택의 여지가 없으니 어쩌겠습니다. 모르면 모를수록 입을 열 가능성이 낮아지니까요."

아이의 아버지가 대꾸를 하기도 전에 무슨 소리가 들렸다. 일행은 모두 바짝 긴장했다. 분명 밖에서 들리는 소리였다. 돌멩이들이 비탈길을 구르고, 누군가 다가오며 내는 웅성거림. 동굴을 향해 누군가 오고 있었다.

기욤은 일행에게 어두운 곳, 동굴 제일 깊숙한 곳으로 물러나 있으라 손짓을 했다. 모닥불과 담요 등이 고스란히 노출된 상태라 사실 동굴 안으로 좀 더 들어간다고 해서 될 일은 아니었다. 기욤은 날쌔게 배낭을 뒤져 권총을 꺼낸 다음 총신을 확인하고 총알을 하나 집어넣고 밖으로 뛰어나갔다. 모든 동작을 하는 데 채 1분도 걸리지 않았다. 밖으로 나가자 키가 큰 사람이 동굴 입구보다 약간 아래쪽에서 누군가를 기다리고 있었다. 회색 군인 제복은 축축하고 흐린 날씨와 완벽하게 하나가 되었다.

"안녕하십니까, 의사 선생님."

작은 소리로 속삭였기 때문에 동굴 안에 있는 도주자들에게는 들리지 않았다. 기욤은 총기의 안전장치를 조여 요대에 쑤셔 넣고 독일군에게로 가 그와 악수를 했다. 비는 이제 막 그쳐 있었다. 어둑어둑한 날씨 속에서 보이는 브라운 중위의 모습은 마치 대리석에 새겨놓은 것처럼 반듯했다. 기욤 역시 도주자들이 놀라지 않게 하기 위해 작은 목소리로 속삭였다.

"준비된 건 모두 이상 없습니까?"

"물론입니다. 그들은 도착했습니까?"

브라운 중위가 물었다.

"네. 방금 도착했습니다."

"시간이 꽤 오래 걸렸군요."

"아이가 껴 있었습니다. 산이라고는 생전 처음 넘어보는 사람들이었고요."

"무사하니 다행입니다."

"그럼 언제 다시 출발하면 되겠습니까?"

"모레 새벽엔 순찰 계획이 없습니다. 부하들은 성탄절 기념으로 총통이 하사한 화주에 취해서 따뜻한 이불 속에서 뒹굴 테고요."

"모레. 알겠습니다."

기욤은 진심을 전할 수 있는 감사의 말을 하려고 잠시 머뭇거렸다. 얼마 전까지만 해도 기욤은 경계심을 늦추지 않고 브라운 중위가 주는 정보를 매번 재확인하곤 했었다. 기욤은 이제는 사정이 달라졌음을, 경계심이 완전히 사라졌음을 알려주고 싶었다. 적절한 말을 찾지 못한 기욤은 그저 하나 마나인 말 한마디를 건넸다.

"많이 긴장되시겠습니다."

"아니라곤 할 수 없군요. 며칠 전 부하들을 호되게 혼냈습니다. 아마 그들은 상사인 내가 악몽을 꾸면서까지 유대인들을 사냥하는 자라고 굳게 믿고 있을 겁니다."

브라운 중위는 말을 하며 뿌듯해하는 눈치였다. 기욤은 대체 이자를 움직인 동기가 무엇일까 궁금해 그를 찬찬히 살폈다.

"그래도 위험한 일이죠."

"아무리 해도 충분하지 않죠!"

브라운 중위의 어조에서 더 이상의 말은 금물이라는 분위기가 풍겼다. 기욤은 문득 미친 듯이 담배가 피우고 싶었지만 꾹 참았다. 밝은 달밤의 환한 불빛만큼이나 담배 냄새도 위험할 수 있었다. 더구나 동굴 속에 있을 가족들은 불안에 떨고 있을 터였다. 그들이 동굴 밖으로 나와 자신이 독일군과 함께 있는 걸 보기라도 한다면 기름 위에 물을 붓는 꼴이 될지도 몰랐다. 기욤이 동굴로 다시 들어가려는 찰나 브라운 중위가 다시 입을 열었다.

"이곳은 정말 아름답습니다."

"이 정도는 아무것도 아니죠. 이곳의 여름은 경사면이 온통 보라색, 노란색 꽃으로 뒤덮이고 투명한 햇살이 쏟아지는 가운데 주위에서는 침묵의 맥박만 뛰죠. 저 멀리 호수엔 햇살이 반사되어 반짝거리고요. 난 정말 이곳을 사랑합니다!"

"그 마음을 알 것 같군요."

"전쟁이 끝나는 대로 이곳에서 앙젤리나와 결혼할 생각입니다. 오그라이용의 목초지 근처 작은 예배당에서 말입니다."

기욤은 말하면서 상대의 얼굴을 살폈으나 브라운 중위는 잠자코 지평선만 응시할 뿐이었다. 기욤은 짧은 순간이지만 몹시 부끄러웠다. 상황을 고려할 때 자신이 방금 느낀 질투의 감정은 한마디로 뜬금없었다. 브라운 중위와 앙젤리나의 일로 계속 속을 끓인 건 사실이었지만.

브라운 중위는 앙젤리나에게 관심이 있었다. 그건 장담할 수 있었다. 기욤은 다만 앙젤리나 역시 그 사실을 알고 있는지 그녀 역시 브라운 중위에게 호감을 가지고 있는지를 알지 못해 애가 탈 뿐이었다. 기욤은 월요일, 브라운 중위의 방문에 대해 말할 때 앙젤리나가 유난히 흥분하며 말한다는 사실로 미루어 짐작만 하고 있을 뿐이었다.

그때 갑자기 밤의 어둠을 뚫고 울부짖는 소리가 들렸다. 두 남자는 누가 먼저랄 것도 없이 동시에 전율을 느꼈다.

"뭐죠?"

브라운 중위가 먼저 말을 꺼냈다.

"늑대입니다."

"늑대라니, 난생처음 듣는 소립니다. SS소속 늑대라면 모를까."

브라운 중위는 씁쓸하게 미소 지었다.

"전 이만 돌아가서 사람들을 안심시켜야겠습니다. 여기서 기다리시겠습니까?"

기욤이 어깨를 한번 으쓱해 보이곤 말했다.

"얼른 다녀오시죠. 곧 깜깜해질 테니까요."

동굴 안에는 엄마와 아이의 모습은 보이지 않고 남편만 보란 듯이 불 곁에 앉아 있었다. 혹시라도 침입자가 쳐들어왔을 때 자신만 잡아가라는 무언의 시위처럼 보였다. 이를 천진하다고 해야 할지, 아니면 절망의 나락으로 떨어지지 않기 위한 맹목적 투지의 발현이라고 해야 할지 몰랐다.

이들은 오래전부터 쫓기던 처지인지라 매 순간 자신들의 존재를 조금씩 희생해 가며 목숨을 부지해 갔다. 말하자면 가정, 일, 사회적 지위, 돈, 재산 등을 차례로 포기하는 것이었다. 때로 가족 가운데 한 명이 희생되는 경우도 있었다. 마치 지금의 상황처럼. 기욤은 쓸데없이 밖에서 오랜 시간을 보낸 것이 미안해져 남자를 안심시켰다.

"야생 염소들이었습니다. 전 이만 내려가 보겠습니다. 곧 돌아올 테니 그동안 준비 잘하고 계십시오. 이틀 후, 25일 아침 일찍 출발할 겁니다."

"확실한 겁니까?"

"산이 허락하는 한 확실하다고 해야겠죠. 마지막 지시 사항을 전달하러 내일 다시 오겠습니다."

"혹시 그 안에 무슨 일이라도 생기면…… 선생님께 연락을 드려야 하나요?"

남자는 제발 같이 있어달라, 같이 있으면서 앞으로의 상황을 상세하게 설명해 달라는 말이 목구멍까지 올라왔지만 차마 입 밖으로 꺼내지 못했다. 남자는 세상 물정 모르는 순진하기만 한 사람은 아니었다. 앞으로 어떻게 될지, 언제, 누구에게 자신들의 목숨을 위탁해야 할지 그것이 불안할 뿐이었다. 지나치게 말을 많이 하면 위험을 초래할 수 있음을 모르지 않았지만 막연한 기다림이 주는 불안감은 모든 합리적인 사고를 머리에서 쓸어버리고 있었다. 남자는 극심한 두려움에 사로잡혀 숨도 제대로 쉬지 못하는 상태였다.

기욤은 단숨에 이를 간파하고 일부러 엄격한 투로 말했다.

"선생님, 똑똑히 들으세요. 지금은 충분히 휴식을 취하면서 이 여정이 성공적으로 마무리될 것으로 믿고 기도하는 것이 선생님께서 하실 수 있는 최선입니다. 이틀만 지나면 모든 위험에서 벗어나 스위스에 계실 테니 걱정 마십시오. 삶이 새로 시작되는 거죠. 물품 조달을 비롯한 나머지 일들은 제가 다 책임지니 걱정 마세요. 아시겠습니까?"

남자는 말없이 동의했다. 어깨를 축 늘어뜨린 남자는 고개만 끄덕일 뿐이었다. 바로 그 순간 기욤은 어째서 레지스탕스에 가담했는지 그 이유를 온몸으로 알 수 있을 것 같았다. 다시는 이 같은 굴욕을 당하지 않기 위해서였다. 희망의 부재보다도 더 고약한 인간으로서의 자괴감.

기욤은 서두르는 척하며 남자와 막 모습을 드러낸 아내와 어린 소녀에게서 몸을 돌렸다. 기욤은 자신에게 인사를 건네는 아이의 모습을 차마 마주할 수 없었다. 기욤의 눈에서 마구 흘러내리는 눈물이 시야를 흐렸다.

오솔길을 벗어날 무렵 하늘에 어둠이 깔리자 기욤은 손전등을 켰다. 브라운 중위는 확고부동한 자세로 기욤의 뒤를 조용히 따랐다. 같은 길을 여러 차례 반복해서 지나다닌 사람 못지않게 거리낌 없는 걸음걸이였다. 평지에 익숙한 사내치고 대단한 산 타기 실력이었다. 기욤은 어둠 속에서 슬며시 미소 지었다. 독일군 장교와 비밀 국경 안내인이 염소들만 드나드는 오솔길에서 친구처럼 앞서거니 뒤서거니 하며 걷는 장면은 누가 봐도 신기한 광경이 아닐 수 없었다. 바로 옆이 절벽이어서 누구 한 명이 건드려 둘 중 하나가 낭떠러지에 떨어져도 전혀 이상할 것 없는 상황이었으니까.

고갯마루에 도착한 두 사람은 잠시 숨을 고르기 위해 걸음을 멈추었다. 세자르의 양 우리에서 몇백 미터, 생마르탱 마을에서 걸어서 한 시간 정도 떨어진 곳이었다. 반면 여기서부터 브라운 중위는 숲을 가로지르는 오르막길을 올라야 했다. 지름길 입구 포장도로변에 차를 숨겨두었던 것이었다.

브라운 중위는 신선한 공기를 듬뿍 들이마셨다. 바람에 등 떠밀려 흘러가는 구름들 사이로 비로드 천처럼 부드러운 하늘을 수놓은 별들이 빠끔빠끔 얼굴을 내밀었다. 뾰족한 산 정상에서 갑자기 커다란 보름달이 솟아올랐다. 달은 대지의 안개 속에서 몸을 빼내기 망설여진다는 듯 예리한 바위 끝에 둥둥 매달려 언제까지고 그렇게 있을 것처럼 보였다. 이내 마냥 게으름을 피우는 듯 둥실 떠오르더니 구름 속으로 모습을 감춰 버렸다.

"이제 말씀해 주시죠, 브라운 중위님."

"그냥 페터라고 불러주세요, 의사 선생님."

"저도 편하게 기욤이라고 부르세요. 한데 임무라뇨?"

"이건 또 다른 형태의 전쟁이죠. 군인들이 하는 전쟁과 다른 전쟁. 선의를 가진 인간들의 전쟁이라고나 할까요."

기욤은 브라운 중위의 말에 빙그레 미소 지었다. 동의한다는 표시였다. 기욤은 독일군 장교의 말을 완벽하게 이해할 수 있을 것 같았다. 전쟁이 아니었더라면 두 사람은 친구가 되었을지도 몰랐으니까.

한 달 전, 브라운 중위가 자신의 집에 불쑥 쳐들어왔을 때 기욤은 그를 죽일 작정이었다. 그렇지만 두 사람이 함께 걸어온 길이 모든 의심과 경계심을 날려 버렸다. 브라운 중위가 이제까지 자신의 선의를 보여주기 위해 제시한 그 어떤 증거보다 확실했다. 페터의 말이 맞았다. 이건 독일 사람, 프랑스 사람, 군인 또는 레지스탕스, 어느 편에 서서 전쟁에 가담하는가 따위의 문제가 아니었다. 오직 인간으로서의 양심의 문제였다. 상황이 너무도 급속도로 진행되는 바람에 두 사람은 마치 거부할 수 없는 거대한 소용돌이 속에 빨려 들어가는 것 같았다.

브라운 중위는 11월 어느 날 저녁 홀로 자신을 찾아왔다. 기욤이 막 하루 일과를 마치고 진찰실을 닫으려는 시간이었다. 때마침 셀레스틴이 생마르탱 반대편 끝에 사는 딸의 집에 간다며 서둘러 퇴근한 직후였다. 가택수색도 위협도 우회적인 유도신문도 없었다. 브라운 중위는 그저 책상 위에 한 장의 서류를 내려놓았다. 서류에는 일련의 이름이 적혀 있었고 기욤은 이름들 가운데 자신과 같은 조직에 속할 것으로 짐작해 온 남자 세 명, 여자 두 명의 이름을 발견했다. 마르키라는 가명의 이름은 분과 우두머리가 틀림없었다.

기욤은 머릿속으로 어떻게 이 위기를 모면할 수 있을지 궁리했다. 도망칠 것인가, 이 독일 장교를 죽일 것인가 고민하는 사이, 브라운 중위가 입을 열더니 레지스탕스에 대해 이야기하기 시작했다. 프랑스 사람들이 아닌 그 자신의 저항 이야기였다. 자신이 속한 군대에 의해 자행되는 잔혹 행위들에 염증을 느낀 독일군 중위, 총통이라는 자가 광기의 심연으로 끌어들인 조국의 처참한 모습 앞에서 절망하는 한 인간의 저항.

그의 말에 따르면 레지스탕들 가운데서 자신의 선의를 납득해 줄 만한 인물을 골라내는 일이 제일 어려웠다고 했다. 브라운 중위는 무조건 자신의 도움을 제안하기보다 도주하는 유대인들이나 공산주의자들, 그 이외에 독일에 점령된 프랑스를 떠나기 위해 무엇이든 할 준비가 되어 있는 자들을 스위스 국경까지 안내하는 조직의 계보를 상세하게 작성하는 쪽을 택했다. 또한 수사는 비밀리에 진행되어야 했기에 그만큼 더 대담하게 행동했다고 했다. 오히려 부하 병사들을 속이는 건 쉬운 편에 속했다. 그저 노발대발하며 시원찮은 실적을 나무라고 호통만 치면 되기 때문이었다. 이를테면 빈 수레가 요란하단 식이었다. 브라운 중위는 분대에서 제일 멍청한 두 명을 골라 직속 부관으로 삼았다. 에리히는 멍청하진 않지만 복종심이 지나쳐 예리하지 못했고, 한스는 말 궁둥이와 콧구멍도 구별 못할 얼간이었다.

대략 브라운 중위가 기욤을 찾아와 설명한 내용이었다. 브라운 중위는 비밀리에 진행한 수사의 결과를 아무런 대가 없이 기욤에게 내밀었다. 비밀을 지켜달라는 당부만 하고. 오히려 기욤이 얻을 수 있는 모든 정보를 적극적으로 제공하겠다고도 했다. 브라운 중위는 자신의 선의를 증명하기 위해 각종 공식 명령과 사적인 서신, 사진, 골짜기에 주둔 중인 독일군 병영의 상세한 지도, 자신이 속한 부대의 조직도, 정확한 병력, 무기 보유 상황, 현재 진행 중인 작전, 정찰 빈도 등을 포함하는 서류 뭉치도 가져왔다. 서류엔 아주 사소한 것에서부터 가장 민감한 사안에 이르기까지 그야말로 모든 세부 사항이 들어 있었다. 한마디로 모든 게 완벽해 보이는 종이 뭉치였다.

처음에 기욤은 의심부터 들었다. 그럴듯한 설명을 늘어놓으며 함정을 파놓은 것일 수도 있었으니까. 기욤은 세 번에 걸쳐 브라운 중위를 시험했다. 거짓으로 국경 안내를 조직했는데도 정찰 병력은 볼 수 없었다. 브라운은 진심인 것 같았다. 독일군이 저지른 몇몇 살육행위에 대해 언급할 때면 브라운 중위의 얼굴은 말 그대로 처참하게 일그러졌다. 아무리 뛰어난 배우라 해도 표정 연기를 이 정도로 실감나게 할 수는 없을 것이었다.

"시간이 벌써……."

기욤이 시계를 보며 말했다.

"다음번 접촉 때도 똑같은 신호를 사용할까요?"

브라운 중위가 서두르며 물었다.

"네. 매주 월요일, 덧문 하나는 닫고 나머지 하나는 열기. 혹시 긴급 상황이 발생하면……."

"그럴 리는 없겠지만 병영으로 오십시오. 보고할 것이 있어 날 보러 왔다고 하면 됩니다. 당신은 의사니까 그런 구실이면 얼마든지 통할 겁니다. 아니면 휘발유 배급표 때문이라고 하거나요. 어쩌면 그게 더 그럴듯할지도 모르겠습니다."

"알겠습니다."

"행운을 빌어요, 기욤."

또다시 울부짖는 소리가 들리자 두 사람은 소스라치게 놀랐다. 이번에는 아주 가까이에서 들렸다.

"놈들이 공격하는 겁니다."

기욤이 투덜거리며 말했다.

"놈들이라뇨?"

"늑대 말입니다. 목초지 쪽인데, 세자르의 양 떼가 위험해요. 그리로 가봐야겠습니다."

"잠깐, 같이 갑시다."

"안 됩니다. 누군가 달려오기라도 한다면 우린 모두 총살감이라고요. 총도 있으니 혼자 가보겠습니다."

"그럼, 조심하십시오."

기욤은 브라운 중위의 말이 채 끝나기도 전 어둠 속을 향해 달려가고 있었다. 깜깜한 암흑 한가운데서 기욤이 들고 있는 손전등이 미친 불길처럼 흔들렸다. 브라운 중위는 기욤의 당부에도 그를 따라갈까 망설였다. 말로만 듣던 늑대가 어떻게 생겼는지 보고 싶어 미칠 지경이었다.

벨은 늑대들의 울부짖음을 듣자 몸을 부르르 떨더니 제 꼬리를 잡을 듯 혼자서 빙빙 돌며 낑낑거렸다. 영원한 적수를 맞이하고 싶은 마음에 피가 들끓는 듯했다. 한 떼거리가 다가오고 있었다. 타고난 본능과 유전자에 충실한 나머지 벨은 지하터널을 이용해 돌로 지은 대피소를 빠져나왔다. 벨에게 늑대 떼는 낯선 존재가 아니었다. 벨은 냄새로 녀석들을 알아챘다. 여름에도 이미 마주칠 뻔한 적이 있었는데 벨이 산토끼의 자취를 따라가고 있을 무렵 매우 강력한 놈들의 체취가 전해졌던 것이었다.

벨은 어깨 통증 따위 아랑곳하지 않고 냅다 달렸다. 핏속에서 에너지가 넘쳐흘렀으며 고르지 못한 지면을 덮은 눈 덕분에 달리기가 한결 수월했다. 벨은 비탈길을 달려 꽁꽁 얼어붙은 울창한 진달래 관목숲을 돌아 목초지 바로 위, 세바스찬과 같이 간 적 있는 숲으로 뛰어들었다.

벨이 골짜기의 완만한 경사지에 나무들이 빽빽이 늘어선 곳에 이르렀을 때, 늑대들은 반쯤 지붕이 덮인 울타리 앞에서 반원형의 대열을 이루고 있었다. 나무 울타리 하나만이 겁에 질려 울부짖으며 빙빙 맴만 돌고 있는 양 떼들과 늑대들을 갈라놓고 있었다. 힘이 센 양 떼들이 판자벽 쪽으로 밀리면서 판자벽이 삐거덕 소리를 내자 늑대들은 방어벽이 완전히 무너지는 순간을 기다리는 듯 미동도 하지 않고 있었다.

망설이는 기색 없이 양 떼 한가운데로 파고든 벨은 무리를 이끄는 늙은 양 곁을 지나 미끄러지듯 몸을 날려 늑대 떼와 양 떼 중간에 배를 깔고 엎드렸다. 콧구멍을 벌름거리며 털을 바짝 세운 벨은 뱃속 저 깊은 곳에서부터 끌어 올린 듯한 소리로 으르렁거렸다. 상대에게 죽을 때까지 싸우겠다는 의도를 이보다 더 확실하게 전달할 수는 없을 것이었다.

기욤은 세자르의 양 우리로 향하며 끔찍하게 피가 튀는 현장을 목도하게 되리라 믿어 의심치 않았다. 울부짖는 소리가 끊이지 않았고 산 전체는 마치 지옥 같은 투쟁의 무대가 되어버린 듯했다. 목초지로 들어가는 작은 언덕을 오르던 기욤은 자신이 적절한 타이밍에 도착하게 되자 적잖이 놀랐다. 어찌 된 영문인지 늑대들이 공격을 하지 않고 있었던 것이었다. 잠시 후에야 하얀 괴물이 세바스찬의 개입을 깨달았다.

벨은 주둥이에서 침을 질질 흘리고 있는 늑대 여섯 마리를 앞에 두고 늠름하게 버티고 있었다. 컹컹 소리를 내며 우렁차게 짖다 사납게 으르렁거리기를 반복하며 늑대를 향해 겁을 주고 있었다. 늑대들은 처음과 달리 풀이 죽은 소리로 울부짖었다. 늑대들은 수적으로 훨씬 우세했지만 신중하게 거리를 둔 채 관망할 뿐이었다.

기욤을 발견한 벨은 한층 더 용감해져서 무리의 선두에 선 늑대 두 마리 쪽으로 다가갔다. 녀석들은 곧 꽁무니를 내리며 뒷걸음질 쳤다. 안전거리가 확보되자 늑대 떼가 다시 동요하며 포위 대열을 가다듬는 동안 암컷 한 마리와 새끼 늑대 두 마리가 제일 먼 쪽에서부터 판자벽을 통과하려고 시도했다.

기욤은 두려움과 마법에 걸린 듯한 묘한 감정으로 벨이 하는 양을 지켜보았다. 늑대들은 벨의 기세에 눌려 공격할 엄두를 내지 못하고 있었다. 혈기 충만한 벨은 단 한 뼘도 물러나지 않았다. 이 광경에 놀란 기욤은 동물 세계에서 통용되는 엄청난 폭력에 매혹당해 감히 뛰어들 엄두도 내지 못하고 있었다. 아슬아슬 유지되고 있는 균형을 깰까 봐 두려웠기 때문이었다. 기욤의 마음 한 부분에서 늑대 떼와 개 중 누가 최후의 승자가 되는지 지켜보고 싶은 마음에 조바심 나는 것도 사실이었다.

암컷 늑대의 의중을 간파한 벨은 무리의 우두머리인 나이 든 수컷 늑대와 다시 공격조로 돌아온 새끼 늑대 두 마리를 제쳐 두고 암컷 쪽으로 몸을 날려 놈을 도망가게 했다. 그러는 사이 양들은 가슴을 도려내듯 애처로운 울음을 울어댔다. 두려움에 떠는 양들이 제멋대로 빙빙 맴을 돌고 판자벽에 몸을 부딪치는 바람에 판자벽이 금방이라도 무너질 듯 위태로워 보였다. 자신들의 행동이 스스로의 몰락을 자초할 수도 있다는 사실을 양들은 전혀 모르는 듯했다. 마침내 무서운 충격이 판자벽을 뒤흔들자 늑대들은 표적을 향해 포위망을 좁히며 다가왔다.

기욤은 그제야 무기력한 관객 상태에서 벗어나 짐승들을 뒤로 물리기 위해 고함을 지르며 달려갔다. 늑대 한 마리를 젖힌 기욤은 울타리로 뛰어들었다. 고함 소리와 포식자들의 냄새에 잔뜩 겁을 집어먹은 양 떼들이 갈피를 잡지 못하고 우왕좌왕했다. 위기 상황에서 녀석들은 생존 본능에 떠밀려 가능하지도 않은 도주를 시도하려는 것이었다. 양들이 엄청난 소용돌이를 일으키며 판자벽으로 몰려오자 기욤은 그때를 틈타 울타리 위로 올라섰다.

무엇보다 양 떼들을 진정시켜야 했다. 양 떼들이 판자벽을 무너뜨리고 밖으로 나간다면 늑대들은 가만히 앉아서 포식할 것이 뻔했다. 그때 무리에 의해 떠밀린 숫양 한 마리 때문에 기욤이 바닥으로 굴러 떨어졌다. 한쪽 발이 바닥과 판자 사이에 있던 구멍 속에 박혔다. 발목을 접질렸는지 극심한 통증이 느껴지면서 자연스레 비명 소리가 터져 나왔다. 그 소리에 놀란 양 떼들은 다시 한 번 법석을 떨었다. 말짱한 한 다리에 의지해 몸을 일으킨 기욤은 늑대 우두머리를 향해 곧장 돌격하는 벨을 보았다. 그가 지른 절망적인 비명 소리에 이끌린 벨은 무섭게 공격을 해댔다. 그와 동시에 기적처럼 양 떼가 안정을 되찾고 모처럼 고요가 내려앉았다. 놀라운 일이었다.

늑대들은 숲 쪽으로 도망쳤다. 칠흑 같은 어둠이 순식간에 그들을 집어삼켰다. 등 언저리 털을 바짝 세운 벨은 여전히 녀석들을 뒤쫓아 갈 태세였다. 마침내 자신의 승리를 확인한 벨은 기욤에게 오더니 팔 하나 정도 거리에 우뚝 멈춰 섰다. 점차 으르렁거리는 소리가 잦아들고 잔등의 털도 얌전하게 눕자 녀석도 자리에 털썩 주저앉았다.

기욤은 망설여졌다. 벨이 정말 흥분 상태에서 벗어난 것일까 하는 의구심이 들었다. 때마침 휘몰아친 바람 때문에 기욤은 퍼뜩 정신을 차렸다.

기욤은 양팔을 이용해 판자벽 위로 올라갔다. 최대한 온몸을 비비 꼬아 다치지 않은 한쪽 다리에 몸무게를 싣고 울타리 반대편으로 내려섰다. 관자놀이 근처에 진땀이 송골송골 맺혔다. 신중을 기하기 위해 기욤은 부드러운 목소리로 나지막하게 말했다.

"벨, 나 기억하지? 날 겁낼 필요 없어. 더구나 내가 좀 다쳤거든."

벨은 아무 감정도 내비치지 않고 진지하게 기욤의 말을 들었다. 방금 전 그토록 흥분한 모습을 보였던 걸 생각한다면 정말이지 경이로운 침착함이었다. 기욤이 판자벽 울타리에 이어 양 우리 벽을 따라 절뚝거리며 걷자 벨은 잠자코 그를 관찰할 뿐 미동조차 하지 않았다. 운 좋게도 멀지 않은 곳에 썰매 하나가 물기를 말리기 위해서인지 비스듬히 세워져 있었다.

다리를 다친 기욤이 유일하게 생마르탱에 갈 수 있는 수단이었다. 산에서 제일 가파른 경사면을 향해 완만하게 경사진 목초지를 가로지르기만 하면 될 것 같았다. 움푹 파인 곳에 빠지거나 바위에 부딪히지만 않기를 바랄 뿐이었다. 기욤은 보통 스키는 타고 다녔지만 이처럼 높은 썰매는 처음이었다. 깜깜한 밤중엔 더 말할 것도 없었다. 기욤은 양 떼들을 구하러 미친 듯이 달려오는 동안 어딘가에 손전등을 떨어뜨린 게 이제야 떠올랐다. 다행히 하늘이 약간 밝아지면서 보름달에 가까울 만큼 큼지막한 달이 모습을 드러냈다.

세자르의 양 우리에서 아침이 될 때까지 기다리는 편이 나았을지도 몰랐다. 동굴에 남겨둔 도주자들만 아니었다면 대피소로 갈 수도 있었다. 기욤은 브라운 중위의 도움을 거절한 자신을 저주했다. 어떻게 해야 할지 결정을 내리려는 순간 도주자들의 얼굴이 떠올랐다. 어린 소녀의 아버지의 눈에서 읽은 불안감이 자꾸 마음에 걸렸다. 지나친 경계심, 의심과 절망감 등등. 마치 배신당하거나 막다른 골목에 몰렸다고 느껴지면 어떤 미친 짓이라도 서슴없이 할 것 같은 눈빛이었다.

썰매를 타고 목초지를 가로지르는 것은 생각했던 것보다 쉬운 일이 아니었다. 경사가 완만한 곳은 팔 힘을 이용해 썰매를 끌고 가야 했다. 반대로 활강 시에는 양팔로 제동을 걸어 속도를 조절해야 했다. 다친 다리를 혹사시키지 않는 지혜도 필요했다. 허벅지 골절상이라도 입는 날엔 완전히 죽음이었다.

골짜기가 끝나는 남쪽 경사면 언저리에 도착하자 기욤은 썰매에 큰 대자로 누워 가쁜 숨을 몰아쉬었다. 심장이 투닥투닥 급하게 요동치고 있었다. 지금이라도 양 우리로 돌아갈 수 있었다. 힘은 들겠지만 불가능한 일은 아니었다. 반대로 계속 비탈길을 내려간다면 멈추지 않고 끝까지 가야 했다. 안내인 노릇 하랴, 양 떼를 구하러 뛰어다니랴 밖에서 떠돈 지 벌써 여덟 시간째였다. 점점 붓는 발목 부상도 걱정스러웠다. 무심코 뒤를 돌아본 기욤은 줄곧 벨이 자신을 따라오고 있음을 알아차렸다. 기욤이 눈 속에서 낑낑대는 동안 벨은 점잖게 몇 미터 정도의 거리를 유지한 채 기욤 옆을 지켰다. 기욤은 벨이 여기서 뭘 하고 있는지 궁금했다.

"여기서 잠들면 아마 코를 엄청 골아댈 거야. 더 늦기 전에 그만 출발해 볼까?"

기욤은 스스로 두려움을 떨쳐 내기 위해 혼잣말하듯 벨에게 말했다.

경사지를 관통하는 건 예상보다 훨씬 어려웠다. 기욤은 눈 속에서 썰매를 타고 미끄러져 내려가다 언덕이 나오면 썰매 앞에 묶어놓은 동아줄을 잡아당겨 끌면서 걸어갔다. 체력을 아껴둬야만 했다. 바람에 휘날리는 얼음 조각이 외투 안으로 파고들며 살갗을 사정없이 때렸다. 기욤은 연신 딸꾹질을 하며 앓는 소리를 내다 급기야 머리를 눈 속에 처박았다. 체력이 모자랐다. 기욤은 이대로 시시하게 생을 마감하고 싶진 않았다. 뜨거운 눈물이 뺨을 적시자 기욤은 잠시 마음이 놓였다. 바로 그때 자신을 쓰다듬는 축축한 감촉을 느꼈다. 벨이 살갗에 코를 갖다 대고 킁킁거리는 중이었다. 기욤은 정신을 가다듬고 꽁꽁 얼어붙은 두려움의 파도가 지나가길 기다렸다.

벨은 몸을 움찔움찔하더니 썰매 앞에 와서 섰다. 동아줄이 이리저리 흔들리는가 싶더니 기욤의 손가락 사이로 빠져나갔다. 벨이 동아줄을 잡아당기고 있었다. 기욤은 정신을 차릴 겨를도 없이 기계적으로 썰매 위에 올라탔다. 벨이 썰매를 끌었다. 한 번 힘껏 당기는 것만으로 언덕을 넘기에 충분했다. 썰매는 날아갈 듯이 달렸고, 기욤은 그저 두 눈을 질끈 감았다.

4

세자르는 망할 놈의 달 때문이라고 생각하며 제자리를 빙빙 맴돌았다. 불을 꺼뜨리는 재주를 가졌던 조상 중 한 분이 달이 사람의 행동에 영향을 끼친다고 주장하곤 했었다. 산에 사는 사람들은 달에 더 민감하다는 말도 농담 삼아 덧붙이곤 했다.

세자르는 술이 너무나도 그리웠다. 그는 고문에 가까운 유혹에 지지 않으려고 날이면 날마다 무진 애를 썼다. 더도 말고 딱 한 방울만 마시고 싶었다. 반주 삼아 딱 한 잔. 정말 딱 한 잔. 스스로에게 짜증이 난 세자르는 곁눈질로 바느질에 열중하고 있는 앙젤리나를 힐끔 바라보았다. 세바스찬은 옆에서 할아버지의 눈길을 피하며 못마땅한 표정을 짓고 있었다. 세자르는 일부러 큰 소리로 한숨을 쉬었다. 기분이 별로 좋지 않다는 것을 어필하기 위한 수작이었지만 세바스찬은 가위로 성탄절 장식을 자르는 데만 코를 처박고 있을 뿐이었다. 그때 밖에서 누군가를 부르는 소리가 들리는 것 같았다. 세자르는 자신의 뱃속에서 나는 신음 소리가 아니라면 바람 소리겠거니 생각했다.

"어라?"

세바스찬이 벌떡 일어났다. 현관으로 달려가 문을 열자 이제껏 한 번도 본 적 없는 희한한 커플이 문을 막아서고 있었다. 세자르는 얼른 총을 집어 들었다. 누군가를 공격하겠다는 의지보다는 몸에 밴 조심성의 발현이었다. 세바스찬은 어느새 집 밖으로 뛰어나가고 있었다.

밖에는 흰 개가 썰매의 동아줄을 땅바닥에 내려놓고 있었다. 썰매에 누워 있던 남자가 손을 흔들었다. 세자르는 남자가 바로 기욤이라는 것을 알아챘다. 세바스찬은 벨 앞에 무릎을 꿇고 앉아 녀석의 목에 팔을 감았다. 세자르는 반사적으로 무기를 들어 올렸으나 어쩐 일인지 방아쇠를 당기진 않았다. 세자르가 반응을 보이기도 전에 앙젤리나가 썰매로 달려가 떨리는 목소리로 물었다.

"기욤, 어디 다친 거예요?"

"그냥 산에서 걷다가 살짝 삐끗했어. 저 녀석이 아니었다면 산 속에서 얼어 죽었을 거야."

"누구?"

"벨. 저 개 말이야. 녀석이 그랄루아르부터 날 여기까지 데려왔거든."

"어디에서 오는 길인데요?"

"양 우리. 양 떼가 습격당했거든."

세자르는 혼잣말로 뭐라고 웅얼거렸다. 양 떼의 습격과 베트의 출현 사이에 무슨 연관이 있는지 도무지 감이 오지 않았다. 세자르는 양 떼가 공격받았다는 사실에 머릿속이 복잡해졌다. 분명 뭔가가 잘못되고 있었다.

"양 떼가? 이놈이 양을 잡아먹기라도 한 거야?"

기욤은 세자르의 말에 기가 막히다는 듯 얼굴을 찡그렸다.

"이 녀석이 아니라 늑대가요. 목숨을 걸고 양 떼를 지킨 건 바로 이 베트 녀석이고요. 아저씨가 직접 눈으로 보셨어야 했는데."

"젠장, 말도 안 돼."

세바스찬은 꼼짝 않고 할아버지만 똑바로 응시했다. 기적을 기다리는 심정이었다. 곧 할아버지의 얼굴에 수줍은 미소가 어리더니 용서를 구한다는 몸짓이 뒤따랐다. 세바스찬도 비로소 미소로 화답했다. 지난 몇 주 동안 쌓이고 쌓였던 원망이 봄눈 녹듯 일시에 사라져 버렸다. 늙은 양치기와 세바스찬, 두 사람 모두 벅찬 안도감에 몸을 맡겼다.

앙젤리나는 두 사람의 감정의 교류를 한순간도 놓치지 않았다. 다만 용서와 화합이 주는 기쁨보다는 기욤이 먼저였다. 앙젤리나는 기욤이 기댈 수 있도록 어깨를 내주고 그를 부엌으로 데려갔다. 기욤은 생각보다 훨씬 무거웠다. 기욤이 목숨을 잃었을 수도 있다고 생각하니 갑자기 온몸에 소름이 쫙 끼쳤다. 앙젤리나가 불가에 놓인 안락의자를 가리키자 기욤은 기를 쓰고 사양하더니 그녀의 귀에 대고 속삭였다.

"앙젤리나, 당신에게 할 말이 있어."

"급한 일이에요?"

"급한 정도가 아니야. 저 두 사람이 들어선 안 될 중요한 얘기야."

"오늘은 아무 생각도 하지 말고 여기서 푹 쉬어요."

"중요한 말이라고 했잖아."

"내일 아침에 해도 늦지 않아요, 기욤."

기욤은 이마에 내 천 자를 긋고 잠시 생각에 잠겼다.

기욤은 앙젤리나에게 조금 있다 자신의 병원으로 오라고 말하고 싶었지만 참았다. 혹시라도 다른 의도가 있는 것으로 오해할까 봐 두려워 차마 입을 떼지 못하는 중이었다. 지금으로선 접질린 발목 상태를 지켜봐야 할 처지인 건 분명했다.

"셀레스틴이 집에 들어오지 않은 걸 알면 아마 난리가 날 거야."

"세바스찬을 보낼게요. 세바스찬, 당장 마을에 가서 셀레스틴에게 걱정 말라고 전해줄 수 있지?"

세바스찬에게서는 대답이 없었다. 세바스찬은 방금 벨의 목에 팔을 두르고 통나무집 안으로 들어간 참이었다. 벨에게 온통 정신이 팔린 세바스찬의 귀엔 아무 소리도 들리지 않았다. 벨을 제외한 다른 아무것도 눈에 들어오지 않았다.

세바스찬을 보자 안심을 한 벨은 코를 벌름거리며 느긋하게 통나무집 곳곳의 냄새를 맡았다. 안락한 실내, 방 한가운데 놓인 크리스마스트리, 고소한 수프 냄새. 이 모든 것이 벨에겐 새롭고 낯설었다. 벨은 잠시 경계하는 눈길로 세자르를 쏘아보았으나 이내 무장해제하고 마음을 놓는 눈치였다.

"거기 앉아."

세바스찬은 구석 자리를 가리키며 벨에게 말했다. 불에서 너무 멀지 않고 할아버지에게서도 너무 가깝지 않은 곳이었다. 벨을 쓰다듬으며 앉으라고 지시한 세바스찬은 조그만 소리로 덧붙였다.

"일단 세자르 할아버지와 친해져야 할 거야, 벨. 그래도 할아버지 양 떼를 구했으니 시작이 나쁘진 않아."

동이 터올 무렵 앙젤리나가 조심스레 방문을 두드렸다. 한참 전부터 일어나 있던 기욤은 예상했던 대로 발목 상태가 나아지지 않아 곤혹스러워하고 있었다.

"세바스찬은 일어났어?"

기욤이 물었다.

"응. 세바스찬이 그렇게 흥분하는 건 정말 처음이었어. 개는 아래층에서 잤고, 아마 허락만 해줬으면 베개 대신 개를 끌어안고 잤을 거야."

"세바스찬을 지금 보낼 수 있을까? 셀레스틴이 부목이 어디 있는지 알고 있거든."

앙젤리나는 세바스찬에게 가기 위해 방을 나섰다.

세바스찬은 벨과 함께 가겠다고 했지만 앙젤리나는 반대했다. 둘이 함께 마을을 돌아다니는 걸 사람들이 본다면 분명 난리가 날 터였다. 우선 세자르 할아버지가 면장과 다른 양치기들에게 사정을 설명하는 것이 순서였다.

세바스찬이 밖으로 나가려 할 때 마침 세자르가 방에서 나왔다. 벨은 바닥에 배를 깔고 앉아 세자르의 행동 하나하나를 주의 깊게 살폈다. 세자르와 세바스찬은 서로를 향해 미소를 지었다. 부자연스럽게나마 그동안 잃어버린 믿음을 회복하기 위해 애를 쓰는 모습이었다. 할아버지가 나무토막 하나를 들고 있었지만 세바스찬은 그런 건 전혀 신경 쓰지 않았다.

"심부름 다녀올게요."

"그래, 조심히 다녀와라."

기욤이 있는 침실로 다시 돌아간 앙젤리나는 현관문 닫히는 소리를 들었다. 지금쯤 할아버지는 불을 지피느라 바쁠 터였다. 기욤을 향해 몸을 돌리던 앙젤리나는 이상하게 목이 바짝바짝 타들어가는 듯 거북함을 느꼈다. 앙젤리나는 거북함이 기욤과 한 방에 단둘이 있다는 사실 때문임을 깨달았다. 기욤은 옷을 다 입고 있었지만 단추를 제대로 여미지 않아 벌어진 셔츠 틈새를 통해 상체가 보일 듯 말 듯 드러나 있었다. 앙젤리나는 긴 잠옷 위에 두꺼운 털조끼만 걸친 맨발 차림이었다. 한자리에 우두커니 서서 머리가 엉키진 않았는지 살피는 앙젤리나의 두 손은 바들바들 떨려왔다.

"세바스찬이 방금 나갔어요."

"부목을 대도 걸을 수 있을지 모르겠어. 하필 이럴 때 발을 다치다니."

"이 상태로 걷는 건 무리예요."

"그렇지만……."

"기욤, 당신이 아무리 애를 써도 불가능해요. 당신 등에 갑자기 날개가 솟는 것도 아니잖아요. 당신 집까지만 가는 것도 다행일 거예요."

"그래도 가야 해, 앙젤리나. 날 기다리는 사람들이 있어. 그 사람들이 현재 어떤 상태인지 당신이 안다면……."

"그 사람들이 어떤 상태인지 모르지만 당신은 의사인 내가 봐도 도저히 걸을 수 없는 건 확실해요. 대체 그 사람들 지금 어디 있는 거죠?"

"염소 동굴. 발목을 제대로 잡아주기만 하면 갈 수 있을 거야."

"당신 정말 고집불통이군요. 내려가서 커피나 끓여야겠어요. 혼자 내려올 수 있죠?"

앙젤리나는 달음박질치듯 계단을 내려왔다. 잠옷에 맨발 차림인 그녀 앞에서 무심한 기욤에게 화가 났다.

'자나 깨나 그저 데필레 넘는 걱정뿐이지.'

앙젤리나는 기욤을 단념시키려면 또 한바탕 싸워야 할지도 모른단 생각에 벌써부터 골치가 아파왔다.

아래층으로 내려와 크리스마스트리 아래 얌전히 앉아 있는 벨을 보자 앙젤리나는 다시 기분이 좋아졌다. 정말 멋진 개였다. 앙젤리나가 다가가자 벨은 고개를 완전히 들지 않은 채 눈만 치켜뜨고 우스꽝스럽게 큰 눈을 데굴데굴 굴렸다. 녀석은 벌써 새 장소에 익숙해진 것 같았다.

앙젤리나는 세자르에게 아침인사를 건네며 불 곁으로 다가갔다. 아침 일찍부터 일을 시작하는 평소와 달리 할아버지는 안락의자에 앉아 열심히 나무를 깎는 중이었다. 나무를 깎다 종종 벨을 쳐다보기도 했다. 얼핏 보아도 녀석에게 매혹당한 듯한 눈길이었다.

"할아버지, 양 떼 보러 안 가세요?"

"조금 있다가."

"늑대가 왔었다는데 걱정 안 되세요?"

"늑대가 다시 올 일은 없어. 온다면 그게 이상한 거지. 그게 그놈들 방식이거든."

앙젤리나는 터져 나오려는 웃음을 꾹 참으며 주물로 만든 난로 밸브를 들어 올린 다음 작은 장작 토막, 나뭇가지를 조금 넣고 성냥을 붙였다. 활활 타오르는 불길이 빈약해 보이는 벽난로를 집어삼킬 듯 솟아올랐다. 굵은 나뭇가지와 둥그렇게 뭉친 석탄을 조금 더 불길 속으로 던져 넣은 앙젤리나는 찬물을 가득 채운 주전자를 난로 밸브 위에 얹었다.

"집에 계실 거면 난로에 불을 좀 지피지 그러셨어요."

앙젤리나는 전날 남은 불씨를 다시금 타오르게 하는 불쏘시개용 마른 이끼와 잔가지들로 가득 찬 바구니를 가리키며 물었다.

"금방 끝낼 거다."

"할아버지와 세바스찬이 화해를 하신 거 같아서 저도 좋아요. 언제까지 서로 토라진 채 말 한마디 없이 지낼 순 없으니까요. 침묵을 지킴으로써 발생하는 폐해를 아셨으니 지금이라도 세바스찬에게 솔직하게 말하실 필요가 있다고 봐요."

세자르는 당황했는지 뭐라고 구시렁거렸지만 마음속으로 크게 느끼는 바가 있는 듯했다.

앙젤리나는 둘의 화해를 축하하고 집에 온 손님도 대접할 겸 여느 때처럼 볶은 보리를 섞는 대신 성탄절 아침을 위해 아껴두었던 진짜 커피 원두를 넉넉하게 꺼냈다. 그라인더가 돌면서 원두가 잘게 으깨졌다. 무엇과도 비교할 수 없는 강한 커피 냄새가 코끝에 와 닿자 입안 가득 침이 고였다.

그때 계단이 삐걱거리며 기욤이 양팔로 난간을 짚으며 깽깽이 발로 내려왔다. 기욤은 아무렇지도 않은 듯 식탁 앞 벤치까지 다가왔다.

"냄새 좋네."

"성탄절 기분 좀 미리 내려고. 당신 그 다리로 자정 미사에 갈 수 있겠어?"

앙젤리나의 빈정거리는 놀림이 끝나기가 무섭게 문이 열렸다. 그때 집 안으로 들어서는 세바스찬의 두 볼은 추위 때문에 발그스름했다. 세바스찬이 벨을 향해 미소를 짓자 녀석이 벌떡 일어나 꼬리를 힘차게 흔들며 반갑게 맞았다. 세바스찬과 벨이 기뻐하는 광경을 보는 것만으로 세자르는 몰이사냥이 벌어지던 날 손자 녀석이 얼마나 마음고생이 심했을지 짐작이 갔다.

간밤 세자르는 이런저런 생각에 잠을 쉽게 이룰 수 없었다. 기욤이 개의 치유를 위해 큰 역할을 한 것이 틀림없었다. 최근 몇 주 동안 세바스찬의 행동이며 지나치게 빨리 없어지던 달걀이나 우유 등 수상쩍게 여겼던 사소한 일들이 이제야 새로운 각도에서 보이기 시작했다. 그동안 상황을 더 악화시키고 싶지 않아 잠자코 있었는데 모든 것이 벨을 숨겨두기 위해서였다는 생각에 손자 녀석이 순간 괘씸하게 느껴졌다.

그때 세바스찬의 뒤로 셀레스틴의 모습이 보였다. 뒤로 틀어 올린 쪽머리는 헝클어지고 표정은 천재지변을 당한 사람 못지않았다. 부목을 무기라도 되는 양 마구 흔들어대며 집 안으로 들어서던 셀레스틴은 벨을 보자 소리를 질러댔다.

"이 짐승은 또 뭐야! 세바스찬, 의사 선생님은 어디 계시니? 설마 저 녀석이 선생님을 잡아먹은 건 아니겠지?"

세바스찬이 벨을 한쪽으로 치우는 동안 기욤이 자리에서 일어났다. 멀쩡한 모습을 보이려는 연기였지만 그런 술수에 넘어갈 셀레스틴이 아니었다.

"이게 무슨 일이에요. 제대로 다치셨군요."

"별거 아니에요. 부목만 대면 금방 나을 거예요."

"어서 이리 내세요. 부목을 대드릴 테니."

"셀레스틴, 발이 다친 거지 손은 멀쩡하다구요. 그러지 말고 커피나 마셔요. 커피 향 좋죠?"

"지금 한가하게 커피 향 맡을 때는 아니죠."

샐쭉하니 말하면서도 셀레스틴은 결국 식탁에 앉았다. 좋은 사람들과 함께하게 된 것이 마냥 나쁘지만은 않은 것 같았다.

세자르는 나무를 조각하느라 안락의자에서 일어나지 않았지만 적당한 흥분이 감도는 분위기 속에서 그걸 가지고 왈가왈부하는 사람들은 없었다. 앙젤리나는 김이 무럭무럭 피어오르는 뜨끈한 커피를 세자르에게 가져다주었다. 세자르는 음미할 틈도 없이 단숨에 커피를 들이켰다.

기욤은 후다닥 커피를 마시고는 부목 대는 일에 집중했다. 밤나무 널조각들을 순서대로 이어 맞춰 발목을 감싼 다음 발을 바닥에 내딛은 기욤은 통증을 꾹 참으며 절름발이처럼 문 쪽으로 걸어갔다. 문 앞엔 반질반질한 지팡이 세 개가 벽에 비스듬하게 기대 서 있었다. 세자르는 각각의 지팡이 머리에 영양과 파투 종 개, 새를 조각했다.

"세자르, 이 지팡이 하나 빌려도 될까요?"

"뭘 물어보나. 그냥 빌려가면 될 것을."

"앙젤리나도 좀 빌려주세요. 제가 제대로 걸을 수 있는지 봐줘야 하니까요."

세자르는 그러라는 듯 고개를 끄덕였다.

앙젤리나가 재깍 기욤에게로 가자 셀레스틴은 반쯤 남은 커피 잔 앞에 혼자 남게 되었다.

"무리예요. 저기 비탈길까지만이라도 쓰러지지 않고 가면 다행일걸요."

"선택의 여지가 없어. 그 사람들을 당신이 못 봐서 그래. 아이 아버지는…… 그들에게 오늘 아침 꼭 들르겠다고 약속했다고."

"해결책이 있고, 당신도 그게 뭔지 잘 알고 있잖아요."

"아니, 그건 말도 안 돼!"

"얼마든지 말이 돼요. 지금으로선 그게 유일한 방법이기도 하고요. 당신 대신 내가 그들을 안내할게요. 그랑 데필레라면 나도 잘 알아요."

"겨울에 한 번도 거길 넘은 적이 없잖아."

"있어요."

"그건 전쟁 전 얘기고. 지금과는 달라. 이건 산책하는 것과는 전혀 다르다고."

"아뇨, 할 수 있어요."

"위험하다고 말했잖아. 당신한테 무슨 일이라도 생기면, 난 절대 나 자신을 용서하지 못할 거야."

"기욤, 날 믿지 못하는 거예요?"

"그런 게 아니잖아. 내가 모든 걸 당신한테 털어놓았고, 당신이 날 돕겠다고 했을 때도……."

"반대부터 했었죠."

"그건 오래전 얘기야. 당신이 식량을 대고 메시지도 전달해 주잖아. 당신 역할은 그거면 충분하다고."

"모든 걸 말한다고요? 그럼 누가 순찰 시간을 알려주는지는 왜 말해 주지 않죠? 네 번을 순찰 없는 시간을 훤히 아는 것처럼 도주자들을 안내했어요. 내 앞에서 아무것도 모르는 척하지 마요."

앙젤리나는 생각 없이 퍼부었으나 기욤의 놀라는 표정을 보니 정곡을 찔렀음을 깨달았다.

"모든 걸 다 알면 힘들어지기만 할 뿐이야."

기욤은 여전히 고집을 꺾지 않겠다는 투로 말했다.

"알겠어요. 당신이 정 그렇다면……."

앙젤리나는 끝말을 흐리고 빠른 걸음으로 멀어져 갔다. 기욤의 애타는 부름 따위 완전히 무시한 채.

"앙젤리나, 기다려. 아직 얘기가 끝나지 않았어."

대답 대신 문이 쾅 하고 닫히자 기욤은 최대한 빠른 걸음으로 통나무집으로 갔다. 집 안으로 들어가자 통로에 아무렇게나 벗어 던진 등산화가 눈에 띄었다. 집 안에 있던 사람들은 두 사람의 사랑싸움에 걱정을 해야 할지 웃어야 할지 도무지 감을 잡지 못하겠다는 표정으로 기욤을 쳐다봤다.

"앙젤리나가 단단히 화가 난 모양일세."

세자르가 말했다.

"아니에요. 앙젤리나가 여간 고집쟁이라야 말이죠."

그때 두툼한 옷을 챙겨 입은 앙젤리나가 방문을 열고 나왔다. 울 셔츠에 두꺼운 털 스웨터를 껴입고 있었다. 머리에는 털모자까지 눌러쓴 앙젤리나는 문 앞 통로에 놓인 의자에 앉아 말없이 등산화 끈을 조였다.

세바스찬은 벨에게 한 손을 올려놓은 채 누나를 지켜보았다. 한가하게 졸고 있는 벨만이 유일하게 초연해 보였다. 앙젤리나는 기욤을 투명인간 취급하며 양털로 안감을 댄 세자르의 캐나다산 점퍼를 걸쳐 입었다.

"앙젤리나, 당신한테 하지 말라고 금지……."

앙젤리나를 무력하게 지켜보고 있던 기욤은 곧 자신의 시야에서 사라질 것임을 깨닫자 마지막으로 한 번 더 말렸다.

"금지라고요? 기욤, 당신이 나한테 금지한다고요?"

앙젤리나는 기욤의 말이 떨어지기 무섭게 발끈하며 말했다.

"제발 그만해. 그런 뜻이 아니라 우린 지켜야 할 규범이 있고……."

"물론 그럴 테죠. 기욤, 잘 들어요. 당신이 내 삶을 어떻게 살아야 할지까지 결정해 줄 순 없어요."

다시 한 번 문 닫히는 소리가 나자 모두 돌덩이가 떨어지는 것 같다고 생각했다. 당황한 기욤은 고개를 설레설레 흔들었다.

5

쥘 젤러는 며칠간 제대로 된 잠을 자지 못했지만 한 달 전 파리에서 떠나온 이후 머물렀던 방이나 다른 은닉 장소에 있을 때보다 동굴 안이 훨씬 마음이 놓였다. 바람이 바위를 때리고 지나간 자리에 만들어진 동굴에선 오직 자연만이 공격적이었다.

아내가 일어나자 쥘은 불을 다시 지피고 밀가루와 약간의 눈, 마른 과일 몇 조각을 넣어 끓이기 시작했다. 아내 루이즈가 미소를 짓자 쥘은 가슴이 찢어지는 듯했다.

"꼭 로빈슨 크루소 이야기 속에 나오는 거 같군."

쥘이 말했다.

"전 얼음공주가 된 것 같아요."

"춥진 않았어?"

"아뇨. 눕자마자 잠들었어요."

"이리 와, 배고플 텐데."

루이즈는 몸을 돌려 딸아이를 바라보았다. 담요 더미 속에서 빼꼼 얼굴을 내민 에스테르를 향해 루이즈는 미소를 지어 보였다.

쥘이 끓고 있는 죽을 휘저을 때 누군가 기침을 하는 바람에 죽을 반쯤 엎고 말았다. 웬 여자가 동굴 입구에 모습을 드러냈다. 여자는 안심하라는 듯 그들을 향해 두 손을 내밀고는 속사포처럼 빨리 말했다.

"놀라지 마세요. 전 앙젤리나라고 해요. 먹을 것 좀 가져왔어요."

"당신은 누구죠? 안내인이 다시 온다고 약속했는데."

"문제가 생겨 제가 대신 왔어요. 그가 혹시 언제 출발할 거라고 말하던가요?"

쥘은 말을 해야 하는지 말아야 하는지 결정하지 못하고 잠시 망설였다. 과연 이 젊은 여자를 믿어야 하나 말아야 하나 고민됐다.

"내일 새벽에 간다고 했소."

"그럼 내일 날이 밝는 대로 출발해야겠군요."

앙젤리나가 말했다.

쥘은 뭐라 말하려고 했지만 어느새 곁으로 다가온 아내가 잠자코 있으라는 듯 손을 꼭 쥐었다. 살금살금 다가온 에스테르는 앙젤리나에게 인사를 하는 대신 동굴 입구만 살폈다. 앙젤리나가 아이의 키에 맞도록 자세를 낮췄다.

"꼬마 아가씨는 몇 살이지?"

"여덟 살이요."

"그렇구나. 언니가 너랑 동갑짜리 사내아이를 한 명 알고 있어."

에스테르는 대꾸 대신 놀랍다는 듯 입을 크게 벌렸다. 무엇 때문에 놀라는 표정을 짓는지 궁금해진 앙젤리나가 고개를 돌리자, 빛을 등지고 선 봉두난발의 자그마한 머리통이 눈에 들어왔다.

"세바스찬."

젊은 조금 정신이 이상한 사람들이 아닌지 퍼뜩 의심이 들었다. 외따로 떨어진 동굴에 드나드는 사람이 너무 많은 것이 이상하게 느껴졌다.

앙젤리나는 잠시 다녀오겠다고 말한 뒤 동굴 밖으로 뛰어나갔다. 밖에는 아무도 없었다.

"세바스찬, 어서 나오지 못해."

세바스찬 대신 벨의 주둥이가 먼저 보이자 앙젤리나는 터져 나오려는 웃음을 참기 위해 입술을 깨물었다.

"티누."

"누나, 그렇게 부르지 말라니까."

벨의 뒤에서 세바스찬이 모습을 드러내며 미안한지 어색하게 얼굴을 찌푸렸다.

"세바스찬, 당장 집으로 돌아가."

"누나, 제발."

"안 돼. 넌 아직 어리고, 여긴 위험해."

"할아버지도, 기욤도, 누나도 다 어리다고만 해. 그렇지만 난 사람들의 비밀을 지켜주기 위해 입을 꾹 다물 만큼 다 컸다고. 그 비밀들이란 거, 나도 다 알아."

앙젤리나는 레지스탕스 활동에 어린 세바스찬을 가담시킬 순 없었지만 여기까지 온데다 거짓 변명을 둘러대기엔 이미 너무 늦었다는 걸 깨달았다.

"네가 다 안다고?"

"응. 기욤 아저씨가 사람들을 그랑 데필레를 거쳐 산 너머로 가게 도와주는 거잖아. 또 사람들이 독일군들에게 물려도 안 되는 거고!"

"세바스찬, 물린다는 말은 누구한테 배운 거야. 알았으니까 일단 여기 있어. 대신 저녁엔 집에 가서 할아버지와 같이 성탄 축하하는 거다."

"응. 약속해."

"여기서 한 말을 신부님, 동네 아이들한테 해서도 안 되고. 또, 또……."

"알아, 누나. 나한테 친구는 벨이 전부야. 벨은 이미 다 알고 있으니 따로 또 말할 일은 절대 없을 거야."

벨은 한껏 숨을 죽여 낑낑대는 것으로 동의를 표했다. 그때 깔깔거리는 낭랑한 웃음소리가 동굴 입구에서 들려왔다. 몰래 그들을 지켜보고 있던 에스테르는 자신의 존재가 들켰다는 걸 알고 얼굴이 빨개지더니 조심조심 걸어나왔다. 에스테르는 또래 사내아이와 개가 신기한지 번갈아가며 쳐다보며 이내 곧 환하게 웃어 보였다. 그 순간 벨이 에스테르에게 다가와 코를 킁킁거리며 냄새를 맡았다. 깜짝 놀란 에스테르는 움찔하며 뒷걸음질 쳤다.

"놀랄 필요 없어. 널 절대 물지 않으니까."

세바스찬이 말했다.

"네 개니?"

"응. 이름은 벨이고, 암캐야."

"난 에스테르야."

"벨, 너도 들었지? 얜 에스테르래. 너처럼 착한 여자아이야."

세바스찬이 벨에게 에스테르를 소개해 주었다. 세바스찬은 곧 자세를 똑바로 하기 위해 몸을 곧추세웠다. 도시나 왕궁에서는 그렇게 할 거라 상상했기 때문이었다. 세바스찬에게 에스테르는 마치 공주님 같아 보였다.

"나는 세바스찬이야."

세바스찬은 이 정도면 예의는 차린 셈이라고 스스로 결론지었다. 어차피 세바스찬은 또래와 어울리는 방식이라곤 알지 못했으니까.

"벨은 다른 사람이 만지는 걸 싫어해. 함부로 만지지만 않으면 아주 순하고 굉장히 똑똑한 녀석이야. 너도 곧 알게 될걸."

쥘과 루이즈도 주춤주춤 동굴 밖으로 나왔다. 두 사람은 깊은 잠을 자다 깬 사람들처럼 연신 두 눈을 깜빡였다. 둘은 끝도 없이 사방으로 탁 트인 하늘과 흰 눈으로 뒤덮인 대지, 깎아지른 듯 웅장한 산봉우리를 바라보았다. 서로를 빤히 바라보고 있는 두 어린아이를 보자 왠지 모를 희망이 느껴지는 듯했다. 루이즈는 한숨을 내쉬며 남편 옆에 꼭 붙어 서 있었다. 쥘은 눈물을 보이지 않기 위해 서둘러 동굴 안으로 들어갔다.

쥘은 에스테르에게 세바스찬과 함께 놀아도 좋다고 허락했다. 그것이 쥘이 1943년 성탄절을 맞아 어린 딸에게 줄 수 있는 유일한 선물이었다. 그동안 쥘과 루이즈는 달력에 적힌 날짜를 잊고 살았다. 오래전부터 시간 개념을 상실했을 뿐 아니라 웃음조차 잊어버린 채 살아왔다. 그들에게 세상은 거꾸로 돌아가는 형국이었으니까. 두 사람은 딸을 위해 실컷 뛰어놀 수 있도록 내버려 두었다.

에스테르는 잘못 끼워진 외투 단추는 아랑곳하지 않고 청량함을 덥석 끌어안듯 양팔을 벌려 한참 동안 맑은 공기를 들이마셨다. 뛰어놀 생각에 아침 식사용 죽을 먹는 둥 마는 둥 입안으로 조금 밀어 넣은 뒤였다. 세바스찬은 발목까지만 올라오는 부츠를 신은 에스테르의 발을 보호해 주기 위해 두꺼운 털로 만든 자신의 각반을 기꺼이 빌려주었다. 세바스찬은 곁눈질로 에스테르를 살폈다. 여자아이를 지켜줘야 할 것 같은 책임감을 느끼고 있었다. 벨은 그런 세바스찬의 마음을 아는지 모르는지 연신 뛰어와 함께 놀자고 보챘다.

"쉿, 벨. 사람들이 우릴 보면 안 된단 말이야. 우린 지금 숨바꼭질 놀이를 하고 있는 거라고."

세바스찬과 에스테르, 벨은 달리기 경주를 했다. 세바스찬은 에스테르가 이길 수 있도록 져주었다. 그래야 에스테르가 의기소침해하지 않고 오래 같이 놀 수 있을 테니까. 세바스찬은 에스테르에게 눈 공을 뭉치는 방법도 알려주었다. 두 아이는 각각 충분한 양의 눈 공을 만들고는 서로의 위치를 정했다. 세바스찬은 에스테르를 배려해 낮은 곳에, 에스테르는 조금 높은 언덕 쪽에 자리를 잡았다. 서로 눈 공이 다 떨어질 때까지 눈싸움을 했다.

그때마다 벨은 신이 나서 턱을 딱딱 마주치며 눈 공을 잡으려고 옆구리까지 푹푹 빠지는 눈 속을 이쪽저쪽 부지런히 뛰어다녔다. 놀이에 열중한 나머지 벨은 마지막 눈 공을 잡으려다 에스테르를 툭 쳐서 넘어뜨리고는 격하게 재채기를 해댔다. 엉덩방아를 찧은 에스테르는 좋아라 깔깔대며 웃음보를 터뜨렸다.

"이제 개가 하나도 무섭지 않아."

에스테르가 말했다.

"벨이 너 대신 마지막 눈 공을 잡았어. 녀석이 널 구한 거야."

"거짓말."

샐쭉 토라진 에스테르가 귀여워 보였는지 세바스찬이 목청껏 웃어젖혔다.

"우리 저기 바위까지 누가 먼저 가나 경주할래?"

세바스찬이 말했다.

“어느 바위? 여기저기 온통 바위 천지잖아.”

세바스찬과 에스테르는 조용히 해야 한다는 걸 완전히 잊은 듯했다. 이 순간만큼은 전쟁도, 어른들의 무서운 세상도 모두 잊었다. 그런 건 아이들에게는 존재하지 않았다.

에스테르가 짧은 다리로 비틀거리며 종종걸음을 치려 하자 세바스찬이 얼른 다가가 에스테르의 손을 잡고 도와주었다. 계속 깔깔거리며 웃던 에스테르는 반쯤 목이 잠긴 상태로 항의했다.

“내 손을 잡아주면 이건 경주라고 할 수 없잖아.”

“내가 손을 놓으면 넌 끝까지 갈 수 없을걸?”

세바스찬이 함박웃음을 지어 보이며 말했다.

바위까지 달려간 두 아이는 바위에 등을 기대고 서서 가쁜 숨을 진정시켰다. 에스테르는 또다시 하늘을 향해 고개를 들었다. 두 눈을 꼭 감자 얼굴을 쓰다듬어 주는 따뜻한 햇살의 감촉이 또렷이 느껴졌다. 에스테르는 눈을 조금 집어 입으로 가져가 혓바닥 위에 눈을 얹고 녹기를 기다렸다. 백자처럼 하얀 에스테르의 얼굴엔 소리 없는 눈웃음이 만들어내는 빗살 무늬가 쫙 퍼졌다. 세바스찬은 에스테르의 머리카락이 지닌 황금빛과 머리카락의 가늘기와 섬세함에 놀라 눈을 뗄 수가 없었다. 에스테르는 한마디로 요정 같았다.

잠시 후 세바스찬이 산 아래쪽에서 무리지어 다니는 금조 떼를 발견했다. 세바스찬은 바람 속에서 금조새에게 가까이 접근하기 위해 어떻게 해야 하는지 시범을 보였다. 에스테르는 세바스찬의 동작을 그대로 따라했다.

골짜기 남쪽 경사에 황금빛 햇살이 비추자 얼어붙은 진달래꽃 무리가 영롱하게 반짝였다. 한 쌍의 흑금조 외에 여러 마리의 뇌조들이 무리 지어 돌아다녔다. 눈처럼 하얀 새들을 보자 에스테르는 깜작 놀라 숨도 제대로 쉬지 못했다. 흰 뇌조들 가운데 한 마리가 경쟁자의 출현에 흥분했는지 털을 잔뜩 부풀렸다. 에스테르는 최대한 작은 목소리로 속삭였다.

"세바스찬, 너도 봤니? 꼭 커다란 목화솜 덩어리 같아. 어떻게 저렇게 할 수 있지?"

"커다란 깃털 아래쪽에 솜털이라고 부르는 작은 깃털들이 많기 때문이야. 저 녀석들은 언제나 따뜻해. 늘 외투를 입고 다니는 셈이니까."

"그럼 여름엔? 너무 덥지 않을까?"

"여름엔 솜털이 빠져. 하얀 색깔도 바뀌고."

"색이 바뀐다고?"

세바스찬의 말에 에스테르가 깜짝 놀라자 세바스찬은 기분이 좋아졌다. 에스테르는 도시에서 온 아이라 아는 것이 많진 않았지만 용기만은 부족하지 않았다. 게다가 굉장히 예뻤다. 세바스찬은 앙젤리나 누나를 빼고 이렇게 예쁜 여자아이는 한 번도 본 적이 없었다.

"겨울엔 눈 속에 숨기 위해 흰색으로 변해. 독수리들이 녀석을 찾아낼 수 없게 말이야."

"정말 똑똑하다. 만약 우리도……."

소나기가 몰려오듯 갑작스런 불안감에 휩싸인 에스테르가 작은 소리로 조심스럽게 물었다.

"세바스찬, 너도 유대인이니?"

"유대인? 그게 뭐야?"

"아무것도 아니야. 그럼 학교에는 다녀?"

"아니. 넌?"

"전에는 다녔어. 지금은 아니지만."

에스테르는 깊은 생각에 잠겼다. 얼굴이 찌푸려질 정도로 집중하고 있는 듯했다.

"넌 유대인도 아닌데 학교에 왜 안 가? 숨을 필요가 없잖아."

"할아버지가 학교를 좋아하지 않으셔. 학교에 가는 것보다 할아버지한테서 산에 관한 것들을 배우는 편이 더 나을 거라 생각하시기 때문이야. 학교에 가봤자 총알받이나 공장 노동자가 될 뿐이라고 하셨거든. 생마르탱 학교엔 멍청이 같은 녀석들 패거리가 있기도 하고. 나도 벨과 산에서 함께 지내는 게 더 좋아."

"세바스찬, 네가 참 부러워. 나도 그럴 수 있었으면 좋겠어."

"너도 그럴 수 있어. 우리 매일매일 같이 놀자. 그럼 내가 너한테 금조, 샤무아, 염소에 대해서도 가르쳐 줄게. 계절이 어떻게 돌고 도는지 어떻게 짐승 흔적을 찾아내는지, 또 물고기 잡는 법도 알려줄 수 있어. 너 손으로 낚시할 줄 알아?"

"아니."

"쉬워, 내가 보여줄게."

"엄마 아빠가 안 된다고 하실 거야. 우린 국경을 넘어야 하거든. 너희 엄마가 우리를 안내해 줄 거야."

"앙젤리나는 엄마가 아니야. 누나야, 누나. 에스테르, 저기 보이니?"

세바스찬은 동쪽 산등성이를 가리켰다. 흰 눈 덮인 뾰족한 산봉우리들이 새파란 하늘과 뚜렷한 대조를 이루고 있었다.

"너희 엄마 아빠랑 너는 저기를 지나게 될 거야. 저 너머가 바로 아메리카거든."

"저기는 스위스야."

"잘 모르는구나. 저긴 스위스가 아니라 아메리카야. 내가 여기 살아서 너보다 잘 알아."

"아니야. 우리 아빠가 너랑 똑같이 저 산을 가리키며 스위스라고 하셨어. 우린 이제 거기서 살 거라고도 했어. 아빠가 거짓말을 하셨을 리 없어. 우리도 아메리카에 가고 싶었어. 근데 아메리카는 저기가 아니고 바다를 건너야 한대. 배를 타려면 항구에 가야 하는데 여기 항구가 있어?"

세바스찬이 당황해하자 에스테르는 미안해졌다. 에스테르는 곧 세바스찬의 꽁꽁 언 손을 잡고는 어깨를 으쓱했다.

"세바스찬, 스위스니 뭐니 그건 중요하지 않아. 난 네가 말해준 뇌조 같은 것도 몰랐는걸. 참, 너 나 보러 올 거지?"

"에스테르, 너 글 쓸 줄 알아?"

"그럼. 이래 봬도 3학년인걸."

"그럼 '아메리카' 라고 좀 써줄래?"

제 5 부

1

앙젤리나는 세바스찬이 에스테르와 잘 어울리는 모습을 보고 성탄 전야를 동굴에서 젤러 가족과 함께 보내기로 마음먹었다. 혼자 지내야 하는 할아버지에겐 죄송했지만 상황이 이러니 어쩔 수 없었다. 모든 일이 끝나면 앙젤리나는 레지스탕스에 가담한 사실을 털어놓기로 마음먹었다. 늘 세바스찬에게 출생의 비밀을 알려주라고 세자르를 압박하면서도 앙젤리나는 정작 자신의 비밀을 숨긴 채 털어놓지 못했었다.

더구나 젤러 가족과 함께 있으면 기욤과의 대면을 피할 수 있을 것 같았다. 기욤을 만나면 집에 남아 있으라고 말릴 것이 뻔했기 때문이었다. 현실적인 면만 보더라도 자신이 동굴에 있는 게 모두에게 편한 일이었다. 함께 있다 새벽이 밝는 대로 출발하면 됐으니까.

쥘과 그의 아내, 앙젤리나는 불 곁에 옹기종기 둘러앉아 마지막 준비 사항에 대한 이야기를 나누었다. 쥘은 중요한 소지품들을 배낭으로 옮겨 담았다. 필요 없는 물건들은 과감히 버렸다. 줠은 이곳까지 오는 동안 많은 재물을 포기했다. 고되고 힘든 산행이 될 것이었으므로 반드시 필요한 것만 가지고 가야 했다. 옷가지들 외에 석 장의 담요, 로프, 피켈, 식량, 만에 하나 한곳에서 지체하게 될 경우 필요한 장작 등도 나눠 챙겨야 했다.

앙젤리나 역시 노숙을 해야 할 때를 대비해 필요한 준비물을 설명했다. 산은 아주 사소한 헛딛음도 관용을 베풀지 않았다. 짐작컨대 지금 같은 날씨가 유지된다면 하루 정도 걸리는 여정이 될 테지만 만일을 대비하는 것이 좋았다. 변화무쌍한 산에 대비한다는 건 그만큼 산을 존중한다는 말이었다.

기욤이 빌려준 아이젠 이외에 세 사람은 각자 설피도 준비해야 했다. 이들이 가야 할 산길은 염소들만 다닐 뿐 표지판이 세워져 있지도 않고 인적이 없는 곳이라 완만한 곳조차 수북이 쌓인 눈 위를 걷는 건 불가능에 가까웠기 때문이었다. 얇은 가죽 부츠밖에 없는 에스테르에겐 밑창이 두꺼운 등산화도 필요했다. 앙젤리나는 세바스찬이 신던 등산화를 가져다주겠다고 약속했다.

줠은 앙젤리나의 말 하나하나를 깊이 새겨들었다. 꼼꼼하게 준비할 것이 생겨 오히려 반기는 눈치였다. 줠은 자신들이 가야 할 정확한 방향, 넘어야 할 고도, 피해야 할 위험 등에 대해서도 질문했다.

"그랑 데필레로 갈 겁니다. 이리 와보세요."

앙젤리나는 줠을 밖으로 데리고 나와 새파란 창공 속에서 늠름한 위용을 뽐내고 있는 뾰족뾰족한 봉우리들을 가리켰다.

"굉장히 힘드실 거예요. 산꼭대기엔 바람이 몹시 불거든요."

"사람들의 시선을 피할 만한 다른 길은 없습니까?"

"저기가 그나마 등산 가능한 유일한 길이에요."

"유일한 길이라면 독일군들이 저곳에서 감시하고 있지 않을까요? 당신을 의심해서 하는 말은 아니니 오해는 마세요."

불안감이 쥘을 완전히 다른 사람으로 바꾸어놓은 모양이었다. 쥘은 완전히 쫓기는 사람의 전형적인 행동 양식을 답습하고 있었다.

앙젤리나는 방금 전 쥘의 질문이 얼마나 그녀를 심란하게 만들었는지 마음을 들키지 않으려 최대한 평온한 태도를 유지해야 했다. 문득 앙젤리나는 레지스탕스에 가담하기로 결심한 이후 자신의 결심이 갖는 파급력을 깨달았다. 지금 그녀가 하고 있는 일은 메시지를 전달하고 빵을 구워주는 정도가 아니었다. 목숨을 걸고 해야 하는 일이었다. 유대인들을 스위스로 도망갈 수 있도록 돕는 것은 현장에서 즉결 처형도 가능한 심각한 범죄였다.

독일군이 사제들이나 여자, 노인들까지도 무차별적으로 체포한다는 흉흉한 소문이 돌고 있었다. 강제 수용소로 끌려가는 행렬, 독일군 장교를 대상으로 테러가 행해질 때마다 처형당하는 인질들. 저항 세력을 잡기 위해 벌어지는 나날이 잔인해지는 검거 작전까지. 앙젤리나는 조직망의 정보원이 누구인지조차 알지 못한 채 그 어떤 보장도 요구하지 않고 스스로 나선 꼴이었다.

이런 상황에서 앙젤리나는 마음속에서 새롭게 솟아나는 의혹 따위 제쳐 두고 자신의 목숨, 가족의 목숨을 걸고 도주 중인 이 남자를 안심시켜야 했다. 지금은 어찌 되었든 이 가족이 무사히 도주할 수 있도록 돕는 것이 최선이었다. 앙젤리나는 평온하지만 단호한 어조로 말했다.

"독일군이 밤낮으로 하루도 쉬지 않고 감시할 순 없죠. 오늘 저녁은 성탄절 전야예요. 그건 독일군들에게도 마찬가지고요. 걱정 마세요.

내일이면 스위스 땅을 밟고 계실 테니까요."

쥘은 마지못해 고개를 끄덕이면서도 좀 더 확실한 장담을 듣고 싶어하는 눈치였다.

"깜짝 선물과 베이컨 수프를 가지고 다시 올게요. 우리도 크리스마스 분위기는 내야죠. 아이들이 밖에서 너무 오래 놀다가 감기에 걸리지 않도록 유념해 주세요."

앙젤리나는 화제를 돌리려는 듯 밝은 목소리로 말했다.

앙젤리나가 지팡이를 들고 가볍게 손짓을 한 뒤 동굴을 나섰다. 정오가 가까워지고 있었다. 세자르에게 사실을 모두 말하고 저녁 준비와 등산 채비까지 하려면 시간이 없었다. 빵집 일과 주문받은 일감들을 처리하려면 더더욱. 모든 것은 평소와 똑같아야 했다. 지금쯤 반죽 일을 끝냈을 제르맹이 앙젤리나가 오지 않는 것에 대해 의아해하고 있을 터였다. 혹시 무슨 문제라도 생길 경우 앙젤리나는 제르맹의 증언에 기댈 수 있어야 했다.

앙젤리나는 기욤을 찾아갈까 생각했지만 이내 머릿속에서 그 생각을 지웠다. 말다툼을 하거나 상황이 더 고약해질지도 모를 일이었다. 기욤이 앙젤리나를 설득할 것이 뻔했고 그러면 괜한 의심만 커져 마음만 약해질 것이었다. 이러니저러니 해도 계속 화가 난 척하는 편이 간단했다.

앙젤리나가 떠나자 젤러 부부는 서둘러 짐을 꾸리기 시작했다. 예기치 않던 사건들이 연속으로 일어나자 두 부부는 희망과 동시에 혹시 일이 어그러지지 않을까 하는 두려움에 사로잡혀 오락가락했다. 지금까지 경계심 덕분에 목숨을 부지했고 이제 곧 목적을 이루기 직전이었다.

산을 오르는 일은 고될 것이었다. 앙젤리나 역시 그 사실을 굳이 감추지 않았다. 오히려 그 같은 솔직함이 두 사람을 안심시켰다. 준비물을 하나하나 꼽아가며 차분히 설명해 주는 앙젤리나의 말을 듣고 있으면서 두 사람은 운명의 제단 앞에 놓인 제물이 된 듯했다. 앙젤리나가 이 물건은 거추장스럽기만 하다고 버리라는 말을 할 때마저 그 결정이 옳다고 여겨졌다.

저녁식사 시간이 되자 두 부부는 아이들을 찾으러 동굴 밖으로 나왔다. 서로 뭐가 그리 즐거운지 연신 깔깔거리며 대화를 나누는 두 아이를 보자 쥘과 루이즈는 그 자리에 우뚝 설 수밖에 없었다. 전쟁이 시작된 이후로 두 사람이 본 어떤 모습보다 아이들의 모습은 감동적이었다. 에스테르는 예전 학교에 다니던 시절만큼이나 행복해 보였다.

두 부부는 점령 치하라는 끔찍한 상황에서 눈을 돌려 버린 지금, 목숨만 겨우 부지하고 살아온 지 벌써 몇 달째였다. 그들의 삶은 오로지 살아남기, 무슨 일이 있어도 딸아이를 보호해야 하는 삶을 지켜내야 한다는 사명감으로 가득 차 있었다. 한때는 아이를 성실한 가톨릭 신자에게 맡길까 하는 생각도 했던 부부였다. 도망치고 밤낮으로 쫓기느라, 거짓말하고 숨을 곳 찾기에 여념이 없다 보니 두 사람은 사는 것이 무엇인지조차 잊고 있었다. 그들은 도주하기 직전 옷에서 유대인 식별 표시인 노란 별을 떼어내고도 지금과 같은 해방감을 맛보지 못했었다. 두 부부는 앙젤리나 덕분에 비로소 인간의 존엄성을 되찾게 된 것 같았다. 무엇보다도 그들에게 진정으로 희망을 안겨준 건 에스테르와 세바스찬 두 아이가 특유의 천진함으로 즐거워하는 모습이었다.

완벽하게 동그랗고 적당히 노릇노릇한 매끈한 표면, 군침 돌게 하는 바닐라 향까지. 케이크는 그야말로 완벽 그 자체였다.

"이렇게 예쁜 케이크는 처음이야."

루이즈가 감격에 겨워 말했다.

"아가씨는 참 친절하군요. 우리에게 이렇게까지 친절을 베풀다니."

쥘이 말했다.

"편하게 앙젤리나라고 부르세요. 케이크는 어제 미리 구워둔 거예요. 오늘 크리스마스이브잖아요. 저야말로 함께 먹게 돼서 기뻐요."

쥘이 자리에서 일어나 허리를 굽히며 감사의 인사를 건넸다.

에스테르는 세바스찬과 함께 기쁨을 나누려고 주의를 끌기 위해 무진 애를 썼지만 어쩐 일인지 세바스찬은 불만 뚫어져라 응시하고 있었다.

동굴엔 마법이라도 걸린 것 같았다. 아기 예수 탄생을 축하하기 위해 가지고 있던 양초는 모두 켰다. 반딧불 불꽃 정도밖에 되지 않는 작은 불꽃들이 바위 벽을 따라 넘실거리며 춤을 췄다. 모두가 담요 한 장씩을 두르고 모닥불 주변에 둘러앉았다. 동굴 입구를 통해 별들이 총총 떠 있는 하늘이 보였다. 밤하늘을 수놓는 수천 개의 별들을 보자 에스테르는 머리가 빙빙 도는 것 같았다.

에스테르는 트리는 없지만 엄마 아빠의 웃음소리, 혈관 속 피를 달콤한 시럽만큼 묵직하게 만들어주는 이 나른함이면 충분히 행복했다. 더구나 새로운 친구도 생겼다. 세바스찬은 자연에 관한 모든 것을 꿰고 있었다. 벨이라는 개는 세바스찬의 말이라면 무조건 복종했다.

지금은 앙젤리나가 챙겨준 뼈다귀를 행복하게 빨아먹는 중이었다. 에스테르는 조바심에 코를 찡끗거렸다. 모두에게 음식이 다 돌아가고 난 뒤 먹기 시작하는 거라고 배웠다. 에스테르는 음식이 다 나눠지지 않았는데도 벌써 입안 가득 군침이 고였다. 에스테르는 초콜릿 맛을 까먹고 있었다가 케이크의 향이 맡아지자마자 전쟁 전, 아주아주 오래전에 먹었던 간식의 맛이 고스란히 되살아남을 느꼈다. 에스테르는 곁눈질로 세바스찬 몫의 케이크를 살피고는 한숨을 내쉬었다.

그때 세바스찬의 주머니 밖으로 비죽 튀어나온 종잇조각이 눈에 띄었다. 조금 전 세바스찬에게 큼지막한 대문자로 '아메리카'라고 적어 준 종잇조각이었다.

앙젤리나 역시 세바스찬이 풀이 죽어 있음을 알아차렸지만 피곤한 탓이려니 생각했다. 세바스찬은 깊은 생각에 잠겨 아무 말 없이 기계적으로 숟가락을 입으로 가져갈 뿐이었다. 할아버지를 혼자 둔 것이 내내 마음에 걸렸던 앙젤리나는 케이크 한 조각을 크게 잘라 상자에 담았다.

"세바스찬, 할아버지께 이걸 갖다드리고 내 대신에 할아버지를 꼭 한 번 안아드려. 왜 같이 오지 않았냐고 물으시면 중요한 일이 있어 끝내고 간다고 말씀드리고. 알았지?"

"여기에 있다고 말하지 않은 거야?"

세바스찬이 고개를 들고 물었다.

"응. 아마 기욤과 함께 있으려니 생각하실 거야."

"알았어, 누나."

세바스찬은 작별의 시간이 다가왔음에도 멍청히 자기 생각에만 골몰한 채 소중한 시간을 다 보내 버린 것에 대해 후회가 들었다. 세바스찬은 두 부부에게 인사를 한 다음 진지한 태도로 에스테르의 손을 잡고 심각하게 악수를 나눴다. 세바스찬은 에스테르의 볼에 뽀뽀라도 하고 싶었지만 모두가 쳐다보고 있어 그러지 못했다. 어느새 목이 메고 눈에 눈물이 그렁그렁 고였다. 벨은 단번에 몸을 일으켜 떠날 채비를 했다. 녀석의 꼬리가 명랑하게 흔들거렸다. 세바스찬은 에스테르의 손에서 제 손을 빼고는 날쌔게 밖으로 뛰쳐나갔다.

2

성탄절 전야를 맞아 생마르탱 마을은 불을 환히 밝혔다. 집집마다 창가에 양초나 등잔을 놓았고 행렬 때 쓰는 긴 초롱을 꺼낸 집도 더러 있었다. 한밤중 산골 오지 마을의 어둠 속에서 솟아오르는 빛줄기는 하늘과 땅의 위치를 바꾼 듯한 느낌을 주었다.

저녁 내내 세자르는 손자가 이제나저제나 오는지 보려고 수십 번씩 창밖을 내다보았다. 세바스찬이 늦어지자 앙젤리나가 녀석을 자정 미사에 데리고 가려는 건가? 하는 생각이 들었다. 앙젤리나는 빵집에 가기 직전 세자르에게 다른 곳에서 저녁을 먹는다는 말만 할 뿐 정확히 어디서 먹는다는 말은 하지 않았다. 기욤과 같이 있을 거란 생각을 하긴 했지만 세바스찬을 집으로 돌려보내지 않는 건 아무리 생각해도 이상했다.

크리스마스트리 밑엔 빨간 리본을 두른 나무로 만든 개 조각이 주인을 기다리고 있었다. 세바스찬의 손바닥만 한 크기로 주둥이를 허공으로 비죽 내민 파투 종 개를 조각한 것이었다. 벨의 복사판이었다. 세자르가 하나하나 세심하게 인내심을 가지고 새겨 넣은 줄무늬를 보면 녀석의 부드러운 털을 짐작할 수 있게 했다. 세자르는 조각을 완성하려고 몇 시간 동안 공을 들였다. 양 떼를 살피고 먹이를 주고, 늑대가 오지 않았음을 확인한 시간을 빼면 잠시도 쉬지 않고 작업한 셈이었다. 조각품은 일종의 용서를 구하는 세자르만의 방식이었다. 세바스찬이 선물을 받고 기뻐하는 모습을 빨리 보고 싶었지만 세바스찬은 나타날 생각조차 하지 않았다.

크리스마스이브에 늙은이 혼자서 손자에게 줄 선물만 바라보고 있는 모습은 처량하기 짝이 없었다. 밤 열 시가 지난 시각, 다시 창가로 간 세자르는 앙젤리나가 끓여놓은 닭고기 수프가 떠올랐지만 혼자서는 먹지 않을 생각이었다.

세자르가 막 이런 생각을 하는 사이 세바스찬은 통나무집으로 가는 길을 우회해 마을로 들어섰다. 세바스찬은 벨과 함께 골목길을 지나 큰길을 피하기 위해 묘지를 가로지른 다음 교회 앞을 지났다. 교회 안에서는 무아상 신부님이 신자들이 도착하기 전 마지막 미사 준비를 점검하느라 바쁘게 움직이고 계셨다. 복사 소년 한 명이 도착하지 않았는지 신부님은 애꿎은 나머지 한 명에게 잔뜩 짜증을 부리고 있었다.

벨과 세바스찬은 마을의 집들이 드리운 그림자 속을 조용히 걸었다. 울퉁불퉁한 포석이 깔린 길바닥은 눈으로 덮여 있었다. 촛불 때문에 지붕과 빗물받이 홈통에 꽃 장식 줄처럼 달린 고드름들은 마치 물결처럼 굽이치는 것 같았다. 세바스찬은 사람들 눈에 띄지 않기 위해 발걸음을 재촉했다. 집집마다 문 앞에 걸어둔 대림절 화환 장식은 눈에 들어오지도 않았다. 오직 에스테르가 적어준 글자만이 머릿속을 어지럽게 떠다녔다. 글자 하나하나가 모였을 때 만들어내는 단어를 기억해 내려고 애썼지만 도통 떠오르는 게 없었다.

학교는 마을에서 불을 밝히지 않고 어둠에 잠겨 있는 드문 건물 중 하나였다. 골짜기에서 가족과 함께 사는 선생님은 이미 퇴근한 후였다. 세바스찬은 학교 복도에 다다르자 비로소 손전등을 켰다. 널찍한 복도 벽엔 종이로 만든 별들과 아이들이 그린 그림들이 압정으로 고정돼 있었다. 세바스찬은 복도 끝에서 유리창이 달린 두 쪽짜리 여닫이문을 손전등으로 비췄다. 손잡이를 돌려 교실 문을 열자 교실 제일 뒤쪽, 선생님 책상 뒤로 벽의 절반쯤을 차지하는 굉장히 큰 칠판이 걸려 있었다. 칠판에는 끝을 예쁘게 둥글린 글자가 길게 이어져 있었다. 마치 잔치 때 거는 줄 장식과 비슷했다. 에스테르한테 필기체, 인쇄체, 대문자, 소문자 등등의 이야기를 들은 덕분에 학교 안이 무섭지만은 않았다. 세바스찬은 천천히 잉크 냄새인지 뭔지 알 수 없는 희한한 냄새가 나는 교실 안으로 발걸음을 옮겼다. 벨이 곁에 있어 참 다행이었다.

붓으로 획을 긋듯 한 줄기 빛줄기가 지나간 자리에 커다란 그림이 보였다. 두 개의 기다란 나무 막대기 사이에 걸린 그림이었다. 그림은 나무 막대기와 가느다란 실을 이용해 벽에 박힌 못에 걸려 있었다. 에스테르가 지도에 대해 설명해 주지 않았다 해도 세바스찬은 그것이 세계지도임을 금세 알아차렸을 것이었다.

세바스찬은 심장이 마구 뛰어 숨도 제대로 쉴 수 없을 지경이었다. 마음을 가라앉히고 책상 의자를 붙잡고 지도 아래로 끌고 간 다음 망설임 없이 단번에 지도를 떼어냈다. 벽에서 뗀 지도를 바닥에 내려놓자 세계의 윤곽이란 것이 처음보다는 훨씬 덜 인상적인 것 같다는 생각이 들었다. 에스테르가 적어준 '아메리카' 라고 쓰인 글자는 쉽게 찾을 수 있었다. 에스테르는 아메리카 아래쪽에 프랑스라는 글자도 적어주었다. '프랑스' 라는 단어는 할아버지한테 배운 적이 있는 단어였다. 더구나 선생님이 작은 삼색기를 꽂아놓았기 때문에 지도에서 프랑스를 금방 찾을 수 있었다. 할아버지의 말이 맞다면 아메리카는 프랑스 옆 어딘가에 있어야 했다.

'A' 자로 시작하는 단어 앞에서 세바스찬은 잠시 멈칫했다. 알마뉴(ALLEMAGNE), 알제리(ALGERIE), 오스트랄리(AUSTRALIE)…….

'아메리카는 대체 어디에 있는 거지?'

세바스찬은 겁이나 순간 목에 메는 것 같았다. 불빛이 파란 빛깔 위를 지나갔다. 바다를 표시하는 파란색이 넓은 면적에 펴져 있었다. 예전 기욤 아저씨가 지구를 구성하는 물에 대해 이야기했던 것이 떠올랐다. 파란색을 지나자 지도에는 초록색, 밤색, 노란색으로 이루어진 뿔 모양의 점이 나오고…… '아메리카' 라는 글자가 보였다.

'드디어 찾았다.'

찾았다는 안도감도 잠시, 세바스찬은 결과에 참담함을 느껴야 했다. 에스테르의 말이 맞았다. 엄마가 사는 아메리카는 할아버지가 이야기했던 산만 넘으면 나오는 곳이 아니었다. 엄청나게 큰 파란 바다 너머에 있는 나라가 아메리카였다.

세바스찬은 실망감을 주체할 수 없어 엉엉 울기 시작했다. 가슴을 찢는 듯한 서러운 울음이었다. 세바스찬은 날이 갈수록 희미해지는 엄마의 얼굴 때문에, 엄마 냄새를 다시 맡고 싶다는 기다림 때문에, 엄마 품에 안기고 싶다는 마음 때문에 울고 또 울었다. 세바스찬은 남과 다르다는 느낌, 남들이 자신을 꼬마 야생마, 더러운 집시라고 부를 때의 서러움이 복받쳐 울었다.

'할아버지가 또 거짓말을 하신 거야.'

세바스찬은 할아버지의 거짓말 때문에도 눈물이 났다. 왜 엄마가 올 거라고 하신 건지 이해할 수 없었다. 그것도 모른 채 엄마가 오기만을 목 빠지게 기다리지 않았는가. 정말 산 너머 가까운 곳 아메리카에 엄마가 있을 거라고 믿은 자신이 바보처럼 여겨졌다.

세바스찬의 가슴을 저미는 듯한 울음소리를 듣자 벨이 걱정이 되었는지 세바스찬의 주변을 빙글빙글 맴돌며 애끓는 목소리로 낑낑대기 시작했다. 그래도 반응이 없자 벨은 주둥이로 힘이 잔뜩 들어간 세바스찬의 두 손을 얼굴에서 떼어내고는 눈물로 범벅이 된 아이의 뺨을 핥았다. 세바스찬의 울음이 다소 진정되자 벨은 아이 앞에 엎드렸다. 세바스찬에게도 그렇게 하라고 말하는 듯했다. 세바스찬은 벨을 따라 얼음장처럼 차가운 교실 바닥에 주저앉아 벨 옆에 몸을 웅크렸다. 흑흑거리던 세바스찬은 점차 평온을 되찾아갔다. 벨은 그렇게 조용히 세바스찬의 곁을 지켰다.

3

시곗바늘은 새벽 세 시를 가리켰다. 자욱한 연기 속에서 작은 바늘을 확인하려면 눈이 여간 좋지 않고는 불가능했다. 암거래 시장에서 한 뭉치의 시가를 획득한 내무반장이 모두의 환호성 속에서 노획품을 막 분배하고 난 직후였다.

브라운 중위는 마음에도 없는 유쾌함을 과시하려 애쓰며 구역질을 꾹꾹 참고 있었다. 식탁에 둘러앉은 남자들은 성탄절 만찬 음식만큼이나 참을 수 없는 소란을 피워댔다. 브라운 중위는 토하지 않으려고 먹고 남은 기름이 슬슬 굳어져 가고 있는 접시에서 눈길을 돌렸다. 복잡한 머리를 비우기 위해 신선한 산 공기를 듬뿍 들이마신 뒤 침실로 가 잠이나 푹 자고 싶을 뿐이었다.

에버하르트 소위가 '릴리 마를렌' 노래를 부르자 다른 사람들이 따라 부르기 시작했다. 에리히는 브라운 중위 쪽으로 몸을 돌리며 잔을 높이 치켜들었다. 제 딴에는 인사를 건네는 것이었다. 브라운 중위는 에리히의 행동에 짜증이 나면서도 고개를 까닥해 보이는 답례는 잊지 않았다. 에리히는 저녁 내내 자신을 감시했다. 에버하르트의 노래가 끝나자 그는 건배 제창을 하더니 후다닥 잔을 비우고는 돼지 멱따는 소리로 고래고래 떠들어대기 시작했다.

"프랑스 놈들, 포도주 하나는 끝내주게 만든다니까."

푸크 하사가 빈정거렸다. 푸크는 성질이 고약한 자였다.

만찬을 즐기는 모두가 향수에 젖은 것 같았다. 오로지 전쟁만을 위해 사는 푸크를 제외하고는 모두 그날 저녁 외박 허가가 떨어지기를 바라는 듯했다.

독일 본토에 대한 연합군의 폭격이 강화되었다는 소식이 들리며 타국에 배치된 군인들의 불안감은 커져만 갔다. 가족들이 있는 고국이 더 이상 안전지대가 아닌 것이었다. 그들은 무엇보다 신뢰감의 상실이 가장 견디기 힘들었다.

승전보는 점점 더 거짓으로 들렸으며 러시아에서의 재앙적인 상황은 일개 신입 병사에게조차 공공연한 사실로 받아들여졌다. 스탈린그라드 전투가 있고 나자 대대적인 패주 소문도 들렸다. 지난여름 쿠르스트 공격의 실패는 말할 것도 없었다. 대대적인 선전과 낙관주의에도 의심이 본격적으로 고개를 들고 있었다.

지친 리더들은 걸핏하면 동부전선이라는 위협 카드를 흔들어댔으며 미사 혹은 마을 사람들끼리의 모임에서는 각종 허풍, 농담들이 오갔다. 예전 같았으면 전국을 열광의 도가니로 몰아넣었을 총통의 연설조차 회의적인 분위기를 뒤집기엔 역부족이었다. 여전히 일부 골수분자들만 제3제국의 승리를 노래했다.

브라운 중위는 사령부와 가까이 지내는 장교들조차 우려를 표명하고 있다는 보고를 받았다. 일부 고위급 인사들이 총통의 지나치게 무모한 정책 비판에 나섰다는 이야기도 들렸다. 브라운 중위는 이러한 소식에 마냥 기뻐할 수만은 없었다. 오히려 앞으로 다가올 대혼란이 두려웠다.

머릿속을 뾰족한 바늘로 콕콕 쑤시는 것 같았다. 두통이 올 조짐이었다. 브라운 중위는 의자를 밀치고 자리에서 일어나 창가로 갔다. 뿌연 안개 속에서 뾰족뾰족하게 솟은 산등성이가 보였다. 그중에서도 복수의 손가락만큼이나 유난히 높이 치솟은 한 봉우리의 위엄이 돋보였다. 기욤은 이제 곧 일어날 것이었다. 몇 시간 후 그는 저 산꼭대기 어딘가를 도주자들과 함께 걷고 있을 터였다.

"브라운 중위님."

"무슨 일인가, 한스."

"만일 중위님이 유대인이고 스위스에 가려고 한다면 언제를 거사 날로 잡으실 겁니까?"

한스의 기습적인 물음에 브라운 중위는 놀라움을 숨기기 위해 헛기침을 했다.

브라운 중위는 혈관 속 피가 얼어붙는 것 같았다. 두려움이 화상 자국처럼 살갗으로 번지자 그는 혹시라도 다른 사람들이 겁에 질린 자신의 심정을 눈치채지 않았을지 주변을 살폈다. 시간이 좀 지나자 분노가 치밀며 방금 전 두려움은 억제되는 것 같았다. 한스가 대체 무슨 꿍꿍이로 그런 걸 묻는 건지 궁금해졌다. 술에 취해 과감해졌다는 생각만 들 뿐 의도를 파악할 수 없었다. 브라운 중위가 뭐라 대답할지 몰라 머뭇거리는 사이 한스가 다시 질문을 던져 왔다.

"제가 유대인이라면 성탄절 아침 일찍, 그러니까 다른 사람들이 정신없이 바쁠 때 도망칠 것 같은데요. 아기 예수 탄생은 안중에도 없을 테니까요. 안 그렇습니까?"

옆에 있던 에리히가 주먹으로 식탁을 쾅 내려쳤다.

"한스 말이 맞아요. 오늘은 밤도 밝고, 이렇게 좋은 기회가 또 어디 있겠습니까. 저희가 가볼까요?"

"어딜 간단 말인가?"

브라운 중위가 당황해하며 말했다.

"그랑 데필레요."

에리히의 지원 사격에 기세가 등등해진 한스는 비틀거리며 일어나 흐느적거리는 팔을 굽히고는 손가락을 총처럼 겨누었다.

"쥐새끼 같은 놈들. 오늘 놈들을 당장 잡아버리겠어. 이번엔 누구도 국경을 넘어가지 못할 테니 두고 보라고."

한스가 격양된 어조로 말하며 중위의 명령이 떨어지기를 기다렸다.

브라운 중위는 이러지도 저러지도 못한 채 가만히 서 있었다. 한스가 술기운에 어쩌다 보니 그런 생각을 해낸 것이 분명했다. 아니면 지난번 그랑 데필레에서 상사에게 무능하다고 질책받은 일을 만회해 보고자 기를 쓰는 것일 수도 있었다. 지금 상황에서 선택지는 없었다. 브라운 중위는 최대한 아무렇지 않은 척 말했다.

"좋네. 그렇다면 가서 잠복하고 있게. 시간마다 보고서 보내는 것 잊지 말고. 난 여기서 작전 지시를 하다 위급한 상황이 되면 자네들에게 가겠네."

"네."

한스가 자신감에 가득 찬 목소리로 말했다.

브라운 중위는 한스와 에리히가 나가는 걸 지켜보았다. 반쯤 취한 용감한 녀석은 무슨 짓이든 하겠다는 듯 어깨에 힘이 잔뜩 들어가 있었다. 덕분에 브라운 중위는 정신이 번쩍 들었다. 관자놀이를 콕콕 쑤셔대는 통증은 여전했다. 브라운 중위는 제멋대로 쓰러져 있는 포도주 병과 코냑 병 사이에서 물을 찾았다. 속이 빈 대형 샴페인 병이 다 녹아버린 얼음 통 속을 둥둥 떠다녔다.

머릿속이 온갖 생각들로 뒤죽박죽이었다. 브라운 중위는 충동적으로 밖으로 뛰어나왔다. 알리바이를 생각해 내며 최대한 빨리 동굴로 가야 했다.

'설피와 등산화를 챙겨야 해. 기욤이 그랑 데필레 길로 들어서기 전에 이 사실을 알려야 할 텐데. 두 시간 후면 동이 트겠지만 운이 좋으면 늦기 전엔 동굴에 도착할 수 있겠지.'

하늘의 잉크 빛은 동쪽부터 서서히 옅어져 갔다. 세자르는 몸을 부르르 떨었다. 불가에 놓인 안락의자에 쪼그린 채 밤을 지내고 난 터였다. 몸의 뼈란 뼈는 모조리 쑤시는 것 같았다. 방 안이 얼음처럼 차서 증세가 더 심하게 느껴지는 것 같았다.

물병에서 물을 따라 마신 세자르는 털모자를 쓰고 지팡이를 챙겨 밖으로 나왔다. 걱정 때문에 입안이 온통 바늘이라도 돋은 듯 깔끄러웠다. 한바탕 혼자 구시렁거린 세자르는 어느 길로 갈까 잠시 망설이다 습관대로 위쪽 길로 들어섰다.

세바스찬은 어쩌면 양 우리에서 자고 있을지도 몰랐다. 20미터쯤 가자 어둑어둑한데도 바닥에 찍힌 자국들이 눈에 들어왔다. 얇게 눈이 덮인 그 자국은 분명 벨과 세바스찬의 발자국이었다. 안도감이 제네피만큼이나 순식간에 세자르의 머리를 핑 돌게 했다. 세바스찬은 이곳으로 지나갔다. 발자국을 찬찬히 살피던 세자르는 어림잡아 이곳을 지났을 시간을 계산해 보았다. 그다음 다시 발걸음을 옮겼다.

학교에는 아무도 없었다. 학교로 올라가는 마지막 계단, 유리창이 달린 두 쪽 여닫이문 앞에서 발자국은 사라져 있었다. 세자르는 무슨 연유로 세바스찬이 학교로 왔는지 알고 싶었다. 세자르는 앙젤리나의 말이 옳았다는 것을 깨달았다. 손자 녀석에겐 늙고 정신 나간 노인의 단편적 교육이 아닌 제대로 된 교육이 필요했다.

학교 안으로 들어서자 복도에서 왁스 냄새가 솔솔 풍겼다. 세자르는 텅 빈 통로를 따라 걸었다. 교실에 들어서자 세바스찬이 벨에게 몸을 기대 잠들어 있는 모습이 보였다.

세자르가 유리창에 얼굴을 대는 순간 벨이 일어났다. 녀석은 꼼짝도 하지 않았지만 눈은 세자르를 응시했다. 평온한 눈길이었다. 세자르는 바닥에, 세바스찬이 깔고 누워 있는 지도를 보았다. 옆에 아메리카라고 적혀 있는 작은 종잇조각도 보였다. 세자르는 순간 너무나도 부끄러워 구토가 날 지경이었다. 세자르는 공연히 소란을 피우고 싶지 않아 천천히 뒤로 물러섰다.

세자르는 문을 두드리기에 앞서 이름을 불렀다. 곤히 자고 있는 사람들을 불안하게 만들 필요는 없었다. 안 그래도 독일 놈들의 출현 때문에 불안감에 시달리고 있는 사람들이었기 때문이었다. 이윽고 덧문 하나가 반쯤 열리더니 마르셀이 술에 절어 푸석푸석한 얼굴을 삐죽 내밀었다. 마르셀은 손을 흔들어 곧 내려가겠다는 신호를 보냈다.

마르셀은 과음한 다음날의 증세를 보였다. 세자르는 자신이 멀쩡한 정신으로 술에 취한 사람을 보니 희한한 기분이 들었다. 세자르가 거두절미하고 본론을 꺼내자 마르셀은 상당히 당황하는 기색을 보였다.

"자네 회중시계를 사러 왔네."

"시계?"

"나침반이 되는 금시계 말일세."

"세자르, 갑자기 찾아와서 무슨 소리를 하는 건가?"

"자네 시계를 얘기하는 중이네. 어마어마하게 비싸다는 건 잘 알아. 내가 노상 퇴비만 만지고 양 떼만 상대하는 줄 아나 본데, 나도 물건값 정도는 알지. 그걸 살 돈도 있고."

"세자르, 갑자기 시계가 자네한테 왜 필요한가. 땅이라면 모르겠지만 뜬금없이 시계라니? 대체 시계는 어디다 쓰려고."

"그건 내가 알아서 할 일이고. 자넨 나에게 시계를 팔기만 하면 돼. 흥정을 하고 적당한 값에 합의를 보면 되지 않나."

"세자르, 일단 흥분한 거 같으니 안으로 들어오게. 혹시 자네 성탄절이라고 내가 마음이 약해질 거라 믿는다면……."

"마르셀, 난 기적도 아무것도 믿지 않아."

세자르와 마르셀은 함께 껄껄거리며 부엌으로 들어갔다.

아침 해가 막 떠오르려 할 때 세자르는 학교로 돌아왔다. 이번엔 문을 열고 교실 안으로 들어갔다. 여전히 잠에 잔뜩 취한 세바스찬은 할아버지를 알아보자 순식간에 잠이 달아나 버렸는지 두 눈을 커다랗게 떴다.

"할아버지!"

"세바스찬, 네게 줄 선물이 있다. 정확히 두 개지만 하나는 깜빡 잊고 트리 밑에 두고 왔어. 이거 열어보거라."

세자르는 우아한 크림색의 작은 상자를 내밀었다.

어안이 벙벙한 세바스찬은 어찌해야 할지 선뜻 판단하지 못한 가운데 엉겁결에 상자를 받아 들었다.

"열어보래두. 네 거란다."

세바스찬의 손가락 끝에서 포장지가 찢어지면서 금으로 된 회중시계가 나왔다. 여전히 영문을 모르겠다는 듯 세바스찬은 마르셀이 했던 동작을 생각하며 기계적으로 뚜껑을 들어 올렸다. 글자판, 가느다랗고 뾰족한 분침, 그보다 약간 통통하고 짧은 시침이 차례로 눈에 들어왔다. 회색 부분에서는 북쪽이 어디인지 볼 수 있었다.

"할아버지한테 누가 이걸 줬어요?"

세바스찬은 화가 난 표정으로 할아버지를 쏘아보았다.

"할아버지, 엄마는 아메리카에 있지 않아요. 왜 거짓말을 하신 거죠?"

"세바스찬, 이 시계는 내가 너한테 주는 거란다. 이 시계가 너한테 진심을 털어놓는 일을 조금이라도 도와줄까 싶어서."

세자르는 더 이상 말을 잇지 못하고 입을 닫았다. 세자르는 길 잃은 사람처럼 우물쭈물하더니 고개를 푹 숙이고 다시 입을 열었다. 부끄러움이 느껴졌지만 이번만큼은 꼭 말해야 한다는 단호함도 엿보였다.

"세바스찬, 네 엄마는 오래전에 돌아가셨단다. 집시 여자였지. 8년 전 내가 산 위에서, 목초지 언저리에서 눈 속에 쓰러져 있는 네 엄마를 발견했단다. 곧 아이를 낳을 것 같아 내가 돌로 지은 대피소까지 업고 갔어. 양 우리까지 데려올 힘도 시간도 촉박했거든. 네 엄마는 널 낳고도 기운을 차리지 못했어. 나에게 널 부탁한다는 말을 하고는 곧 눈을 감았단다. 그때 네 엄마를 대피소 옆에 묻어주었어. 어딘지 가르쳐 주마."

두 눈을 꼭 감고 이야기를 듣고 있던 세바스찬은 돌처럼 굳어버린 듯했다.

"네 엄마가 널 내 품에 안겨주는 순간 난 너를 내 아이로 키울 거라 다짐했지. 엄마 양과 새끼 양처럼 말이야."

"그럼 왜 거짓말을 하신 거예요?"

세바스찬의 목소리는 하얗게 질렸고 얼굴은 납처럼 파리했다.

세바스찬을 지켜보고 있는 세자르는 마음이 너무 아팠지만 하던 말을 마저 이었다.

"너한테 사실을 말해주면 네가 슬퍼할까 봐 그게 두려웠단다. 진작 말해줬어야 하는데 그걸 지금에서야 알았구나. 네가 커갈수록 점점 더 사실대로 말하기가 힘들어지더구나. 네가 하루는 엄마에 대해 물어보니 당황해 거짓말을 둘러댔다. 한 번 거짓말을 하고 나니 주워 담을 수가 없더구나. 간밤에 네가 돌아오지 않자 이것저것 생각하며 많은 걸 깨달았단다, 세바스찬."

"왜 엄마가 아메리카에 산다고 하신 거예요?"

"그때 떠오른 나라가 아메리카였어. 너무 어이없었지. 난 네가 그 이야기를 금방 잊어버릴 거라 생각했다."

"할아버지는 엄마가 늘 나를 생각한다고 했어요. 엄마는 죽었는데 말이에요."

"그건 거짓말이 아니다. 그건 남자든 여자든, 심지어 사제들까지 포함해서 우리 모두가 알 수 없는 어떤 것을 설명하는 방식이야. 네 엄마는 늘 네 곁에서 널 지켜보고 계신단다. 산에도, 이 땅에도, 네 뺨에 불어오는 바람 속에도, 네 손가락 끝에 닿는 눈 속에도, 네 종아리를 간질이는 풀 속에도. 엄마는 비록 일찍 이 세상을 떠났지만 널 생각하는 엄마의 사랑은 계속해서 살아 있지. 네가 어디를 가든 그 사랑이 널 이끄는 거야. 언제까지나."

세바스찬은 고개를 푹 숙이고 소리 없이 눈물을 흘렸다. 눈물이 흘렀지만 막 가슴이 찢어지는 것 같지는 않았다. 심한 가뭄으로 갈라진 땅을 적시는 소나기 같은 눈물. 엄마 얼굴을 떠올리려고 애쓰면서 엄마를 생각할 때마다 숨을 쉬지 못하게 만들던 그 정체 모를 두려움이 저만치 물러났다. 커다란 슬픔이 밀려왔지만 왠지 모르게 마음속 빗장이 열리며 그동안 잔뜩 억눌려 왔던 숨이 해방되는 것 같았다.

세바스찬은 눈물을 실컷 쏟고 나서 할아버지에게 손을 내밀었다. 모든 걸 용서한다는 화해의 표시였다. 세자르는 아무 말도 하지 않고 그를 위로하려는 어떤 시도도 하지 않은 채 세바스찬이 하는 대로 따랐다. 모든 사실을 털어놓고 나자 세자르 역시 비로소 진정한 화해를 나눈 것처럼 속이 후련했다.

"할아버지랑 같이 양 우리에 갈 테냐?"

"지금요?"

"그래. 요 몇 주 동안 네 녀석이 얼마나 그립던지. 같이 가면 할아버지가 아주 기쁠 텐데 말이다. 양 떼들도 널 다시 보면 반가워할 거다. 게다가 앞으로 자주 못 올 테니까."

"왜요?"

"너도 학교에 가야 하지 않겠니. 좋지?"

"모르겠지만 그래도 좋은 것 같아요."

4

앙젤리나는 밤중 늦게야 젤러 일가를 깨우러 갔다. 앙젤리나 역시 순찰, 체포와 같은 무서운 이미지들에 시달리느라 잠을 설쳤다. 꺼져 가는 불씨에서는 온기라곤 전해지지 않았다. 불씨 위에 냄비를 얹은 앙젤리나는 세차게 두 손을 비볐다.

'예정에 없이 독일군들이 정찰에 나선다면 어쩌지?'

앙젤리나는 의심이 파도처럼 밀려왔다. 기욤이 특권적인 정보 제공 혜택을 받고 있는 것 같긴 했지만 백 퍼센트 안전한 일이란 없었다. 혹시 문제가 생길 경우 긴급 행동 요령 따위는 전혀 알지 못했으니까.

'기욤이랑 싸우지만 않았어도 대비책을 좀 더 세울 수 있었을 텐데.'

뒤늦게 후회가 되었지만 어쩔 수 없었다. 너무 늦었다. 이제 곧 출발할 시간이 다가오고 있었다. 출발을 늦췄다간 지금 확보한 정보는 무용지물이 될 수도 있었다.

죽이 너무 묵직해서 넘어올 정도였으나 모두 군소리 없이 그릇을 비웠다. 에스테르마저도 긴장감이 감도는 분위기를 눈치챘는지 불평 없이 조용히 죽을 먹었다. 이것이 하루 중 가장 따뜻한 식사가 될 것이었다. 전날 옷을 모두 껴입고 잠자리에 들어 각자 외투와 털모자, 각반 등을 착용하기만 하면 되었다. 루이즈는 남편과 자신을 위해 스포츠용 재킷을 잘라 띠를 마련해 두었다. 스웨이드가 제법 두꺼워 두 사람을 보호해 줄 만했다. 루이즈는 준비성 있게 가져온 옷핀으로 띠를 이었다. 배낭이 꾸려지고 각자 설피를 신었다. 아이젠은 가파른 오르막길에서 착용하면 될 것이었다.

"시간 됐어요, 루이즈. 곧 여섯 시가 될 거예요. 지금 출발해야 해요. 한 시간 후면 해가 뜰 테니까요."

앙젤리나가 말했다.

"여기 두고 가는 물건들은 당신이 가지세요. 다른 사람들에게 주거나요."

"네. 제가 알아서 할게요. 하늘이 갤 것 같네요. 날씨가 나빠지기 전에 서둘러야 해요."

"폭풍우가 올까요?"

루이즈가 걱정이 가득 담긴 말투로 물었다.

"오늘은 아닐 거예요. 아니길 바라야죠."

아직 어두운 밤 속으로 걸어 들어간 일행은 염소 골짜기와 다른 골짜기를 연결해 주는 첫 번째 고개 바로 아래쪽에 위치한 비탈길을 향해 걸었다. 푹신해 보일 정도로 눈이 제법 많이 쌓였지만, 걸음을 방해할 정도는 아니었다. 설피 덕분에 일행은 고른 걸음으로 나아갔다. 에스테르 앞에서 걷는 걸은 보폭을 좁게 줄여서 어린 딸이 아빠의 발자국을 밟으며 걸을 수 있도록 배려했다.

30분 만에 일행은 평평한 곳에 이르렀다. 평지 이후로는 줄곧 오르막길이 될 터였다. 백 미터쯤 더 위쪽으로 염소길이 보였다. 모두 마음이 놓이는지 긴 숨을 몰아쉬었다. 걷다 보니 불안감이 옅어지면서 생각도 낙관적으로 바뀌었다. 앙젤리나는 세자르에게 배운 대로 하늘을 관찰했다. 날씨는 계속 좋을 것 같았다. 독일군의 시선을 돌리는 데 비가 오는 게 좋을 수도 있으나 앙젤리나는 맑은 산 공기를 들이켜며 상쾌함에 몸을 떨었다.

"곧 도착할 거예요."

일행이 다시 출발하려고 할 때 동굴 쪽에서 어떤 움직임이 느껴졌다. 앙젤리나가 시선을 돌려 바라보자 웬 남자가 최대한 빠른 속도로 경사면을 기어오르고 있었다.

'기욤? 그일 리 없어. 기욤은 다리를 다쳤고, 게다가 녹색과 회색이 섞인 외투 같은 건 절대 입지 않을 텐데.'

앙젤리나의 안색이 너무도 급작스럽게 창백해지자 놀란 젤러 부부도 경사면을 바라보았다. 공포에 질린 루이즈가 날카로운 비명을 질렀다.

"맙소사. 독일군이에요."

"빨리, 빨리 서두르세요. 멈추지 말아요. 다음 나오는 고개에 도착하면 바로 능선길이니까 빨리 가면 저자에게 잡히지 않을 수 있어요."

앙젤리나는 분노가 치밀어 숨을 제대로 쉴 수 없었다. 아래쪽에 있는 남자는 바로 브라운 중위였다. 앙젤리나는 묘한 배신감에 사로잡혔다. 브라운 중위도 자신을 알아봤는지 무어라 말하고 있었다. 브라운 중위가 입을 움직이자 앙젤리나의 이름이 절반쯤 메아리쳐서 그녀의 귀에 들어왔다.

"젤리나, 도, 돌아와요."

브라운 중위가 물에 빠진 사람처럼 양팔을 허우적거리자 한순간 앙젤리나는 걸음을 멈출 뻔했다. 브라운 중위가 뭔가를 알려주려고 하는 것 같았다. 우릴 만류하려는 건가? 아니면 우릴 함정에 빠뜨리려는 걸까? 앙젤리나가 혼란스러워하는 사이 그는 다시 전속력으로 산을 오르기 시작했다. 앙젤리나의 시선이 그가 걸치고 있는 설피에 꽂혔다.

'저자는 이곳 지형을 잘 알고 있어. 배신자 같으니라고.'

앙젤리나는 브라운 중위를 무시한 채 젤러 가족에게 따라오라고 손짓한 뒤 미친 듯이 비탈길을 올랐다. 쥘은 딸을 안고 걸으며 말이 없었다. 단 한마디 불평도 하지 않았다. 루이즈도 남편을 열심히 따라 걸었다. 메아리 소리는 여전히 울렸다. 이번엔 바람 때문에 한결 똑똑하게 들렸다. 또렷하게 들려오는 독일 사람의 악센트는 젤러 가족에게는 죽음을 의미했다.

"앙젤리나, 돌아와요! 거기서 기다려요! 앙젤리나!"

루이즈가 발을 헛딛었는지 한 발짝쯤 미끄러졌다. 쥘이 몸을 돌려 손을 내밀자 루이즈는 고개를 저었다. 겁에 질린 두 눈에 눈물이 그렁그렁했다.

"우린 절대 갈 수 없을 거예요."

루이즈가 말했다.

그때 갑자기 우르릉 소리가 났다. 앙젤리나는 순간적으로 어디엔가 벼락이 떨어졌나 보다 생각했지만 그건 말도 안 되는 소리였다. 맑은 하늘에 갑자기 소나기가 쏟아질 리 없었다. 마침내 사태를 파악하자 앙젤리나의 심장이 마구 방망이질 해댔다. 모든 것이 갑자기 정지하는 것 같았다. 이 세상이 오직 한순간의 아슬아슬한 균형 속에 유지되고 있는 기분이었다.

"절벽 쪽으로 뛰세요. 빨리빨리! 지체할 여유가 없어요."

앙젤리나가 소리쳤다.

일행은 절벽까지의 몇 미터를 죽을힘을 다해 뛰고는 절벽에 기대 가쁜 숨을 몰아쉬었다. 온 땅이 흔들리며 또다시 바위들의 내장에서 솟아오르는 듯한 둔중한 으르렁 소리가 울려 퍼졌다. 일행의 머리 위쪽 바위 정상에 이제 막 형성된 수증기 구름이 보였다. 대기가 물결치듯 요동치며 흰 덩어리가 몰려왔다. 잔뜩 거품을 문 거대한 백색 파도가 넘실대면서 산 전체가 뒤흔들렸다. 높다란 흰 벽이 엄청난 힘으로 절벽에 부딪쳤다. 너무 세찬 기세에 정신이 멍해진 일행은 방금 자기들 눈으로 본 것이 과연 현실이었는지조차 믿을 수 없었다.

눈사태는 그들이 있는 곳을 지나 불과 3미터쯤 더 내려갔다. 성난 개울물처럼 포효하는 괴물. 그 괴물이 전속력으로 산길을 내려가며 내뿜는 입김에 그들은 질식할 것 같았다. 죽음만큼이나 차가운 그 입김.

브라운 중위는 세상이 요동치면서 하얀 눈의 파도가 전광석화처럼 빠른 속도로 자신의 위로 쏟아지는 광경을 빤히 지켜보았다. 어딘가로 피신할 시도조차 할 수 없었다. 오르막길에 꼼짝없이 갇힌 채 무거운 설피까지 신은 브라운은 마지막 순간 두 눈을 꼭 감았다. 자신을 집어삼키려는 하얀 지옥을 시야에서 지워 버리려는 의식적 노력이라기보다 즉각적인 반사작용이었다. 엄청난 양의 눈가루가 일으키는 입김의 가공할 위력을 느끼면서 브라운 중위는 눈 덩어리 속으로 빨려 들어갔다. 그의 몸은 깊은 어둠 속으로 떨어졌다.

산이 포효하는 소리를 들으며 세자르와 세바스찬은 즉각적으로 사태를 짐작했다. 두 사람은 막 글랑티에르 고갯마루에 도착했고 갈림길만 넘어서면 바로 염소 골짜기였다. 벨이 두 사람을 앞질러 뛰었다. 녀석은 화살보다도 빨랐다.

"벨!"

벨이 시야에서 사라지자 불안해진 세바스찬은 달리기를 멈췄다.

"할아버지, 벨이 왜 저렇게 달리는 거예요?"

"본능적으로 위험을 느낀 거지. 걱정 마라. 녀석은 어떻게 해야 하는지 알 테니까."

세자르와 세바스찬은 골짜기 입구까지 달렸다.

눈앞에 펼쳐진 광경은 의심의 여지가 없었다. 거대한 눈 기둥이 그랑 데필레 쪽으로 이어지는 골짜기의 남쪽 경사면을 마구 밀고 내려와 얼음 덩어리들과 엎치락뒤치락 일대 혼란을 만들어놓은 것이었다. 사고 현장 주변에 도착한 벨은 미친 듯이 바닥을 파헤쳤다. 놀란 세자르가 다급하게 외쳤다.

"아래에 사람이 있어. 벨이 냄새를 맡은 게 틀림없어!"

그때 산 쪽에서 급히 내려오는 여자가 보였다.

"앙젤리나! 앙젤리나가 대체 저기서 뭘 하는 거지?"

세자르는 말을 하며 이내 자신이 이제까지 무슨 구실을 대서라도 인정하고 싶지 않았던 일이 일어나고 있음을 깨달았다. 그동안의 꿍꿍이속이 있는 얼굴, 쓸데없이 분주한 이동, 지나치게 무거웠던 바구니. 밤이면 사라지는 빵들까지. 어제만 해도 기욤이 목발을 휘두르며 언성을 높였었다. 세자르는 기욤에게 화가 났다.

'차라리 다 말할 것이지. 저들을 돕겠다고 내 손녀딸까지 위험한 일에 말려들게 하다니.'

세자르는 다시 반쯤 뛰다시피 달려갔다. 숨이 가빠오자 노기도 다소 누그러졌다.

눈 덩어리가 멈춘 지점에 다다르자 세자르는 무릎을 꿇고 주저앉았다. 정신이 멍했다. 할아버지보다 먼저 도착한 세바스찬은 쉬지 않고 고함을 지르며 벨을 격려했다. 벨은 정확히 한 지점을 집중적으로 파헤쳤다. 세자르는 미친 듯이 눈을 파헤치는 벨을 보며 부상자가 아주 가까이 있는가 보다 짐작했다. 그보다 세자르는 앙젤리나가 걱정이었다. 앙젤리나의 모습 앞에서 다른 모든 것은 존재하지 않았다.

"어떻게 된 건지 설명해 봐라."

세자르는 산에서 내려와 헉헉대는 앙젤리나를 다그쳤다. 도주자들을 보아하니 외국인들 같았다. 도시에서 온 사람들임에 틀림없었다.

"그건 나중에 얘기할게요. 지금 남자 한 명이 눈에 깔렸어요. 독일 사람이에요. 우리를 따라왔어요."

앙젤리나는 전혀 거리낌 없는 태도로 무뚝뚝하게 말했다.

"독일 사람이라니? 너 대체 무슨 소릴 하는 게냐?"

세자르가 물었다.

"브라운 중위요. 월요일마다 빵 가지러 오는 사람 말이에요."

긴장감을 풀지 못한 앙젤리나는 양 미간을 잔뜩 찌푸리고 이를 악문 채 말했다.

세자르가 뭔가를 더 물어볼 틈도 없이 벨이 조금 전보다 더 끙끙거리며 부지런히 바닥을 파헤치기 시작했다. 곧 팔 한 짝이 나오더니 이어 어깨가 드러났다. 앙젤리나와 세바스찬은 달려가 축 늘어진 몸체를 끌어냈다. 머리가 보이기 시작하자 남매는 최대한 조심스레 남자를 얼음 더미 속에서 끄집어냈다.

브라운 중위는 운 좋게도 눈사태 주변부에 있었다. 게다가 뭔가에 가로막혀 눈 기둥의 상당 부분이 오른쪽으로 방향을 튼 모양이었다. 두 눈을 감고 굳은 표정을 짓고 있는 브라운 중위의 얼굴은 다른 때보다도 단단한 대리석이나 데드 마스크를 연상시켰다.

세자르는 중위의 두 뺨을 힘껏 문지른 다음, 그래도 아무 반응이 없자 여러 번 반복해서 가슴을 빠르게 힘껏 때렸다. 세자르가 막 인공호흡을 하려던 찰나 몸이 꿈틀거리는 것이 느껴졌다. 브라운 중위는 발작적인 기침 끝에 침을 뱉어내며 독일어로 뭐라 투덜거리면서 몸을 일으키려 했다.

"진정하게, 브라운 중위. 말은 천천히 하고 우선 깊이 숨을 들이마시게."

브라운 중위는 세자르의 만류에도 도무지 말을 들으려 하지 않았다.

앙젤리나를 보더니 그는 몸을 더 심하게 뒤틀어 그녀의 손목을 잡아 자기 쪽으로 끌어당겼다. 공포심과 매혹이 뒤섞인 혼란스러운 감정에 휘둘린 앙젤리나는 저항하지 않고 그가 하는 대로 지켜보았다.

"그랑 데필레에 가면 안 됩니다. 내 부하들이, 그리로 가겠다는 부하들을 막지 못했습니다. 거기서 당신들을 기다리고 있을 겁니다. 의사 선생은 어디 있죠? 기욤이 저들을 안내할 거라고 말했는데……."

앙젤리나는 허탈한 상황에서 터져 나오려는 웃음을 가까스로 참았다. 정보 제공자가 브라운 중위였던 것이었다. 어쩐지 몇 주 전부터 유난히 통행이 잦아졌다고 느끼고 있는 터였다. 기욤이 정보를 확신한 것도 그렇고. 기욤은 다 알고 있었던 거였다. 그러면서 월요일마다…….
두 남자가 자신의 이야기를 했을까 하는 생각이 들었다. 브라운 중위 역시 내가 그 조직에 가담한 사실을 알고 있었던 걸까? 자신은 그런 것도 모르고…….

"당신이었어요? 처음부터 당신이었어요. 그렇죠?"

앙젤리나는 참지 못하고 손을 내밀어 브라운 중위의 얼굴을 쓰다듬었다. 얼굴은 죽은 사람처럼 차가웠다. 브라운 중위가 따스한 온기에 몸을 떨자 앙젤리나는 얼굴을 붉혔다. 안도감이 들자 정신이 혼란스러웠다.

적어도 브라운 중위는 적이 아니었다. 같은 편이었다. 이제 모든 것이, 아니, 거의 모든 것이 분명해졌다. 암묵적 이해심, 순리에 어긋나는 두 사람 사이의 호감. 월요일의 방문은 단순한 임무 수행 차원이 아니라 그보다 훨씬 강력한 무언가에 이끌린 것이었다. 브라운 중위는 앙젤리나의 머릿속을 훤히 읽은 듯 부드러운 음성으로 앙젤리나의 이름을 불렀다.

"앙젤리나."

"왜 나한테 아무 말도 하지 않았죠?"

앙젤리나가 물었다.

"당신을 보호하기 위해서였소. 난 그 때문에 내가 오는 거라고…… 그렇게 당신이 믿게 되는 걸 원치 않았으니까."

세자르의 고함 소리가 들려오는 바람에 두 사람의 대화는 중단되었다. 보아하니 브라운 중위가 멀쩡한데 얼른 자리를 뜨지 않고 뭐 하냐는 것이었다. 독일 놈이라면, 제아무리 우호적인 자라 할지라도 안 될 일이었다. 사랑 타령도 별로였지만 무엇보다 세자르는 손녀딸의 달달한 얼굴도 보고 싶지 않았다.

"브라운 중위, 동상 걸려 죽고 싶지 않으면 서둘러 마을로 내려가는 게 좋을 거요. 내 말 명심해서 들어요. 우리 동네에선 죽음의 여신의 발이 아주 빠르다오. 앙젤리나, 무슨 사정인지는 잘 모르겠지만 얼른 결정해라."

세자르는 턱을 쳐들어 엉덩이로 미끄럼질을 해가며 비탈길을 내려오고 있는 젤러 가족을 가리키며 말했다. 세자르는 동정과 빈정거림이 반씩 섞인 투로 툴툴거렸다.

앙젤리나는 그제야 꿈에서 깨어난 듯했다.

"당신 부하들 때문에 그랑 데필레 쪽으로 갈 수 없어요. 눈사태 때문에 길도 막혔지만요. 더구나 이 소동 때문에 순찰대도 긴장했을 테고, 돌아갈 수도 없게 됐어요. 어쩌죠? 소동이 잠잠해질 때까지 저 사람들을 마을에 숨겨둬도 될까요? 오늘 밤에 다시 출발하기로 하고."

브라운 중위가 고개를 저었다. 침울한 표정이었다.

"부하들이 산 정상에서 아무것도 발견하지 못한다면 분명 다시 확인하러 내려올 겁니다. 당신들이 남겨놓은 흔적을 발견하면 동굴도 탄로 나고, 그렇게 되면 생마르탱 마을 전체를 이 잡듯 뒤지고 다닐 게 뻔해요."

브라운 중위의 말을 침착하게 듣고 있던 세자르가 동쪽 방향으로 몸을 돌렸다. 깊은 골짜기 협곡에 도전장이라도 내밀 듯 가파르게 깎아지른 경사면을 가리키며 말했다.

"그럼 바우 쪽밖에 없구나."

"빙하 말이에요? 거긴 크레바스 투성이에요."

어른들끼리 무슨 이야기를 하는지 알아들으려 두 귀를 쫑긋 세우고 듣던 세바스찬이 끼어들었다.

"거기라면 벨이 잘 알 거야. 누나도 벨이 기욤 아저씨를 어떻게 데리고 왔는지 봤잖아."

"지금 너도 따라가겠다는 거야? 그건 절대 안 돼, 티누. 넌 할아버지 따라 집으로 돌아가."

산을 내려온 젤러 가족은 엄청난 광경 앞에서 그저 망연자실했다. 이상한 건 눈 위에 앉아 있는 독일군이 열띤 태도로 토론에 끼어들고 있다는 것이었다. 더 이상한 건 앙젤리나도 아이도, 노인도 전혀 독일군에게 신경을 곤두세우지 않고 있다는 점이었다. 앙젤리나는 가족에게 진정하라고 손짓한 다음 세자르 쪽으로 몸을 돌렸다.

"할아버지 생각은 어떠세요?"

"세바스찬 말이 맞아. 벨이 야생의 본능을 아직 간직하고 있으니 아마 얼음 틈새를 찾아낼 수 있을 거야."

"벨이 바우로 안내하려면 세바스찬도 함께 가야 한다는 말이 돼요. 그래도 괜찮을까요? 할아버지."

앙젤리나가 물었다.

"유감스럽지만 다른 방법이 없는 것 같구나."

세자르는 세바스찬 앞에 무릎을 꿇고 앉았다.

"세바스찬, 할아버지 말 잘 듣거라. 지난여름에 누나와 그쪽으로 등산을 갔었다. 누나가 길을 기억하고 있을 거야. 그러니까 고갯마루에 도착하면 이걸 잘 기억해 둬. 큰 암석이 하나 있는데 사슴 모양 바위란다. 거기가 국경이야. 그쪽에서는 큰 사슴이 산을 존중하는 인간들을 지켜준다고들 하지. 세바스찬, 까불지 않고 조심하겠다고 약속할 수 있지?"

경악하는 젤러 가족 앞에서 이번엔 브라운 중위가 나무랄 데 없는 프랑스어로 말하기 시작했다. 브라운 중위는 점점 걷히기 시작하는 어둠 속에 우뚝 솟아오른 산 정상을 가리켰다. 봉우리 언저리로 새벽동이 터오는 중이었다.

"부하들은 그쪽으로는 한 번도 간 적이 없습니다. 바우 쪽으로 간다면 안심하셔도 될 겁니다. 어르신 말이 맞아요, 앙젤리나. 지금으로선 그게 유일한 방법이에요. 문제는 만에 하나 당신들이 체포되는 날엔 아이들까지 포함해서 모두가 다 연루되는 겁니다. 최악의 상황이 벌어질 수도 있는 거죠."

브라운 중위는 기운이 없는지 말을 멈추었다.

"그럼 당신은 어떻게 되는 거죠?"

앙젤리나가 물었다.

"난 당신들을 잡으려다 이렇게 되었고, 어르신이 목숨을 구해주었다고 하면 됩니다. 당신들만 무사하다면 난 얼마든지 둘러댈 말이 있어요. 부하들이 당신들을 찾아내지 못해야 할 텐데. 서둘러요, 앙젤리나."

대답 대신 앙젤리나는 주머니에서 술병을 꺼냈다. 창백해진 브라운 중위의 얼굴을 보자 술이 필요할 것 같아 보였기 때문이었다.

브라운 중위는 세차게 고개를 젓고 이번만큼은 독일인다운 딱딱한 말투로 매몰차게 말했다.

"난 술은 질색입니다. 술은 당신들한테 필요할지 모르니 챙겨두고 얼른 떠나요."

앙젤리나는 잠시 망설였다. 그때 두 사람의 눈이 마주치며 회환과 욕망이 서로 교차했다. 나중에야 어떻게 되든 현재 그들이 함께하는 길은 여기까지였다. 앙젤리나는 브라운 중위에게 작별 인사라도 건네고 싶었다. 아니, 그저 마음에도 없이 공연히 심술스러운 태도를 보여 왔던 것에 대해 사과라도 하고 싶었다.

앙젤리나는 브라운 중위의 손을 잡았다. 잡은 손에 지긋이 힘을 주자 브라운 중위는 다 안다는 듯 미소 지었다.

"세바스찬, 가자. 벨이랑 네가 앞장서. 저희를 따라오세요."

앙젤리나가 젤러 부부를 향해 말했다.

영문을 몰라 어리둥절한 젤러 부부는 멀어져 가는 두 남매의 뒤를 따랐다. 독일군 장교가 도망가게 내버려 두는 것이 이해가 가지 않았지만 어쨌든 최악의 상황을 피한 그들은 국경 쪽을 향해 발걸음을 옮겼다.

앙젤리나와 일행이 떠나자 브라운 중위는 옆구리를 바닥에 대고 쓰러졌다. 갑자기 극심한 오한이 몰려왔다. 그는 본능적으로 앙젤리나를 다시 볼 수 없으리라고 직감했다. 끝 모를 슬픔이 예리한 칼날처럼 가슴을 후벼 파는 것 같았다. 그때 세자르가 고래고래 고함을 질러대자 브라운 중위는 비로소 다시 몸을 일으켰다.

"내가 당신을 업을 순 없으니 당신이 날 도와줘야겠소, 젊은이. 내가 당신이었다면 아까 못 이기는 척 술 한잔 털어 넣었겠구만."

세자르는 옆구리를 한 번 툭 쳐서 브라운 중위가 몸을 일으키는 것을 도왔다. 그다음 두 사람은 사이좋게 오른발 왼발 오른발 왼발 박자를 맞춰가며 산을 내려갔다.

고갯마루 능선길에 두 개의 그림자가 나타났다. 묵직한 눈 기둥이 굴러 내리기 시작한 장소 바로 위쪽이었다. 브라운 중위가 염려했던 것처럼 한스와 에리히는 눈사태 소리를 들었다. 빈손으로 산을 내려가려던 찰나 우르릉 소리가 들리는 바람에 두 사람은 바짝 더 긴장했다. 2킬로미터가량 정신없이 달려 내려간 두 사람은 아래쪽 골짜기 전체가 한눈에 내려다보이는 곶 같은 곳에 다다랐다.

거리가 꽤 떨어져 있어 아래쪽에서 무슨 일이 일어나는지 정확히 알 수는 없었지만 무언가 석연치 않은 일이 진행되고 있는 것만은 확실했다. 아래쪽에서는 두 사람이 절름거리며 골짜기 방향으로 가고 나머지 몇몇은 여자 꽁무니를 따라 멀어져 갔다. 틀림없이 유대인이거나 공산주의자들일 것이었다. 한스와 에리히는 드디어 올 것이 왔다는 기대감에 서로 축하 인사를 건네며 계획을 세우기 시작했다. 자신들의 상사가 휴가를 줄지도 모른다는 기대감에 한껏 들뜬 채.

그룹이 멀어져 간 방향을 자세히 기록한 다음 한스는 무전기 손잡이를 돌렸다. 한스는 공을 세우게 되었다는 기대에 추위도 잊었다. 오직 승리를 향한 열정만이 불타올랐다. 무전기 연결 상태도 완벽했다.

"도주자들이 생마르탱 마을 위쪽에서 발견되었습니다. 놈들이 동쪽으로 진행 중입니다. 스위스 국경 쪽이죠. 바우를 향해 가고 있습니다."

무전 내용이 사령부로 전달되자 일련의 절차가 속사포처럼 진행되었다. 작전을 지휘해야 할 브라운 중위가 부재중이어서 브라운 중위의 상관과 총사령관 빌헴 슈트라우브에게 전달되었다. 슈트라우브 사령관은 독일 비밀경찰 SS 소속의 몇몇 인물들과의 친분으로 주변의 두려움을 사는 인물이었다.

슈트라우브 사령관은 서둘러 작전실로 달려가 국경 부근 지도를 꼼꼼히 살폈다. 현장에 나가 있는 병사들이 보내준 정보 덕에 요철이 심한 지형 속에서도 그는 도주자들이 선택했을 것으로 짐작되는 골짜기를 쉽게 찾을 수 있었다. 지도상으로 불과 몇 센티미터에 지나지 않는 길이었다.

'테러분자들이 이곳을 통해 국경을 넘었군.'

스위스 영토 바로 뒤쪽. 지도에서 가리키고 있는 곳은 감시 대상이 아니었다. 접근성이 매우 낮다는 이유 때문이었다. 슈트라우브 사령관은 노골적으로 경멸을 표했다. 손바닥만 한 스위스 영토는 대독일 제국의 주권에 대한 모욕이자 도전이었다.

슈트라우브 사령관은 스키부대에게 추격전 준비 명령을 내렸다. 직접 작전을 선두 지휘할 작정이었다. 코빼기도 보이지 않는 브라운 중위에 관해서는 나중에, 테러분자들을 체포하고 난 다음에 생각해도 늦지 않을 것이었다.

'어디 매춘굴에서 술이나 잔뜩 퍼마시고 있겠지!'

피곤이 싹 달아난 슈트라우브 사령관은 테러분자들을 일망타진할 기대에 부풀어 집무실로 향했다.

5

돌풍이 몰아치는 빙하 속에서 벨이 앞장서 일행을 인도했다. 벨의 뒤로 두 아이가, 아이들 뒤로 쥘과 루이즈가 섰고 앙젤리나는 혹시라도 추격자가 있는지 살피기 위해 제일 마지막에 섰다. 앙젤리나는 규칙적으로 뒤를 돌아보며 그들이 올라온 길은 물론 매복에 적합한 암석, 굴곡진 지면 사이사이를 살폈다. 군인들이 갑자기 나타나 덮칠지도 모른다는 불안감을 떨쳐 버릴 수 없었다. 앙젤리나는 이제까지 살아오며 이토록 겁을 먹어본 적은 단 한 번도 없었다.

아직까지 설피를 신지 않아도 되었다. 쉬지 않고 부는 바람 때문에 눈이 앞으로 나아가기 어려울 정도로 두껍게 쌓이진 않았다. 또한 젤러 가족이 등산에 익숙해졌는지 이제 제법 속도를 내고 있었다. 여러 가지 열악한 조건에도 굳은 의지로 뭉친 일행은 용감하게 앞으로 나아갔다.

벨은 앞서 달리며 바닥 냄새를 맡은 뒤 일행에게 돌아와 길을 제대로 가고 있음을 확인해 주었다. 모든 게 계획대로 진행되고 있었지만 세바스찬은 이상하게도 벨이 예민해져 있는 것 같아 불안했다. 녀석은 마치 빙하를 얼른 빠져나가야 할 필요성을 느끼기라도 한 듯 일행을 재촉하고 있었다.

오후 두 시쯤 일행은 눈 더미 뒤에 몸을 숨기고 빵과 치즈, 우유를 먹었다. 얼음처럼 차디찬 우유가 들어가자 이가 시렸다. 식욕을 잃은 젤러 가족에게 앙젤리나는 살기 위해서라도 억지로 먹어야 한다며 그들을 설득했다. 산길을 걷는 동안 아무도 입을 쉽게 열지 않았다. 출발 후 처음으로 휴식을 취하자 불확실성과 막연한 불안감이 일행을 감쌌다. 그렇지만 아무도 그 같은 심정을 드러내 놓고 고백하지 않았다.

앙젤리나는 날씨라도 현 상태로 유지되어 주기를 간절히 기도했다. 젤러 부부 역시 이 모든 악몽이 어서 빨리 끝나기만을 고대했다. 시간이 지남에 따라 그들은 자신들을 추격하는 독일군과 혹독한 바람이 휘몰아치는 황량한 풍경 중 과연 어느 쪽이 더 끔찍한 지옥인지 판단이 서지 않았다. 에스테르는 안색은 창백했지만 마음은 누구보다 단단히 먹은 것 같았다. 또래인 세바스찬을 의지해 힘을 내고 있는 듯했다. 때문에 아버지가 힘들면 도와주겠다고 제안하자 단번에 거절했다.

"세바스찬이 도와주니까 괜찮아. 발을 어디에 딛어야 하는지도 다 말해줬어. 힘들면 벨의 털을 꽉 잡으면 돼."

맹목적인 믿음에 이끌린 에스테르는 있는 힘을 다해 세바스찬을 따랐다. 아빠에게 걱정 말라고 말하고 싶었지만 굳이 입 밖으로 꺼내진 않았다. 아빠는 워낙 걱정이 많았으니까.

오후 중반 무렵, 서쪽에서 구름이 몰려오자 앙젤리나의 걱정이 한층 더 깊어졌다. 지평선은 시커멓게 물들어가고 있었다. 하늘과 하나가 되어버린 산 정상 부근으로 구름이 속속 모여들며 대기 중에 간간이 구름 군대가 이동하듯 우르릉 소리가 들렸다.

앙젤리나는 아침에 모두를 집어삼킬 뻔한 눈사태가 떠올랐다. 하늘이 토해내는 검은 구름 덩어리 역시 개울물처럼 흐르고 있었지만 절대 방심할 순 없었다. 폭풍우가 몰아친다면 꼼짝없이 목숨을 위협받게 될 것이었다. 앙젤리나는 걷는 것만으로도 더워서 피부가 땀으로 촉촉해질 정도였지만 걸음을 멈추면 땀이 식어 한순간 추위가 엄습할 터였다. 다행히 땔감과 식량을 준비해 얼마간은 버틸 수 있었지만.

독일 놈들은 분명 추격에 나섰을 것이었다. 전투 훈련을 받은 병사들이 여자와 아이들을 추격한다고 생각하니 점점 더 불안했지만 다행이 벨이 있었다. 그건 대단한 강점이었다. 녀석은 크레바스를 피할 수 있도록 도와줄 뿐 아니라 안개가 낄 경우에도 길을 찾아줄 수 있었다. 앙젤리나는 불안감을 떨치기 위해 긍정적인 생각만 하기로 했다. 아직 구름들이 부풀어 오르지 않았고, 우리가 앞서가고 있으며 신의 가호로 아이들도 씩씩하게 잘 걷고 있었다. 세바스찬은 그렇다 쳐도 어린 에스테르가 잘 따라와 줘 대견했다.

앙젤리나는 문득 무슨 소리가 들리는 것 같아 뒤를 돌아보았다. 뒤에는 이리저리 움직이는 그림자밖에 없었다. 앙젤리나는 서둘러 일행의 선두와 그녀 사이에 가로놓인 15미터 정도를 따라잡았다. 자신을 쳐다보는 젤러 부부에게 안심하라는 듯 고갯짓을 해 보였다. 부부는 미소를 지어 보이려 애썼지만 그 미소는 오히려 고통스러운 찡그림에 가까웠다. 아이들 역시 앙젤리나를 뚫어져라 바라보았다. 세바스찬은 앙젤리나의 불안함을 읽었는지 손을 들어 모든 게 순조롭다는 신호를 보냈다.

"괜찮아, 누나?"

세바스찬이 말했다.

"속도가 너무 느린 것 같아. 너희들 조금 더 빨리 갈 수 있겠어?"

세바스찬은 차마 항의하지는 못하고 마지못해 고개를 끄덕였다. 세바스찬은 힘들어하는 에스테르를 생각했지만 감히 누나 말을 거역할 순 없었다. 누나도 불안해하는 것 같았다.

"에스테르, 언니 손 잡고 걸을래? 그럼 좀 더 빨리 갈 수 있을 거야."

에스테르는 털장갑 낀 손을 내밀었다. 아이의 창백한 얼굴을 보자 앙젤리나는 측은한 마음이 치솟는 걸 가까스로 참았다.

이제부터는 행동 하나하나가 다 중요했다. 한 번의 행동으로 죽느냐 사느냐를 갈라놓을 수 있었다. 불안한 마음을 겉으로 드러내선 안 됐다. 앙젤리나는 일행의 사기를 북돋우기 위해 일부러 명랑한 목소리로 말했다.

"곧 어두워질 거야. 야영할 만한 장소가 나오는 대로 쉬도록 해요."

"밖에서 하루를 보내는 것보다 밤이 되기 전에 도착할 수 있도록 계속 가는 게 어때요? 조금 더 걸으면 국경에 다다를 것 같은데."

쥘이 말했다.

앙젤리나는 쥘의 면전에 대고 바보 같은 말은 그만두라고 외치고 싶었지만 애써 참았다. 아무것도 모르는 도시 사람이었다면 자신 역시 똑같은 말을 했을지도 몰랐다.

앙젤리나는 기적이 일어나길 바랐지만 단호한 표정으로 쥘을 바라보았다.

"그건 힘들 것 같아요. 아직 크레바스 지역도 통과하지 않았는데 밤새 걷는다는 건 말도 안 돼요. 조금 쉬었다가 새벽에 다시 출발할 겁니다. 고갯마루만 지나면 돼요."

슈트라우브 사령관은 게릴라 부대를 이끌고 도망자들을 추격했다. 앙젤리나 일행이 떠나고 도보로 채 네 시간이 안 걸리는 거리에서 도망자들의 자취를 발견했다.

차디찬 밤공기 속에서 불길이 솟아올랐다. 모닥불이 오래 지속될 수 있도록 앙젤리나는 최대한 나무를 아껴가며 불을 뗐다. 다행히 이 정도 불길로도 얼굴과 손을 녹이고, 음식을 마련할 수 있을 것이었다.

앙젤리나는 하늘을 한 번 더 쳐다보았지만 보이는 것이라곤 어둠뿐이었다. 구름이 별들마저 삼켜 버리고 세상을 온통 시커먼 우물로 만들어 버린 것 같았다. 바람이 몰아쳤다. 눈송이들이 섞여 뼛속까지 으슬으슬하게 만드는 고약한 바람이었다. 서쪽에서 불어오는 이 바람은 폭풍우를 예고했다.

인적이 없는 빙하지대는 지나치게 탁 트이긴 했으나 앙젤리나는 이곳에 야영 지시를 내렸다. 다시 출발하기에 앞서 몸을 녹이고 잠도 좀 자둬야 할 필요가 있었다. 땔감이 충분하지 않아 고작 서너 시간 후면 바닥이 날 처지였다. 쥘이 눈으로 벽을 쌓는 동안 앙젤리나와 루이즈, 아이들은 불을 피우고 담요를 꺼내고 요깃거리를 준비했다.

불안감을 떨쳐 버리기 위해 앙젤리나는 아이들에게 온 신경을 집중했다. 엄마 곁에 웅크린 채 깊은 잠에 빠져든 에스테르를 루이즈가 토닥이고 있었다. 루이즈 역시 넋이 나간 듯했다. 벨도 그들 곁에 엎드렸다. 척 보아도 일행 중 가장 약한 자들을 지키겠다는 의도가 고스란히 드러났다. 쥘은 눈을 끓이느라 분주했다. 빵과 베이컨, 치즈가 있었지만 상황이 허락할 때 최대한 따뜻한 음료를 마셔둘 필요가 있었다.

불가에서 손을 녹인 세바스찬은 벨의 상처 자국을 살폈다. 상처 부위는 깨끗하게 아물어 진물 같은 건 전혀 흐르지 않았다. 세바스찬은 녀석의 배에 댄 방석도 살핀 다음 벨의 다리를 어깨와 연결된 부위까지 두루 주물러 주었다. 극한 상황에 익숙한 짐승일지라도 오늘 녀석은 전력투구를 했으니 최근 입은 상처가 덧날 수도 있었다. 세바스찬은 벨이 약간 절룩거린다고 생각했지만 확실한 건 아니었다. 세바스찬은 벨의 다리를 문질러 주면서 날아간 한 마리 새 노래를 흥얼거렸다. 에스테르가 혹여 깰까 아주 작은 소리로.

식사가 준비되자 루이즈는 딸을 깨웠다. 저마다 조금씩 먹고 꿀을 넣은 뜨거운 물을 마셨다. 허기진 배에 음식이 들어가자 에스테르는 또다시 잠에 빠져들었다. 쥘과 루이즈 역시 꾸벅꾸벅 졸기 시작했다. 앙젤리나와 세바스찬은 아직 버티는 중이었으나 둘은 이야기를 꺼내는 것조차 조심스러운지 섣불리 아무 말도 꺼내지 않고 있었다.

벨은 두 눈을 반쯤 감은 채 주둥이를 있는 대로 크게 벌리고 하품을 했다. 녀석은 매서운 추위쯤 전혀 아랑곳하지 않는 듯했다. 오직 어린 소녀만 걱정하는 눈치였다. 벨은 에스테르의 잠든 얼굴에 코를 대고 킁킁거리더니 볼을 핥았다. 루이즈는 꿈을 꾸었는지 감고 있던 눈을 번쩍 뜨더니 힘없이 미소를 지었다. 너무 추워 생각조차 마비되는 것 같았다. 루이즈는 이내 다시 잠속으로 빠져들어 갔다. 차갑고 검고 물속 같은 잠. 앙젤리나와 세바스찬도 어느새 잠이 들었다.

자정 무렵 에스테르가 소스라치듯 잠에서 깼다. 갈증 때문이었다. 곧 다른 사람들도 차례로 일어났다. 추위 때문에 모두 몸이 굳어 있었다. 돌풍이 몰아치며 막 다시 내리기 시작한 눈송이들이 사정없이 얼굴을 때렸다. 앙젤리나는 가방을 뒤져 땔감을 찾았지만 잔가지 하나도 남아 있지 않았다.

마지막 장작이 타고 있는 동안 주전자에 치커리를 넣은 뜨거운 차를 끓여야 했다. 에스테르는 배가 고프다고 칭얼대면서 빵과 베이컨 한 조각을 눈 깜짝할 사이에 먹어치웠다. 기진맥진 후에 찾아온 배고픔. 에스테르는 어느새 활기도 되찾았다. 한밤중에 먹는 야참이 아이에겐 재미있는 일인 듯했다. 부모들도 애써 즐거운 표정을 지었다.

"언제 다시 출발합니까?"

쥘이 조심스럽게 앙젤리나에게 물었다.

"바람이 좀 잦아지면 떠날 거예요. 이제 곧 짙은 안개가 내려앉을 거예요. 크레바스 많은 지형에……."

앙젤리나가 걱정 가득 담긴 목소리로 말했다.

"이제까지는 아무 문제 없이 잘 오지 않았습니까."

"네. 우리가 지나온 구간이 제일 쉬운 구간이었어요. 그래도 걱정 마세요. 벨이 우리를 인도해 주고 있으니까요. 녀석은 언제나 우리를 좋은 길로 안내하고 있어요. 전 벨을 믿어요."

"인간도 산과 같은 지혜를 가질 수 있다면 얼마나 좋을까요."

쥘이 한숨을 내쉬며 말했다.

앙젤리나는 쥘의 말에 동의한다는 듯 고개를 끄덕였다.

"아, 예쁘다. 애벌레들이 빛을 뿜는 것 같아."

작고 가느다란 목소리에 두 사람은 상념에서 벗어났다.

"그건 반딧벌레 유충이야. 반딧벌레를 봤니? 이상하다. 오늘은 하늘에 구름이 잔뜩 껴서……."

앙젤리나는 말을 하기 무섭게 온몸에 소름이 쫙 끼치면서 몸을 부르르 떨었다. 에스테르는 하늘의 별들이나 모닥불을 바라보고 있지 않았다. 아이는 비탈길 쪽으로 얼굴을 고정시킨 채 퇴적 토사로 이루어진 능선의 첫 번째 봉우리를 응시하고 있었다. 빛을 뿜는 점들이 돌풍 속에서 나타났다 사라지기를 반복하고 있었다.

"맙소사. 독일군이에요. 놈들이 우리를 발견했나 봐요."

튕겨 오르듯 단숨에 자리에서 일어난 쥘은 팔다리를 부들부들 떨었다. 하얗게 질린 창백한 안색 때문에 쥘은 마치 시체 같았다.

"전등을 들고 이리로 오고 있어요. 저 불빛들이 어떻게 움직이는지 보이시죠?"

쥘이 말했다.

"스키를 타고 오는 것 같아요. 지금 당장 떠나야 해요. 담요 챙기세요. 전 식량을 맡을 테니. 세바스찬, 모닥불을 꺼. 운이 좋다면 놈들이 아직 불빛을 보진 못했을 거야. 얼른 눈으로 덮어."

앙젤리나가 소리쳤다.

"아이젠을 신을까요?"

쥘이 물었다.

"아직은 아니에요. 설피가 필요해요."

"일단 어디에 숨는 건 어떨까요?"

"그건 안 돼요. 놈들이 우리가 남긴 흔적을 따라올 거예요."

자리에서 일어난 루이즈가 에스테르의 작은 어깨를 꽉 움켜쥐며 말했다.

앙젤리나는 아무 대꾸도 하지 않았다.

에스테르는 엄마의 손에서 빠져나와 세바스찬에게로 쪼르르 달려갔다. 세바스찬은 에스테르가 설피를 신는 것을 도와주고는 싱긋 웃었다. 에스테르는 세바스찬의 웃음에 두려움을 떨쳤다. 또 벨이 자신들을 보호해 주고 있기 때문에 아무것도 무섭지 않았다. 벨이 꼬리를 흔들며 출발할 채비가 완료되었음을 알렸다.

"크레바스 때문에 한밤중에 출발하는 게 위험하다고 말했는데 이제 눈까지 내리니 상황이 더 안 좋아졌군요."

쥘이 급히 담요를 챙겨 넣으며 말했다.

"그래도 독일 놈들과 맞닥뜨리기보다 크레바스를 타는 게 낫겠죠. 눈 때문에 놈들이 우리 흔적을 보지 못하고 지나치길 기도해야죠."

아래쪽으로 눈길을 돌릴 때마다 공포가 엄습했다. 손전등의 행렬은 놀랄 만큼 빠른 속도로 전진 중이었다.

"나한테 좋은 생각이 있어."

세바스찬이 혼자 생각에 잠겨 있던 앙젤리나를 향해 말했다.

세바스찬은 앙젤리나가 방금 여민 배낭을 다시 뒤졌다. 누나가 잔소리를 할 겨를도 없이 환하게 웃어 보이며 로프 두 개를 누나의 코앞에 들이댔다.

"세바스찬, 너 절벽을 기어오르겠다는 거야?"

"그럴 리가. 로프로 벨과 날 묶을 거야. 나머지 더 긴 줄은 내 허리에 묶고. 모두 줄을 잡고 걸으면 중간에 따로 떨어지는 사람은 없을 거야. 안개 속에서 서로 길을 잃지 않으려면 이 방법이 제일 좋아."

"그래. 세바스찬. 좋은 생각이야. 그런데 벨은……."

"누나는 벨을 못 믿는 거야?"

"녀석이 크레바스에서 떨어지기라도 한다면 우리는 모두……."

"누나, 절대 그런 일은 없어. 만일 그렇게 된다면 줄을 놓으면 되잖아."

"세바스찬, 난 네 목숨을 위험하게 만드는 일은 하고 싶지 않아. 누군가 위험을 감수해야 한다면 그건 누나의 몫이야."

앙젤리나의 목소리는 날카로웠다. 두려움만큼이나 커다란 죄책감이 그녀를 갉아먹는 중이었다.

"난 벨을 믿어. 녀석은 절대 길을 잃지 않을 거야. 내가 녀석에게 상황을 잘 설명해 줄게. 누나, 이럴 시간 없어."

세바스찬은 누나의 대답을 기다리지 않고 벨 앞에 쭈그리고 앉았다. 벨은 눈 더미 위에서 코를 킁킁거리며 접근해 오는 자들의 냄새를 맡고 있었다.

"벨, 잘 들어. 저기 산 아래 있는 독일 놈들이 에스테르를 죽이려고 해. 늑대보다 더 고약한 놈들이야. 놈들은 에스테르의 부모님도 죽이려고 해. 독일 놈들은 원래 그래. 노인이든 어린아이든 전혀 상관 하지 않아. 내 생각엔 너와 내가 힘을 합쳐 에스테르 가족들을 안전한 곳으로 안내해 줘야 할 거 같아. 네가 다쳤을 때 숨어 있던 대피소 같은 곳 말이야. 벨, 나 혼자선 할 수 없어, 네 도움이 필요해. 넌 함정이란 함정은 모조리 냄새 맡을 줄 알잖아. 다만 안개가 너무 짙어서 우리가 널 볼 수 없을까 봐 그게 걱정이지. 게다가 넌 털도 하얗고. 이럴 줄 알았으면 너한테 색깔을 잔뜩 칠해놓는 건데. 벨, 너도 하얗고 눈도 하야니까 우리가 널 잃어버리지 않을 방법을 찾아야 해. 네 맘에는 좀 안 들 수도 있겠지만."

세바스찬은 조심스럽게 벨이 보지 못하도록 감추고 있던 로프를 조금씩 풀었다. 세바스찬을 바라보고 있던 벨은 로프를 보자 움찔거리며 뒷걸음질 쳤다.

"벨, 걱정할 거 없어. 나도 네가 이런 걸 싫어한다는 걸 알아. 나쁜 주인이 아마 널 이걸로 묶고 때렸을 거야. 나는 네 친구잖아. 절대 그런 일은 생기지 않을 테니까 걱정 마."

세바스찬은 익숙한 손놀림으로 로프를 벨의 목에 두르고 매듭을 지었다. 녀석의 몸이 굳어졌다. 옆구리 근육은 활시위만큼이나 팽팽하게 긴장한 상태였다. 낑낑거리는 신음 소리를 내던 벨은 돌연 유연한 몸짓으로 몸을 빼내더니 뒤로 물러서며 비난의 표정으로 세바스찬을 노려보았다.

"알았어, 벨. 네가 싫다면 목은 묶지 않을게. 나 같아도 누가 내 목에 동아줄을 매는 건 싫을 거 같아."

세바스찬은 다시 벨에게 다가서며 다리와 가슴 쪽으로 로프를 집어넣은 다음 느슨하지도 바짝 당기지도 않는 매듭을 맸다. 민첩하게 손을 놀리면서도 세바스찬은 벨을 치료해 줄 때와 똑같이 단조로운 어조로 계속 말을 했다.

"옳지, 벨. 넌 눈처럼 하얗고 예쁘구나. 이제 우리를 빙하 지대로 안내해 줘. 네가 독일 놈들에게서 우릴 구해주면 세상 사람들 모두 네가 이 산에서 제일 뛰어난 개라고 칭찬할 거야. 세자르 할아버지가 이 세상 모든 사냥꾼들로부터 널 지켜주실 거고."

일행은 눈으로 만든 고치 안에 갇힌 상태로 한참을 걸었다. 때때로 돌풍이 불어 흰 가시 같은 눈송이들이 볼을 마구 할퀴었다. 일행 주변으로는 얼어붙은 사막뿐이었다. 벨은 돌풍이 불어와도 조금도 동요하거나 망설이는 기색을 보이지 않았다. 가끔 벨이 걸음을 멈추고 혹시 크레바스가 있는지 얼음에 코를 대고 킁킁거리며 냄새를 맡았다. 이따금씩 세바스찬이 줄을 잡아당기면 벨이 멈춰 섰다. 폭풍에 맞서 몸을 굽힌 채 세바스찬은 회중시계의 나침반에 의존해 진행 방향을 확인했다. 앙젤리나가 북쪽을 기준으로 그들이 지나가야 할 길이 어느 쪽에 위치하는지 설명해 준 덕분이었다.

독일군들을 피하기 위해 돌풍과 맞서게 되면서 쥘은 다시금 투지와 결단력을 되찾았다. 쥘은 돌풍에 밀려 바람의 소용돌이를 뚫기라도 할 듯 이마를 내리 숙이고 앞으로 나아갔다. 눈썹이며 이마에 흘러내린 머리카락이며 모든 것이 순식간에 얼어붙었다. 앙젤리나는 쥘을 줄의 맨 끝에 세웠다. 1미터쯤 앞에서 걷는 아내를 살피도록 하기 위해서였다. 루이즈는 시선을 앙젤리나의 등에 고정시킨 채 리듬을 잃지 않고 또박또박 걸었다. 루이즈는 조금씩이나마 앞으로 전진하는 한 독일군이 자신들을 건드리지 못할 것이라고, 그러면 모든 것이 다 잘될 거라 믿고 싶었다. 차디찬 얼음과 칠흑 같은 어둠, 살을 에는 추위와 포효하는 바람이 빚어내는 대혼돈 속에서 에스테르만이 기적을 담보해 주었다. 루이즈는 딸을 구하겠다는 희망에 매달리자 뼛속까지 얼리는 추위조차 느끼지 못했다. 장화의 밑창으로부터 얼음의 찬 기운이 고스란히 전해졌지만 그런 것쯤이야 어찌 되든 루이즈는 고통을 잊을 수 있었다.

앙젤리나는 걷는 내내 악몽 속을 헤매고 있는 것 같았다. 에스테르를 살피며 아이가 발을 헛딛지 않도록 돕고 동시에 선두에서 걷는 세바스찬도 주시해야 했다. 각자가 줄을 세게 잡아당기지 않으려 애를 쓰고 있었지만 대열의 선두에서는 보이지 않는 압력이 느껴졌다. 몸을 숙인 채 앞서 걷는 세바스찬은 일행 전체를 묶은 로프로 구속되어 있는 동시에 벨과 연결한 다른 하나의 로프에도 묶여 있는 상태였다. 세바스찬이 모두를 이끌고 있었지만 앙젤리나는 모두의 목숨을 한 마리의 개와 어린 동생에게 맡겨야 한다는 사실에 책임감과 필요성이 부여하는 얼마 되지 않는 자신감마저도 상실해 버렸다.

이따금씩 기욤의 얼굴이, 서글퍼 보일 정도로 부드러운 그의 미소가 떠오르자 앙젤리나는 겁에 질렸다. 기욤의 말을 새겨듣지 않은 것이 후회가 되었다. 돌풍이 잠잠해질 때마다 의심과 회환이 파도처럼 밀려왔다. 육체와 정신, 의지와 불확실성, 기진맥진과 용기 사이의 끝없는 대결이었다.

세바스찬이 나침반을 보려고 걸음을 멈출 때마다 앙젤리나는 다시 출발할 수 있는 힘을 추스를 수 있을지 자문했다. 앙젤리나는 에스테르를 생각하며 뒤에서 밀어주고 어려운 길에서 안아주며 조금이나마 불안한 마음을 달랬다.

오르막 경사가 가파를 때면 세바스찬은 손을 높이 들어 잠시 쉬자고 알렸다. 벨에게는 돌풍을 잠시 피할 수 있을 만한 높은 얼음 더미를 가리켰다. 얼음벽이 바람을 막아주는 동안 일행은 털썩 주저앉아 잠시 숨을 골랐다. 모두 체력이 다해 한마디도 할 수 없을 지경이었지만 겉으로 드러내진 않았다.

세바스찬은 설피를 벗고 아이젠을 꺼냈다. 모두 쇠로 된 이빨을 신발 밑창에 덧붙이고는 쭈그리고 앉아 있었다. 서로 옹기종이 붙어 앉아 다시 출발하기 전까지 서로의 온기를 주고받았다. 추격자들이 쫓아오는지 굳이 살펴볼 필요가 없었다. 눈 섞인 회오리바람 속에서는 사정없이 뺨을 때리는 눈송이 외에는 아무것도 구별할 수 없었으니까. 앙젤리나가 세바스찬 쪽으로 몸을 굽히더니 귀에 대고 속삭였다.

젤러 가족에게 들리지 않을 만큼 작은 소리였다.

"세바스찬, 계속 가야 한다고 생각하니?"

여덟 살짜리 동생은 한 치의 머뭇거림도 없이 단호하게 말했다.

"응. 지금 불을 지필 땔감도 없잖아. 이렇게 가만히 있다간 모두 얼어 죽고 말 거야."

"넌 괜찮겠어?"

앙젤리나가 다시 물었다.

세바스찬은 대답 대신 턱으로 에스테르를 가리켰다.

에스테르는 두 눈을 감고 있었다. 루이즈 역시 두 눈을 꼭 감은 채 딸을 끌어안고서 살짝살짝 흔들었다. 일행에게 거듭 시련을 안겨주는 하늘로부터 멀리 떨어진 대지의 힘 속에서 견딜 에너지를 끌어올리기라도 하는 듯.

"누나, 에스테르는 산은 처음인데도 잘해내고 있잖아. 누나가 에스테르 앞에서 서줘. 힘들면 손을 잡아주면 되잖아. 저 앤 정말 무척이나 피곤할 거야."

"그래. 누나가 진작 그 생각을 했어야 하는데."

앙젤리나는 잠시 생각에 잠겼다. 차마 입 밖으로 꺼낼 수 없는 말을 속으로 되뇌었다.

'세바스찬, 누난 두려워.'

세바스찬은 대답 대신 자리에서 일어났다. 벨이 산꼭대기 쪽으로 몸을 돌려 출발 준비를 했다. 목이 아닌 곳에 로프를 묶었지만 녀석은 전혀 불편해하지 않았다. 오히려 뒤에 있는 어린 주인을 느끼면서 위험 감지에 모든 신경을 집중했다. 벨은 점점 더 크레바스의 존재를 포착할 수 있었다. 존재가 포착되면 벨은 일행을 다른 쪽으로 이끌었다.

모두 춤추듯 흩날리는 소용돌이 속에서 벨의 꼬리만 뚫어져라 응시했다. 벨은 뛰어난 양치기 개일 뿐 아니라 안내견이자 일행의 유일한 생존 기회였으므로 모두들 거의 맹목적이라고 할 만큼 녀석에게 매달렸다.

일행은 꼬박 두 시간 만에 빙하의 마지막 고개를 올라갔다. 앙젤리나는 에스테르의 손을 꼭 잡았다. 아이의 손을 잡고 가려면 훨씬 힘이 많이 들었지만 덕분에 두려움을 잊고 내딛는 발걸음에만 정신을 집중할 수 있었다.

꼭대기에 다다르자 일행은 한층 더 거세진 바람과 맞서야 했다. 서로 잡고 있는 생명줄은 돌풍 속에서 서로 떨어지지 않게 붙들어줄 뿐 아니라 앞으로 나아갈 에너지를 제공했다. 누군가 한 사람이 비틀거리면 다른 사람이 일으켜 주고, 기진맥진했을 땐 동아줄이 힘을 내어 이들을 앞으로 이끌었다. 덕분에 죽음이 얼음처럼 차가운 입김을 뿜어대는 지옥 한가운데에서도 희망은 늘 샘솟았다.

동이 터오고 있었지만 밤이 지나갔음을 일행이 깨닫기까지는 약간의 시간이 필요했다. 짙던 안개가 조금씩 옅어지면서 그들의 앞쪽으로 제법 강한 빛이 새어 들어왔다. 이 빛은 모든 것엔 끝이 있음을 알려주는 일종의 신호 같았다. 일행은 한 걸음 한 걸음 눈발이 날리고 돌풍이 몰아쳐도 끈기 있게 걸었고, 아직도 살아 있었다. 몸이 얼고 지쳤으나 여전히 두 다리로 버티고 서 있었다. 독일군들은 눈보라 속에서 멀어져 갔다고 믿어도 좋을 것 같았다.

바우 길을 지나면 일행은 골짜기로 내려가 디아블 호숫가를 따라 걷게 될 것이었다. 높은 지대에 위치해 있는 탓에 그곳에서 고드름으로 변하지 않고 헤엄을 칠 수 있는 건 요정들뿐이라는 전설이 전해지는 호수였다. 그다음 절벽을 옆에 끼고 가는 오솔길로 접어들어 상당히 가파른 길을 오르면 독수리 고갯마루까지 닿게 될 것이었다. 나무들이 울창하게 늘어선 지대에 이르면 스위스 국경에 다 온 셈이었다. 거기서부터는 가시 돋친 철조망 같은 걸 만나게 될 확률은 거의 전무했다. 인적은 드물고 오직 나귀와 나귀를 모는 임자들, 국경이라고는 지평선밖에 모르는 나이 든 산 사람들만 다니는 길이었다.

6

분대의 전진 속도는 점점 더 느려졌다. 슈트라우브 사령관과 인근 몇몇 정상을 여러 차례 등반했다는 바바리아 지방 산악인 출신 길잡이가 앞장섰다. 눈보라 때문에 앞도 잘 보이지 않고 바람 때문에 온몸이 얼얼해진 군인들은 절망하기 시작했다. 한밤중 폭풍이 몰아치자 도주자들은 자연의 손에 맡기고 부대로 복귀하라는 명령을 대리는 대신 슈트라우브 사령관은 오히려 추격 속도를 두 배나 가속화하라고 지시했다. 겨울 장비 착용 여부를 떠나 병사들은 괴로워했다. 얼떨결에 추격 부대에 합류하게 된 한스와 에리히는 몸조차 가누지 못할 지경이었다.

독일군들은 유대인 도주자들을 잡을 수 있을 거라고 생각하지 않았다. 그들은 도주자들의 유해가 빙하 어딘가에서 얼어가고 있을 거라고 확신했다. 제아무리 뛰어난 길잡이라고 해도 이런 악천후 속에서는 견딜 재간이 없을 터였다. 특별한 산악 훈련을 받은 적도 없고 장비도 없는 민간인 도주자라면 더 말할 필요가 없었다. 스위스로 몰래 넘어가고자 하는 자들은 대부분 도시에 사는 유대인이거나 공산주의 사상에 물든 지식인들이었다. 아니면 돈 많은 부르주아거나. 오직 한 사람 슈트라우브 사령관만 빼고. 사령관이 앞장서서 전진하는 한 아무도 그에게 항명할 수는 없는 노릇이었다.

슈트라우브는 하늘과 자연이 보내는 경고 따위는 깡그리 무시했다. 그는 기질적으로 의심이라고는 모르는 사람이었다. 어디에 비할 데 없는 강한 의지로 똘똘 뭉친 무신론자인 사령관은 맹목적이라고 할 만큼 고집스럽게 저돌적으로 밀고 나갈 뿐이었다. 스탈린그라드의 비극 이후 그는 분노가 가시지 않았다. 슈트라우브에 따르면 아군의 사기를 좀먹는 패배주의자들을 처리하기에 앞서 우선 연합군, 테러리스트, 유대인, 폴란드 사람 또는 빨갱이, 레지스탕, 전쟁에서 이득을 취하는 자 등 적군이란 적군은 한 명도 남김없이 섬멸해야 할 대상이었다.

브라운 중위가 부주의하게 혼자 도주자를 체포하러 나섰다가 사고를 당했다는 소식을 전해 들은 슈트라우브 사령관은 두말 않고 그 임무를 떠맡았다.

크리스마스 축제 때문에 의기소침해 있던 그에게 유대인 사냥은 모처럼 몸을 풀 수 있는 좋은 기회였다. 게다가 지나치게 예의 바른데다 우유부단한 휴머니즘만 내세우는 통에 자신을 짜증나게 하는 브라운 중위에게 한 방 제대로 먹일 수도 있고, 훈장도 받을 터였다.

보고를 올린 병사들을 소집한 슈트라우브 사령관은 기록적으로 짧은 시간에 기동대를 꾸렸다. 한스와 에리히가 설명한 대로 이들은 바우로 이어지는 고개 아래쪽에서 도주자들의 자취를 발견했다. 바람이 한층 더 거세게 불어댔지만 그런 것 따위 조금도 신경 쓰지 않았다. 유대인들은 기껏해야 그들보다 네 시간 정도 앞선 상황이었다. 어른 세 명에 아이 두 명으로 한 가족일 가능성이 매우 높았다. 개 한 마리가 일행의 선두에 선 모양이었다. 안내인의 개일 가능성이 높았다. 브라운 중위에게 안내인의 신분에 대해 짐작 가는 바가 있는지 확인해 봐야 했다.

슈트라우브 사령관은 반나절이면 충분히 사건을 해결할 수 있을 거라 계산했다. 쉽게 생각해서 바람과 눈이 번갈아가며 놈들의 흔적을 지워도 그는 사냥할 만한 가치가 있는 대상을 발견한 사냥꾼처럼 기뻐했다.

출발한 지 열다섯 시간이 지난 지금, 그들은 여전히 깜깜한 암흑 속을 걷고 있었다. 망할 놈의 바바리아 출신 길잡이 때문이었다. 놈은 길도 제대로 못 읽는데다 크레바스를 만날까 봐 벌벌 떠는 겁쟁이였다. 차라리 도주자들과 함께하는 개가 그놈의 길잡이보다 훨씬 나았을 터였다. 도주자들이 내내 우리를 앞질러 갈 수 있는 건 그 개 덕분인 게 확실했다. 슈트라우브 사령관은 흔적을 좇는 게 생각보다 힘들어졌지만 한 가지 사실만큼은 확신할 수 있었다. 바로 바우 고개 외에 다른 길은 없다는 것. 도주자들은 그들 앞 어딘가, 그다지 멀지 않은 곳에 분명 있을 것이었다. 도주자들이 눈 속을 방황하는 모습이 눈에 보듯 생생하게 그려지는 것 같았다. 아직은 손아귀에서 벗어난 곳에 있었지만 그럴 수 있는 시간은 그리 길지 않을 것이었다.

슈트라우브 사령관은 궁지에 몰린 자들을 잘 알았다. 그런데도 도주자들이 저항을 하고 있음에 화가 치밀었다. 이제 와 포기하는 건 하찮은 민간인들이 대독일 제국의 엘리트 병사 분대보다 강인하다는 사실을 인정하는 것이었다. 슈트라우브 사령관은 무슨 일이 있어도 반드시 놈들을 잡고야 말겠다고 이를 갈았다. 놈들을 찾아 산 채로든 죽은 채로든 끌고 올 것이었다. 바우 고개는 슈트라우브 사령관에게 승리를 안겨준 영광스러운 장소가 될 것이었다.

독일군 분대는 한 시간에 한 번씩 십 분 정도 휴식을 취했다. 바바리아 출신 길잡이가 방향을 확인하는 동안 병사들은 이미 식어버린 달콤한 차를 마셨다. 도주자들의 흔적을 찾는 건 오래전 포기했다. 한밤중에, 그것도 이처럼 극심한 돌풍 속에서 그런 건 전부 부질없는 짓이었다. 슈트라우브 사령관만 끝까지 새벽과 더불어 날씨가 좋아지리라는 희망을 버리지 않았다.

하늘이 그의 기도를 들은 모양인지 바람이 한결 약하게 불기 시작했다. 하늘을 잔뜩 가리고 있던 무거운 구름이 순간적으로 갈기갈기 찢어지면서 별들이 반짝이는 한 조각의 하늘이 빠끔 얼굴을 내밀었다. 추위는 지독했다. 피로 때문에 행렬의 제일 후미에 섰던 병사는 하마터면 사고를 당할 뻔했다. 에리히가 코냑 술병을 건네달라고 말하는 순간 한스가 사라진 것이었다. 병사들은 15미터쯤 떨어진 곳의 꽁꽁 언 얼음 바닥에서 쭈그리고 앉아 있는 한스를 발견했다. 조금만 더 늦었다면 한스는 목숨을 잃었을 것이었다. 한스는 일종의 바퀴 자국 같은 것에 걸려 휘청거렸는데 알고 보니 크레바스의 가장자리였다. 동료 병사들은 다친 발목에 붕대를 감고 서둘러 한스에게 강장 음료를 주었다. 슈트라우브 사령관은 한스의 혈색이 돌아오도록 30분 동안 휴식을 취하기로 결정했다. 슈트라우브 사령관은 도주자들이 멀지 않은 곳에 있는데 30분씩이나 손을 놓고 있으려니 마음속으로는 화가 끓어올랐다.

한스 역시 가시방석이었다. 아무리 노력해도 이가 딱딱 소리를 내며 마구 부딪치는 걸 막을 재간이 없었다. 또한 기동대의 전진을 방해했으니 군율 논쟁에 휘말릴 소지가 있었다. 더구나 슈트라우브 사령관은 나약한 군인에게는 가차 없는 인물이라는 평판이 자자했었다.

30분이 지나 한스는 절룩거리며 대열에 합류했다. 저마다 빠른 시간 안에 도주자들을 잡지 못하면 과연 어떤 일이 벌어지게 될지 궁리하느라 여념이 없었다. 기동대는 다시금 내키지 않는 행렬을 시작했다.

앙젤리나는 아예 에스테르를 업었다. 아이는 불평 한마디 없이 마지막 순간까지 걷겠다고 혼신의 힘을 다하더니 한 시간쯤 전에 반쯤 정신을 잃었다. 일행이 아이를 문질러 주고 흔들기도 하고 얼음을 빨아먹게도 하자 에스테르는 곧 배시시시 웃는가 싶더니 이내 극도의 탈진 상태에서 기어이 울음을 터트렸다. 아무 맛도 없는 냉동 베이컨 한 조각을 받아 든 에스테르는 그걸 씹지도 않고 그냥 꿀꺽 삼켰다. 아이는 계속해서 잠만 자려고 했다. 쥘은 앙젤리나와 번갈아가며 에스테르를 업자고 제안했지만 앙젤리나는 쥘에게 탈진 증상을 보이는 루이즈를 도우라고 했다.

잠잠한 날씨는 오래 지속되지 않았다. 바우 고개가 멀지 않았기 때문인지 날씨는 그야말로 고삐 풀린 말처럼 제멋대로였다. 그들은 그럭저럭 앞으로 나아갔다. 돌풍 앞에 몸을 굽힌 채 상황에 따를 수밖에 없다는 절망감으로 무거워진 마음을 안은 채.

경사가 가팔라지자 일행은 로프 또는 삽으로 서로를 도왔다. 루이즈는 몇 번씩이나 미끄러졌지만 쥘 덕분에 다시 일어섰다. 루이즈는 돌풍이 몰아치는 하얀 지옥 속에서 딸을 걱정할 기운조차 없었다. 그저 올라가고, 한 발을 바닥에서 떼고 다음 발을 떼는 행위만 지속할 뿐이었다.

벨은 코를 바닥에 박고 얼음 냄새를 맡고 눈의 맛을 보아가며 조심스레 앞으로 나아갔다. 이따금씩 벨은 조금 멀리 떨어졌다 다시 정상을 향해 출발하곤 했다. 인간들이 고개라고 부르는 산의 틈을 발견한 것이었다. 벨의 바로 뒤에서 세바스찬은 녀석의 강인함에 힘입어 앞으로 나아갔다. 마지막 순간 거대한 크레바스가 유난히 거센 바람에 의해 뻥 뚫린 안개 사이로 모습을 드러냈다. 탈진 상태에도 일행은 모두 그 광경 앞에서 놀라움의 탄식을 토해냈다. 경탄도 잠시 그들은 곧 절망에 휩싸였다.

얼음 주조물 하나가 고개로의 접근을 차단하듯 깎아지르게 솟아오른 절벽 사이에 걸쳐 있었다. 얼음 덩어리는 사람들이 밟고 건널 수 있을 만큼 단단해 보이지 않았다. 벨은 낭떠러지 바로 앞에 우뚝 섰다. 세바스찬의 의견을 묻는 것 같았지만 세바스찬은 당황해서 어찌해야 좋을지 판단이 서지 않았다. 벨은 결정을 내려달라고 신경질적으로 낑낑거렸다. 세바스찬은 주머니에서 회중시계 나침반을 꺼냈다. 바늘을 확인하고는 어깨를 으쓱했다.

"세바스찬, 이 방향이 맞아?"

앙젤리나는 에스테르를 업고 있어 어깨가 아팠지만 축 늘어진 어린 몸을 내려놓을 생각은 꿈에도 하지 않았다.

"맞을 거야. 게다가 우린 지금 선택의 여지가 없어, 누나."

"이 얼음 다리는 너무 위험해. 근처에 다른 통로가 있는지 찾아보는 게 좋을 거 같아."

"세바스찬과 벨을 데리고 다른 통로가 없는지 보고 올 테니 여기서 좀 쉬고 계세요."

앙젤리나는 젤러 가족에게 꼼짝 말고 얼음 기둥 뒤로 가 바람을 피하고 있으라고 지시했다. 그녀의 말에 녹초가 된 젤러 가족은 즉시 바닥에 주저앉았다.

앙젤리나와 벨, 세바스찬은 15분쯤 지나 다시 돌아왔다. 다른 통로는 없었다. 점점 더 넓어지는 크레바스는 마치 거대한 얼음 괴물의 아가리처럼 느껴졌다. 부실해 보이지만 얼음 다리로 크레바스를 건너가는 수밖에 다른 도리가 없었다. 벨은 얼른 장애물을 뛰어넘고 싶어하는 눈치였다.

"에스테르를 깨워야 해요."

앙젤리나가 말했다.

"일어났어요."

일행이 걸음을 멈추는 바람에 에스테르가 무기력의 상태에서 빠져나온 모양이었다. 에스테르는 허공에 달랑 걸쳐진 얼음 다리 앞에서 불안해했지만 겉으로 내색하진 않았다.

세바스찬은 벨 앞에 웅크리고 앉아 녀석의 털 많은 머리를 장갑 낀 두 손으로 꼭 끌어안았다. 벨이 시선을 이리저리 피하자 세바스찬은 더 세게 녀석을 꼭 끌어안았다. 시간이 없었다. 세바스찬은 벨이 조급해하는 모습에 빨리 행동에 옮겨야 한다는 걸 직감적으로 느꼈다.

"네가 먼저 건너가, 벨. 조심조심 천천히 가야 해."

세바스찬은 벨의 주둥이에 입을 맞추고 벨이 수월하게 나아갈 수 있도록 골짜기에서 몇 발짝쯤 떨어진 곳에 가서 섰다. 용기를 얻은 벨은 한 발을 내밀고, 또 한 발을 내밀었다. 다리는 그런대로 녀석의 무게를 견디는 것 같았다. 다리의 3분의 1쯤 지났을 때 벨은 바닥이 단단한지 살피지도 않고 성급하게 폭 좁은 얼음 다리 위에서 이동했다. 돌풍이 불면서 벨의 몸이 균형을 잃고 기우뚱하더니 녀석의 뒷다리가 폭풍으로 높이 쌓인 눈이 미처 단단하게 굳지 않고 남아 있던 더미 위로 미끄러졌다. 벨이 미끄러지면서 쌓였던 눈의 상당 부분이 무너졌다. 벨이 옆구리를 움찔움찔해 보아도 소용없었다. 일단 깨진 균형이 회복되기엔 너무 늦었다. 벨은 몸뚱어리가 허공 속으로 빨려 들어가는 것 같은데도 발톱으로 얼음벽을 긁는 것 외에는 아무것도 할 수가 없었다. 눈 깜짝할 사이에 벨의 모습은 사라져 버렸다. 골짜기가 그를 삼켜 버렸다.

벨과 연결된 줄이 팽팽해지며 세바스찬이 딸려가기 시작했다. 고함을 지르며 눈 위로 넘어진 세바스찬의 몸은 계속해서 골짜기 쪽으로 끌려갔다. 앙젤리나가 재빨리 몸을 날려 가까스로 동생의 두 다리를 붙잡았다. 너무 끔찍한 상황에 두 눈을 질끈 감은 앙젤리나는 쥘이 뒤에서 두 손으로 그녀를 잡아당기는 걸 느끼자 비로소 기운을 내어 말했다.

"줄 꽉 잡아주셔야 해요!"

쥘이 두 발을 단단히 바닥에 붙이고 몸의 균형을 확보해 자신의 허리에 묶은 동아줄을 잡아당기자 공중에 대롱대롱 매달려 있던 벨이 아주 조금 올라오면서 팽팽하던 줄이 조금 느슨해졌다. 반대쪽에 있던 세바스찬은 말이 없었다. 아슬아슬한 균형이 깨질까 봐 벨을 부르지도 못했다. 세바스찬의 얼굴이 백짓장처럼 창백해지자 앙젤리나가 최대한 잔잔한 목소리로 속삭였다.

"티누, 우리가 너하고 벨을 천천히 끌어 올릴 거야. 그러니까 겁먹지 말고 우리가 줄을 당길 때마다 넌 한 발짝씩 뒤로 물러나, 알겠지?"

"누나, 나도 돕고 싶어."

"넌 가만히 있어주는 게 도와주는 거야, 세바스찬. 넌 지금 몸이 묶여 있잖아. 우리가 네 앞까지 갈게. 혹시 미끄러지면 우리가 널 잡아주면 되니까. 에스테르, 네가 세바스찬을 좀 잡아줄래? 하나 둘 셋 하면 아이들은 뒷걸음질 치고 어른들은 줄을 당기는 거야."

세바스찬과 달리 에스테르는 어른이 시키는 일이라면 토 달지 않고 고분고분 따르는 습관이 몸에 배어 있었다. 에스테르는 현재 얼마나 다급한 상황인지 충분히 이해할 수 있었다. 세바스찬이 몸을 일으키자 에스테르는 두꺼운 장갑 낀 손으로 최대한 힘껏 그의 손을 잡았다.

벨이 발밑에서 커다랗고 탐욕스러운 아가리를 활짝 벌리고 있는 허공에 매달려 빙빙 돌았다. 가슴을 단단히 묶은 동아줄만이 녀석의 유일한 생명줄이었다. 벨은 본능적으로 위험을 감지했는지 몸을 버둥거리지도 짖지도 않았다. 벨은 밧줄의 다른 쪽 끝에서 어린 주인이 자신을 지켜주고 있다는 것을, 자신을 결코 버리지 않을 것을 잘 알고 있었다.

쥘과 앙젤리나는 흥분한 상태에서 날카로운 목소리를 주고받았다. 마침에 허공에서 빙빙 돌던 움직임이 단순한 왕복 운동으로 바뀌었다.

"조금만 기다려, 벨. 너를 데리러 갈 테니까. 겁먹지 말고 있어. 거의 다 올라왔어."

세바스찬의 목소리가 들려오자 벨은 안심이 됐는지 버둥거리려다 다시 움직임을 멈추었다.

동아줄이 조금 움찔거리면서 쥘이 양손으로 벨의 옆구리 근처를 끌어안았다. 벨이 얼음 다리 위까지 올라왔다. 발이 바닥에 닿자 벨은 방금 전의 공포를 잊은 듯했다. 벨을 지켜보는 세바스찬의 두 눈이 눈물로 반짝거렸다.

“잘했어, 벨. 네가 무사해서 정말 다행이야.

행복과 감동에 젖어 세바스찬은 눈물을 흘렸다.

그들은 한 사람씩 차례로 얼음 다리를 건넜다. 매 순간이 중요하다는 것을, 하나의 작은 몸짓이 모두를 살릴 수도 벼랑 끝 죽음으로 떨어지게 할 수도 있음을 누구보다도 뼈저리게 깨달은 그들이었다. 이번에도 역시 벨이 앞장섰다. 녀석은 우스꽝스럽게 보일 정도로 신중한 태도를 보였다.

두 번째로 다리에 올라선 앙젤리나는 단 몇 발짝 만에 훌쩍 다리 반대편에 무사히 내려섰다. 쥘은 앙젤리나에게 동아줄을 던지고 한쪽 끝을 잡은 다음 절벽에서 멀지 않은 곳에 두 다리를 꽉 붙이고 섰다. 절벽과 절벽 사이에 줄을 설치해 루이즈와 아이들에게 최소한의 안전장치라도 마련해 주기 위해서였다. 에스테르는 가볍게 다리를 건넜다.

“엄마, 이제 엄마 차례야. 아주 쉬워.”

에스테르가 떨고 있는 엄마를 향해 말했다.

루이즈는 두려움을 잊기 위해 절대 발밑을 내려다보지 않고 결연한 태도로 다리를 건넜다. 파리를 떠난 이후 최악의 순간이 닥칠 때마다 그녀에겐 죽음의 확실성이 나침반 바늘 역할을 해주었다. 이번에도 그 덕분에 불가능한 일을 해낼 수 있었다. 일단 안전한 곳에 다다르자 루이즈는 얼음 바닥에 그대로 주저앉았다. 그제야 절제할 수 없을 만큼 심한 동요 때문에 몸이 와들와들 떨리기 시작했다.

다음은 세바스찬 차례였다. 세바스찬은 아홉 걸음 만에 얼음 다리를 건넜다. 피곤 탓인지 시야가 흐릿했다. 다리 중간쯤에서는 눈이 너무 부셔 멈춰 설 뻔했다. 세바스찬은 오직 한 가지 생각만 했다. 바람 없는 곳에서 몸을 공처럼 웅크리고 쉬고 싶었다. 배가 고프다 못해 속이 쓰렸다.

쥘은 일행에 합류하기 위해 팔에 줄을 감았다. 다른 사람들은 앙젤리나 주변에 모여 긴장을 놓지 않고 함께 줄을 잡아당겼다. 바람은 여전히 잦아들 기미가 보이지 않았다. 쥘은 다리를 건너는 순간 아주 잠깐이었지만 아래로 떨어지면 지옥이 끝날 수도 있다는 생각이 잠깐 스쳤다. 쥘이 마지막 몇 발짝을 떼어놓았는지 기억조차 하지 못하는 사이 어느새 그는 가족들에게 둘러싸여 있었다. 앙젤리나는 정신이 나간 사람처럼 마구 웃었다.

"우리가 해냈어."

세바스찬은 얼른 벨에게 달려가 녀석에게 몸을 기댔다.

"독일 놈들이 따라오고 있을까요?"

그제야 안심이 된 세바스찬은 불현듯 생각이 났다는 듯 말했다.

"루이즈, 제 가방에 있는 삽 좀 꺼내주실래요?"

앙젤리나가 말했다.

연장을 받아 든 앙젤리나는 다리 앞으로 갔다. 짓궂은 장난이라도 하는 아이처럼 환한 얼굴이었다.

"누나, 뭐 하려고?"

"시간을 좀 벌어야지."

팔에 불끈 힘을 준 앙젤리나가 얼음 가장자리를 세게 내려치자 한 덩어리가 허공으로 떨어져 나갔다. 얼굴이 붉으락푸르락해진 앙젤리나는 광기에 사로잡힌 듯 연속으로 삽을 휘둘렀다. 죽을 수도 있다는 불안감, 추격당하는 끔찍한 공포가 한데 뒤섞여 그녀의 팔을 무장시키고 분노가 한꺼번에 폭발하는 것 같았다. 얼음은 조각조각 부서져 골짜기 아래로 떨어졌다.

묵묵히 골짜기를 바라보던 쥘이 다른 삽을 쥐더니 그의 마음을 갉아먹던 모든 원한과 이제는 떨쳐 버린 공포를 담아 힘껏 내려쳤다. 굵은 눈물이 그의 두 뺨을 타고 흘러내렸다. 그 순간, 얼음 표면에 거대한 균열이 생기더니 걷잡을 수 없이 빠른 속도로 얼음 다리 전체로 번져 나갔다. 결국 얼음이 건조한 소리를 내며 쪼개졌고, 얼음 다리의 반쪽만 허공에 걸린 꼴이 되었다. 앙젤리나는 승리의 환호성을 질렀다. 남아 있는 반쪽짜리 다리는 심연을 향해 열린 다이빙대 같았다.

"다들 들었나?"

"뭘요?"

"고함 소리 말일세. 여자 목소리였어. 놈들이 저기 있어, 바로 앞이라고."

슈트라우브 사령관의 확신에 찬 말에도 선뜻 나서는 자가 없었다.

모두 녹초가 된 상태였다. 한스는 제대로 서 있지도 못할 지경이었다. 잠도 못 자고 뜬눈으로 악몽을 꾸고 있는 것 같았다. 빌어먹을 산이 그를 야금야금 죽음으로 몰아가고 있었다.

"이게 다 네놈의 빌어먹을 생각 때문에 생긴 일이야, 한스."

에리히가 비난하듯 말했다.

"아니. 이건 브라운 중위 때문이야. 중위를 설득한 건 너였잖아. 난 반쯤 술에 절어 있었으니 내가 말했다고 해도 듣지도 않았을 거라고."

"그럴지도 모르지. 중위는 실적을 원했으니까."

두 사람이 말다툼을 하는 사이 슈트라우브 사령관이 다가왔다.

"놈들을 찾았다. 놈들을 확실히 잡기 위해서 포위선을 만들어 집게 모양으로 점점 좁혀갈 거다. 각자 옆 사람과 삼 미터에서 오 미터 간격으로 선다. 모두가 전방을 주시하고, 한 사람이라도 대열에서 이탈하는 자가 나와서는 안 된다."

슈트라우브 사령관의 지시로 병사들이 다시금 활력을 되찾았다.

슈트라우브 사령관은 초조함과 사냥꾼 본능에 이끌려 선두에 서서 성큼성큼 걸었다. 가시거리가 제로였음에도 그건 중요하지 않았다. 도주자들은 아주 가까이 있고 그는 그들이 느끼고 있을 두려움이 피부에 와 닿는 것만 같았다. 다른 이들에게 본보기를 보여주기 위해서라도 안내자는 즉결 사살해야 할지도 몰랐다. 곧 슈트라우브 사령관의 입에서 발작적인 웃음이 터져 나왔다. 안도감과 피를 보려는 욕망이 뒤섞여 일그러진 환희의 웃음이었다.

싸락눈 가루가 섞인 회오리바람이 몸속을 파고들자 기동대원들은 살이 떨어져 나가는 것 같았다. 숨조차 제대로 쉴 수 없었다. 바람은 하늘에서도 얼어붙은 비탈길에서도 끝없이 솟아올랐다. 쉴 새 없이 빙글빙글 돌아가는 소용돌이는 역설적으로 절대적인 부동, 아니, 영원한 제자리걸음이라는 환상을 만들어냈다.

그때 갑자기 날카로운 비명 소리가 윙윙거리는 바람 소리를 갈랐다. 이윽고 겁에 질린 두 번째 비명 소리가 들리는가 싶더니 이내 그쳤다. 병사들은 그 자리에 우뚝 서서 본능적으로 사령관 쪽을 주시했다. 걸음을 멈춘 사령관은 병사들 쪽으로 몸을 돌렸다. 안색이 눈만큼이나 창백했다.

"사령관님, 글라스와 보겔이 보이지 않습니다."

"그럴 리가."

이리저리 눈을 돌려 길잡이를 찾던 슈트라우브 사령관은 20미터쯤 떨어진 곳에서 허우적거리고 있는 그를 발견했다.

"사령관님, 두 사람이 낭떠러지로 떨어졌습니다."

부하 병사가 자신 앞에 보이는 한 지점을 가리켰다. 가까이 다가선 병사들은 안개 때문에 보이지 않던 시커멓고 거대한 골짜기를 보았다. 하얀 눈, 얼음의 세계와 뚜렷한 대비를 이루는 현기증 나는 상처 자국 같았다. 방금 내린 눈 위로 평행선을 이루고 달리던 두 개의 자국이 허공으로 사라져 버렸다. 좀 더 먼 곳에서 이들은 또 다른 자국들을 발견했다. 도주자 일행이 머물렀던 곳인 것 같았다. 그리고 바로 그 앞에 대롱대롱 매달려 있는 썩은 이빨처럼 끝이 들쭉날쭉한 얼음 덩어리. 슈트라우브 사령관은 바닥에 털썩 주저앉아 죽어라고 괴성을 질러댔다. 그의 고함은 멈출 줄 몰랐고, 한스는 정신을 잃었다.

7

바우 고개를 지나자마자 돌풍은 한결 잠잠해졌다. 기적 같았다. 우윳빛 광채가 구름 뒤에서 퍼져 나온다고 느끼는 순간 갑작스럽게 햇살이 얼굴을 내밀었다. 하늘이 차츰차츰 개더니 바람이 완전히 멈추었다. 벨은 꼬리를 내리고 옆구리가 들썩거리도록 가쁜 숨을 몰아쉬며 제자리에 가만히 서 있었다. 출발 이후 처음으로 기력이 빠진 애처로운 모습이었다. 세바스찬은 벨 곁에 무릎을 꿇고 앉아 녀석의 몸에 감긴 로프를 풀었다.

"이제 이런 거 필요 없어."

세바스찬이 두 눈을 치켜뜨자 할아버지가 말한 바위가 눈에 들어왔다. 날렵한 형태 위에 두 개의 팔이 달려 사슴의 뿔 형상을 하고 있었다. 세바스찬은 환호성을 지르며 마구 달리기 시작했다. 에스테르도 곧 세바스찬을 따라 달렸다. 지칠 대로 지쳐 있던 어른들은 깜짝 놀라 아이들이 눈 덮인 언덕길을 뛰어다니는 모습을 지켜보았다. 벨도 아이들과 덩달아 어울렸다. 창백한 안색의 어른들은 얼굴에 내려앉은 눈은 털지도 않은 채 영문을 몰라 서로의 얼굴만 바라보았다. 앙젤리나가 발작적인 웃음소리로 분위기를 바꾸었다.

"스위스예요. 당신들은 이제 살았어요. 살았다고요."

루이즈는 소리 없이 눈물을 흘렸다.

"루이즈, 에스테르가 여기서 무럭무럭 클 수 있겠지?"

쥘이 아내의 두 손을 꼭 움켜쥐고는 천천히 장갑을 벗기고 손바닥을 자기 입술로 가져갔다.

"물론이죠. 에스테르는 무럭무럭 자라고, 우리는 함께 늙어갈 거예요."

루이즈가 말했다.

무안해진 앙젤리나가 슬쩍 자리를 비켜주자 쥘이 큰 소리로 외쳤다.

"당신 덕분이에요, 앙젤리나. 우리가 이다음에 딸을 하나 더 낳으면 그 아이에게 꼭 당신 이름을 붙여줄 겁니다."

세바스찬과 에스테르는 툭 튀어나온 바위로 기어 올라가 발밑에 펼쳐진 골짜기를 감상했다. 햇빛을 받아 반짝거리는 백설의 세계에서 오직 얼어붙은 시냇물만이 단조로운 경치와 대조를 이루었다. 깊은 골짜기 구석 구불구불 이어지던 시냇물은 푸른빛이 도는 얼음 덩어리 밑으로 자취를 감추었다. 군데군데 강하게 빛을 반사하는 곳에서는 하는 수 없이 눈길을 돌려야 했다. 맹금류에 속하는 새 한 마리가 빙빙 자리를 맴돌며 날카로운 울음을 울었다. 한순간 새의 그림자가 눈 위에 어른거렸다.

"아메리카에 온 기분이 어때?"

에스테르가 명랑하게 종알거렸다.

"여긴 아메리카가 아니라 스위스야. 에스테르, 네 말이 맞았어."

"그런 거야 아무려면 어때, 안 그래?"

"맞아. 여긴 별로 멀지도 않으니까 언젠가 내가 널 보러 놀러 올 수도 있을 거야."

"정말 약속하는 거지?"

"응. 약속하고 맹세해."

세바스찬이 함박웃음을 지어 보이며 말했다.

일행은 열두 시간이나 늦게 약속 장소에 도착했다. 스위스 쪽 그랑 데필레 바로 아래에 위치한 대피소였다. 대피소 안에는 장작과 포대에 든 감자가 있었다. 대접에는 신선한 우유도 담겨 있었다. 아마 일행을 마중 나왔던 사람이 기다리다 지쳐 돌아가며 먹을거리를 준비해 놓은 모양이었다.

대피소 한쪽 구석, 불가에서 멀지 않은 곳엔 더블 침대틀 세 개가 나란히 놓여 있었다. 모두 제일 뽀송뽀송한 옷가지들을 거기에 넌 다음 불가에서 말려 아직 김이 솟아오르는 담요 속으로 빨려들 듯 들어갔다. 모두 자리에 눕자마자 죽은 듯이 잠이 들었다.

다음날 아침 앙젤리나가 어떻게 안내인 조직과 연락을 취해야 할지 고민하는 사이 밖에서 사람의 인기척이 들렸다. 서둘러 밖으로 나간 앙젤리나는 단단한 지팡이로 무장한 양치기가 걸어오는 모습을 지켜보았다. 살집 좋고 건장하며 사려 깊어 보이는 눈길까지, 젊은 시절 세자르의 모습을 그대로 빼다 박은 듯한 모습이었다.

"당신들이 생마르탱에서 온 사람들입니까?"

"네."

양치기는 알았다는 뜻으로 대답 대신 휘파람 소리를 냈다. 모두가 부상 없이 안전하게 도착한 것이 놀라운 모양이었다.

"당신들의 발자국을 봤습니다. 바우 고개를 넘으셨더군요."

"네, 맞아요."

"그런데 기욤은 어디 있죠?"

"제가 기욤 대신 왔어요."

"당신이 정말 바우 고개를 지나왔단 말입니까? 돌풍이 몰아치는 이런 험한 날씨에?"

"네. 벨 덕분이에요. 녀석을 따라오기만 하면 됐거든요."

앙젤리나는 한가롭게 햇볕을 쬐고 있는 벨을 가리키며 말했다. 벨은 자신의 이야기를 하는 걸 눈치챘는지 예절 바르게 꼬리를 살랑살랑 흔들더니 천천히 몸을 일으켜 다가왔다.

"이 개가 우리 목숨을 구했죠. 벨이 없었다면 우린 절대 바우 고개를 넘지 못했을 테니까요."

벨이 뒷발로 일어서서 얼굴을 힘차게 핥자 앙젤리나는 녀석의 무게 때문에 비틀거렸다. 앙젤리나는 벨의 격한 표현 때문에 웃음이 터져 나오려는 것을 애써 참았다. 벨이 앙젤리나에게 애정 표현을 한 건 이번이 처음이었다. 녀석이 앙젤리나를 친구로 받아들였다는 표시였다.

두 아이를 앞세운 젤러 부부도 문 앞으로 나와 섰다. 벨 때문에 뒤로 넘어진 앙젤리나를 보고 모두 기분 좋게 깔깔 웃었다.

양치기가 다시 한 번 휘파람을 불었다. 아직도 이 사람들이 돌풍이 몰아치는 산을 넘었다는 게 믿어지지 않는 모양이었다. 손을 내밀어 앙젤리나가 일어나는 것을 도운 양치기가 물었다.

"지금 바로 떠나실 건가요?"

"아직은 아니에요. 제가 설명할게요. 얘들아, 너희들은 저기 길 아래쪽에서 잠깐 기다릴래? 누나가 이분이랑 이야기할 게 있어."

작별의 시간이 찾아왔다. 세바스찬과 에스테르는 차마 손을 잡진 못하고 다른 사람들로부터 멀찍이 떨어졌다. 앞으로 한참 동안 다시 볼 수 없을 거란 걸 두 아이는 잘 알고 있었다. 에스테르는 가까스로 울음을 참고 있는 중이었다. 눈물이 흐를 것 같았지만 마음은 행복했다.

에스테르는 우물 앞에서 걸음을 멈추더니 햇볕을 받아 따끈따끈 데워진 우물가 돌에 걸터앉았다. 온몸이 두 발에 이르기까지 한군데도 빼놓지 않고 아팠다. 등 쪽은 여전히 으슬으슬 추웠다. 에스테르는 세바스찬을 힐끗 바라보았다. 세바스찬은 양팔을 축 늘어뜨리고 선 채 아무 말이 없었다. 차마 자신을 쳐다보지도 못했다. 에스테르는 애써 미소를 감추었다. 사내아이들이 여자아이들보다 서투르다는 걸 에스테르는 너무 잘 알고 있었다.

"세바스찬, 널 절대 잊지 않을 거야. 절대."

"나도. 걱정 마. 우린 곧 다시 만날 거니까. 스위스는 아메리카보다 멀지도 않잖아."

세바스찬은 농담을 건네곤 우스꽝스럽게 얼굴을 찡그렸다.

에스테르는 자리에서 일어나 자기보다 머리 하나는 더 큰 세바스찬과 키를 맞추기 위해 까치발을 들고 그의 꽁꽁 언 볼에 입술을 댔다. 에스테르는 새빨개진 얼굴을 들키지 않기 위해 벨을 불렀다. 벨은 냉큼 아이들에게로 달려왔다.

"벨, 네가 아무리 덩치가 커도 난 이제 네가 하나도 안 무서워. 이 세상 모든 개들 중에 네가 제일 용감해."

에스테르가 말했다.

앙젤리나는 입가에 애매한 미소를 담고 아이들 곁으로 다가왔다. 이제 헤어져야 할 시간이었다.

"세바스찬, 혼자 그랑 데필레 쪽으로 돌아갈 수 있겠니?"

"나도 같이 가면 안 될까?"

"누나는 런던에 갈 거야. 마을로 가면 모두들 날 경계할 거야. 세바스찬, 누나는 이 전쟁을 승리로 이끌고 싶어. 젤러 부부와 잠깐 이야기를 했는데, 요즘 돌아가는 상황을 보면…… 아무 일도 안 하고 이런 꼴을 그냥 두고 볼 수만은 없어. 무슨 말인지 알겠니?"

"응. 그렇지만 누나는 생마르탱에서도 용감한 일을 많이 했잖아."

"세바스찬, 전쟁이 끝나는 대로 빨리 돌아올게. 약속해."

세바스찬은 진지한 태도로 고개를 끄덕였다. 마음속을 적시고 있는 눈물이 밖으로 흘러나오지 않도록 잠시 뜸을 들였다가 침을 한 번 꿀꺽 삼킨 다음에야 입을 떼었다.

"걱정 마, 나한텐 벨이 있잖아."

앙젤리나는 눈가에 그렁그렁 눈물을 담은 채 세바스찬을 물끄러미 바라보았다. 세바스찬은 기억을 지배하던 사랑으로 가득 찬 눈길, 그가 엄마의 얼굴이라고 믿었던 그 얼굴을 알아보았다. 앙젤리나는 세바스찬이 태어날 때부터 줄곧 그를 보살펴 주었다. 늘 함께 있으면서 세심하게 자신을 보살펴 주던 엄마 같은 누나. 세바스찬은 아직 누나에게 하지 못한 말이 너무 많다는 걸 그제야 깨달았다. 작별의 중압감이 그의 숨을 턱턱 막았다.

앙젤리나는 세바스찬이 느낄 막막함을 알아채곤 부드럽게 끌어안았다. 어설픈 위로 대신 녀석의 머리를 마구 흩어놓았지만 세바스찬은 투덜대지 않았다. 그저 코를 훌쩍거리더니 힘을 다해 한 발로 조약돌 하나를 길 쪽으로 차버렸다. 돌이 날아가자 벨이 휑하니 달려가 돌멩이를 물어 세바스찬의 발 앞에 다시 내려놓았다. 벨은 만면에 미소를 지으며 또다시 던지라고 조바심을 냈다. 세바스찬은 벨과 장난칠 기분이 아니었다. 그는 어깨를 들썩거리며 계속 코만 훌쩍거렸다. 앙젤리나가 잠시 머뭇거리며 말했다.

"너와 벨이 아니었으면 우린 절대 국경을 넘지 못했을 거야. 이제야 말하지만 티누, 난 정말 바우 고개를 찾지 못할까 봐 무서웠어. 벨이 우리를 얼음 다리까지 인도해 주지 않았다면, 녀석이 독일 놈들 냄새를 맡지 못했다면, 아니, 녀석이 그저 다른 길로 들어섰다면 우린 모두 죽었을 거야."

"난 처음부터 벨이 길을 찾을 거라고 믿었어. 누나, 벨은 주인 말에 그저 복종하는 개가 아니야. 벨은……."

세바스찬은 입을 다물었다. 자신과 벨을 이어주는 기이한 이 관계를 어떻게 설명해야 할지 알 수 없었기 때문이었다.

"그래, 네가 무슨 말을 하려는지 알 것 같아."

다시 침묵이 찾아왔다. 말하지 않아도 마음이 통하는 남매 사이의 친밀감을 음미하듯.

그때 주변 풍경이 흔들리는 것 같아 세바스찬은 고개를 들었다. 이백 미터 아래쪽에서 젤러 가족이 가방을 잔뜩 짊어진 채 대피소 문간에 모습을 드러낸 것이었다. 한결 가벼워진 투로 앙젤리나가 말했다.

"세바스찬, 길은 알고 있지?"

"응. 코르비에 고개로 간 다음 그랑 데필레로 들어서는 거잖아. 바우 고개도 넘었으니 그 정도는 아무것도 아니야."

"그래. 벨도 함께 가니까 마음이 놓인다. 티누, 할아버지께 내가 할아버지를 엄청 사랑한다고 전해죠. 기욤에겐…… 기욤한텐……."

"누나가 사랑한다고 말하면 돼?"

두 사람은 깔깔대고 웃으며 서로를 꼭 끌어안았다. 이번엔 애써 눈물을 참을 필요가 없었다. 세바스찬이 막 출발하려고 할 때 젊은 양치기가 앙젤리나에게 다가왔다.

"이 아이는 혼자 가는 겁니까?"

"혼자가 아니에요."

앙젤리나가 벨을 가리키며 말했다.

벨은 늠름한 어린 주인의 자태와 어울리는지 보려는 것처럼 이리저리 빙글빙글 맴을 돌고 있었다.

구름이 걷힌 하늘에는 독수리 한 마리가 날카로운 소리를 내며 제자리를 맴돌았다. 날씨는 화창했다. 앙젤리나는 에스테르의 손을 꼭 잡고 골짜기를 굽어보는 발코니 같은 바위를 향해 걸었다. 뒤에서 따라 걷는 젤러 부부가 빙그레 미소를 지었다. 벨과 세바스찬이 멀어져가는 광경을 지켜보는 모두의 마음이 짠했다.

세바스찬은 설피를 신고 씩씩하게 걸었다. 두껍게 쌓인 눈이 무릎까지 올라왔다. 그보다 몇 미터쯤 앞서가는 벨은 훨씬 수월하게 걸음을 옮겼다. 세바스찬이 중간쯤에서 걸음을 멈추자 벨이 뒤를 돌아 아이에게 달려왔다. 멀리서 이를 지켜보고 있던 앙젤리나는 걱정이 되어 입술을 질끈 깨물었다. 숨을 죽이고 있던 에스테르는 자기도 모르는 새 세바스찬을 향해 손을 내밀었다.

세바스찬이 그들을 보기 위해 몸을 돌렸다. 얼굴 표정까지 볼 수는 없었지만 에스테르와 앙젤리나는 세바스찬이 활짝 웃고 있으리라 짐작했다. 세바스찬은 한 팔로 벨을 끌어안고 다른 팔을 번쩍 들어 크게 흔들며 다시 한 번 작별 인사를 건넸다. 그다음 날쌔게 몸을 돌린 세바스찬이 날랜 걸음으로 언덕길을 오르기 시작했다. 벨은 세바스찬을 앞지르며 이리 껑충 저리 껑충 즐겁게 뛰어다녔다.

에필로그

1944년 봄은 끝없이 이어지다 이제 막바지에 다다라 숨을 고르고 있는 전쟁을 상징하듯 여느 때보다 늦게 찾아왔다. 며칠 전부터 잃어버린 시간을 만회하려는 듯 봄기운이 역력했다. 눈이 부시도록 화창한 하늘 아래 연두색 낙엽송, 자주색 솔방울에서부터 목초지 풀밭을 수놓는 희거나 노란 팬지꽃, 보라색 크로커스에 이르기까지 온갖 색채의 향연이 한창이었다. 쌓였던 눈이 녹은 자리는 녹색의 경사면으로 바뀌고 겨울이 두고 간 동상 기운을 말끔히 몰아냈다. 산골짜기 군데군데 아직 남아 있는 얼음 덩어리는 황금빛 햇살을 받아 반짝였다.

벨이 요란하게 짖는 소리가 들리더니 곧 흥분 상태임을 알리는 짧은 낑낑거리는 소리로 이어졌다. 이제 막 양 우리에 와서 앉은 세자르가 혼잣말처럼 소리쳤다. 절반은 구시렁대고 절반은 농담을 하는 말투였다.

“이 몹쓸 고집쟁이 녀석! 넌 그놈들을 절대 못 잡아. 네놈 때문에 온 산이 다 깨어나겠다.”

벨이 하는 양을 지켜본 세자르는 녀석이 마르모트 뒤를 따라가는 장면만 상상해도 저절로 웃음이 나올 지경이었다. 세자르는 세바스찬 앞에서는 절대 벨을 놀리는 말은 하지 않으려고 조심했다.

벨은 마르모트 사냥하기를 즐겼다. 사실은 겨울이 끝나고 겨울잠 자던 포유류 동물들이 동굴 밖으로 쏟아져 나온 이후 줄곧 한 마리 잡고 싶어 안달이 난 상태였다. 벨의 심정과 달리 마르모트들은 동작이 날쌔고 꾀가 많았다. 덕분에 늘 좌절감을 맛봐야 했던 벨은 녀석들의 집을 점점 더 깊이 파헤쳤다. 제 꾀에 제가 넘어간다고 가끔은 너무 깊이 파다가 자기가 땅속에 갇혀 이러지도 저러지도 못할 때도 있었다. 그제야 포기를 한 벨은 마르모트는 한 마리도 잡지 못한 채 주둥이에 흙만 잔뜩 묻히고 돌아왔다. 이내 마르모트가 다시 나타나면 벨은 총알처럼 달려나갔다.

갑자기 벨이 짖는 품새가 달라졌다. 세바스찬이 오는 모양이었다. 매일 똑같은 일과의 반복이었다. 세자르는 태양을 향해 얼굴을 들었다. 행복하고 평온한 얼굴이었다.

‘흙냄새가 좋아. 세바스찬이 오면 같이 새끼 양을 보러 가야겠어.’

세바스찬은 학교에 다니기 시작했다. 세자르는 여전히 학교에 가는 게 마땅치는 않았지만 전쟁도 곧 끝나게 되고 세바스찬이 앞으로 살아가기 위해서 지식을 배우는 게 중요하다고 생각했다. 세바스찬이 어른이 되면 자기 미래를 스스로 선택할 수 있어야 했으니까.

세바스찬의 또르르 구르는 듯한 웃음소리가 들리자 세자르는 쏟아지는 햇빛 때문에 먹먹해진 두 눈을 깜빡였다. 양 우리를 향해 달려오는 벨이 먼저 보이더니 이윽고 세바스찬이 숲 언저리에서 불쑥 나타났다. 뒤크로 농장 집 아이들과 함께였다. 세자르는 손자와 함께 느긋하게 사냥을 갈 수 없음에 아쉬운 마음이 들었지만 그래도 세바스찬에게 친구가 생겨 마음속으로 기뻐했다. 다른 무엇보다 손자의 행복이 천배는 더 소중했으니까.

벨이 부산스럽게 꼬리를 흔들며 쏜살같이 달려왔다. 벨은 파투 종개의 결연한 의지를 보여주겠다는 듯 세자르 옆에 얌전히 앉았다. 벨이 양 떼를 보살피기 시작한 이후 세자르와 벨은 더할 나위 없이 잘 통했다. 세자르는 녀석의 머리를 쓰다듬어 주고는 세바스찬을 맞으러 자리에서 일어났다.

〈끝〉

옮긴이의 말

어린이는 어른의 아버지.

우정, 신뢰, 용기, 사랑……. 《벨과 세바스찬》을 읽다 보면 우리가 어른이 되면서 저도 모르게 잊게 되었거나 애써 머릿속에서 지워 버린, 듣기만 해도 가슴 뛰는 뿌듯한 말들이 새삼스럽게 기억의 표면으로 떠오른다.

때는 1943년. 양을 치는 할아버지 세자르, 빵 굽는 어여쁜 누나 앙젤리나와 함께 프랑스에서 스위스로 넘어가는 국경 부근 알프스 산골 마을에 사는 세바스찬은 동네에 사는 또래 아이들에게 늘 놀림만 받는 왕따다. 제아무리 글을 잘 읽고 공부를 잘해도 전쟁에 나가 전사하는 비극을 막아주지는 못한다고 믿는 고집스러운 할아버지 때문에 여덟 살이 다 되어가는데 학교에도 다니지 않는다. 글을 읽지 못하는 거

것은 당연하다. 예쁘고 착한 앙젤리나 누나는 엄마처럼 자상하게 그를 보살펴 주지만 누나는 누나일 뿐 엄마는 아니다. 게다가 나이 차이가 많이 나는 만큼 마을 의사 기욤과 독일군 장교 브라운의 구애를 한몸에 받는 누나는 그와는 관심사가 다르다.

'엄마는 언제 나를 보러 오실까?', '이번 성탄절엔 오시려나?' 세바스찬을 낳다가 죽은 엄마가 살아 돌아올 리 없지만 그를 입양한 할아버지가 어린 그에게 엄마는 미국에 갔다고, 이 산만 넘으면 거기가 바로 미국이라고, 크리스마스가 되면 돌아올 거라고 거짓으로 말한 탓에 세바스찬은 하염없이 엄마를 기다린다. 그런 세바스찬의 속을 모르는 동네 아이들은 그를 '더러운 집시'라며 따돌린다. 다른 아이들이 학교에 간 동안에도 산을 벗 삼아 쏘다닌 세바스찬은 산속 지리라면 작은 오솔길, 샛길, 개울, 심지어 개울 바닥의 조약돌에 이르기까지 모든 것이 손바닥 들여다보듯 환하다. 뿐만 아니라 깊은 산의 굽이굽이에서, 너른 품 안에서 인간들이 일으키는 크고 작은 일들도 그의 눈을 피해가지 못한다(그는 산을 오르락내리락 돌아다니는 길에 독일군 몰래 유대인들이 국경을 넘어가도록 안내하는 의사 기욤, 적군인 독일군과 군수물자를 암거래하는 농장 주인을 목격한다).

그 무렵 나치 독일은 세바스찬이 사는 산골 마을에도 어김없이 들이닥쳐 만행을 일삼으며 온 동네를 공포 속으로 몰아넣는다. 엄마 이야기만 꺼내면 입을 굳게 닫아버리는 할아버지 때문에 하루가 다르게 우울해져 가면서 심통을 부리던 세바스찬에게는 설상가상으로 독일군들이 돌아다니니 몸을 사려야 한다는 이유로 그에게 툭 하면 금족령을 내린다.

어디에도 출구가 없는 꽉 막힌 상황(어린아이들에게도 나름대로 인생은 고해다!)에서 만난 벨은 세바스찬에게 더할 나위 없이 소중한 친구가 된다. 마을 사람들은 그레이트 피레네 종의 암캐를 사납고 고약한 야수라는 뜻에서 '베트'라고 부르지만, 녀석은 세바스찬에게만큼은 사나운 '베트'가 아니라 어여쁜 미녀 '벨'이다(〈미녀와 야수〉를 기억하는가? 그 작품의 프랑스어 제목이 바로 〈라 벨 에 라 베트〉다). 녀석이 양 떼를 물어 죽이는 범인이라고 지목한 마을 사람들이 전부 나서서 녀석을 잡아야 한다고 몰이사냥에 나서도, 세바스찬은 벨의 결백을 믿고 그를 구해낸다. 충직하고 영리한 벨은 그 후 자기를 믿어준 꼬마 친구를 위해 목숨을 건 빙하 안내에 나선다.

《벨과 세바스찬》은 말하자면 1960년대 말을 석권한 프랑스의 국민 드라마였다. 우리의 〈대장금〉에 버금가는 인기를 누렸던 작품이다. 세실 오브리라는 여류 작가가 각본을 쓰고 친아들을 주인공으로 캐스팅, 연출까지 직접 도맡아서 전설적인 성공을 거둔 이 작품을 북극 지역 탐험가(그는 핀란드의 라플란드, 캐나다, 로키 산맥, 알래스카 일대, 시베리아 등 지구의 최북단 지역 일대를 도보로, 또는 말이나 개썰매, 카누 등의 전통적인 이동 수단에 의존해서 종주하는 것으로 유명하다)로 명성을 굳힌 니콜라 바니에가 고쳐 썼다. 원작 《벨과 세바스찬》에 흠뻑 빠져 어린 시절을 보냈던 그는 요즘의 어린 세대에게도 그와 같은 몰입의 황홀경을 경험하게 해주고 싶어 리메이크(TV 드라마가 아닌 영화 버전)를 결심했다고 한다. 영화용으로 써내려 가던 시나리오가 자연스럽게 우리가 방금 손에 쥔 소설 형태로 진화했다(사실 그는 수천 킬로미터에 이르는 탐험을 마치고 나면 글과 영상으로 그 대장정을 고스란히 살려내는 일을 30년 동안 지속해오고 있다).

산모퉁이를 돌고 개울 한 구비를 지날 때마다 새로운 풍경이 펼쳐지듯 갈등과 위기, 화해와 배려가 꼬리에 꼬리를 물고 이어진다. 한없이 넉넉하지만 거역할 수 없는 엄격한 자연의 품 안에서 우정과 신뢰로 하나 되지 못하는 인간은 눈사태 한 번이면 흔적도 없이 사라져 버리는 나약하고 가여운 존재들이다. 벨은 자기에게 무한 신뢰를 보여주는 의리의 친구 세바스찬을 위해 용감하게 빙판길을 달려 나간다. 정성으로 벨을 대하고 아껴준 덕분에 세바스찬은 그를 비웃고 왕따시키던 동네 또래들의 신뢰까지 한 몸에 받게 된다.

어린 고아 소년과 양치기 개를 이어주는 끈끈한 우정 이야기 속에서 다양한 인간 군상들의 자화상, 우리가 사는 세상의 조금은 비열하고 부끄러운 모습이 언뜻언뜻 모습을 드러낸다. 하긴 국민 드라마로 등극한 작품엔 반드시 그럴 만한 이유가 있지 않겠는가.

우리나라에서도 이미 상영된 영화를 본 독자들이라면 아름다운 영상을 되새기면서, 영화를 보지 않은 독자들이라면 알프스의 눈부신 풍광을 상상하면서 사람 냄새나는 아기자기한 산골 마을 이야기에 푹 빠져보기를 권한다. 한동안 대수롭지 않게 여겼을 수도 있는 우정, 신뢰, 사랑, 용기, 자유 등의 벅찬 말들을 한 번쯤 다시 새기며 가슴 따뜻해지는 경험을 하게 되기를 소망해 본다.

2015년 봄, 양영란